U0447808

上海市专用购货券
1983
糖果券
壹张

EX-LIBRIS

沪上烟火

大姑娘 著

石库门，长弄堂。

家里是烟火，家外是人间。

主要人物介绍

林玉宝	新疆回沪,自逆境而上,由废变宝。
潘逸年	香港回沪,改革开放的弄潮儿。
乔秋生	陈世美的后现代生活。
薛金花	不论世俗,活出自我。
林玉凤	大厂女工,小市侩。
林玉卿	总能绝处逢生。
黄胜利	发财不过黄粱梦。
潘家妈	我有几个好大儿。
潘逸文	谁的人生,没遇过一个渣女。
潘逸武	不合格的"双面胶"。
潘逸青	我被青春撞了一下腰。
赵晓苹	我爱他,他不爱我。

目录 Contents

引子 / 001

上篇
红尘深处初相识

玉宝骑脚踏车，揿铃铛的叮当声贯穿长长弄堂，经过为节约三分钱煤饼而早起生煤炉的阿奶，经过左右手拎鸟笼去公园遛鸟的爷叔，经过将隔夜剩饭倒进钢钟锅内烧泡饭的阿婆，经过蹲在公共水龙头前奋力刷马桶痰盂的阿姨，还有一些人，被炉烟淹没在迷蒙中。

01. 回沪 /008	10. 艰难 /036
02. 冷遇 /012	11. 心思 /039
03. 家宴 /015	12. 说和 /042
04. 家事 /018	13. 朋友 /046
05. 困顿 /021	14. 鼓励 /049
06. 事业 /024	15. 勇气 /052
07. 分手 /027	16. 秋生 /055
08. 生活 /030	17. 难敌 /058
09. 夜饭 /033	18. 说亲 /061

19. 烦恼 /064	32. 审问 /107
20. 相亲（一）/067	33. 感情 /109
21. 暗涌 /073	34. 算命 /112
22. 旧闻 /076	35. 风波 /116
23. 相亲（二）/079	36. 婚配 /118
24. 故人 /082	37. 矛盾 /121
25. 缘分 /085	38. 决定 /124
26. 心计 /088	39. 为难 /127
27. 了断 /092	40. 意外 /131
28. 友情 /095	41. 争闹 /134
29. 见面 /098	42. 难说 /138
30. 想法 /101	43. 酒家 /143
31. 偶遇 /104	44. 邻居 /146

致读者：

有人问我："为啥《沪上烟火》看了又想再看一遍？"

我说，你是永看的吗？也派是的。

我虽没有想过这，做为她的，其实是上海这座城市城中人的生活。

她们也许没那种性，可以穿著优雅，也可以写七律跳舞，

能够伸手递吃足疗美发泡吧，也能在初平版房吃鲍鱼烧肉，

有苦不怕苦，有苦不露苦，心状态态，未有希望，依然向上，

幻想爱情，忠于自己，不信眼泪。

这是一种生活态度，我祝福读者，也愿也比，

明光辅前程，一路繁花盛开！

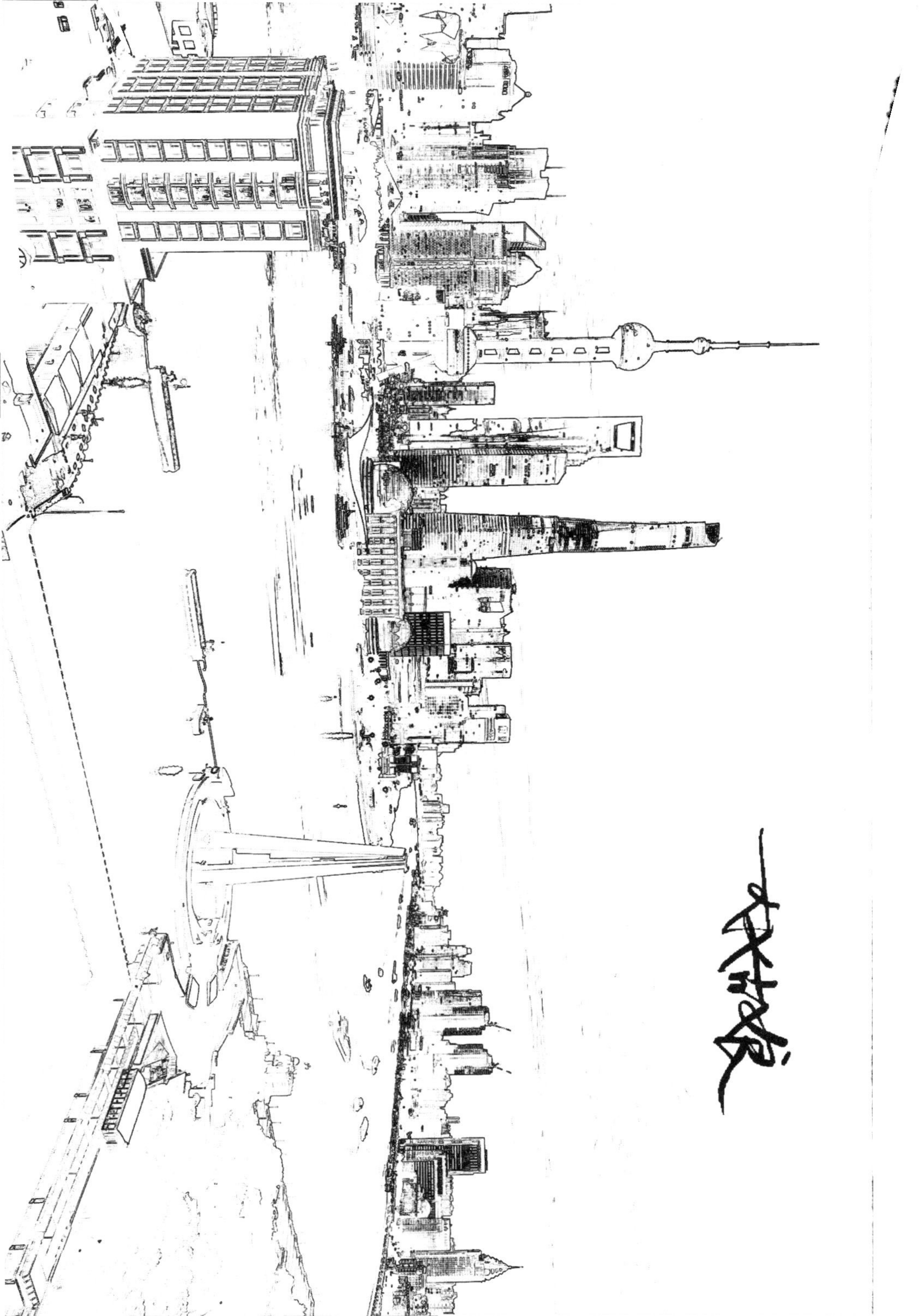

下 篇
金风玉露恰相逢

玉宝被戳中心扉，纵然过去日节里有过许多胡思乱想，此刻也因话里的坚定而生出感动。

45. 生活 /152	57. 冰释 /189
46. 提亲（一）/155	58. 准备 /191
47. 提亲（二）/158	59. 婚礼 /194
48. 后劲 /161	60. 春夜 /199
49. 难料 /164	61. 退让 /203
50. 陪同 /167	62. 夜宵 /206
51. 熟悉 /170	63. 回门 /209
52. 旧事 /173	64. 微伏 /213
53. 失态 /177	65. 规划 /215
54. 惊闻 /181	66. 相会 /218
55. 心思 /183	67. 浮生 /222
56. 剖心 /185	68. 生活 /225

69. 前路 /228

70. 事起 /232

71. 无奈 /235

72. 过去 /238

73. 微澜 /241

74. 诱惑 /244

75. 夫妻 /247

76. 时代 /249

番外一：婚礼前逸事 /254

番外二：逸文再相亲 /258

引子

　　三月春的弄堂，下弦月犹在，清冷空气里，一股鲜臭的马桶味道。

　　乔秋生拎了藤壳热水瓶，一手两只，往老虎灶打开水，烧老虎灶的是苏北人，祖孙俩，阿娘常年一件斜襟青布褂、一条黑布裤子，小脚，穿 32 码解放鞋，还是大，鞋头塞棉花。秋生排到宋家妈后面，小毛招呼："阿哥来啦。"秋生说："帮阿娘也买双新鞋子，还穿小毛小辰光[1]的，不像话。"

　　小毛年纪渐大，已通人情世故，笑嘻嘻说："阿哥，晓得了。"接过秋生的热水瓶，又说："阿哥进来坐，一道吃茶，轧三胡[2]。"

　　小毛比阿娘有头脑，螺蛳壳里做道场，一爿小地方，除去灶柜烟囱，硬生生挤进三张小矮桌、五只小竹椅，充当茶室，日常赚点零用钿[3]。

　　秋生递过两根竹筹子，见小毛没手接，插到小毛上衣口袋里说："不了，我还有事体[4]。"又看到两只水龙头新绑上了红布条，开水顺着布条落进热水瓶口。点头说："早这样做，不就没事体了！"

　　小毛说："是呀，怪我，不听阿哥话，吃亏在眼前。"秋生问："赔偿谈好

---

1. 小辰光：小时候。（如无特殊说明，均为作者注。）
2. 轧三胡：聊天。
3. 零用钿：零用钱。
4. 事体：事情。

了?"小毛说:"阿哥,进来吃茶再讲。"秋生说:"不了,我真有事体。"

宋家妈转身说:"小毛,我也被开水烫过,看呀,这块疤,铜钱大小。"她一把撸起袖管,露出松肥手腕,横伸过来。

秋生瞟过,颜色早已浅淡,真实性待考。小毛说:"对不起。"宋家妈说:"送我廿根竹筹子,这桩人身官司,就一笔勾销。"小毛说:"阿姨,一根竹筹子一分钱一热水瓶,两根竹筹子两分钱一铜吊。老虎灶小本经营,送廿根竹筹子,我实在吃不消。"宋家妈说:"十五根。"小毛仍旧为难,看向秋生,秋生没响[1]。小毛:"十根好吧,不能再多了。"宋家妈说:"算了算了,看那[2]阿娘面子。"

小毛说:"阿哥,我灌好热水瓶,摆在门口头,回来勿要忘记拿。"秋生应:"记得往里摆摆,门口人进人出,万一踢倒摔碎,就麻烦了。"小毛说:"阿哥尽管放心,我有数。"

宋家妈说:"秋生心细。"秋生笑笑走了。出弄堂口,是新乐路,小转走百步,到陕西南路。阿德叔的杂货店,门前全是人,看着闹哄哄,经过时,零星听进两句,白发阿奶问:"巡捕啥辰光来?"有人讲:"阿奶啥年代了,还巡捕,叫警察。"

秋生没停步,不远是长乐路,走到路口,恰逢绿灯,快步穿过马路,迎面有一爿[3]叫兴旺的小面馆。老板叫杜兴旺,立在门前,叉腰探颈,瞧到秋生说:"前头蛮闹忙[4],围的侪[5]是人,出啥事体了?"秋生一面往店里走,一面说:"有个小赤佬[6],拿假币买香烟,被捉牢了,在等警察来,阿德叔要先审一遍。"

店里有三五客人在等面、吃面。兴旺问:"秋生吃啥面,还是讲老样子?"秋生说:"老样子。"兴旺朝柜台喊:"阿妹,一碗辣酱面。"他顺手拉过椅子,

---

1. 没响:没吭声。——编者
2. 那:你。
3. 一爿:一家。——编者
4. 闹忙:热闹。——编者
5. 侪:全部。
6. 小赤佬:小鬼,贬损的称呼。

坐到秋生旁边。

秋生同小毛讲有事体，就是这桩事体。每月底发工资六十块，五十五块交姆妈，留五块用作零用钿，首先要来吃一碗辣酱面，雷打不动。

柜台里坐的女子，慢腾腾站起，去厨房窗口传话。俩人看着她的背影，秋生说："有男朋友吧，腿缝合不拢了。"兴旺笑说："瞎讲有啥讲头，我娘子要听到这样编派，定要寻秋生拼命。"

这女子是兴旺娘子的妹妹，名唤招娣。秋生说："盼娣的烫伤，好点没？小毛赔偿多少钱？"

兴旺说："好啥。慢慢养着，主要烫到手，事体侪不好做，这最恼火。赔偿款，讲起烦死，烧老虎灶的苏北人，穷瘪三。"秋生说："我早就提醒过，要么水龙头底下放热水瓶的台子加高，要么水龙头缠布条，否则水龙头一拧，滚开水哗啦哗啦，像烧火棍砸下来，总有天要砸到人。不听，嫌我多管闲事，出事体了，又讲悔不该不听阿哥话。"兴旺说："这就叫不到黄河不死心，不见棺材不落泪。"

招娣端辣酱面过来，摆到秋生面前，再递来一碗开水。秋生拿起筷子、调羹，插进水里涮了涮，用力甩两下。兴旺说："穷讲究。"秋生拌匀面里辣酱，面汤血血红，低头吃起来，三口面，一口汤。

兴旺说："我这里，还有大排面、咸菜肉丝面、熏鱼面、焖肉面、鳝糊面、阳春面、什锦面，样样一只鼎[1]，为啥秋生每趟来，只点辣酱面？想不通。"

秋生说："我就欢喜[2]吃辣酱面。"他心里想，因为和林玉宝做的辣酱面，味道一式一样。

兴旺不过随口一问，又冲对面桌的王伯伯说："老爷叔吃啥大排面，碱水面硬，大排卡牙齿，老爷叔听我句劝，吃烂糊面不是蛮好，新鲜的黄芽菜和肉丝炒的，侪不用牙齿，入口即化。"

王伯伯说："怪哩！我想吃啥吃啥，又不是不付钞票，狗拿耗子，多管

---

1. 一只鼎：出色。——编者
2. 欢喜：喜欢。——编者

闲事。"

兴旺吃一鼻子灰,撇过脸说:"秋生,好人难做!"秋生吃面,笑笑不语。兴旺说:"讲起来,这片弄堂子弟,秋生最出息,响应号召去建设边疆,知青几年,高考恢复,考取了复旦大学。"秋生说:"也是拼了命的。"兴旺说:"回城读完大学,分配进工商局吃皇粮,马上又要娶娘子,啥辰光办酒席,我要来轧闹忙[1]。"

秋生说:"初步定在五月一号,还是觉得太赶,但女方娘家不应,非讲这天大吉大利,百年难遇。我想想随便了。"兴旺说:"女方娘家一定有实力,否则硬气不起来。"秋生说:"算是吧!"

兴旺把脸凑到秋生面前,似笑非笑。秋生说:"做啥?"兴旺说:"老实讲,和林玉宝谈了几年恋爱。不要以为山高皇帝远,就无人知晓。"秋生心怦怦跳,说:"啥人传的消息?"兴旺说:"不要管,是不是真的?"秋生说:"过去的事体,不谈了。"

"杜老板,一碗熏鱼面。"人未见话先到,兴旺不用看,也晓得啥人来了。开出租车的阿达把一串钥匙和一张报纸往桌上捆,骂骂咧咧:"今天触霉头,送俩洋鬼子去机场,在车里放一路洋屁,一股子洋葱奶酪发酵的酸臭味道,熏得人想吐。到现在,车里味道还没散。"

客人哄堂大笑,秋生倒觉腻心[2],面有些吃不下去。

兴旺拿过报纸,翻翻说:"这种男人考上大学,回城后抛弃前女友的新闻,我是看都不要看了。"他抬头瞟秋生一眼,状似无意,秋生多意,恐兴旺多想,无奈主动说:"我和林玉宝分手,是有原因的。"兴旺说:"啥?"秋生说:"玉宝在新疆,调不回来。是玉宝家里出问题,上下不齐心。我总不可能等一辈子吧,我可以,老娘也不肯。"

兴旺说:"兄弟姊妹多的坏处,各有私心。"阿达说:"林玉宝,清华中学的林玉宝,是吧?"秋生不语,兴旺点头。阿达说:"乖乖隆底冬,韭菜炒大

---

1. 轧闹忙:凑热闹。——编者
2. 腻心:恶心,不舒服。——编者

葱。林玉宝老嗲,皮肤白得像奶油,媚眼一瞟,我骨头酥一半,再瞟一眼,骨头全酥。原来是秋生女朋友,换作我,我就不回上海,宁愿建设边疆,奉献一生。"秋生说:"大话不要满,真去看看,不出一个月,就要哭爹喊娘。"

兴旺说:"林玉宝的娘,是啥人?旧时长三堂子[1]的人,嫁人做姨太太,笼络男人,媚相天生。"秋生听了,心底不适,皱眉说:"好好的,提玉宝娘做啥,关玉宝啥事体?"兴旺笑说:"嗳,秋生还没放下。"

招娣手端熏鱼面,在旁边站半天了。阿达闻到香味,接过说:"也不晓得喊阿哥一声。"招娣讲四川话说:"我和林玉宝,谁长得乖?"兴旺、秋生和阿达侪笑了。阿达说:"阿妹,讲这种自取其辱的话,有意思吗?"招娣哼一声,走了。阿达搅几筷子面,咬一口熏鱼,外酥里嫩,味道鲜甜,洋屁味立刻忘光了。

兴旺说:"秋生老实坦白,和玉宝在新疆几年,有没有肉体关系?"阿达说:"问得好。"秋生说:"你情我愿的事体。"阿达说:"老卵[2],滋味如何?一身羊脂膏玉!"秋生说:"污糟[3]吧。"兴旺笑说:"秋生艳福不浅,尝过玉宝,又要娶新娘子。不过玉宝可怜了,男人对这方面,多多少少要介意的。"秋生说:"不见兴旺介意。"

兴旺的娘子盼娣,四川人,三年前来上海投亲,寻不到路,一个老男人看了地址,热心带路,结果带到家里去,囚禁一个月才放出来,寻到亲戚后,人折磨得不像人样。兴旺不但娶了,还把妻妹接到身边照顾。

兴旺说:"我也没办法,家里穷,寻不到娘子,凑合凑合过算数[4]。"阿达说:"是个男的,啥人不想当一把手。"秋生吃光最后一口汤,面钱压碗底,起身离开。兴旺说:"这就走啦。记得发喜帖,不要忘记我,还有阿达。"

秋生说:"放心。"走到门口,有人恰巧推门进来,比秋生还高半头,穿藏青风衣,俩人擦肩而过,听得兴旺在背后说:"潘老板来啦!"

---

1. 长三堂子:指妓院。——编者
2. 老卵:强,厉害。
3. 污糟:肮脏。——编者
4. 算数:算了。——编者

上 篇
红尘深处初相识

同 福 里
88弄38号

玉宝骑脚踏车,揿铃铛的叮当声贯穿长长弄堂,经过为节约三分钱煤饼而早起生煤炉的阿奶,经过左右手拎鸟笼去公园遛鸟的爷叔,经过将隔夜剩饭倒进钢钟锅内烧泡饭的阿婆,经过蹲在公共水龙头前奋力刷马桶痰盂的阿姨,还有一些人,被炉烟淹没在迷蒙中。

01. 回 沪

林玉宝推门,走进灶披间[1],姆妈坐在煤球炉子前,搅拌一碗面糊,虽然有些年数,未曾见面,但还是一眼认出来。

玉宝娘生在旧社会,六岁被卖进堂子讨生活,因长得像赛金花,妈妈帮起艺名薛金花。后来嫁给玉宝爸爸,想调[2]个名字,玉宝爸爸开明,觉得这名字没啥,一直沿用下来。

薛金花也看到玉宝,竟是无悲无喜,搅拌面糊的手甚至未停下,随口说:"姑爷开车可稳当?"玉宝说:"我自己乘公交车回来的。"

薛金花说:"没去接啊?"玉宝说:"嗯。"薛金花说:"一定是忙忘记了,男人在外挣钱辛苦,勿要同大阿姐讲。"

玉宝不语,开始一趟趟往楼上搬行李。第一趟上去下来,薛金花将面糊搓成粒,用筷子拨进钢钟锅[3]内,再搅散;第二趟上去下来,薛金花将红番茄切成小块摆进去,拿铁勺滑动滚汤;第三趟上去下来,薛金花撒一撮盐,打散蛋花,滴几滴小磨香油,红红黄黄白白一锅,香味散开,蒸汽爬满油烟窗;第四

---

1. 灶披间:厨房。
2. 调:换。——编者
3. 钢钟锅:也作钢种锅,钢精锅。——编者

趟上去下来，玉宝觉得热，前脖后颈侪是黏汗。

薛金花在和邻居搬弄是非，习惯性压低声音，嘀嘀咕咕，糊满油烟的电灯泡照得人面孔蜡蜡黄，她媚眼眯细，忽然攒眉轻笑说："这老棺材[1]。"

玉宝拎起一麻袋，往楼上走。邻居说："嗳，玉宝，啥辰光回来的？"玉宝说："我刚刚回来。"邻居说："蛮好，回来就好，当年走时，还是小姑娘。"邻居抬手虚虚比个高度："这样高，扎两只小辫子，如今成大姑娘了，还没结婚，男朋友总归有！"

玉宝攥紧麻袋两只角，往楼梯上拖。薛金花说："不讲了，面疙瘩要泡发了。"邻居说："急啥，再讲一歇歇[2]。"

麻袋里侪是洋山芋，一颗颗和木楼板层层碰撞，彼此较劲，咕咚咕咚震天价响。有邻居隔着门大声说："打雷啦，不晓轻点！"玉宝不语，继续拖麻袋，拖到四楼，拖进房内，拖到阳台。

玉宝长舒口气，抬眼平望，密麻竹竿子，搭满"万国旗"，到处是声音，吵相骂[3]声、刷马桶声、自来水声、婴孩哭啼声、无线电唱戏声、自行车打铃声，有男人扬着花腔喊："还有坏的棕绷……修哇。藤棚……修哇。"从弄堂头一直到弄堂尾。

玉宝想起在新疆，关起门来，静得掉只针在地上，能听到响声。

空气潮闷，梅雨天要来临。

玉宝站了站，回到房里。薛金花坐在桌前，跷只脚吃面疙瘩，抬眼说："要吃哇，还有的多。"玉宝说："不饿。"她出火车站后，买了两块条头糕、一块双酿团[4]吃，堵在肠胃里，感觉腻心。薛金花说："吃杯茶压一压。"玉宝从包里翻出茶杯，寻到热水瓶，倒了半杯，烫嘴巴，搁边上，等凉。

---

1. 老棺材：嘲笑年老的男人。
2. 一歇歇：一会儿。
3. 吵相骂：吵架。
4. 双酿团：含有豆沙、芝麻粉两层馅的团子。——编者薛金花捞面疙瘩吃，忽然笑了说："王双飞，记得吧，隔壁幢楼，老早底[1]，和玉宝一个学堂[2]。"玉宝说："不记得，没印象。"薛金花说："哪能[3]会得[4]没印象，面孔上有块胎记，黑魆魆的，还没想起来？"玉宝说："我回来，在哪里困[5]觉？"薛金花说："王双飞命好，不用上山下乡，顶替父亲进了手表厂，生活可以，就是女朋友难寻，条件好的，厌鄙那块胎记，条件蹩脚的，又看不上。"

玉宝说："我想去混堂汏浴[6]，坐了五天六夜的火车，一身臭汗。"薛金花笑说："前一腔[7]，弄堂里招贼，汏好的女人内裤、胸罩，早上一竹竿晾出去，夜里收回来，就没了。无论是花面的、素面的，棉的、绸缎的，大的、小的，新的、旧的，老太太穿的也偷，荤素不忌。晓得被啥人破了案？玉凤。"

玉宝说："大阿姐。"薛金花说："这天，玉凤不用上工，在家休息，听到阳台有声响，跑过去看，王双飞成了空中飞人，手里拿着叉钩，正钩胸罩，听得玉凤大喊，做贼心虚，一脚踏空落下去，两条腿摔成残疾。"

玉宝说："罪有应得。我要困哪张床？"薛金花说："我不晓，等姑爷回来安排。"

玉宝咬咬牙说："我先去混堂汏浴。"说完拿了换洗衣裳，毛巾、汏头膏、香皂等物，装进网兜，往门外走。薛金花说："白开水倒了又不吃，浪费。"

玉宝浑身白里透红，像煮熟的一尾虾子，氤氲着腾腾热气，从里间走出，到外室。外室摆了七八条窄床和矮凳，侪被女人占满，她也不去挤，用毛巾包裹头发，打开更衣箱，站着穿衣裳。才戴好胸罩，套上内裤，没想到，门口帘子一掀，进来个男人。

~~~~~~~~~~

1. 老早底：以前。——编者
2. 学堂：学校。
3. 哪能：怎么，怎样。——编者
4. 会得：能。——编者
5. 困：睡。
6. 混堂：澡堂。汏浴：洗澡。
7. 前一腔：前一段时间。

所有女人怔住,和男人大眼瞪小眼,一时手足无措,直到男人转身出去了,方回过神。有些女人,赤条条,还没及穿衣裳,因为惊吓,也忘记用毛巾捂上身下身,越想,越气煞。几个老阿姨讲:"大家侪不要走,一道寻堂主,讨要个说法,人多力量大,不能这样,白白被看光。"

堂主挎竹编篮子,进来兜售零食,篮子里摆有青萝卜块、生梨块、盐津枣、卤汁豆腐干、果丹皮、橘子汁,扑扑满出来。

老阿姨一拥而上,将堂主团团围住。堂主护紧篮子说:"做啥?"老阿姨七嘴八舌说:"一问堂主,怎会得有男人,独闯女汰浴间?开天辟地头一遭。"堂主说:"我哪儿晓得。"老阿姨江北口音说:"二问堂主,男人进来时,尼(你)在拉块¹?"堂主说:"我能在拉块,我在切萝卜、切生梨。"老阿姨:"三问堂主,是切萝卜、切生梨重要,还是看大门不让男人进来重要?"堂主说:"侪重要。"老阿姨说:"四问堂主,我们被男人看光光,总得有个说法,哪能办?"堂主说:"哪能办哪能办,凉拌。"老阿姨说:"堂主不讲道理。"堂主说:"就看看,又不会看掉一块肉,小题大做。"老阿姨说:"我们要报警。"堂主说:"这是事实呀。"气呼呼挎篮子出去了。

老阿姨说:"就见不得堂主事不关己、高高挂起的态度,报警报警。"

玉宝没参与,还有重要事体要做。回上海前,她在布店买了两匹布,撕下《大众电影》的插页,让裁缝照着做,用浅蓝色的棉布裁了条西裤,用红蓝格纹的确良裁了件衬衣,现在穿在身上,再把方跟皮鞋擦拭干净,拎着袋子离开混堂。

回到家,入耳是麻将牌被推倒的哗啦声,薛金花和麻将搭子躲在阁楼,凑齐一桌,偷偷打麻将。听得楼下响动,唬得不敢动作,探过头张望,见是玉宝,嗯口气,瞧她单肩挎着皮包,又要出去,大声说:"早点回来,一道吃夜饭。"玉宝刚要回答,薛金花缩回头说:"杠上开花。"瞬间急风骤雨声一片。

玉宝乘42路公交车,乘四站路,到襄阳北路下来,往新乐路方向走。这里是上海最中心,打扮时髦的男女迎来过往,玉宝这身衣裳,在新疆人人夸洋气,但此刻一相较,显得落伍了。

---

1. 拉块:哪里。——编者

02. 冷 遇

林玉宝记得，知青串联到上海，去过乔秋生家一趟，现今回城，有些地方变了样，但这爿石库门、清水墙、乌瓦顶、黑漆门、铜门环，随处可露的古迹和心机，是一点没变。

寻着门牌，上到三楼揿门铃。一个妇人开门说："不是讲堵车要晚到，倒来得快。"她看到玉宝，显然认出了，笑容收起，明知故问说："寻啥人？"玉宝也认出秋生娘，笑说："阿姨，我来寻秋生，秋生可在家？"

小菜的香味，顺门缝扑出来。

秋生娘说："秋生不在，有啥事体？"玉宝说："我是林玉宝，来看秋生。"秋生娘说："林玉宝不是在新疆？"玉宝说："我回来了。"秋生娘喃喃自语："哪能就回来了。"玉宝没响。秋生娘不让，一个爷叔声音从背后传出说："堵了门做啥，装门神？"没人应，他索性凑过来，也愣住。玉宝主动说："叔叔，是我，林玉宝。"秋生爸爸说："哦，林小姐。"神色难免复杂，橡皮红嘴唇嚅动，任凭有三寸不烂之舌，此时完全派不上用场。

对面邻居推拉纱门，秋生爸爸说："还不进来，丢人现眼。"他背起手走到饭桌前，坐下抽香烟。

秋生娘眼睛一眨，撇嘴角说："进来吧。"玉宝说："我带了点新疆特产。"秋生娘接过，随手丢到鞋柜高头。玉宝看了不语，走进房里，桌上摆满凉菜，马兰头拌豆干、四喜烤麸、熏鲳鱼、白斩鸡、桂花糖藕、糯米枣、臭豆腐、糟香拼盘，盘盘碟碟垒起，明显在等贵客。

秋生爸爸好半天才说："坐，老太婆，倒茶！"玉宝坐下，秋生娘不动。秋生爸爸说："啥辰光回来的？"玉宝说："刚回来。"秋生爸爸和秋生娘对视一眼，秋生爸爸说："倒蛮巧嘛。"玉宝说："此话怎讲？"秋生爸爸又不响，吸口烟，朝秋生娘说："去取一副碗筷，挟¹些凉菜给林小姐品尝，新疆吃不到。"秋生娘磨磨蹭蹭，玉宝说："不劳烦了，秋生啥辰光回来？"秋生爸爸说："秋生工作忙，常常忙到半夜三更。"玉宝的目光扫过桌面，秋生爸爸说："有亲戚，亲戚要来，总归要招待。"

秋生娘抬头看钟说："嗳，要到了。"

玉宝说："我先走吧，叔叔能否给我一支笔一张纸，我留个电话，让秋生回来联系我。"秋生爸爸说："好好。"他拉开桌子抽屉，取支圆珠笔，寻半天没寻到纸，把空的大前门香烟壳子从边沿拆开，摊平，递给玉宝。玉宝低头写好，再递过去，见秋生爸爸袖着手不接，就摆在桌面上，站起说："我先走了，再会。"

秋生娘脸色阴转晴说："再坐一歇。"秋生爸爸咳了咳嗓子。玉宝咬紧嘴唇，没多讲啥，走到门外，听到身后嘭的一记关门响，眼眶顿时红了。

玉宝握住木梯扶手，两腿发抖往下走，楼梯间逼仄昏暗，好像一不留神就会摔下去，摔得鼻青脸肿。走出楼，斜阳映着旧春联，不远有老虎灶，水蒸气从锅盖边冒出来。玉宝走过去，螺蛳壳大点的地方，硬摆出三两张桌椅，听人喊烧老虎灶的小年轻叫小毛，玉宝也喊："小毛，给我泡一壶茶。"小毛笑嘻嘻说："马上就来。"

玉宝挑个面朝外的座位，灯泡水汽朦胧，光线暗戳戳²的，外面愈发显亮，人来人往，面孔看得清晰。小毛端来茶壶茶碗，送一碟奶油五香豆。玉宝倒了茶，慢慢吃着。小毛说："阿姐看着面熟，好像见过，一时又想不起来。"玉宝说："我们老早见过面。"小毛说："在此地住过？"玉宝说："不是，和乔秋生一道来的。"小毛说："哦，是乔阿哥的朋友。阿姐今朝也来道喜？"玉宝说："道哪门子喜？"小毛说："阿姐原来勿晓得。"玉宝说："晓得啥？"小毛说："乔阿哥五月份要结婚，今朝搬嫁妆。"

玉宝捏茶碗的手直打滑。小毛说："来了来了。"听得噼噼啪啪放大地红，

---

1. 挟：夹。——编者
2. 暗戳戳：昏暗。——编者

炸足三分钟才散尽，又听得大卡车碾窨井盖声，围观群众立老虎灶门前看闹忙。

玉宝望到卡车后厢塞满家什电器，崭新簇亮，上等货色。乔秋生下车指挥，一身毛料西装，头发油光，意气风发，看得出这些年乔秋生过得十分惬意。

小毛说："阿哥，阿哥。"秋生说："做啥，没看到我忙来兮[1]。"小毛说："阿哥的女朋友来了。"秋生说："这种玩笑不好乱开，要出人命。"小毛说："真的。阿姐邪气[2]漂亮。"秋生不听，朝司机大喊："往前往前，不要停。"司机探出头说："勿好再往前，再往前，要撞上晾衣竿。"秋生说："听我的没错，快点快点，往前往前，我喊停再停。"

小毛退回来，玉宝已经走了，茶吃半壶，奶油五香豆一颗未动。小毛阿娘端起碟子，照旧收好，留给下一位客人。

工人卸下家什电器，捆绑结实，一件件背上楼，摆进房间。秋生付了钱，又多给两条大前门，才算结束。他在玄关处换拖鞋时，秋生娘说："泉英、泉英爷娘和娘舅人呢？"秋生说："在后一部车子里，我讲抄小路走，不听，自说自话，非要走淮海路，好哩，堵得寸步难行。"他拎起皮鞋，摆进鞋柜，抬眼看到柜面上一只鼓囊囊的马甲袋，打开说："这是啥？"看后他脸色瞬间大变。秋生娘说："要死快了[3]，林玉宝竟然寻过来，好巧不巧，偏偏今朝寻过来。吓死我了，生怕帮[4]泉英、泉英爷娘和娘舅撞上，要出大事体。"

秋生没响，伸手翻了翻，见两袋吐鲁番葡萄干、一袋和田玉枣、一铁盒天山雪莲和肉苁蓉，心底五味杂陈。他走到桌前坐下，一张香烟壳子摊开，笔迹熟悉，拿起说："这是啥？"秋生爸爸说："林玉宝留的电话，让秋生有空打过去。"

秋生站起，要往门房间去。秋生娘要阻止，秋生爸爸说："啥辰光了，还

---

1. 忙来兮：很忙。
2. 邪气：很，非常。
3. 要死快了：要完蛋了。——编者
4. 帮：和。——编者

摇摆不定。秋生,同林小姐早点讲清爽[1],五一要结婚,这是一门好亲事,容不得节外生枝。"

03. 家 宴

潘逸年和孔雪坐在长椅上,同来的张维民尿急,往襄阳公园寻厕所间。

孔雪说:"建造鸳鸯楼的事体,听闻普陀区房地局点名潘总负责,恭喜恭喜。"潘逸年说:"勿要相信,八字没一撇。"

孔雪说:"不管哪能,凭我俩几度愉快的合作关系,装修这块,还需潘总再次提携。"潘逸年笑笑。

孔雪抬手撩鬓发,笑说:"夜里七点钟,百乐门,潘总去吧。曹总、周总、徐总会去,还有一位李先生,香港搞地产的。"

潘逸年不语,目光落向斜对面长椅,长椅上坐了一位年轻小姐,肌肤雪白,发乌黑、唇鲜红。当然,上海滩灯红酒绿之地,最不缺的就是美人,潘逸年见多识广,也非好色之人,只为小姐流泪,多看两眼。

一缕潮闷的风,吹过梧桐树,筛下几点湿意,好像落雨了。

孔雪说:"潘总,潘总。"潘逸年回神说:"麻烦孔雪一桩事体。"孔雪说:"客气。"潘逸年欲讲,却看到那位小姐站起身走了,便微笑说:"没事体了。"

林玉宝回到同福里,已经七点钟,一家门[2]围坐饭桌前,听到动静,齐齐望过来。外甥女小桃跑过来,拿拖鞋给玉宝,自来熟地说:"二姨。"一溜烟又跑了。玉凤也过来,一把抱住玉宝,眼眶红红地说:"我的大妹妹,终于回来了,瘦了。"玉宝凄清地笑,不语。三妹玉卿叫声"二姐姐",拉着她到阳台,盆里

---

1. 清爽:清楚。——编者
2. 一家门:全家。——编者

打好热水，拧干，递毛巾，给玉宝揩面[1]。

玉宝回到饭桌前，被玉凤拉到身边坐定。薛金花不大高兴地说："叫早点回来，早点回来，当耳边风，让姑爷好等。"玉宝没响，玉卿说："大姐夫去买酒，还未回来。"

小桃一直扒阳台往窗外看，跑过来报告："爸爸回来了。"有脚步上楼声，小桃去开门，玉宝抬眼，大姐夫黄胜利在门口调拖鞋，小桃接过酒，摆桌面上，一瓶七宝大曲，两瓶莱蒙汽水。

玉卿去拿酒杯，黄胜利朝玉宝笑笑，玉宝也笑笑，薛金花移个座位，把主位让出说："姑爷坐。"黄胜利也不客气，一屁股坐下来。玉凤抱怨说："姆妈又这副样子。"薛金花和黄胜利不睬，玉宝、玉卿不语，小桃把汽水瓶递给黄胜利，嚷嚷要吃。

黄胜利一手握瓶颈，瓶盖抵住桌角一顶，瓶盖飞起，气泡嘟嘟往上冒。玉凤接过去，依次给玉宝、玉卿、小桃的杯子倒满，再给自己倒半杯，已然见底。

黄胜利说："小桃，帮阿爸去五斗橱拿主人杯。"小桃去了又回来说："寻不着。"黄胜利看向玉凤，薛金花说："玉凤，帮姑爷拿主人杯。"玉凤说："他残疾人，缺胳膊少腿？要我去拿。"

黄胜利起身，一声不吭出门下楼。薛金花说："去帮了拿，掉块肉？"玉凤不理，挟一条烤仔鱼，摆进玉宝碗里说："新疆吃不到，爱吃就多吃点，正是凤尾鱼上市辰光，肚皮胀的侪是籽，我用足半锅油炸，又鲜又香。"玉宝吃了。

玉卿说："我看到新疆知青，面孔黢黑又粗糙，听讲[2]新疆气候差，风沙像刀子割皮肤，二姐姐看上去还好。"

玉凤愤愤地说："还是被摧残了，去新疆以前，大妹妹的皮肤白得反光。"她不由得眼眶发红，嗓音哽咽了，又挟起一条烤仔鱼摆进玉宝碗里。玉卿连忙

---

1. 揩面：洗脸。
2. 听讲：听说。——编者

说:"没关系,上海水软,空气滋润,不出一年,就养回来了。"

薛金花说:"姑爷也吃。"她伸手端了装烤仔鱼的盘子,挪到黄胜利的座位面前,一盘香菇炒菜心调过去。玉凤说:"姆妈。"

玉宝本就强颜欢笑,看到这样的光景,更没了胃口,再瞟到空座位,及一副空碗筷,是给因膀胱癌去世的小阿弟摆的,一股心酸油然而生。

黄胜利空手回来说:"玉凤,我的主人杯,摆了啥地方?"玉凤说:"摆了我手里。"黄胜利说:"不好问是吧。"他坐下来,自己倒酒,举到嘴边,龇牙呷了口,挟起烤仔鱼,在辣酱油里蘸过,一咬半口,嚼了说:"香。"

玉凤说:"黄胜利,讲好往火车站接大妹妹,为啥食言?"玉宝说:"没关系。"薛金花说:"姑爷不去,自有道理。"

黄胜利说:"本来是要去接大妹妹,到了老北站南出口,有俩洋鬼子拦车,要去浦东川沙,大鱼摆了眼前,不宰是戆大[1]。"玉凤说:"是大妹妹重要,还是赚铜钿[2]重要?"黄胜利说:"我不赚铜钿,老婆能有半锅油炸烤仔鱼?小囡读书学费哪里来,全家吃穿用行、水电煤球、人情世故、交际来往的钞票哪里来?如今大妹妹回来了,多个人多张嘴,我压力不要太大。"玉宝说:"我谢谢姐夫,不用考虑我。"薛金花叹口气,玉卿不语。

玉凤底气不足地说:"我有挣工资补贴家用,还有姆妈的退休工资。"黄胜利一喝酒脸就红,冷笑说:"玉凤这点工资,毛毛雨。姆妈的,还不够输两盘麻将。"玉凤和薛金花不搭腔。玉卿起身说:"炉上炖的老母鸡汤,应该好了,我去端来。"

小桃凑到玉宝耳边说:"姆妈是纸老虎,喉咙响是响,讲两句就哑掉。阿爸是真老虎,一吼没人敢响。"玉宝扯扯嘴角,低头吃饭。

玉卿端来钢钟锅,揭开盖,薛金花拿起汤勺,撇开一层黄油,热气混了香味冲出来。薛金花将两只肥鸡腿扭断,一只给姑爷,一只给小桃。小桃说:"阿婆吃,我吃鸡翅膀。"

---

1. 戆大:傻瓜。

2. 铜钿:钞票,钱。

薛金花挟鸡腿到自己碗里,揪下翅膀给小桃。小桃说:"给两位姨姨吃。"薛金花说:"两位姨姨刚飞回来,不用吃了,小桃吃,有了两只翅膀,飞到美国挣刀勒[1],阿婆跟去享福。"

黄胜利笑了,薛金花心安了。黄胜利朝玉宝说:"大妹妹,在新疆,没寻个男朋友?"玉宝摇头。黄胜利:"大妹妹今年二十六岁,说小也不小了,不要慌,我兄弟多,随随便便寻。"

玉宝说:"谢谢姐夫关心,目前还不想。"薛金花说:"再不想成老姑娘了,早点嫁出去,勿要给姑爷增加负担。"玉凤瞪圆眼睛说:"姆妈。"小桃抱牢玉宝的胳膊说:"姨姨不要嫁人。"

黄胜利眼饧耳热地:"大人讲话,小人插啥嘴巴,吃好,快去做功课。"又说:"大妹妹,在新疆,一月挣多少工资?"玉宝说:"七十块。"黄胜利说:"哟,比内地工资高出不少。大妹妹有钱人。"玉宝不响,吃口饭后说:"我想寻份工作。"玉凤说:"不急,才刚回来,先休息段辰光再讲。"

一顿饭吃完,小桃上阁楼做功课,黄胜利满脸通红,打着酒嗝,拎两只空热水瓶往老虎灶,薛金花不晓哪里去了,玉凤、玉宝和玉卿面对一桌狼藉,才有空当聊聊天。

04. 家 事

玉凤拉玉宝手说:"大妹妹,在新疆受罪了,原本这罪该我来受。"玉宝说:"当年阿姐刚结婚,不好去,情有可原。"玉卿不语。

玉凤说:"总归是我对不起。"玉宝说:"没事体。"玉宝说:"玉卿,啥辰光下的乡?"玉卿说:"一九七七年去的崇明红星农场。"玉宝说:"一九七七

---

1. 刀勒:美金。

年。一九七七年运动要结束了，还去。"玉卿咬唇不语。玉宝冷笑说："玉凤讲两句，到底为啥？"

玉凤面孔血血红，半天说："我也没办法呀。姆妈没收入，我在弄堂工厂踩缝纫机，累死累活，一个月十块铜钿，又刚生了小桃，处处要用钞票。黄胜利当时还没开出租，做打桩模子[1]，倒买倒卖，遇到工商来捉，东躲西藏，浑身寒丝丝，人家越挣越多，黄胜利是赔得多，挣得少。"

玉宝说："这和玉卿不搭嘎[2]。"玉凤说："玉卿待业在家等分配，分配没等来，等来居委会阿姨爷叔，敲锣打鼓带了光荣榜，三天两头上门动员，做工作，讲分配有难度，僧多粥少，没个三两年，落不到玉卿头上。我的心，像在油锅里煎，一个大活人，在家没工作，没收入，大家蹲一道吃西北风，这是现实问题呀。阿姨爷叔又讲，看老邻居面子，特事特办，玉卿勿用去新疆黑龙江云南，也勿用去安徽湖南江苏，就去崇明红星农场，水清地灵野鸟多的好地方，一到就分配工作挣铜钿，离上海且近，探亲方便，等政策稍稍宽了，就回来。"

玉卿说："在红星农场，别个侪忘记，唯一忘不掉老做梦的，是在水田里插秧，手掌泡得像死人手，一条腿上趴三四条蚂蟥，血吸得胀鼓鼓。揪也揪不出，甩也甩不脱，相当难弄。"

玉宝含泪不语。玉凤说："居委主任叮嘱我，勿要同旁人讲，当心红眼病，这种烧高香的好机会，多少人挤破头想去，没路子。还讲只有一天考虑，有三家在考虑，先到先得。错失这趟机会，只能去安徽湖南江苏了。啥人经得起这样讲，姆妈和黄胜利也同意了，我还能讲啥。"

玉宝说："居委主任的口才，不是没领教过，死人也能讲活过来。我三天两头寄信，让玉凤再坚持坚持，我每月寄钱来补贴，怎就容不下玉卿一张嘴。"玉卿听到此刻，冤屈涌出，泪洒当场。

---

1. 打桩模子：指无许可证设摊做生意的人。又指捐客、投机倒把、炒卖外汇、证券及贩卖外国香烟的人。

2. 搭嘎：有关系。

玉凤哭天哭地说:"我就晓得,玉宝回来要怪我,玉卿心底恨我,我也有诸多难处,我是哑巴吃黄连,有苦讲不出,啥人体谅我呢。"

小桃从阁楼探过头来,担心地说:"姆妈。"

玉卿站起,哽咽地说:"天晚了,我该回去了。"玉宝也站起说:"我送送玉卿。"玉凤趴在桌上,整张脸埋进手肘里,肩膀一抽一抽。

走出门,楼梯间陡峭漆黑,玉卿摸半天绳子,才拉亮楼道灯,摸了一手灰。灯光灰蒙,只得一步步慢下来,到拐角处,互相搀扶一下,想起当年俩人在楼道里蹦蹦跳跳,身轻如燕,感叹世事无常,不由得鼻头发酸。

路过灶披间,李阿奶在喂猫吃鱼骨头,看到两人,笑眯眯说:"姊妹俩感情好。"

玉宝、玉卿笑笑不响。

夜风穿堂过弄,湿气扑面,让人精神一振。玉宝说:"我上去拿洋伞。"玉卿说:"这点小雨,勿用麻烦,走出弄堂口,就是公交车站。"玉宝作罢,抚掉雨珠说:"妹夫为啥没来?"玉卿说:"嗯,张国强怕陌生。"玉宝说:"我们还算陌生?"玉卿没响。玉宝说:"我一直希望玉卿比我和玉凤过得幸福。"玉卿反问:"啥叫幸福?"玉宝被问住了。

玉卿说:"有桩事体,一直困我心间,不讲出来,觉得对不起二姐。"玉宝说:"啥事体?"玉卿说:"当年上山下乡指标,是给的玉凤,玉凤为了逃避,迅速嫁给认识没几天的黄胜利。"玉宝说:"啥人讲的?"玉卿说:"是玉凤和姆妈的私底话,利用二姐善良,顶替玉凤去新疆。"

玉宝说:"过去的事体,还提它做啥,又不可能时光倒转,从头再来,白白给自己添堵。"玉卿说:"二姐心态好,当我没讲过。"

老虎灶还没封炉,亮黄灯,冷清清,一张桌两板凳,坐着两人,一个是黄胜利,另外一个是女人,打扮清爽,烫菊花头,穿无袖圆领泡泡绉纱白底红点睡袍,两条光溜溜的肉胳膊,圆润结实,拎起壶,往黄胜利杯里倒茶,说说笑笑。玉宝看女人陌生,玉卿说:"阿桂嫂,男人是船员,一年有大半年漂海上,守活寡。"玉宝不由得恍惚,过了这些年,有些人,当真认不出了。

阿桂嫂和黄胜利耳语，黄胜利大笑，转过面孔，正巧看到玉宝、玉卿，六目相对。黄胜利拎起热水瓶，走过来说："玉卿要回去了，难板[1]来一趟，再坐一歇。"玉卿摇头说："要赶最后一趟夜班车回去。"黄胜利说："再坐一歇，我开车送玉卿回去。"玉卿说："太麻烦，我先走了，再会。"黄胜利说："路上注意安全。"

玉宝看了眼阿桂嫂，阿桂嫂弯腰，在拍腿上吸血的蚊子。

等公交车时，玉卿说："我还有些话想讲，又怕二姐怪我事多。"玉宝微笑说："我们是至亲姐妹，有啥话不好讲。"玉卿说："我刚从红星农场回来，不懂事体，不会看人眼色，后来被姆妈教育一顿，才明白。这个家，已不是我的家了，也不是姆妈的家，是黄胜利和玉凤的家，我们不能当家人，也不能当客人，要把自己当免费保姆，买汏烧[2]家务事全包，该用铜钿时，要拿出来用，否则有的脸色看、阴阳话听，让人待不下去，最好的办法是赶紧嫁掉，皆大欢喜。"

玉宝说："是啥人，给玉卿脸色看、气话受？黄胜利、玉凤还是姆妈？玉卿讲讲清爽。"玉卿苦笑说："二姐最聪明，明明心底明白，还要我讲清爽。姆妈古人思想，阿弟死后，儿子靠不牢，一心指望靠女婿养老，对黄胜利小心翼翼、事事服帖，倒惯出脾气来了。他本身就不是有素质的人，也别指望玉凤主持公道，玉凤表面厉害，却被黄胜利和姆妈处处拿捏，是名副其实的空响炮！我提醒二姐，为了自己的未来，要早做打算！"

05. 困 顿

玉宝进了房间，桌面早收拾干净，内房亮光，薛金花和玉凤坐在灯下结绒

---

1. 难板：难得。
2. 买汏烧：买菜、洗菜、烧菜，泛指家务劳动。——编者

线衫。玉宝说:"我夜里困啥地方?"

玉凤抬头,眼眶通红地说:"和小桃困一道吧,困阁楼。"

玉宝说:"阿姐呢?"薛金花说:"玉凤和我困一道。"玉宝说:"姐夫呢?"玉凤说:"黄胜利去困百家床。"玉宝说:"我只听过吃百家饭,没听过困百家床。"

薛金花说:"巴掌点大的地方,为困个觉,急煞人。"

玉凤手一顿,丧气地说:"姆妈,袖子收针又结错,每趟到这里就结错。"薛金花骂说:"讲过多少遍,片织便当[1],片织便当,不听,非要圈织,自己想办法。"玉凤说:"我真是戆大,尽做吃力不讨好的事体。"

玉宝没响,拿了塑料面盆,面盆里有毛巾、牙膏、牙刷和杯子,下楼。立四方水槽前,拧水龙头,无水流出,盯了发呆。赵阿姨的女儿赵晓苹也在旁边水槽揩面,看到说:"有人不自觉,欢喜偷电偷水,所以每家户水表开关,侪装了小匣子,落上锁,用则开,不用则关,玉凤阿姐大概忘记讲了。"玉宝说:"是呀。"赵晓苹说:"用我的吧。"玉宝说:"哪儿好意思。"赵晓苹说:"侪是邻居。"她主动帮玉宝接半面盆冷水,又倒了些开水,水温正好。玉宝说:"谢谢谢谢。"

玉宝揩过面,鬓发潮湿,端起面盆往电话间,电话间两三平方米,木板房,窗户装了铁条,挖两个拱洞,各摆一部橘色电话,一部接,一部打。老阿姨在窗里头,像在蹲地牢,正吃汤年糕片,吸溜吸溜。玉宝说:"阿姨,我是38号4楼的林玉宝,可有人打电话寻我?"老阿姨吃得兴致,眼也不抬说:"没。"玉宝不声不响,站了站,转身往弄堂里走。老阿姨放下筷子,喉咙乒乓响说:"勿要心急,心急吃不了热年糕,有电话我会得吼那。"

玉宝上楼,客厅里支棱着一张帆布床,黄胜利跷脚坐,看到玉宝,点头示意。玉宝闻到不晓是脚气,还是肉革气,总归是怪味道,并不响,踩了木楼梯,嘎吱嘎吱。玉凤捧面盆进来,玉宝已上阁楼。

阁楼摆一张床、一个衣柜、一张桌、一把椅,已经塞满。屋顶是个斜的"一"字,墙壁开一方老虎窗,老虎窗台子摆花瓶,插几朵蒙灰塑料花。

---

1. 便当:方便,顺手。——编者

小桃收拾完书包，趴楼梯上，从缝里往下看，又跑到玉宝身边说："姆妈在给阿爸汰脚。"玉宝在收拾床铺，边边角角叠齐压平整，再找来毛刷，把床单上印的牡丹花叶刷娇艳。听小桃讲，也只笑笑。小桃困里头，玉宝困外面，小桃困不着说："六一儿童节，我要表演节目。"玉宝说："啥节目？"小桃说："唱儿歌，我唱给二姨听。"

"侬姓啥／我姓黄／啥厄黄／草头黄／啥厄草／青草／啥厄青／碧绿青／啥厄碧／毛笔／啥厄毛／三毛／啥厄三／高山／啥厄高／年糕……"

玉凤高声说："人来疯是吧，再不困觉，我请侬[1]吃竹笋烤肉。"

小桃很快困熟，困相不好，手脚齐用抱住玉宝。阁楼空间逼仄，白天吸饱热气，夜里开始喷发，燥闷异常。没多久，玉宝额头侪是热汗，挪开小桃手脚，轻悄爬起来，想打开老虎窗，插销死紧，拔不脱，一用力，差点打翻花瓶。经这一吓，背脊愈发黏湿答答[2]。

玉宝不敢开灯，怕惊扰楼下人，摸索半天，终于寻到一把蒲扇，便坐在椅子上摇蒲扇，衣襟扣解开两粒，胸罩扣也松脱，凉丝丝的风钻进钻出。玉宝抬眼，看向老虎窗，花瓶和塑料花黑魆魆的，窗外是片焦糖色。她想到新疆，蓝亮多星天空，静听落针声音，这样的光阴，已经一闪而逝。

上海又叫夜上海，从来不太平，电车靠站叮叮摇铃，野猫飞檐走壁，无线电咿咿呀呀，水龙头嗞嗞乱响，咳嗽吐痰，甚至掀落马桶盖的嘘嘘声，只要有心听。小桃咯吱咯吱磨牙，像老鼠在啃家具腿。

玉宝开始无声哭泣，一行泪，一行汗，眼泪和热汗混搅一起，咸渍渍。忽听黄胜利笑一声说："出水了。"玉凤说："下作胚[3]。"黄胜利说："帮我生个儿子。"玉凤不语。黄胜利说："人家侪有儿子，我不能断子绝孙。"玉凤说："隔壁姆妈，楼上大妹妹和小桃，轻点声。"黄胜利说："哪能轻，讲讲看。"玉凤不语。黄胜利说："乖乖，腿再张张。"

---

1. 侬：你。
2. 黏湿答答：闷热潮湿。
3. 下作胚：下流之辈。

玉宝索然无趣，踮起脚尖，走回床沿，轻手轻脚躺下，把前尘往事想了个遍，好似困着，又惊醒，弄堂里，一串自行车铃铛声，一抹清光透进窗缝。再困不着，索性穿衣裳下楼，先还犹豫，生怕看到不雅场面，幸好只有黄胜利，穿条裤衩，四仰八叉躺平，呼噜噜打鼾。

马桶和痰盂罐侪满了，玉宝拎起去倒粪站，公共厕所旁有自来水，洗刷干净，因来得早，人还不多，一旦来晚了，就要排队。

玉凤起来了，蓬头垢面。小桃戴好红领巾，坐在桌前，一口泡饭，一口白煮蛋，一盘雪里蕻炒毛豆，一碟三块红腐乳，一盘大饼油条。玉凤说："大妹妹勤劳。"又伸腿踢黄胜利说："太阳晒屁股啦，快点起来，出车赚铜钿去。"

黄胜利伸个懒腰说："我今天穿啥衣裳？"玉凤说："打赤膊。"她站起往楼下走。黄胜利说："这婆娘，一大早跟吃了子弹壳一样。"他上阁楼翻衣柜，翻了白背心套上，再下来。小桃说："阿爸，背后头跟渔网一样，侪是洞，难看相。"黄胜利拧小桃面孔。

薛金花在内房，听得一清二楚，连忙翻出新背心，走出来说："前两天，才买好一条，要给姑爷穿，被我忘记，人老记性差，真该死。"玉宝吃油条不语。弄堂里传来老阿姨的喊声："38号4楼，林玉宝，乔秋生打电话来寻侬，乔秋生打电话来寻侬，快点到电话间来接！到电话间来接！"

黄胜利换上背心，玉宝火烧屁股往楼下跑，差点撞倒玉凤。黄胜利说："乔秋生啥人？听名字，像个男人。"

06. 事 业

潘逸年到广州，经手的地产楼盘接近尾声，陪市政领导视察后，和五位老总吃好宴席，华灯初上，霓虹炫彩，辰光还早，一道往东方宾馆，内有音乐茶座,可供消遣。

持外汇券入场,属于外宾,服务相应高端,雅座半包,闹中取静。服务员送来果盘、点心和酒,摆满一桌。台上乐队吹拉弹奏,一位歌手在演唱,声情并茂。

潘逸年和李先生是旧识,另四位老总,有侨务总办张辉张总、嘉丰地产雷总、新村开发宋总、澳门地产商冯总。彼此客气一番,落座后,聊过两句,孔雪带了一位小姐过来打招呼。孔雪说:"这位是我朋友赵岚晴,做建材生意的。"赵岚晴清秀一佳人,巧笑嫣然,衣着不俗,言行大方,拿出名片,一一分发。发到潘逸年时,赵岚晴笑说:"还请潘总日后多多关照。"潘逸年接过名片,笑而不响。

李先生说:"两位靓女唔介意,一齐坐低吹水啦。"孔雪说:"盛情难却。"潘逸年和张总在闲谈,赵岚晴走过去说:"可以坐吧。"潘逸年没吭声。张总说:"可以。"他往右边挪挪,空出位置,赵岚晴在中间坐了。孔雪坐到李先生旁边。

张总说:"赵小姐是哪里人?"赵岚晴说:"你猜。"张总说:"我最不喜欢猜。"赵岚晴说:"哦,我是上海人。"张总说:"上海人,上海人这几年,喜欢往广州深圳珠海跑。"赵岚晴眼波流动说:"南边是改革开放前沿阵地,政策宽松,经济腾飞,房地产行业发展快速,我们做这行生意,我们不来谁来。不过,要享受生活情调,体会繁华奢靡,还是上海好些。以后你们来上海,我随时随地奉陪,吃穿住行我全包。"张总吃口酒说:"赵小姐大气。"赵岚晴说:"张总见外,叫我小晴吧。"

赵岚晴拿起红酒瓶,替张总添酒,又侧身向潘逸年,潘逸年轻捂杯口说:"勿用。"赵岚晴说:"潘总也是上海人?"潘逸年说:"嗯。"赵岚晴说:"潘总在哪里高就?"潘逸年说:"赵小姐真不知?"赵岚晴面孔一红说:"想听潘总亲口讲。"潘逸年笑而不语。赵岚晴说:"我看潘总亲切,日后叫潘总阿哥可好?潘总也可以叫我小晴,或阿妹。"

潘逸年微皱眉,喜怒难辨。张总吃酒,笑洒洒看戏。

服务员过来问:"谁想上台唱歌?"李先生说:"潘总唱歌好听,潘总唱啦。"潘逸年放下酒杯,也为摆脱赵岚晴,站起身,走上台,和乐师沟通两句,拿了麦克风,坐高凳上,很快伴奏响起,潘逸年唱道:

愁绪挥不去 / 苦闷散不去 / 为何我心一片空虚 / 感情已失去 / 一切都失去 / 满

腔恨愁不可消除／为何你的嘴里总是那一句／为何我的心不会死／明白到爱失去／一切都不对／我又为何偏偏喜欢你……

以上歌词是用粤语唱的，赵岚晴听得落泪，掏手帕说："我没听过这首歌。"李先生说："陈百强新歌，《偏偏喜欢你》，风靡香港大街小巷。"张总笑说："没想到潘总粤语也讲得唔错。"李先生说："你唔知佢的来历。"赵岚晴听得吃力，大概意思是，一九七九年，为进军国际建筑行业，建工总局成立中海（中国海外建筑工程有限公司），在香港承接建筑项目。当时去了近三十名建筑师，潘逸年是其中一名。万事开头难，各种艰辛不胜举，经过两年多奋斗，中海共参与数百个项目，为中海集齐五张建筑 C 牌立下汗马功劳。

冯总说："潘总是中海赫赫有名的'十八罗汉'。"李先生说："你睇小潘总，潘总是十八罗汉领导。"赵岚晴继续听，一九八一年，潘逸年带领十八罗汉转回内地深圳，开发海丰苑，海丰苑项目上下十分重视，其在内地房地产开发行业代表的意义，相当于里程碑。

一曲唱罢，掌声热烈，潘逸年放下麦克风，回来坐定。雷总说："潘总儒雅斯文，歌也唱得好，看着不大像做建筑工程的。"宋总说："是呀，我也觉得。"冯总说："人不可貌相，海水不可斗量。"潘逸年只笑笑。

张总生起兴致，拉了雷总、宋总也要一展歌喉。潘逸年坐到李先生旁边，冯总凑过来，三人碰杯谈事体。赵岚晴也想凑过去，被孔雪一把拉住。孔雪低声说："赵岚晴你刚刚讲了啥，让潘总不高兴？"赵岚晴说："潘总何曾不高兴？"孔雪说："我和潘总做过几笔生意，喜怒脸色，还算拿捏得准。"赵岚晴才说："没讲啥。"孔雪说："别人我不好讲，但赵岚晴，我太了解了，浮花浪蕊不经风。"赵岚晴说："不要以为我好脾气，就乱讲。"孔雪说："别人我不好讲，但潘总行端品正，对女人也冷淡。"赵岚晴说："为啥冷淡，潘总难道欢喜男人？"孔雪说："瞎讲有啥意思。"赵岚晴说："那为啥？"孔雪不耐烦说："我哪儿晓得，勿要去招惹潘总，连累我生意难做！"赵岚晴说："好笑，跟孔雪搭啥嘎。"孔雪咬牙说："当然搭嘎，是我带了只花蝴蝶来。"

冯总说："潘总可想过离开中海，自己开公司单干？"潘逸年笑说："这需要太大的勇气。"李先生说："政府出土地、外商出资金的合作方式，在深圳试行不错,我觉得,上海房地产市场也会学样,潘总对建筑项目的承接能力有目共睹,大工程交潘总总包,我们绝对放心。"潘逸年欲开口,看到张总等人走进来,谈话被打断了。

众人直到凌晨才走出东方宾馆,候车时,李先生和冯总又问潘逸年关于之前的提议有啥想法。潘逸年保留说:"我再考虑考虑,不是一桩小事体。"

孔雪和赵岚晴过来告别。赵岚晴说:"潘总啥辰光回上海?"孔雪瞪瞪眼睛。潘逸年说:"具体辰光未定。"赵岚晴说:"潘总回上海后,我来请客,潘总一定要赏光。"潘逸年看了眼孔雪,笑而不语。孔雪说:"废话太多,我们走了。"她扯住赵岚晴的胳膊,连拖带拽推进出租车,扬长而去。

张总开玩笑说:"潘总早点结婚,就没这些烦恼了。"

07. 分 手

人民广场,林玉宝坐在石凳上,比和乔秋生约好的辰光早到半个钟头。她路上买了两块鸡蛋糕,吃掉一块半,实在没胃口,捏碎了,一点点喂鸽子。很快面前乌泱泱一片。

乔秋生老远望见玉宝还坐在老地方,心头莫名怅然,平复一下,才走近招呼:"玉宝,欢迎回城。"

鸽子扑簌簌翅膀飞起,刮起一团妖风,迷离人眼。

乔秋生把布袋递给玉宝,布袋印有"农十师建设兵团"字样。玉宝接过,打开,两袋吐鲁番葡萄干、一袋和田玉枣、一铁盒天山雪莲和肉苁蓉。

乔秋生说:"姆妈讲,玉宝心意我们领了,东西还是物归原主。"玉宝捏着布袋,低头无言。乔秋生抹把额汗,他穿一身工作制服,的确良料子,仍然热得要死,解松几颗卡其扣,用手指捏着衣襟两边,抖擞两下,无意义的微风。

乔秋生无话找话说:"黄梅天,黏湿答答的黄梅天,阴阳怪气的黄梅天。"

玉宝仍没搭腔。

乔秋生说:"玉宝在新疆这几年,好吧。"玉宝说:"没啥好不好,日节[1]总归要过下去。"乔秋生说:"车间的吕英娥,仍旧变了法子欺负玉宝吗?"玉宝说:"还好。"乔秋生说:"哦,不过有唐少宁在,我放心。"玉宝说:"啥意思?"乔秋生笑笑说:"我晓得,唐少宁欢喜玉宝,我走后,那没想过发展发展?唐少宁人品不错,卖相[2]也可以。"

玉宝说:"秋生走的第二年,唐少宁和吕英娥结婚了。"乔秋生说:"我有些糊涂了,唐少宁对吕英娥没感觉呀。"玉宝说:"秋生讲的那句话,是啥意思?"乔秋生说:"哪句话?"玉宝说:"秋生勿要装戆,明明晓得我讲的哪句话,我有男朋友了,我的男朋友是乔秋生,怎可能再和唐少宁发展。在秋生眼里,我是这样水性杨花、天性放荡、耐不住寂寞的女人?"

秋生说:"我开玩笑。"玉宝说:"这好开玩笑,我真是搞不懂秋生了。"秋生不耐烦地说:"又来了,我不过随口一句,就揪住不放。"半晌没声音,秋生抬头,见玉宝不知何时哭了,咬紧嘴唇,默默流泪,一朵白梨花带雨,楚楚动人,任谁看了,也忍不住生怜。

秋生说:"我又没讲啥,我讲对不起好吧。"他伸过手去,要替玉宝揩颊上湿意,玉宝撇过脸不让碰。秋生收回手,心底烦闷,盯着脚边一摊稀白鸽子屎,过会儿说:"玉宝一直讲回不来,哪能突然回来了。"玉宝哑声说:"姆妈、阿姐和姐夫,还有妹妹同意,我就能回来。"秋生说:"看来是同意了。"

玉宝说:"当初秋生考上大学,临走那晚讲过,等我回上海就结婚,我现在回来了,秋生总要兑现承诺吧。"秋生说:"玉宝,有些话,虽然难以启齿,但又不得不讲,我也老痛苦的。"玉宝沉默。秋生长叹一声:"我与玉宝的恋爱关系,到此为止吧。对不起。"玉宝说:"为啥?"秋生说:"玉宝回沪问题迟迟无法解决,阿爸和姆妈不乐意,我也等不起。另外,我进工商局工作要政审,玉宝的家庭成分是个大问题。"玉宝说:"还有啥原因,一次讲完。"秋生说:

---

[1] 日节:日子。

[2] 卖相:外貌,长相。

"如今到这个份上，我也不想瞒玉宝。读大学时，我认得了一个女同学。"玉宝湿了眼睛说："原来如此。"秋生说："这个女同学邪气主动，帮我上课抄笔记、下课复习功课，帮我打水、食堂打饭，还帮我缝被子汏衣裳，嘘寒问暖，十分温柔体贴。我原是不理不睬，奈何辰光长了，滴水可穿石，铁杵能磨成针，人心总归是肉长的，经不起这样日日纠缠。"

玉宝哽咽地说："秋生被暖玉温香迷了眼，每个月取邮政汇款时，就没想起过我。我也很作孽的，为让秋生在学校好过些，我宁愿上中夜班，因为有津贴。我舍不得吃，吃的是素菜粗粮，我舍不得穿，新三年旧三年，缝缝补补又三年。我每趟发好工资，直接往邮局跑，铜钿左手进右手出，生怕亏待了秋生。秋生说人心总归是肉长的，怎对我却如此铁石心肠？"秋生理亏，不语。

玉宝说："既然变心了，为啥不早些告诉我？"秋生说："我一不晓得哪能讲，二怕玉宝伤心。"玉宝眼眶愈发湿红说："现在就不怕了？"秋生听得愧疚难当，神情黯然说："玉宝，我要结婚了，我这辈子最爱的，是玉宝，最对不起的，也是玉宝，要我哪能补偿，玉宝才会好受些，我一定尽力办到。"

玉宝说："木已成舟，既成事实，我再心有不甘，也没办法，只能如此了。我有个想法，希望秋生答应我。"秋生说："尽管讲。"

玉宝拉开皮包，掏出笔记本。秋生接过翻看，密密麻麻写满汇款日期和金额。玉宝说："秋生大学四年，我第一年工资六十五块，我留十五块，寄把[1]秋生五十块；第二年工资六十七块，我留十七块，寄把秋生五十块；第三年工资七十块，我留十五块，寄把秋生五十五块；第四年工资七十二块，我留十七块，寄把秋生五十五块。一年十二个月，前两年二十四个月，共汇款一千二百块，后两年二十四个月，共汇款一千三百二十块。四十八个月总共两千五百二十块。秋生要真觉得对不起我，我别的不贪，这些钱还把我，就可以了。从此以后，你走你的阳关道，我过我的独木桥，今生再不打扰。"

秋生说："我答应。我凑个整数，还把玉宝三千块吧。"玉宝说："我俩多年感情，就浓缩成四百八十块，好不讽刺。"秋生没响。

---

1. 把：给。

玉宝说："秋生啥辰光给我钱？"秋生说："我这趟结婚，花光了自己和爷娘的积蓄，还背了债。马上拿出来，实在有些困难。能否每半年还四分之一，两年还清？"玉宝想想说："也只好这样了，不过要按银行那样，加收利息。"秋生说："好。"玉宝从包里掏出纸笔，让秋生写欠条。写好后，玉宝仔仔细细读过两遍，才叠好，放进皮包里。

秋生说："玉宝。"玉宝打断说："没事体了，秋生好走了。"秋生说："此地乘公交车不方便，我送玉宝一程。"玉宝说："我还剩点鸡蛋糕，要继续喂鸽子。"秋生说："玉宝做我阿妹吧，有困难就来寻阿哥我。"玉宝说："不需要。"

秋生说："看来还不肯原谅我。"玉宝说："快些走吧，鸽子不敢过来。"秋生凄凉地说："我现在在玉宝心目中，连鸽子也不如了。"玉宝不语。

秋生站了会儿，转身离去。

潘逸年和张维民恰从人民广场经过，往茂名南路方向走。潘逸年看到个年轻姑娘，无所事事，手里撮了蛋糕屑，低头喂鸽子，面前乌泱泱一片，扑翅闹腾，不由得皱了皱眉。

08. 生 活

玉宝来到居委会，门前一条长龙。她听见有人招呼："玉宝，林玉宝。"望过去，是赵晓苹，邻居赵阿姨的女儿，在前面排队。玉宝走过去，后面有人起哄："提高素质，勿要插队。"赵晓苹大声说："叫啥叫，这是我阿妹。"没人响了。

赵晓苹说："玉宝来居委会，有啥事体？"玉宝说："我来寻工作。"赵晓苹说："前首后尾一列长队，看到吧，侪是来寻工作的，也包括我。"

玉宝探头张望，心底吃惊。赵晓苹说："玉宝头一趟来？"玉宝说："是。"赵晓苹说："那肯定没结果，至多先登记，再回去候消息。"玉宝说："要候多久，才有消息？"赵晓苹说："难讲，有人等了一年，我等了有半载，今天才通知我来。"玉宝心堕谷底。

一个男人满面笑容,从房内走出来。有人说:"看表情,是好事体。"有人问:"阿哥,哪能啦?"男人说:"去爱民糖果厂,包糖纸。"众人羡慕嫉妒恨。有人说:"阿哥,额骨头[1]碰到天花板了,大白兔奶糖免费吃。"众人正议论纷纷,又有个男人怒冲冲出来,站在门口骂:"凭啥,凭啥伊[2]往糖果厂,我要去化粪池?"里厢[3]有个声音传出:"凭啥,凭伊路道粗。勿想去化粪池是吧,来来来,签字,签放弃工作分配,左手签了,右手分分钟被人家抢走。现在啥世道,三条腿难寻,两条腿满大街。"话音刚落,队伍后头有人喊:"化粪池,伊不去是吧,我去。我大半年没工作,马上要吃西北风。"

众人窃笑。不过是个小风波。

轮到赵晓苹和玉宝,玉宝认得马主任,当年天天上门,劝玉宝去新疆,当时面孔有多苦口婆心,此刻面孔就有多客套了事。赵晓苹指向名单说:"马主任,侪是做营业员,我勿想去酱油店,一天班上下来,一身酱香味道。我想去膏脂店。"

马主任说:"酱油店不是蛮好嘛,就在隔壁弄堂口,不用早起挤公交车,走两步就到了,还能省掉交通铜钿。店里来往客,就这点街坊邻居,清静空闲。有空嘛,还能翻翻报纸看看书,多学文化,总归没坏处。去膏脂店就苦了,地点在老城厢,早起晚归,乘公交调电车,就要两部。费铜钿不讲,豫园、城隍庙侪是外地客,店门挤破,营业员忙得臭要死,工资却一样,每月廿块。再多讲一句,赵晓苹能到酱油店上班,是我看老邻居面子,有心照顾,多少人讲我偏心,侬还不领情,要么再等,等弄堂加工厂有空缺。"赵晓苹说:"等到啥辰光?"马主任说:"讲不准。"

赵晓苹说:"马主任这张嘴巴,躺在棺材板里的死人,也能讲活过来。算啦,算啦,酱油店就酱油店,我去,再待在屋里,我要发霉了。"

马主任说:"这就对了,识时务者为俊杰。"她把资料表、介绍信等装进牛

---

1. 额骨头:额头。
2. 伊:他,她。
3. 里厢:里面。

皮口袋，递给赵晓苹说："明天就去报道。"再朝玉宝说："有事体？"玉宝说："我是同福里88弄38号的回沪知青林玉宝，我愿意去膏脂店工作。"

马主任收回视线，低头说："有登记吗？"玉宝说："没。"马主任随手甩来一张表格说："先登记，再回去等。"

玉宝说："马主任忘记我了，当年是马主任敲锣打鼓举锦旗送我去新疆的。"马主任说："哦。"玉宝说："看在我建设大西北十年的分上，能否通融一下，让我先去膏脂店吧，这份恩情，我永记心底。"

马主任拿过茶杯，吃口茶，义正词严地说："林玉宝晓得上海上山下乡的知青有多少？据不完全统计有一百二十万，我管的这爿区，一九七九年大返城到现在，有上万的知青等着解决当前就业问题。我身上担子有多重，责任就有多大，不能徇私舞弊，更要一碗水端平，做到公平、公正、公开。早上去买个大饼油条，还要排队，讲个先来后到，插队可耻。更何况工作分配。"

玉宝被讲得面孔血血红。后头有人囔囔："快点好哇，要等到啥辰光去。"玉宝默默走到旁边，把登记表仔细填了，再给马主任。马主任接过，随意丢到旁边。一个女人正哭册乌拉¹，絮絮叨叨生活诸多不易事。

玉宝走出来，赵晓苹还候在门口，迎上说："工作哪能，马主任同意了？"玉宝说："马主任讲要讲先来后到，让回家等消息。"

俩人并排往同福里走，赵晓苹说："多半没消息了。"玉宝说："为啥？"赵晓苹说："马主任是王双飞的大妈妈²。王双飞跛脚，是玉凤害的。"玉宝说："瞎三话四³，明明是王双飞偷鸡不成蚀把米，罪有应得，跟玉凤搭啥嘎。"

赵晓苹说："话是这样讲没错，但马主任小肚鸡肠。我讲把玉宝听，绝非挑拨离间，是想让玉宝多做打算，不要在一棵树上吊死。"玉宝点头说："谢谢，晓得了。"

经过老虎灶，阿桂嫂正巧出来，手伸进篮子里，抓了一把猪油花生糖，分给俩人。赵晓苹嘴上讲不要不要，却攥牢在手心里。玉宝也接了。

---

1. 哭册乌拉：流眼泪。
2. 大妈妈：伯母。——编者
3. 瞎三话四：胡说八道。——编者

俩人继续走,赵晓苹数数糖,有五颗,问玉宝有几颗,玉宝说四颗。赵晓苹说:"我多一颗。"她剥了颗糖吃,摊平糖纸,看看说:"果然是在元利买的,上海滩最好吃的猪油花生糖。"玉宝也吃了颗,满口浓香,妙不可言。

玉宝说:"价钿[1]不便宜吧。"赵晓苹说:"肯定,不是随随便便啥人都吃得起的。等我领工资了,一定要去元利,去河南路广东路口那家,货色最齐全,我要买猪油花生糖、老婆饼、冬瓜条、特鸡片,还有杏仁饼干来吃。"玉宝扑哧笑了说:"当心赵阿姨请侬吃生活[2]。"赵晓苹说:"我就讲讲,过过嘴瘾,啥人舍得买呀。阿桂嫂穿的连衣裙,浅蓝色,胸前绣一片孔雀羽毛,外国货,上海买不到。"玉宝说:"是蛮好看。"

赵晓苹轻轻说:"我也想嫁海员了。有吃有穿,还可以带回来洋货。"玉宝说:"长年在海上漂,不沾家,要忍受分离之苦。"赵晓苹说:"这算啥,反倒自由了。"

09. 夜 饭

玉宝走进灶披间,玉凤烧了河鲫鱼,装好盘,铲两下锅底酱汁,浇淋鱼上。玉宝接过,端上楼,饭桌已有三道小菜:清炒红米苋、鸡血细粉汤、一碟吃剩的红腐乳。

小桃咚咚咚跑进房。薛金花说:"轻点轻点,楼板灰荡进汤里,好吃哇?"小桃吐吐舌头,围桌坐好。黄胜利出车,不回来,玉凤给每个人盛饭,除小桃外,其他人碗底是洋山芋,切块煮熟,表面覆薄薄一层白米。薛金花翻翻河鲫鱼,摇头说:"不格算[3],肚里全是子,压重。"玉凤说:"鱼子吃不啦?"薛金花

---

1. 价钿:价钱。——编者
2. 吃生活:受责骂和惩罚。
3. 格算:合算。

说:"不吃,一股泥腥气。我要吃划水¹。"玉凤说:"划水刺多,卡喉咙。"薛金花说:"玉凤不懂,划水是活肉,最好吃。"玉凤说:"随便侬。"她扭断鱼尾巴一截,给薛金花。

玉凤说:"我欢喜吃鱼头。"她扭断鱼头摆进碗里。玉凤说:"玉宝自己挟,勿要客气。"玉宝笑笑,拿调羹舀了鱼子泡到碗里。玉凤说:"吃鱼身啊。"玉宝说:"不用。"玉凤挑了块鱼肚档,蘸蘸酱汁,给小桃说:"多吃饭少吃菜。"

薛金花说:"这洋山芋好吃,面,还有点甜味。"玉宝说:"新疆沙壤土,日照强。"玉凤咬了口,烫着嘴唇皮。小桃看了馋,也要吃洋山芋,玉宝挟了块到小桃碗里,小桃吃完还要,玉凤说:"生来穷命,再好吃,有白米饭好吃?"玉宝原要再挟给小桃,听到这句话,收回手,抿嘴不语。

薛金花问:"哪里来的鸡血?"玉凤说:"李伯伯送的,今天杀鸡吃。"薛金花说:"阿弥陀佛,终于。早好²杀掉,到处屙石灰屎,一踩一脚底,腻心吧啦。"玉凤笑说:"是呀,烦死。"薛金花说:"此刻来一客大壶春的生煎馒头,和鸡鸭血汤是绝配。"她手拿调羹,舀块血和汤,吃进嘴里说:"胡椒粉呢?"玉凤恍然说:"慌里慌张,忙忘记,我去拿。"说罢起身下楼。

薛金花扒拉两下红米苋,皱眉说:"又忘记放蒜瓣。"她挟起一根在嘴里嚼嚼,吐出来,满脸怨气。

玉凤往汤里撒胡椒粉,再用汤勺划划,尝过后说:"好了。"小桃吃饭快,碗一搁,抹把嘴,讲句"外婆小姨慢吃",上阁楼写作业。玉宝饭吃光了,舀两勺汤到碗里,吃一口,胡椒粉辛辣之气直冲鼻头。

玉凤舀了勺白米饭到薛金花碗里,薛金花说:"我不吃,留给姑爷回来吃。"玉凤说:"锅里足够了。"薛金花说:"我现在最想吃啥,最想吃烤麸,再摆些金针菜和黑木耳,花生仁和香菇,加冰糖麻油,甜蜜蜜、香喷喷,吃了还要吃。"玉凤说:"难买,侪要凭票供应。"

薛金花说:"我老早在摘花堂,里头烧的菜,上海滩响当当名气,有个官

---

1. 划水:鱼尾。
2. 早好:早就该。——编者

老爷,不欢喜堂子女人,却欢喜吃堂子里的四喜烤麸,每周必到,每到必点。另外还有春不老炒冬笋、荠菜豆腐干笋丁雪菜春卷、豌豆苗炒鸡蛋。最鲜嫩时采摘,比鸡鸭鱼肉还要好吃。"玉凤板起脸说:"还讲,连累我们还不够。"

薛金花瞬间没了底气,继续吃划水。玉凤说:"玉宝,今天出去了?一整天勿见踪影。"玉宝说:"和新疆的朋友见见面,往派出所上户口办身份证,去居委会转转,看有啥工作。"玉凤说:"哼,受马主任气了?"玉宝说:"还好。"玉凤说:"玉宝晓得马主任是王双飞的啥人?大妈妈。"玉宝说:"赵晓苹跟我讲过了。"玉凤说:"王双飞变跷脚,马主任恨不得我死。弄堂里碰到,横挑鼻子竖挑眼,里外不顺心。"薛金花说:"马主任看到我,也是这副死腔,结下冤仇了,以后要求居委会办事体,想也不要想。"玉凤眉头紧锁,吃鸡血汤,捞里面的细粉。

薛金花说:"赵晓苹工作哪能?"玉宝说:"去隔壁弄堂酱油店,当营业员。"薛金花说:"蛮好,吃酱油不愁了。"玉宝不语。玉凤重重地说:"姆妈。"薛金花说:"我开玩笑。"玉凤说:"这种玩笑还是不要开了。"

一顿夜饭到此结束。

玉宝去灶披间刷锅洗碗。薛金花在弄堂乘风凉,跷脚抽香烟。玉凤去老虎灶打了两瓶开水,倒入大脚盆,烟气滚滚,喊阁楼上的小桃下来汏浴。

玉宝收拾干净,也来弄堂里,却见马主任和薛金花坐一条长凳,嘀嘀咕咕,不晓在讲啥。

玉宝走近,马主任站起身,拍拍薛金花的肩膀说:"那好好考虑考虑。"再朝玉宝神秘一笑,走开了。

玉宝坐下来说:"做啥?"薛金花冷笑说:"还能做啥,癞蛤蟆想吃天鹅肉。"玉宝不语。薛金花侧首吐口浓痰,恰巧老克拉[1]秦阿叔经过,差点吐到裤管。秦阿叔端着钢钟锅,吓一跳说:"人来人往,看着点。"薛金花耸耸鼻头说:"又吃咖啡。"秦阿叔说:"是,要一道来吃哇?"薛金花捻灭香烟,站起说:"好啊。"秦阿叔说:"倒一点也勿客气。"

玉宝坐了会儿,抬头出神,弄堂两爿灰墙,挟紧天空,月露半弦。玉凤坐

1.老克拉:腔调浓、上档次的上海男人。

过来，摇蒲扇说："给小桃淴浴，淴了我一身汗。"玉宝说："我明天想去寻玉卿。"玉凤说："寻伊做啥？"玉宝说："玉卿夫家三代，皆在公交线上开电车，多少有点人脉。看能否也把我带进去，做售票员。"玉凤说："玉卿不大讲夫家事体，和我们也少有来往，逢年过节，张国强露个面就跑。这趟玉宝回来，张国强连面也不露，真个把人气煞。"玉宝不语。

玉凤说："玉卿，无能之辈，拿捏不住张国强。"玉宝说："玉凤又拿捏得牢黄胜利了？"玉凤微怔说："这讲的什么话？"玉宝说："中国话。"玉凤还要说，抬眼见黄胜利收工回来，脱了上衣打赤膊，走近先朝玉宝叫声"阿妹"，玉宝点点头，调转目光。

黄胜利问玉凤："夜饭有啥可吃的小菜？肚皮饿死。"玉凤说："有红烧河鲫鱼、清炒红米苋、鸡血细粉汤。"黄胜利说："就这些？"玉凤说："要么再炒两个鸡蛋，摆点葱花。"黄胜利说："将就吃些。"玉凤起身，和黄胜利进灶披间去了。隐约听黄胜利问："姆妈跑啥地方浪去了？"玉凤说："在秦阿叔屋里吃咖啡。"黄胜利嗤笑一声。

玉宝心乱如麻。

10. 艰 难

一大早，玉宝拎小半袋洋山芋、一包葡萄干、一盒雪莲、两听糖水橘子罐头，乘42路，再调11路，到老北门下车，沿人民路寻到旧仓街。和同福里弄堂不一样，房子建在马路两边，底楼一间间开店铺，做小生意，二楼住人。

满街小汽车摁喇叭声、脚踏车揿铃铛声、电车天线嗞嗞摩擦声、三轮车扑通扑通声、救命车呜啦呜啦声、钢管抬起放下声、抡榔头敲钉子声、鸽哨声、叫卖声、吵相骂声、售票员手里小喇叭声"上下车请当心，请注意安全"，各种声音，也不晓从哪里传过来，四面八方皆是。

水泥墙潦草刷两笔白漆，不晓为啥刷到中途就停了，倒成了小朋友的画板，画人物画车子画猫狗，画得一天世界[1]。每家每户的门和三角屋顶，颜色红里发黑，布满岁月污渍。商铺各式各样，卖工艺品、快印名片彩扩、修车、五金公司、商行、批发部、料瓶供应站、窗帘店、理发店、服装店、小吃店，没有见不到，只有想不到。

窗户和屋檐挂满衣裳，人行道的两棵树之间扯起绳索，晾各色内裤、胸罩和袜子，还有学生校服。自行车乱停，垃圾站满地狼藉，行人乱穿马路，乱擤鼻涕，乱吐痰，抬头看到高高挂起的横幅布，白底红字清晰可见：参与健康教育，创建卫生城市。

玉宝寻到旧仓街十七号，两家商铺夹一条小道，走进去，是黑黢黢湿答答的灶披间，一股油耗气[2]，白天也要开灯。踩楼梯到二楼，敲敲门，一个高瘦女人来开门，打量说："玉卿阿姐是吧。我是玉卿婆婆，进来坐。"她弯腰寻出塑料拖鞋，玉宝调好拖鞋，走进房，把带来的东西摆上桌面。

玉卿婆婆客气说："来就来，拎这些做啥？"玉宝说："一点心意，不值铜钿。"她打量四周，狭窄、杂乱、光线不足，嗅到发霉味道。玉卿从阁楼探头说："阿姐，上来。"玉宝朝玉卿婆婆笑笑。玉卿婆婆说："我去泡茶。"玉宝说："我坐坐就走，不用劳烦。"玉卿婆婆说："难板来一趟，总归吃了中饭再走。"

玉宝到阁楼，玉卿半坐床上，披了件衣裳，面色苍白，双目无光。玉宝吃惊说："身体不适宜？"玉卿说："来大姨妈了，肚皮痛，一动下身汩汩淌，草纸侪是血。"玉宝说："去看医生啊。"玉卿说："老毛病了，歇几天就好。"玉宝说："到底啥老毛病？"

玉卿说："在红星农场落的毛病，水田插秧时，赶时赶量，我动作慢，只得早去晚归，来大姨妈也不敢放松，穿套鞋不方便，我就赤脚干，泡在水里太久太寒，落下病根。"玉宝说："还是要去医院，看医生哪能讲。"玉卿说："看过几趟，西医中医侪看了，药也在吃，效果不大，医生还讲——"玉宝说："还

---

1. 一天世界：满世界。此处指画得一塌糊涂，到处都是。
2. 油耗气：动植物油变质后发出的气味。——编者

讲啥?"玉卿闭了嘴,有人上楼,玉卿婆婆送茶壶来。

玉宝道谢接过,等玉卿婆婆离开,玉卿说:"阿姐快点,给我倒杯茶吃,我渴死了。"玉宝连忙提壶倒满茶杯,杯壁烫手,她吹了几下,递过去说:"慢慢吃,有些烫。"玉卿仰颈一口气吃光,玉宝只觉喉咙嗞嗞冒烟,再倒满,红了眼眶,咬牙说:"张国强呢?张国强今天不是休息,死哪里去了?"

玉卿说:"张国强和公公去混堂汏浴。"玉宝说:"张国强还有心想[1]汏浴,玉卿在此地,连口开水也吃不上。"玉卿轻轻说:"阿姐,我可能养不出了。"玉宝说:"瞎讲有啥讲头。"玉卿说:"医生悄悄同我讲,让我有个心理准备。我猜张国强和公婆也晓得了,从前对我还好,现在态度变了。"

玉宝说:"我不相信,插秧种水稻,又不单单玉卿一个,那么多女人无事,玉卿只要好好调养身体,精神放松,一定会好起来。"玉卿说:"这些话,勿要告诉老娘和玉凤。"玉宝说:"放心,我有数。"

玉宝说:"早饭吃过吗?"玉卿说:"我不饿。"玉宝气极说:"快中晌了,还在淌血,怎可能不饿。我去煮面条。"玉卿说:"我不饿,真的。"玉宝不听,径自下阁楼。

玉卿婆婆竖起耳朵,坐在桌前结绒线衫,听到动静,抬头说:"玉卿阿姐要回去了?再坐一歇,吃过中饭再走。"玉宝说:"我不走,我给玉卿做饭吃。"她直接出门下楼梯,玉卿婆婆跟在身后,到灶披间,喋喋不休说:"玉卿阿姐勿要误会,我问过玉卿要吃啥,伊讲不饿,我想不饿嘛,就再等等。真的,句句属实,天地良心。"

玉宝说:"五斗橱在啥地方?"玉卿婆婆走到墙角,拿钥匙开了锁。玉宝上前,看了半天,没啥可吃的,便拿出猪油罐子、两个鸡蛋、一颗番茄、一把挂面。炉子还好没封,否则还要生火。有邻居经过,问玉卿婆婆:"这是哪位?"玉卿婆婆说:"是玉卿阿姐。"邻居说:"比玉卿好看,皮肤像雪一样白,灶披间也亮了。"

玉宝懒得理睬,切番茄打蛋花,下面条,撒葱花,剜两大勺猪油摆到碗

---

1. 心想:心思。——编者

里。玉卿婆婆肉疼不敢言。玉宝端起面条上阁楼，送到玉卿跟前。玉卿接过，狼吞虎咽地吃着，连汤也喝光了。玉宝看着实在伤感，压抑不语。

玉卿说："阿姐厨艺真好，一碗番茄鸡蛋面，比肉菜还好吃。"玉宝说："还能不好吃，剜了两大勺猪油。"玉卿微怔，扑哧笑了，没了玉宝初见时的苍白。玉卿说："阿姐来寻我，可有事体？"玉宝说："没啥事体。我从新疆带了些土特产，挑了好的送过来，顺便看看玉卿。"

玉卿说："阿姐工作寻得哪能？"玉宝说："去居委会已经登记，让候消息、等分配。"玉卿说："要候到啥辰光？一年半载，还是两年三年？我记得，马主任是王双飞的大妈妈，有这层关系，阿姐白等一场。"玉宝不语。玉卿也无可奈何，叹口气说："阿姐，要么认真寻个好人家，嫁掉算了。"玉宝沉默许久说："这是我最不想走的一条路。"

玉宝告辞离开时，没见到玉卿婆婆，倒和玉卿公公、张国强撞个正面。玉卿公公说："老太婆买小菜去了，难板来一趟，吃好中饭再走。"玉宝说："不用忙，照顾好玉卿最重要。"她打量两眼张国强，这是首趟见到妹婿，和曾经看的照片简直一天一地，因这份差异感，一朵鲜花插到牛粪上，玉宝几乎泪目。

11. 心 思

招标会上，潘逸年发言，从四个方面阐述建造鸳鸯楼刻不容缓。

一个，上海近一百二十万知青，自一九七七年后大返城，居住拥挤，结婚无房，住房紧缺，成为严重的社会问题。二个，结婚率飙升。返城知青大龄单身，一九八三年领证人群高达6%，本本族[1]因无住房，多数仍处分居状态。三

---

1. 本本族：指有结婚证，但因没有房而无法住到一起的夫妻。

个，建造鸳鸯楼，作为结婚过渡房，可以缓解燃眉之急。四个，普陀区作为鸳鸯楼试点区，须以最短时间高效率、保质保量完成。

张维民分发建筑蓝图，潘逸年讲解设计理念，楼层构造，配套建设，成本预算，作为对市政工程的支持，还会免费承担房屋管理、维修及部分简单家具。

招标会结束，中标公司两周后公布，但从现场反应来看，潘逸年应该八九不离十。

黄昏时分，天落细雨。潘逸年来到美心酒家，进入包房，除下属张维民四人，还有孔雪、赵岚晴、香港李先生。众人相继祝贺，潘逸年笑说："还未最终定论，谈庆祝过早，这顿吃个便饭，我来请客。"孔雪说："我凑的局，应当由我请。"赵岚晴说："承蒙大家对我的照顾，今朝把我个面子，一定让我来。"

潘逸年脱了西装外套，挂上衣帽架，不经意看到一个空座位，椅子半斜，折花餐巾拆开，一杯温水，杯沿半唇口红印。潘逸年坐到李先生旁边，扯松领带说："这位走开的，是啥人？"李先生卖关子说："潘总的旧识。"潘逸年没有追问。

美心的吕经理来问："上菜否？"潘逸年说："上吧。"服务员鱼贯而进，烟熏鲳鱼、蚝油牛肉、化皮乳猪、红烧雪蛤，还有各式点心，上海本邦菜有猪油汤团、八宝饭、春卷、蟹壳黄、排骨年糕，粤式有酥皮蛋挞、马拉糕、咖喱饺、鲜虾肠粉、咸水角等，摆满一桌子。因还缺一人未到席，侪在等。

潘逸年看看手表，正要开口，一个女人推门进来。潘逸年认得，在香港的旧相识，雪莉的好朋友，王芬妮。王芬妮说："潘先生许久未见，倒是一点没变，还是旧模样。"潘逸年笑笑，不搭腔。

菜色对李先生胃口，他每样尝两筷子。大家边吃边聊，赵岚晴举杯一一敬酒，到潘逸年面前，已颊飞红云，眼泛春潮，手指拈杯说："潘总，鸳鸯楼项目，建材方面有需要，随时随地寻我，价钿嘛，侬讲多少就多少。"潘逸年说："吃饭不谈公事。"赵岚晴说："我太心急了。"潘逸年不语。赵岚晴说："我一个跑江湖的女人，在男人堆摸爬滚打，也有好些年数，就数潘总最让人捉摸不透。有句诗讲得好，东边日出西边雨，道是无晴却有晴。潘总，侬是有情的人，还是无情的人？"

潘逸年皱眉不语，孔雪连忙说："这女人，就这副腔调，两杯黄汤下肚，胡言乱语撒酒疯。"她把赵岚晴拽出去。潘逸年不饿，仅吃了两个芝麻汤团，和张维民几人聊天，王芬妮和李先生交头接耳。

吃好饭，不是赵岚晴买单，也不是孔雪和潘逸年，王芬妮早付清了账单。

雨大起来，屋檐串珠，同桌的人陆续散去，唯剩潘逸年和王芬妮。潘逸年说："芬妮在上海，可还习惯？"王芬妮说："潘先生忘记了？我十六岁才离开此地呀。"潘逸年说："原来如此。"王芬妮说："赵小姐借酒装疯耍花腔，明眼人侪看得出。"潘逸年说："何必讲通透。"王芬妮说："主要潘先生哪能想？赵小姐交关[1]漂亮，风情万种，我是男人，也要意乱情迷。"潘逸年说："我现在不谈感情。"

王芬妮说："潘先生还忘不掉雪莉？"潘逸年不语。王芬妮说："潘先生回上海，后悔了吧。"潘逸年说："我做下决定，就不会后悔。"王芬妮说："有个人也这样讲。"潘逸年说："雪莉？"王芬妮说："嗯。"潘逸年笑了笑。王芬妮说："雪莉去英国剑桥读书。"潘逸年说："祝前路顺遂。"

王芬妮说："其实……其实我愿意来上海工作和生活，只要潘先生开口。"潘逸年说："我讲过了，我现在不谈感情。"王芬妮说："那……潘先生打算要多久才谈感情呢？我可以等。"潘逸年说："我不想把话讲得太绝。"

王芬妮立刻说："算了，我懂潘先生意思了。"潘逸年站起身说："我还有事体，先走一步。"王芬妮说："嗯。"她侧脸看向玻璃窗外，一会儿，男人的身影被雨丝打湿，渐变朦胧。

周末中午，玉宝和薛金花、玉凤、小桃正吃菜泡饭，黄胜利拉开纱门走进。玉凤说："回来做啥？"黄胜利说："我就不好休息一天。"他把油渍渍的牛皮纸搁到桌上，去汏手。小桃打开，半只烤鸭，还有一包梅子酱。

薛金花闻闻味道说："大同烤鸭酒家买的。"黄胜利说："姆妈果然见多识广。"玉凤说："我就分不出大同、广茂香、燕云楼的烤鸭味道有啥区别。"黄胜利说："差别大哩，燕云楼属于北系，片皮削肉，摆大葱黄瓜面酱卷饼吃，南方没人这样吃，我们蘸梅子酱。"他给小桃一只鸭腿，自己夹起一块丢进嘴

---

1. 交关：非常。

里,薛金花、玉凤也吃了。黄胜利说:"阿妹也吃块。"玉宝说:"我从小就不吃鸭子。"薛金花吐骨头说:"这倒是事实,没口福。"

黄胜利说:"我有桩好事体,要不要听?"玉凤说:"不要听。"薛金花说:"好事体为啥不听,姑爷讲,我要听。"玉宝不语,小桃自顾啃鸭腿。黄胜利不顾手指沾荤腥,从口袋掏出张票子,摇晃两下,按到桌面上说:"仔细看看是啥。"玉凤说:"看不懂。"薛金花说:"小桃看看是啥。"

小桃凑近念一遍说:"购电视机票。"玉凤、玉宝不语。薛金花说:"蛮好,可以和人家换粮票。"黄胜利说:"我不要换粮票,我要买一台电视机。"玉凤说:"黄胜利疯了。"薛金花说:"何必哩。二楼的刘麻子不是有一台,邻里一道看,还闹忙。"黄胜利说:"哼,我要看《霍元甲》,刘麻子非要看《女奴》,有啥好看头。下作胚!"

玉凤说:"我听人讲过,最便宜的上海牌,九英寸[1]黑白电视机,一台要二百四十元。买了,全家等吃西北风,我不同意。"薛金花说:"姑爷三思而后行,不妨把电视票去黑市卖掉,听讲八十、一百铜钿随便卖卖。"

黄胜利不听,朝玉宝说:"阿妹,我晓得凭侬的实力,买一台电视机,毛毛雨。"

12. 说 和

薛金花拉玉宝进内间,带上门反锁,低声说:"我以为玉宝去新疆改造,这些年脾气总归收收,结果一点未变。"玉宝说:"改造,当我劳改犯?"

薛金花说:"想想当年,玉宝做的好事体,想想那阿爸,讲改造不为过。"

玉宝说:"所以,我要赎罪一辈子?"薛金花不语。玉宝瞥向阳台外,风和日丽,眼眶陡然生红。

---

[1] 1英寸约等于2.54厘米。

薛金花说:"我现在不好讲话,一讲就触侬逆鳞。"玉宝不语。薛金花说:"姑爷也就随便讲讲,听过算数,不想听,就当放屁。不过话调转回来,同住一爿屋檐下,大家彼此多忍让,才能相处长久。"

玉宝说:"明明是黄胜利挑事体。这些年,我往上海寄钞票还少?"薛金花说:"我明白,我也领玉宝情分。我的想法呢,是玉宝不肯买电视机,买脚踏车、摇头扇、台钟或收音机意思意思,价钿不贵,给姑爷个面子,这桩事体就算过去了,大家往后还是和和气气。"玉宝说:"不买。"薛金花说:"啥?"玉宝说:"凭啥?我回来后,买汰烧,吃用开支,侪是我出,黄胜利还不满足。今天要电视机,明天就会要洗衣机,再后天还不晓要啥,人心不足蛇吞象。"

薛金花语噎,半天说:"哪能办,听不进人话。索性学玉卿好哩,寻个人嫁出去,一了百了。"玉宝几乎泪下说:"玉卿被那害惨了,结婚有啥好,出了狼窟进虎口。"薛金花说:"这就是命,命不好,怪啥人呢。我命也不好,十岁被卖进堂子讨生活,好容易遇到玉宝阿爸,结果哩,年轻丧夫,年中丧子,现在老了脸皮靠女婿养活。我能讲啥,讲不出硬话来。"玉宝说:"姆妈还是旧社会那套,才让黄胜利这种小人蹲在我们头上屙屎。"薛金花说:"难听的来。"玉宝冷笑说:"还有更难听的呢。"薛金花说:"狗脾气。不改改,以后吃大亏。"

外间,玉凤压低声音说:"黄胜利太过分了,敲大妹妹竹杠。"黄胜利咬牙签说:"那姐妹真是,一人一个脾气。"玉凤说:"啥意思,讲讲看。"黄胜利说:"没兴致讲。"玉凤说:"死相。我看到大妹妹,也要吓三分,侬偏要去招惹,好哩,吃个闭门钉。玉宝讲得清清楚楚,钱要自己存,以后结婚了,不要我们出嫁妆。啥买电视,就不要再多讲了。"黄胜利说:"我不开心,玉宝一点面子不把我,让我在这屋里抬不起头来。"玉凤笑说:"面子不是人家给的,是要自己挣的。"黄胜利说:"玉凤帮我生个儿子,我面子做足。"

玉凤还要说,看玉宝走出来,下楼去了。玉凤走进里间,薛金花打开饼干盒,整理一沓票证。

玉凤说:"玉宝呢?"薛金花说:"出去了。"玉凤说:"到啥地方去了?"

薛金花头也不抬说："我哪儿晓得。我在这屋里，就是小巴辣子[1]，好事体没，要撒气全冲我来。"玉凤笑说："跟姆妈搭啥嘎，又多心了。"她顺势坐在床沿，看薛金花理票证，想起说："马主任帮姆妈讲了没，关于玉宝和王双飞的事体。"薛金花说："做啥，我不要听。"玉凤说："今早在弄堂里，我生煤炉时，碰到马主任倒马桶，简单聊了两句。"

薛金花说："有啥讲头。王双飞啥货色，戆驴，瘪三，丑得像猪刚鬣，做得出偷女人内衣裤的事体。就算玉宝肯，我也不肯，要被整个弄堂的人笑掉大牙。我不要面子啊。"

玉凤说："马主任跟我解释，王双飞偷女人的内衣裤，纯属误会，否则老早就被警察捉进去哩，还至于天天在弄堂里活蹦乱跳？"薛金花说："活蹦乱跳？歪歪倒倒才对。"玉凤说："人家在做腿部复健，过个一年半载，跟正常人一样。还有，王双飞面孔的胎记，咨询过了，可以去医院做掉。王双飞没了胎记，卖相还可以。"

薛金花说："到底要表达啥？"

玉凤说："姆妈仔细想想，其实王双飞条件还可以。独生子，一家门侪是手表厂职工，生活有保障。更加分的是，乌鲁木齐南路有房子，整五十个平方米，吓人哪。"薛金花说："老卵。"玉凤说："我看报纸、听无线电里讲，知青回城潮达到高峰，居住条件紧张得不得了，大部分男女青年空有一张结婚证，因为没房子结不了婚[2]。政府要造鸳鸯楼，作为过渡婚房，缓解这方面压力。"薛金花："作孽。叫啥鸳鸯楼，我听过狮子楼，武松杀了西门庆。"

玉凤说："所以讲，王双飞有一套婚房，难能可贵。马主任还讲，若是这桩姻缘能成，勿要讲玉宝工作问题，连我也可以搞进手表厂，我不想当挡车工[3]了，车间里飞的细毛毛在鼻孔里钻进钻出，简直苦煞，我最近咳嗽老不好，主要有这方面原因。"

---

1. 小巴辣子：地位较低的人。
2. 此处的"结不了婚"指无法同居。
3. 挡车工：纺织厂中看管并负责操作纺织机器的人。——编者薛金花不语。玉凤说:"姆妈,讲句话呀。"薛金花说:"玉宝要同意,我也无话可讲,但王双飞,我死也看不上。真是拉嘎布[1]想吃天鹅肉。"玉凤笑说:"人家不是普通的拉嘎布,是穿金戴银的拉嘎布。"

饼干盒里有个红本本。玉凤说:"不像购买证。"薛金花拿起,吹吹灰说:"这里有个故事,讲来话长。"玉凤说:"长话短讲。"

薛金花说:"一九七二年八月份,那阿弟四尼,膀胱癌晚期,没几天好活了,我老伤心的。同福里有一户潘姓人家,潘家妈养了四个儿子,最小的儿子被石灰水烧坏眼乌子[2]。伊不晓从哪里晓得了四尼的事体,就过来寻我,求我把四尼的眼角膜捐献给伊的小儿子。"玉凤说:"姆妈同意了?"薛金花说:"救人一命,胜造七级浮屠。"玉凤说:"我不信,一定把姆妈钞票了,把了几钿,快讲。"薛金花说:"滚。"

玉凤说:"潘家可还在同福里?"薛金花从红本里取出张纸,瞟两眼说:"角膜手术做好后,不过一年,潘家搬走了。潘家妈还特为[3]跑来同我告别,给了联系方式,讲有空去白相[4]。"

玉凤拿过来看,惊奇地说:"潘家不简单啊,住址在上只角[5],长乐路陕西南路这里。姆妈真没联系过?"薛金花说:"没联系。我又不识字。打个电话要三分铜钿,三分铜钿啥概念,一九六九年可以买两斤青菜,外加一只老虎脚爪。后来嘛,天天为衣食住行发愁,就忘记这桩事体了。"

玉凤说:"潘家可是大户。"薛金花想想说:"不好讲。"玉凤说:"在一九七二年做得起角膜移植手术的,不是一般人。"薛金花说:"管得多。"她夺过红本,照旧摆进饼干盒里。

玉凤说:"我去打听打听,真要是大户,我们也学刘姥姥,往潘府上打秋

---

1. 拉嘎布:癞蛤蟆。
2. 眼乌子:眼珠。
3. 特为:特意。——编者
4. 白相:玩耍。
5. 上只角:有钱人的住宅区。

凤。"薛金花说:"要不要面孔?"玉凤说:"能不做挡车工,这面孔不要也罢。"

玉宝抵达苏州河,站在武宁桥,看日落西沉,南岸密麻如蚁的工厂,穿蓝布工装的男女工人从门内走出来,正是下班时刻。

13. 朋 友

玉宝站在桥上,桥上人来人往,各色人侪有。

除男工女工外,骑摩托车送货的、扫桥道的、擦皮鞋的、穿栀子花玉兰花的、煮柴爿馄饨[1]的……炸爆米花的最闹忙,被四五孩童围簇,等砰一声巨响,巨响未响,一长串拖轮突突突自桥下过,货船鸣起汽笛,酱菜色苏州河,水浪打浪。无业游民们坐在桥栏上,目光呆怔。泊两岸的船只炊烟袅袅,船妇在淘米,准备烧夜饭,天空灰蒙。砰一声来得虽迟,但到底来了,玉米甜香四散,只有孩童不知愁滋味。

火车沿沪杭铁路咔嚓咔嚓飞驰而过,玉宝耳朵里也在轰隆隆跑火车,待清静下来,听到有人喊:"玉宝。"自行车铃铛响。

玉宝侧过脸,看到韩红霞从后座跳下,跑过来,抓紧玉宝的手。骑自行车的两个男人右脚撑地,笑眯眯望过来。

韩红霞说:"玉宝,玉宝,我们终于见面了。我昨天接到电话,兴奋得一夜未困。玉宝啥辰光回来的?玉宝还是老样子,我却胖了。"

玉宝说:"刚回来没多久。红霞这几年,样样侪好吧?"韩红霞说:"我蛮好的。"她拉玉宝走到男人面前说:"我来介绍,这位是我的小姊妹玉宝,老早一道在新疆毛纺厂做挡车工。我们关系最最要好。"

男人说:"常听红霞提起,今天终于见面了。"另一个年轻男人只微笑。韩

---

[1] 柴爿馄饨:上海人对流动馄饨摊的一种称呼。——编者

红霞说:"玉宝漂亮吧,从前是毛纺厂一枝花,追求玉宝的男人不计其数。"男人说:"是不错。"玉宝摆手说:"太夸张了,不要信。这位先生是?"韩红霞说:"这位是我老公吕强。还有这位,纺织厂同事兼邻居。"年轻男人伸手说:"我叫刘文鹏,机器维修工。"玉宝轻轻握了握,再松开。

韩红霞跳上吕强的自行车,坐稳后说:"玉宝,回家再讲。"吕强骑前头,玉宝坐刘文鹏自行车后座,摇摇晃晃下桥,沿河浜骑了有廿分钟,在一片棚户区停稳。

玉宝跳下车,心底吃惊不小,看看路牌,潭子弯。吕强说:"我们先回去烧饭,那慢慢来。"他摁响车铃铛,和刘文鹏一前一后骑进昏暗过道。

韩红霞说:"我们牵手走,过道里灯不亮,乱搭乱建严重,到处是杂物堆和电线,稍不留意要掼跤。"玉宝说:"嗯。"

不远有几处草棚建筑。玉宝说:"那也是人住的地方?"

韩红霞说:"玉宝没见过吧,这叫滚地龙,竹子木头混草泥搭的,政府的人来过几趟了,讲是旧社会产物,要拆掉,盖砖瓦房。"

俩人走进过道,过道两边是黑黢黢的阴水沟,散发恶臭。入目皆是房间门,一扇扇,有的是纱门,有的是腰门。门前摆放煤炉、水槽、案板、五斗橱、煤球、凳子、面盆、鞋子、热水瓶、马桶、盆栽、书籍,还有自行车、平板车。有人一面咳嗽,一面生煤球炉,到处呛烟,明明太阳在天上,这里已天黑。墙壁上一方方小玻璃透出光来,玉宝不晓被啥戳一记额骨头,仔细看,还当是啥,原来是一柄黑洋伞。韩红霞拿过洋伞撑开,八根伞骨折断四根,还是摆回原处。

一个男人立在阴水沟边,背对着这边小便。玉宝说:"我记得红霞住在慎余里。"韩红霞说:"我娘家在慎余里,结了婚后,搬出来自立门户,不好赖在娘家不走,就算爷娘同意,哥嫂总归有意见。"

玉宝说:"吕强家里没房子?"韩红霞说:"太小了,就八平方米,挤六口人。还好单位有宿舍,虽是棚户房,条件艰苦些,但总归有了落脚之地。"韩红霞说:"玉宝记性真好,还记得我娘家在慎余里。"玉宝说:"红霞讲过,王盘声住在慎余里,所以我记得牢。"韩红霞笑说:"怪不得,王盘声是玉宝的偶像。"

"志超／志超／我来恭喜侬／玉如印象侬阿忘记[1]。"

韩红霞唱了两句说:"玉宝回来后,可有见过乔秋生?乔秋生成了负心汉,还是我误会了?"

玉宝淌下眼泪水,哽咽地说:"红霞勿要再唱了,我听了,心里老难过。"

韩红霞欲要讲,听身后响起铃铛声,拉玉宝让路。自行车骑远,玉宝也平静了,掏出手帕揩眼睛,低声说:"我要谢谢红霞,不是红霞写信告诉我乔秋生在上海的所作所为,我至今还蒙在鼓里。幸亏我有心理准备,否则,跳黄浦江的心也有。"

韩红霞说:"乔秋生这个狗东西,在新疆当知青的辰光,死皮赖脸追玉宝,八年来,玉宝哪里亏待过伊。生活上,嘘寒问暖,织了多少围巾手套绒线衫;伊生病,玉宝递水喂药细照顾;伊疲累,玉宝洗衣做饭无怨尤;伊要考大学,玉宝全力相助没二话,四年大学开销,侪是玉宝出。玉宝对伊,有情有义,伊对玉宝,忘恩负义,不配为人。"

玉宝说:"红霞,其实我也有私心。红霞晓得我家里情况,我回来是蹲不住的,原打的算盘,秋生大学读出来,寻到一份体面工作,我回来后,直接嫁过去,做个现成新娘子。哪里想得到,千算万算,算不准男人心。秋生给我带来的伤害太大,一朝被蛇咬,十年怕井绳,自此后,我再不为哪个男人付真心。"

韩红霞说:"玉宝也不必走极端,这世间总归好男人多。"玉宝没响。俩人走到房门口,吕强挂条围裙,在煤炉前烧菜,刘文鹏负责剥葱姜蒜。玉宝说:"好香。"韩红霞笑说:"吕强在我们厂当食堂厨师,人人夸手艺好。"韩红霞说:"吕强,烧的啥小菜呀?"吕强一只手颠锅,眯眼说:"红烧肉。"韩红霞说:"丢几颗虎皮蛋进去。"吕强说:"没辰光搞了,今朝多吃肉。"刘文鹏说:"我再剥几颗皮蛋,凉拌吃。"

韩红霞拉玉宝进房。玉宝打量四周,一张床占去大半空间,虽狭窄,却收拾整洁,反显开阔。

---

1. 阿忘记:有没有忘记。——编者

韩红霞端来半盆热水,一起揩面汰手。

韩红霞说:"玉宝工作,可有消息?"玉宝摇头说:"红霞,我想过了,我想回新疆。此趟回来后,再看这座城市,感受到陌生和排斥。虽然,同福里还是那个同福里,家,还是那个家,人,还是那个人,但侪与我无关了。"

14. 鼓 励

韩红霞搬小方桌放到门外,玉宝摆椅子,饭菜端上,吕强拿来啤酒、橘子汁,四人落座。

小菜烧的红烧肉、干煎带鱼、八宝辣酱、清炒落苏[1],配咸肉冬瓜汤。韩红霞和玉宝吃橘子汁,吕强把啤酒瓶盖抵在桌角,啪地一拍,盖子飞了,泡沫咝咝冒。韩红霞寻瓶盖,捡起说:"瓶子回收,带盖子三分钱,不带盖子一分钱。"刘文鹏说:"瓶盖值铜钿。"吕强倒满酒,四人举杯相碰。吕强说:"欢迎玉宝重返上海,上海很精彩,上海也无奈,纵然无奈再多,我们也要活精彩。"玉宝感动地说:"谢谢谢谢。"刘文鹏说:"以后有需要帮忙的地方,尽管开口。"玉宝说:"谢谢。"

韩红霞挟块红烧肉,送玉宝碗里说:"味道好吧。"玉宝咬了口,油浓酱赤,肥而不腻。玉宝说:"是我有生以来吃过的,最好吃的红烧肉。"吕强笑说:"有眼光。再尝尝我煎的带鱼。"玉宝挟了块。韩红霞说:"带鱼有些细,买宽的好吃。"吕强说:"不识货,这是钓带。用鱼钩钓上来,现钓现卖,新鲜得不得了。小菜场卖的带鱼,多是渔船出海,撒网捕捞,出去一趟,好几天才回来,鱼的新鲜度大打折扣。"刘文鹏说:"长见识了,阿哥是真懂。"吕强笑说:"我是厨师呀,我不懂,还有啥人懂。"玉宝说:"带鱼确实新鲜,阿哥厨

---

1. 茄子。——编者

艺太绝了。"韩红霞笑说："再夸伊，尾巴更要翘到天上去了。"玉宝说："这是事实呀。"

韩红霞说："吕强有家学渊源，一家门几代厨子，阿爷是御厨，阿爸参与过国宴。可惜世事无常，前些年不好过，到吕强这里，只能在纺织厂烧食堂。"吕强舀一勺咸肉冬瓜汤，泡饭，吃两口说："人生海海，起起伏伏，要学会随遇而安，方得始终。"刘文鹏说："阿哥菜烧得好，人生哲理也通透，我再敬阿哥一杯。"

吃完饭，天全黑，玉宝看已不早，起身说："我要走了。"韩红霞说："等一等。"她进屋又出来，拎一块酱油肉，吕强接过去，用牛皮纸和细绳包扎严实，递给玉宝说："我自家腌的，带回去尝尝。"玉宝说："夜饭已经破费了，哪儿好意思吃了还拿。"

韩红霞接过纸包，塞进玉宝手里说："拿好。我们当玉宝是亲阿妹，客气啥，再推辞，我要生气啦。"玉宝说："谢谢。"韩红霞说："我送送玉宝。"刘文鹏说："我来送吧，外面黑灯瞎火，此地鱼龙混杂，两个女人走夜路不安全。"韩红霞想想有理，朝玉宝说："现在政策一天一变，再坚持坚持，回新疆是下下策，万不得已为之。关于工作，我和吕强明日进厂，看看可有机会，总之一句话，无论到何时何地，侪勿要放弃希望。"玉宝说："记住了，再会。"

刘文鹏送玉宝到车站，看了她上公交后才离开。

玉宝走进同福里。最近天气燥热，房里待不住，弄堂挤满男女老少，一边乘风凉，一边轧三胡。还有男人穿条内裤，在水龙头下拿一块毛巾、一块肥皂，旁若无人地汰浴，水门汀地，湿一大片。看到有人走近，年纪大的无所谓，继续挺了肚皮，端起水盆，从头淋到脚，短裤湿后，又薄又透，显出松弛的弧度。年纪轻的，有女人经过，总归不自在，隐到暗处，等人走了，再现身出来。

黄胜利站在男人当中，伸长脖颈，观斗蟋蟀。

玉宝走到楼下，不见薛金花和玉凤的身影，赵晓苹躺倒在藤椅，摇蒲扇，懒洋洋连声唤："玉宝，玉宝过来，我有话讲。"玉宝走近说："啥？"赵晓苹说："哪里去了？"玉宝说："去苏州河会小姊妹。"赵晓苹说："矮下来，我有话讲。"玉宝蹲下身。赵晓苹说:"马主任在玉宝家里。"玉宝说:"现在?"赵晓苹说:"嗯,现在。"玉宝开玩笑说:"难道我工作有眉目了,马主任特来通知?"赵晓苹说:"死了这条心,这不是马主任的风格。还有——"玉宝说:"还有啥,勿要卖关子。"赵晓苹说:"同马主任一道来的,还有王双飞,一身行头挺括,两条腿摇摇摆摆,摊招式¹。"玉宝笑。赵晓苹说:"我猜,是来给玉宝说媒。"玉宝说:"瞎讲有啥讲头。"赵晓苹说:"走了瞧。"玉宝说:"可要吃凉茶,我经过老虎灶,有大麦茶、菊花决明子茶,去不去?我请客。"赵晓苹立刻说:"为啥不去,眼不见心不烦。"玉宝说:"凭赵晓苹的头脑,去酱油店,真个屈才。"

俩人走到老虎灶,电话间的老阿姨探头喊:"玉宝,电话。"玉宝跑去接,是刘文鹏,问可到家了。玉宝说:"已经到家,谢谢费心。"刘文鹏"嗯啊"两声,没再多讲,挂了电话。

玉宝不在意,从蒲包里拿出两杯茶,杯壁凝了水珠,杯口盖一块方玻璃。赵晓苹吃菊花决明子茶,玉宝吃大麦茶。玉宝揭开方玻璃,吃一口,透心凉。看到和男人闲聊的阿桂嫂,一头波浪散开,搭在肩膀,一条绀碧碎花连衣裙,鸡心领,别个珍珠胸针,嘴唇红红,涂了唇膏。

赵晓苹说:"阿桂嫂真有个性。"玉宝说:"从何讲起?"赵晓苹说:"马主任寻阿桂嫂谈话。"玉宝说:"谈啥?"赵晓苹说:"还能谈啥,穿着打扮有伤风化,要注意影响,男人出海不在家,更加要每日三省吾身,勿要四处招摇,引得流言蜚语不断。马主任还讲,天天花枝招展,也不晓打扮给啥人看。"

玉宝说:"打扮给自己看,不可以啊,我要有钞票,我也这样穿,多好看啊。"

赵晓苹说:"皮尔·卡丹也来中国开服装表演会,马主任还在闭关锁国。"玉宝说:"皮尔·卡丹是啥人?"赵晓苹说:"法国人,国际服装大师。"

玉宝再看一眼阿桂嫂,喝一口大麦茶。

---

1. 摊招式:丢脸。

15. 勇 气

潘逸年到北京,和中海董事顾总、总经理梁总,就想在中海内部自建团队,实行承包责任制,即接到建筑工程后,包死基数,确保上交、超收多留、欠收自补,进行谈判,未有结果。走出会议室,遇到李先生,顾总借有事体,先行离开。

李先生掏出三张入场券,分给潘逸年和梁总,各人一张,邀请一道去参观演出。潘逸年看看券,皮尔·卡丹首场时装表演,地点在北京民族文化宫。

皮尔·卡丹是首位来中国举办时装表演的国际级服装大师,前两天,报纸、无线电铺天盖地报道,马路上拉起横幅,公告栏张贴宣传画,想不晓也难。

梁总说:"听讲这场时装表演入场有严格控制,仅限外贸界和服装界的相关官员及技术人员。李先生,这票从何而来,得交代清楚,我们才好放心。"李先生笑说:"放心,皮尔·卡丹是我朋友,特地送给我三张券。"梁总笑说:"原来如此。"

三人去全聚德吃烤鸭。饭桌上,潘逸年说:"梁总,我的提议,顾总会得同意吧。"梁总说:"要听真话?"潘逸年说:"当然。"梁总说:"比较难。"

潘逸年说:"改革开放五年了,承包制在农村实行得风生水起,为啥在企业中推行,就邪气艰难?"梁总说:"潘总要理解,这是时代造成的困境。毕竟计划管理体制在国企内运营多年,大家已经习惯了,突然说改变,需要重新去认识,消化,接受,施行,绝非一朝一夕的事体。我再额外提一句,就算强硬推行市场调控,万一达不到预期,谁来承担后果?"

潘逸年不语。梁总隐讳地说:"鱼和熊掌不可兼得。潘总坚持按自己想法来,就要有破釜沉舟的勇气,置之死地而后生。"潘逸年说:"此话怎讲?"

梁总说:"从体制内走出去,前面到底是坦途,还是绝壁,需要有冒险精神的开拓者去闯荡，创造。"

潘逸年醍醐灌顶，和梁总碰杯说："谢谢。"

吃好烤鸭，招一辆出租车，直往民族文化宫，三人检票入场，坐在最前排。

潘逸年环顾四周，场内早搭好T字台，音乐悦耳，人影乌泱，场面十分喧闹。

正式开场，灯光调暗，彩灯和激光灯侪打向T台，换了音乐，是Bertie Higgins（贝蒂·希金斯）的"Casablanca"（《卡萨布兰卡》）。模特展示的时装，色彩之缤纷，样式之大胆，模特动作之开放，使在场者大为震撼。尾声，十数名模特簇拥皮尔·卡丹，到台前答谢，是个高瘦白种男人，面庞露出笑容，深深鞠躬，所有人站起鼓掌。

潘逸年有一种预感，未来至少二十年，这个长相平凡的洋人，以其名为名的品牌，在中国时装界的地位，及国人心目中的知名度，将难以有其他品牌能撼动。

时装表演结束，潘逸年等三人各自收到皮尔·卡丹赠送的时装，潘逸年的是一件男式长款风衣、一条女式连衣裙。

送走梁总，潘逸年和李先生走在北京街头。李先生说："我前趟在广州的提议，潘总可决定了？"潘逸年说："再想想。"李先生说："潘总有了决定，一定要告诉我，我乐意投资。"潘逸年说："上海鸳鸯楼项目交付使用后，我再告诉李先生我的想法，及我对未来的打算。"

李先生说："好，我等着。"

潘逸年仰首看天空，心情舒畅。今夜星光灿烂，路过一条胡同，内里传出西皮二黄戏腔，令人也想跟了唱念做打一折。

玉宝进房，薛金花、玉凤和小桃围桌吃西瓜。不见马主任和王双飞。

小桃说："姨姨回来啦。"薛金花说："到哪里去了，等得人急死。"玉宝换拖鞋说："去见朋友。"薛金花说："牛皮纸包的啥？"玉宝说："朋友送的酱油肉。"薛金花说："玉凤，拿到阳台吊起来，吹吹风。"玉凤不动说："等我瓜吃好再去。"玉宝不语，往阳台走。

小桃跟过来说："姨姨要结婚了？"玉宝说："啥人讲的啊？"小桃说："姆妈讲的。"玉宝还要问，听玉凤在喊小桃。小桃说："西瓜是王叔叔送的。"

玉宝吊好酱油肉，汏过手。薛金花说："玉宝来吃瓜。"玉宝说："不想吃。"薛金花说："为啥？三角一斤西瓜，不吃是戆大。"玉宝说："三十块一斤我也不吃。"薛金花说："勿晓得哪里一根筋搭错了。"玉宝不语。玉凤说："马主任和王双飞来过刚走，玉宝啊，有好事要近。"

玉宝冷冷地说："是吧。"玉凤呵呵笑两声，没再吭气。玉宝踩梯子上阁楼。

薛金花说："话讲一半吞一半，是啥毛病？"玉凤低声说："勿晓哪能，玉宝脸一板，眼乌子一瞪，我心里就发慌，嘴唇皮发抖。王双飞的事体，还是姆妈出马，比较适合。"薛金花说："我不管。"玉凤说："姆妈变脸，比吃瓜还快。"薛金花没响，自顾啃瓜皮，啃得干干净净。玉凤说："玉宝因为玉卿，对我有抵触情绪，我讲得再花好稻好，玉宝当我害伊，有啥用场。但姆妈的话，玉宝最起码还听一两句。"

薛金花说："我也开不了口。夜里灯下，看了王双飞那张面孔，现在想想，西瓜也反胃了。"玉凤说："姆妈就这点不好，过河拆桥。"薛金花起身说："不要忘记，把西瓜子浸水里，汏清爽，搁阳台上晾干，我要做话梅瓜子。"玉凤咬牙说："姆妈。"薛金花当没听见，用毛巾揩手，再一拿蒲扇，出门乘风凉去。

玉宝松口气，摸把小桃的额头，侪是汗，倚在床头打扇。

老虎窗吹进一缕风，瓶里塑料花摇了摇。弄堂里，是流水声、夏虫声、闲聊声、脚步声、棋子落声、无线电声、打呼噜声、婴孩夜啼声。玉宝骤然惊醒，不知何时，蒲扇掉落地板，探半身，伸手去捞，听到玉凤和黄胜利在楼下低声私语。

玉凤说："马主任拿来的礼品，还是还回去吧，这桩亲事算数。"黄胜利说："讲得简单，西瓜三角一斤，这一个八斤重也有了，相当于玉凤两天工资。"玉凤说："哪能办，玉宝的脸色、瞪我的眼神，那副样子，我再多讲一句，后果不堪设想。"黄胜利说："怕啥，难道玉宝还要动手打人？"玉凤说："一言难尽。"黄胜利说:"让老娘去讲。"玉凤说:"老娘交关精刮[1],实事不办,尽捣糨糊[2],算罢,西瓜我来买,还给马主任。"黄胜利说:"这女人,戆吼吼[3]。"

玉宝拾起蒲扇,看看老虎窗,外头的夜,已经深了。

16. 秋 生

这天,乔秋生下班,看到家门口有一双女式皮鞋。

秋生爸爸说:"泉英今天来,晓得吧。"秋生说:"不晓得。"秋生爸爸说:"泉英不懂人情世故。"秋生说:"哪能讲?"秋生爸爸说:"来嘛,先打个电话,通知一声,也好有个准备,提早去买小菜。"秋生说:"无所谓,早晚一家门,一切随意。"秋生爸爸说:"不是这种讲法。"

秋生还未开口,听到楼梯有脚步响,咳了咳。

泉英端了盘炒鸡蛋上来,笑嘻嘻说:"秋生下班啦。"秋生说:"嗯。"他伸手接盘子。泉英说:"汏过手了?"秋生说:"没。"泉英说:"汏手去。"

秋生笑笑,汏好手回来,秋生爷娘和泉英已围桌落座。秋生坐下来,才明白阿爸为啥这样讲。秋生娘一向手紧,生活用度抠抠搜搜。夜饭原打算简单点,八宝辣酱和泡饭,没想到泉英不打招呼来了,秋生娘急忙去光明邨,排队买了酱鸭和四喜烤麸,又炒了盘鸡蛋。

秋生爸爸吃老酒,把手边的泡饭推给秋生。秋生挟起一块酱鸭递到泉英碗里。泉英说:"我最欢喜吃酱鸭,尤其光明邨烧的鸭子。"秋生看姆妈脸色,也挟了块递过去。秋生娘用筷子挡住说:"秋生吃,泉英也吃,那年轻,多吃

---

1. 精刮:精明。
2. 捣糨糊:做事瞎糊弄,不实在。
3. 戆吼吼:鲁莽,冒失。

点。"秋生说:"年纪大就不配吃,是吧。"秋生爸爸一喝老酒,鼻头就红,粗声说:"老太婆,不会讲话就不要讲,当哑子。"秋生娘说:"我又没讲错。"秋生爸爸说:"老太婆,还讲。"

秋生说:"姆妈,这酱鸭几钿一斤?"可算问到秋生娘心坎,秋生娘一口气说:"平常辰光,光明邨的酱鸭两块八一斤,还有折扣,今天买得急,一分折扣都没,还骨头多肉少,四喜烤麸也一样,金针菜和黑木耳一点点,真个亏大了。所以讲,泉英下趟再来,提前打个电话,我也好早做打算。"秋生爸爸不搭腔,泉英不搭腔,秋生只好说:"侪是我的错,是我忘记帮姆妈讲了,下趟注意。"秋生爸爸说:"没完没了。"泉英没响,自顾吃酱鸭,秋生娘眼睛瞪瞪秋生,低头吃泡饭,心底不高兴。

吃过夜饭,泉英要汰碗,秋生娘说:"不用,邻居看到会讲,新妇还没进门就汰碗,我这老太婆不懂事体。"泉英笑笑,乐得不做。秋生爸爸老酒吃得醉醺醺,挟起折叠帆布床,往弄堂乘风凉。

秋生漱过口,去卧房,换了一件短袖衬衫,喷点花露水,俩人手拉手,出门荡马路[1]。经过灶披间,秋生娘封煤球炉,秋生说:"姆妈,我们走了。"秋生娘头也不抬说:"嗯。"弄堂里,秋生爸爸躺在床上打起呼噜,秋生唤两声,放弃。

俩人出了石库门,商量去国泰看电影,从陕西南路穿到淮海中路,辰光还早,慢悠悠走。泉英说:"我有桩事体,本来打算饭桌上讲,但看姆妈不高兴,就没讲。"秋生说:"啥事体?"

泉英说:"我们定在五一结婚,对吧。"秋生说:"没错。"泉英说:"恐怕要推迟。"秋生说:"为啥?"

泉英说:"我有个姑姑,在美国,我提过吧。"秋生说:"嗯。"泉英说:"姑姑听闻我要结婚,特意回来,看过我俩结婚流程,嫌鄙[2]太马虎,不上档次。"秋生哼了声。泉英说:"姑姑讲,结婚照要重拍,必须穿洋人婚纱,到和

---

1. 荡马路:散步或逛街。
2. 嫌鄙:瞧不起。

平饭店订酒席,菜单重新订。总归一切从头再做。这样五一结婚,肯定来不及。"秋生说:"那姑姑,手伸得太长。"泉英说:"生气啦?"秋生没响。泉英说:"姑姑也是好心,结婚一生一趟,哪个女人不希望风风光光出嫁?"秋生说:"泉英意思,我家订的婚礼太忒板[1],丢那脸面,是吧?"泉英说:"我没讲,是秋生在讲。"秋生说:"我不晓和爷娘哪能讲,定金真金白银付出去,现在违约,赔偿金不得了。"泉英笑说:"讲来讲去,就为了钞票,秋生样样好,就这点太俗气。"秋生不搭腔。泉英说:"大可放心,姑姑讲过了,结婚要用的钞票,侪由姑姑出,勿要秋生爷娘一分铜钿。"

秋生说:"还有这种事体?"

国泰影院有三部电影上映,一部《城南旧事》,一部《精变》,还有一部《咱们的牛百岁》。

秋生说:"看哪一部?"泉英说:"《城南旧事》吧。秋生想看啥?"秋生说:"我随便。"他去窗口买票,不由得想到玉宝,假使玉宝来选,一定选《精变》。又看看宣传画,玉宝和这女演员有点像,眼睛顾盼神飞。

俩人检好票,走进电影院,寻到位置坐定。环顾四周,人头稀稀拉拉。灯光全部关闭,电影放映没几分钟,泉英朝秋生靠过来,秋生心领神会,抬起胳膊,揽住泉英肩膀,搂进怀里。

电影大半过去,泉英说:"我从未问过秋生谈过几个女朋友,可以告诉我吗?"秋生说:"一个。"泉英说:"谈了多久?"秋生沉默。泉英说:"不好讲?"秋生说:"没多久。"泉英说:"没多久是多久?"秋生说:"一定要讲?"泉英说:"算了,为啥分手呢?"秋生说:"一直分隔两地。"泉英怔怔说:"原来如此。果然男女不好分开,分开久了,各生异心,一拍两散,各走各路。"秋生没响。泉英说:"秋生可亲过前个女朋友?"秋生没响。泉英说:"秋生可有做过?"秋生说:"做过啥?"泉英掐秋生腿肉说:"装戆[2]。"秋生说:"痛。"泉英说:"做过是吧。"秋生俯首,亲住泉英嘴唇。

---

1. 忒板:差,档次低。
2. 装戆:装傻。

玉凤到内间，薛金花躺倒在床上，闭眼困午觉。玉凤推了推说："姆妈，快点醒醒。"喊了三遍，薛金花才说："做啥，吵死了。"玉凤说："徐昭志，徐伯伯认得吧。"薛金花说："麻将搭子。"玉凤说："原来徐伯伯和潘家一九七二年做过邻居。"薛金花坐起说："还有这种事体？"

玉凤说："潘家不得了，根正苗红。"薛金花说："哪能讲？"玉凤说："潘家阿叔有军衔，参加过抗美援朝，回来没几年，旧伤复发去世了，留下潘家妈和四个儿子，一直享受军属待遇。"

薛金花羡慕说："四个儿子，潘家妈好福气，有人养老送终。"玉凤说："是呀，听讲大儿子特别出息，大学毕业就去了香港。"薛金花咬牙说："老卵。"玉凤说："姆妈不是有潘家妈电话？"薛金花说："又打啥坏主意？"

玉凤笑说："去认认门，当作亲戚走动走动，总归没坏处。"

17. 难 敌

秋生跟泉英看过电影，吃过夜宵，送泉英到永嘉新村，再乘电车回新乐路。电车上，人寥寥无几，却站站要停。路过同福里站牌，秋生鬼使神差下了车，走到同福里弄堂口，挣扎片刻，拐了进去。

弄堂里，侪是乘风凉的人，天太热，房里坐不住，看到秋生，无人理睬，自顾自倚躺、打扇、点蚊香、轧三胡、吃夜饭、冲凉浴、下象棋、听无线电唱沪剧。爷叔唱道：

"志超／志超／我来恭喜侬／玉如印象侬阿忘记。"

秋生脚步骤顿，忽觉此来犹如儿戏，悲凉又可笑，转身往外快走，心底百般滋味，走到马路对过，一爿杂货店亮着灯，交三分钱可以打电话。秋生望向弄堂口电话间，老阿姨接起电话，再把电话机摆一边，从房间出来，跑进弄堂，等了十分钟，老阿姨回来，秋生看到后面跟了玉宝。

玉宝穿条橡皮红连衣裙，头发披散，肤白如玉，接起电话。秋生听到话筒里传来声音说："是哪一位寻我呀？"

秋生说："是我，玉宝，是我，秋生。"不过没讲出口，在心底讲，说了三遍，秋生挂断电话。玉宝把话筒放回原处，不晓在想什么，站了站，低头走了，走进深深弄堂里。

秋生回到家，爷娘还没困，秋生把泉英要结婚延期讲了，才讲一半，秋生娘跳脚说："定五一结婚，是泉英娘家，现在要推迟，又是泉英娘家。怪不得泉英没教养，瞧瞧这桩荒唐事体，把我们当猴嬉。我酒席定金哪能办，违约要扣铜钿，这笔损失啥人来出？"

秋生说："我还未讲完。"秋生爸爸说："老太婆，就是沉不住气。"秋生说："泉英意思，接下来婚礼费用，侪由泉英姑姑出，不用我们操心，也不用出一分铜钿。"

秋生爷娘面面相觑。秋生娘说："真的假的，我没听错吧？"秋生说："真的，没听错。"秋生娘复喜说："还有这种天上掉馅饼的事体？"秋生爸爸说："多少出一些。否则感觉不是娶新妇，倒像儿子倒插门。"秋生娘说："我损失的违约金，就当出了。"

秋生说："现在不是这个问题，我怀疑泉英另有打算。"秋生爸爸说："啥？"秋生娘说："快点讲呀，急死个人。"秋生慢慢说："我怀疑泉英姑姑在帮泉英办出国，所以尽量拖辰光。办不出去，只好同我结婚，办出去了，婚礼就取消。"秋生爷娘脸色大变。

秋生说："只是猜测，也有可能是我多想。"秋生爸爸说："不可能吧，泉英娘家运来的这套家什，我算过，可是老价钿。"秋生苦笑说："泉英娘家最不缺的，就是铜钿。"

秋生爸爸说："会不会是今天老太婆乱讲话，让泉英不适宜，所以借机撒气？"秋生没响。秋生爸爸瞪眼说："侪怪老太婆，目光短浅，尽干捡芝麻丢西瓜的事体。"秋生娘说："我想泉英进门前，立立规矩，下趟不讲了。"

秋生说："假使泉英真为出国取消婚礼，我还是想娶玉宝。"秋生爸爸说：

"瞎讲有啥讲头。"秋生娘说:"我儿子英俊潇洒,大学生,政府部门工作,工资高,福利好,就算没有泉英,也能寻到比玉宝强一万倍的年轻小姐。"秋生说:"可玉宝对我最真心。"秋生爸爸说:"真心能当饭吃,能当铜钿用,能进政府部门?讲起来,我觉着,泉英能帮助秋生飞黄腾达,这才叫真心。"秋生娘说:"是这个道理。"秋生爸爸说:"想过没有,玉宝为啥会对秋生好?"秋生娘说:"因为凭玉宝的条件,打灯笼也难寻比秋生条件更好的男人。"秋生爸爸说:"明白吧。"秋生神色黯然。

秋生娘说:"我明天带礼品,去泉英娘家探探风声,大不了丢下老脸,我赔礼道歉。"

秋生说:"姆妈,不要这样。"

薛金花和玉凤去理发店做头发,换上拿得出手的衣裳,再带上两袋吐鲁番葡萄干、一袋和田玉枣、一铁盒天山雪莲和肉苁蓉。乘26路电车,在陕西南路站下来,走走问问,寻到复兴坊门口。薛金花说:"复兴坊原来叫辣斐坊,老早底,名人在此扎堆,我晓得何香凝,还有杜月笙的姨太太姚玉兰,姚玉兰命比我好。"

玉凤仰脸看,清水红砖墙面,三层建筑,酱色木质百叶窗,屋顶红色琉璃瓦,被阳光晒得发光。玉凤赞叹:"无愧是上只角。"

俩人走进弄堂,经过老虎灶,玉凤上前说:"师傅,请问去22号往哪里走?"一个打开水的爷叔说:"那寻啥人?"玉凤说:"我寻三层楼潘家妈。"爷叔说:"我也住22号,我带阿姨去。"薛金花笑眯眯说:"谢谢。"爷叔说:"阿姨看了面生,是潘家亲眷,还是朋友?"薛金花说:"潘家旧年住同福里,是老邻居。"玉凤说:"没错。"爷叔认真想过说:"同福里,是老城厢?"薛金花说:"不是,在下只角[1]。"爷叔拉长音说:"哦。"玉凤拽拽薛金花,牙缝里发声说:"姆妈,不要讲哩。"薛金花说:"下只角哪能啦,我实话实说。"爷叔笑笑,没多讲,领了俩人到22楼门前,穿过灶披间,踩踏旋转楼梯,上到三楼。

1.下只角:穷人的住宅区。

玉凤揿门铃，很快门从内打开，一个女人说："寻啥人啊？"玉凤客气说："我们是同福里来的老街坊，我姆妈叫薛金花，我叫林玉凤，一道来望望潘家妈。"女人说："稍等。"也就两句话工夫，薛金花和玉凤听到急匆匆的脚步声，门被大开，眼前一亮，一位上年纪的妇人笑着迎出来说："今朝[1]喜鹊窗外吱吱叫，我就晓得贵客要临门，薛阿妹，我们又见面了。"

18. 说 亲

潘逸年提了行李箱，抬手叩门，来开门的是保姆吴妈，二弟潘逸文、四弟潘逸青也迎过来。潘逸青直接上手，搂住潘逸年的肩膀说："阿哥还晓得回家啊？"

潘逸年说："再不松开，勿要怪我下手重。"潘逸青说："试试看。"话音尚未落，潘逸年一个过肩摔，潘逸青"哎哟"倒在地上。

潘逸文戴了一副金边眼镜，手插裤袋里，笑眯眯在旁边看戏。

潘家妈笑说："不要闹了，去揩面汏手，准备吃夜饭。"

潘逸年擦干手，方桌翻成圆台面，潘家妈、逸文已坐定，逸青帮吴妈端菜上桌。

潘逸年说："吃红酒吧，我带了一瓶回来。"逸文说："阿哥的酒，一定不错。"逸青说："吃一点。"潘家妈说："吃可以，不要吃醉，难看相。"潘逸年去打开行李箱，取出酒，逸青开酒，吴妈拿来高脚酒杯。

逸青先给潘家妈倒，潘家妈说："不要多，一点点，好，好了。"逸青给潘逸年倒，潘家妈说："逸年外头酒吃足，回来就不要吃了，多尝尝家常小菜。"逸青说："阿哥吃哇。"潘逸年笑说："听姆妈的。"

逸青给二哥和自己倒上，吴妈端来一砂锅老鸭火腿扁尖汤。潘家妈说：

---

1. 今朝：今天。

"吴妈不要忙了,也坐下来一道吃。"吴妈说:"好。"她脱掉围裙,去拿了一副碗筷,坐到逸青旁边。逸青倒酒说:"吴妈,也吃一杯。"

潘家妈挟块腐乳肉到潘逸年碗里,潘逸年吃了说:"吴妈烧的腐乳肉,比饭店的还好吃。"吴妈说:"过奖,我今朝超常发挥。"逸青也挟一块吃,赞说:"邪气好吃,姆妈也吃。"潘家妈说:"我近一腔[1]供菩萨,吃素。"逸青说:"二哥来一块。"逸文摆手说:"我不吃肥肉,腻心。"逸青说:"肥而不腻,入口即化。三哥要在,一盘子不够吃。"

潘逸年说:"逸武可有来信?"潘家妈说:"有段辰光没音信了。"逸文说:"鸟不拉屎的地方,电话也不通。"潘逸年不语。潘家妈说:"哦,今朝迎来一对稀客,我算了算,距上趟见面,竟过去靠[2]十年了,时光飞快。"逸文说:"是啥人?"潘家妈说:"捐眼睛给逸青的那户人家。"逸青说:"哦,同福里,我记得是姓林。"逸文说:"靠十年未联系,突然寻来,无事不登三宝殿。"潘逸年不语。

潘家妈笑笑,挟塔棵菜,吃着说:"逸文老实讲,可有交往的女朋友?"逸文说:"没。"潘家妈说:"没骗我?"逸文说:"骗人又没好处。"潘家妈放下筷子,拉开桌子抽屉,取出一张照片,递给逸文说:"拿去看。"逸文接了,逸青也凑过头来,逸青说:"哇,仙女姐姐。"逸文说:"皮肤邪气白。"逸青说:"眼含秋波。"逸文说:"鼻梁挺,却不失秀气。"逸青说:"嘴巴肉嘟嘟。"逸文把照片递给潘逸年,潘逸年摇头说:"没兴趣。"

潘家妈说:"逸文对这位小姐,还满意吧。"逸文笑说:"姆妈学会卖关子了。"潘家妈说:"那我开门见山。这位小姐姓林,名玉宝。今年二十六岁。"逸青说:"哦,明白了,同福里林家女儿。"潘家妈说:"林家妈有三个姑娘,大姑娘三姑娘早嫁人了。唯有二姑娘,知青,一直在新疆,今年才回来。"逸文说:"工作有吧。"潘家妈说:"待业等分配,为回城,也没敢寻男朋友。长得是漂亮,但二十六岁了,再拖下去,不大好寻。"逸文说:"是蛮难寻,家境平平,无业游民,年纪也不轻,除了漂亮,其他没啥优势。"

---

1. 近一腔:最近。
2. 靠:指在时间上接近。

潘家妈说:"我想,家里有三个现成光棍,不妨和玉宝相相看。"潘逸年不语。逸青说:"姆妈是大恩无以回报,让我们其中之一以身相许。我讲得对吧。"潘家妈笑了。逸文笑说:"一针见血。不过,为啥选中我?"潘家妈说:"逸年和玉宝年纪相差太大,逸青年纪又小了。逸文和玉宝不仅年纪相当,样貌也般配。"逸文低头细量照片。潘家妈说:"照片有啥看头,我明早打电话给林家妈,约个周末,寻家咖啡馆,两人见面,好好聊聊,比看照片实在。"

潘逸年说:"姆妈,这不是强买强卖的事体,也要逸文同意才成。"潘家妈叹口气说:"这桩事体,我确实想还林家人情,但也有私心,三个好大儿,一个个熬成了大龄未婚男青年,我能不急嘛,我也想抱孙子。"逸青说:"姆妈有孙子。"潘家妈面露感伤说:"逸武就不谈了,山高皇帝远。"逸文说:"姆妈勿要难过,我相看就是。"逸青说:"二哥不是讲,林小姐除卖相可以,其他没啥。"逸文说:"我开玩笑,最主要看人品,两人能否谈拢,其他皆是身外之物。"潘家妈转悲为喜。

潘逸年朝逸青说:"明年大学就要毕业,学得哪能?"逸青说:"还可以。"潘逸年说:"啥叫还可以?"逸青说:"谦虚的讲法。不如阿哥,但不比别个人忒板。"潘逸年说:"和我是没啥可比性。"逸青说:"李教授讲了,我不配给阿哥提鞋,但其他同学不配给我提鞋。"潘家妈和逸文笑。潘逸年笑说:"李教授身体还好吧?"逸青说:"蛮硬朗,教完我这届,就不教了。"潘逸年说:"为啥?"逸青说:"年纪到了,要退休。"潘逸年说:"可惜,同济大学里,在土木工程专业这块,李教授是将理论和实践结合得最好的教授。"

吴妈起身掌勺,打散砂锅里的热气,拿碗盛汤说:"不要光顾讲话,吃老鸭汤,我不会造房子,但我做老鸭汤最拿手。"逸青笑说:"吴妈难得夸口一回。"吴妈说:"这是事实呀。"

吃好夜饭,潘逸年收拾行李箱,拿出女式连衣裙,到潘家妈房里说:"我在北京看时装表演会,主办方送的,姆妈好穿吧。"潘家妈接过,捏着裙子肩线,抖开打量,笑说:"时髦货,年轻姑娘好穿,我要穿,成老妖怪了。"她还给潘逸年说:"仔细收好,日后送女朋友。"

潘逸年说:"对于林家人,姆妈不必觉着欠人情。"潘家妈不语。潘逸年说:

"当年要不是林家狮子大张口,把我们家底掏得一空,逸文、逸武不会上山下乡,我也不会去香港。姆妈和逸青那两年没少吃苦。"

潘家妈说:"也还好,逸年月月寄钞票回来,够我和逸青生活了。林家妈的做法,我也能理解。一个寡妇,拉扯四个小人长大,这种大环境下,可想而知地艰难,又正经受丧子之痛。"潘逸年没响。

潘家妈说:"旧社会过来的女人,思想尤为保守,最讲究人死后留个全尸,给多少钞票也没用。若非万不得已,林家妈也不会把眼睛让出来。逸年忘记了,当时我们等了多久,一直没人肯捐,也亏得林家,否则逸青会像现在这般活蹦乱跳,未来前程无限吗?有得必有失,这个道理,逸年比我更懂才是。"潘逸年说:"我的意思,算了,逸文去相亲可以,至于以后是否要和林玉宝发展,姆妈不要干涉,由逸文自行做决定。"潘家妈说:"这个自然,我开明的。"

逸青叩门,手里拿个哔哔响的物件说:"阿哥,这是啥?响个不停。"潘逸年站起,伸手接过看了,朝外走说:"BP机。"

19. 烦 恼

黄梅天,晨时阴,午后微雨,偶有雷声,《文汇报》刊登豫园荷花开的消息,正是立于豫园九曲桥上,可观新荷初绽的时候。

玉宝冒雨走进酱油店,一眼看到两口酱油陶缸,土黄缸面,一条描金龙。缸口罩着竹斗笠,尖尖耸起。大大小小的陶罐整齐摆成几排,装豆油、菜油、麻油、米醋、花生酱、甜面酱、豆瓣酱、辣火酱、老酒、土烧、五加皮,啤酒专门有带龙头的绿漆桶,还有散装的糖和盐。

没顾客光临,赵晓苹坐在柜台后面打瞌虫[1],听到门开关的声响,抬起头来,

---

1. 打瞌虫:打瞌睡。

指指柜台进口。玉宝会意,掀起木板,走进去,再放下。

赵晓苹抓一把香瓜子,摊在《新民晚报》上,俩人嗑瓜子聊天。

赵晓苹说:"有啥好事体?嘴合不拢了。"玉宝笑说:"我从居委会过来,马主任通知我,帮我分配到一份工作。"

赵晓苹说:"哎哟,太阳打西边出来,马主任难得动作麻利。是啥工作,讲来听听。"玉宝说:"去巨鹿路菜场做专管员。"赵晓苹说:"我听过三角地菜场、八仙桥菜场、西摩路菜场,还有宁海东路菜场,就没听过巨鹿路菜场。"玉宝说:"晓苹讲的是有名气的菜场,其实东西南北中,每个区还有小菜场。"赵晓苹说:"啥叫专管员,听起来蛮登样[1]。"玉宝说:"听讲小菜场早上五点半开秤,我摇铃铛,开门市,宣讲纪律,维持排队秩序,管理顾客投诉意见,调解纠纷。假使卖菜员忙不过来,帮忙打打下手,另外还要记记账。"

赵晓苹说:"这是啥专管员,明明是勤杂工。马主任不安好心,故意弄耸[2]玉宝。"玉宝说:"无所谓,总比蹲在家里无所事事强。"赵晓苹说:"工资多少?"玉宝说:"每月廿五块。"赵晓苹说:"比我多五块,比我多受五倍罪。"玉宝笑说:"我不怕吃苦,就怕没事体做。"赵晓苹说:"玉宝心态倒平。"

有人进来,赵晓苹站起身,拿毛巾揩手,见是老街坊——八十岁的杜阿婆,主动招呼说:"阿婆要买点啥?"杜阿婆说:"我拷酱油[3]。"赵晓苹说:"红酱油,还是白酱油?"杜阿婆慢悠悠地说:"拷半斤红酱油,买回去往饭里捣捣,加点猪油,和红烧肉汤拌饭味道一式一样。"

赵晓苹说:"阿婆会得做人家[4],这种办法也想得出来。"她接过阿婆手中瓶子,瓶口插上漏斗,挪开缸口竹斗笠。杜阿婆说:"哦哟,白乎乎生花[5]。"赵晓苹说:"没关系。"她用勺撇开表面一层,量筒伸进去,装满,泼泼洒洒提上来。

---

1. 登样:像样。
2. 弄耸:戏弄。
3. 拷酱油:打酱油。——编者
4. 做人家:持家节俭。
5. 生花:酱、酱油等表面上长的白色的霉。——编者杜阿婆说:"哦哟,有只蛆。"赵晓苹用筷子头挑出来,再把酱油翻倒进漏斗,灌入瓶里,差不多半瓶,拧上盖子,再递给杜阿婆说:"一角三分。"杜阿婆说:"啥?我耳朵不好。"赵晓苹大声说:"红酱油半斤,一角三分。"

杜阿婆说:"哦哦,白酱油要几钿?"赵晓苹说:"白酱油一斤两角两分。"杜阿婆说:"要死快,为啥不早讲,早知拷白酱油了,好省两分铜钿。"赵晓苹不语。杜阿婆嘴巴唠叨,颤巍巍寻出一角三分,摆在柜面上,拎起酱酒瓶,转身就走。赵晓苹说:"阿婆,少张油票。"杜阿婆说:"啥叫油票?"赵晓苹说:"买米面要粮票,买肉买糖买鸡蛋要副食票,买棉布要布票,买香烟要烟票,买豆制品要豆制品卡,阿婆拷酱油要油票。人人晓得。"

杜阿婆说:"早点讲呢。"又颤巍巍掏出油票递过来。赵晓苹接了,连钞票一道丢进铁皮盒里,一屁股坐下来,压低声说:"烦吧,烦吧,次次来,次次要讲,明明心里清爽,还要装傻充愣,尽想贪便宜。像杜阿婆这种人,还不在少数,我烦透这份工作,简直度日如年。"

玉宝说:"晓苹烦透这份工作,人家还羡慕不来。"赵晓苹说:"啥人要,我让把啥人。"玉宝说:"讲气话有啥讲头。"赵晓苹说:"真实想法。"

外面街道有叫卖声:"棒冰吃哇,奶油雪糕,赤豆棒冰。棒冰吃哇,奶油雪糕,赤豆棒冰。"玉宝说:"我请晓苹吃奶油雪糕,降降火,消消气。"她站起往门外走,买了两根奶油雪糕,两人吃完,果然心平气和许多。又陆续进来四五个顾客,玉宝不便打扰,顶着绵绵细雨回到弄堂,上楼才到家门口,就听见笑语阵阵,迟疑是否进去,小桃却先一步开门,扭头报告说:"姨姨回来了。"

玉宝进房,换好拖鞋,抬头才发现有客人。一位穿紫罗兰短袖衬衫、黑色长裙的女士,年纪和薛金花相仿,气质相当娴雅。再观薛金花,总有几分旧时堂子里媚人的气息。玉凤坐在桌前,专心削苹果。薛金花说:"我来介绍,玉宝,我养的二姑娘。玉宝,这位是潘阿姨,可还有印象?"玉凤说:"玉宝肯定没印象,伊一九七二年刚去了新疆。"薛金花说:"当初四尼的眼角膜,就是捐给潘阿姨的小儿子。"玉宝说:"潘阿姨好。"潘家妈微笑点头,拉过玉宝的手坐下,偏头打量说:"真人比照片还漂亮。"薛金花说:"是呀,玉宝在我三个女儿中,卖相最水灵,性格也温柔,秀外慧中,还弹一手好琵琶。"玉宝说:"我不会弹琵琶,我会弹棉花。"

潘家妈没听清,说:"啥?"玉凤说:"潘阿姨,吃苹果。"潘家妈说:"谢谢。"玉宝说:"我回来淋了雨,去楼上调件衣裳。"她不由分说地踩了木梯上阁楼,听到身后薛金花咬牙说:"调好衣裳就下来,不懂人情世故的丫头。"潘家妈软言细语说:"没关系,不要感冒就好了。"

玉宝没再下阁楼,小桃来叫过一趟,又噔噔噔下去说:"姨姨头痛鼻塞咳嗽,困觉了。"潘家妈没坐多久,告辞离开,玉凤殷勤送客。

20. 相亲(一)

玉宝听到有人上阁楼,猜到是谁,不想搭理,转身朝内壁侧躺,忽然薄毯被大力掀开。薛金花说:"还挺尸,起来,林玉宝,不要跟我来这一套,侪是老娘白相过的路数。"

玉宝索性坐起说:"姆妈打的啥算盘,我心知肚明。死了这条心吧,我现在不想嫁人。"薛金花说:"现在不想嫁人,那啥辰光想嫁人,给我个准信。"玉宝说:"过两年再讲。"薛金花说:"过两年再讲,玉宝讲得轻巧,黄胜利和玉凤哪能办?俩人年纪不小了,还打算生个儿子,再过两年,哪能生,生个空屁出来。"

玉宝说:"玉凤和黄胜利只要想,总归有机会。"

薛金花冷笑说:"姑爷开出租,休息没定数,生意不好,白天困觉,生意兴旺,夜里开通宵。玉凤在纺织厂三班倒,俩人碰面的辰光,少之又少。好容易有趟机会,男人做这种事体,要心情愉快,全身投入,思想高度集中。动作轻了,没劲,动作重了,帆布床嘎吱嘎吱。里间有丈母娘,阁楼有小姨子,被听壁角,想想这算啥名堂经,又不是路边野狗,羞耻心总有,瞬间'性趣'全无,变成软脚蟹。几次后,最近干脆消停了。"

玉宝红脸说:"我用棉花塞耳朵,姆妈倒听全套。"薛金花说:"我老太婆了。"玉宝说:"为老不尊。"薛金花说:"怪啥人,要怪就怪玉宝,是玉宝的错。"玉宝说:"奇怪了,我有啥错?"薛金花说:"玉宝不回来,我和小桃困阁楼,玉凤和姑爷困里间,胡天乱地随便搞,夫妻俩同进同出,好得蜜里调油。"玉宝说:"欲加之罪。"

薛金花说:"现在玉宝回沪了,也要为玉凤考虑考虑。男女这方面出问题,最要命,辰光长了,女的外插花[1],男的轧姘头[2],感情破裂,闹离婚,最作孽的是小桃,乖小囡,从此缺爸爸少娘难两全。"玉宝说:"不要讲了。不就相亲,我去就是。"薛金花舒口气说:"我不会害玉宝。潘家老二条件,万里挑一,一九七二年上山下乡,一九七七年参加高考,考中上海财经大学。大学毕业后,分配到上海财政局工作。"

玉宝怔怔说:"潘家老二叫啥,几岁了?"薛金花说:"潘逸文,今年二十八岁。"薛金花掏出张照片,递给玉宝。玉宝接过打量,看了半晌说:"姆妈哪能没自知之明。"薛金花说:"啥?"玉宝说:"我和这潘逸文,根本不相配。"薛金花说:"哪里不配?"玉宝说:"是我不配,我们之间云泥之别。"薛金花何尝不晓,笑笑说:"总要试一试再讲,没准王八对绿豆,就看对眼了。明天周末,夜里七点钟,国泰影院门口接头,勿要忘记。"

阁楼闷热,薛金花汗如泥滚,起身要走。玉宝说:"马主任帮我寻到一份工作。"薛金花惊住了,反应过来说:"啥工作?"玉宝说:"去巨鹿路小菜场。"薛金花说:"卖菜?"玉宝说:"不是,勤杂工。"薛金花说:"工资几钿?"玉宝说:"廿五块。"薛金花说:"马主任不晓安的啥心。"

玉凤正吃苹果,见薛金花从阁楼下来,便尾随进里间,轻声说:"答应了?"薛金花说:"心狠的丫头,只有小桃才能唤起一点良知。"玉凤说:"姆妈也是,早点和潘家联系呢,我和玉卿或许成就别样人生了。"薛金花说:"就是

---

1. 外插花:出轨。
2. 轧姘头:出轨。

讲，玉宝身在福中不知福，不领情。"玉凤说："气煞人。"

薛金花说："玉宝寻到工作了。"玉凤呆了呆说："真的假的？"薛金花说："去巨鹿路小菜场，做勤杂工。"玉凤说："工资多少？"薛金花说："廿五块。"玉凤说："做起来比较辛苦，但小菜不愁了。"薛金花说："所以讲，马主任到底在打啥主意？"玉凤"哎哟"一声，薛金花一吓，抚胸脯说："做啥？一惊一乍。"玉凤懊悔地说："要死快了，我忘记了。"薛金花说："啥意思？"玉凤说："马主任和王双飞上趟送的西瓜和其他礼品，忘记还回去了。"薛金花说："还没和马主任、王双飞讲明白，是吧。"玉凤点点头。薛金花咬紧后槽牙说："一点点小事体，也办不好。"玉凤说："姆妈，哪能办啊？"薛金花闻到啥人家咖啡香，顺阳台爬进来，勾起馋虫，心烦说："自家想办法。"径自出门去了。

玉宝穿碎花连衣裙，扎起一根辫子，单肩挎皮包，提前十分钟来到国泰电影院，站在《城南旧事》宣传画前。一个戴金边眼镜的男人走近，礼貌地说："是林玉宝吧。"玉宝说："是。"男人说："我是潘逸文。"玉宝点点头说："幸会。"逸文笑说："我们先看电影。"玉宝说："好。"逸文说："《城南旧事》《精变》《我们的牛百岁》，玉宝欢喜看哪部？"玉宝说："我随便。"逸文说："要不看《城南旧事》？"玉宝说："好。"逸文笑说："其实不用紧张。"玉宝马上说："我不紧张。"

逸文笑而不语，走去窗口买票。玉宝深吸口气，才发觉掌心俱是汗。逸文买好票回来，看看手表说："正好可以进场了。"人流果然开始往门口拥，逸文走在前面开道，玉宝紧跟后面，进到电影院里，寻到座位坐了。逸文递给玉宝个牛皮纸袋，玉宝拆开，是一些点心，有蝴蝶酥、豆沙条、花生饼和水果小蛋糕。玉宝说："这样破费。"逸文说："一起吃吧，我欢喜吃蝴蝶酥。"玉宝挑几块蝴蝶酥递去，逸文接过，慢条斯理吃起来。玉宝注意到，逸文的手指细长，骨节分明，是一双文人的手。

电影开场，灯光全灭，看到半途，玉宝拈了一块小蛋糕，品尝出有葡萄干、苹果粒、瓜子仁和红绿丝，斜眼悄瞟，却见逸文在闭眼困觉。

电影结束，逸文恰好睁眼醒来。玉宝说："《城南旧事》不符潘先生审美吧。"逸文笑说："是我欣赏水平不够。"玉宝说："早知应该看《精变》，听新闻讲,吓死个老太太,潘先生定不会无聊打瞌虫。"逸文轻笑,俩人随人流来到街道上,漫无目的地荡了会儿马路。逸文看到凯司令[1]说:"我们进去坐坐。"玉宝说:"好。"两人走了进去,一楼做门市,上到二楼有卡位,可以坐着吃咖啡,人也不多。逸文选在靠窗座位,要了栗子蛋糕、曲奇饼干、两杯咖啡。

开始时,俩人想到啥聊啥,东拉西扯一通,待咖啡和糕点端上来,玉宝下定决心说:"潘先生,凭你我条件,实在不对等,想来也绝非良配。我不晓潘先生为啥答应来相亲,也不想追问,只希望潘先生回去后,能给我姆妈一个拒绝的确信。今朝让潘先生破费,我来出一半费用。"

逸文取下金边眼镜,端起咖啡说:"是我配不上玉宝。"玉宝抿嘴说:"潘先生何必,我不是这个意思。"

逸文微笑说:"我过世的父亲,还有姆妈,从小教育我们弟兄四个,家世钱财乃身外之物,识人应该最重品行。"

林玉宝说:"我人品不行,我犯过错误。"逸文说:"啥?"玉宝说:"具体我就不讲了,我当初揭发过我阿爸,害得阿爸去青海劳改,没几年病逝在当地。"逸文不搭腔。玉宝说:"我不想隐瞒,就这样吧。"逸文说:"已经过去了,不怪玉宝,是时代问题。以后也不用再讲,一切往前看,勿要回头。"玉宝说:"谢谢。"

逸文还要讲,看到个年轻女人手牵小囡笑着走上楼梯,寻到壁角座位,坐下替小囡脱雨披。玉宝看逸文面色转阴沉,一时多想,从包中翻出皮夹子说:"潘先生,我还有事体,今夜所用费用几钿?我出一半。"逸文收回心神说:"不用客气。"

玉宝没再坚持,将咖啡一饮而尽,起身说:"我先走一步。"逸文点头说:"我再坐一歇,林小姐,有缘再会。"玉宝心知到此结束,笑了笑下楼梯,到门口才发觉黑云笼遮,雨气渐密,从包里掏雨披穿上。营业员递来个纸袋说:"潘先生的一点心意。"玉宝没拒绝,接过走上街道,夜风潮湿地掠过脸庞,雨丝落进眼底,又流出来。

酱油店透出微光,推门进去,赵晓苹正在清理台面,听到声响一吓,看到

---

[1] 凯司令:上海西点行业的老字号企业之一。——编者

玉宝说:"来拷酱油?"玉宝兜头脱掉雨披。赵晓苹说:"外头落雨了?"玉宝说:"又不落了。"她在纸袋里翻翻,取出一盒曲奇饼干放在柜台上。赵晓苹说:"谢谢。相亲对象可满意?"玉宝叹息一声。赵晓苹说:"叹气做啥?"玉宝说:"有些难过,我可能这辈子再也遇不到这样优秀的男人了。"赵晓苹呆了呆说:"啥?看不上玉宝?"玉宝说:"看上倒奇怪了。"赵晓苹说:"我玉宝啥地方忒板,是这些男人没眼光,以后有的后悔。"玉宝笑说:"我心底好过多了。"

赵晓苹说:"我听李阿婆讲,13弄二楼爷叔,远房表叔来投亲,此人大有来头。"玉宝说:"啥来头?"赵晓苹说:"是个算命瞎子,还是城隍庙鼎鼎有名的孙半仙,手中一把琵琶,一只签筒,弹弹唱唱,张口命断人生,准得十有八九。"玉宝不信这个,听到雨打屋檐声,和赵晓苹话别,冒雨走了。

逸文回到家,潘家妈和四弟在看电视。他将一盒凯司令点心摆到茶几上,潘家妈迫不及待地说:"见面啥情况,对玉宝还满意?"逸文坐过来,拿出照片还给潘家妈,将玉宝的情况讲一遍。潘家妈说:"玉宝太诚实了。"逸青说:"诚实不好吗?"潘家妈说:"也容易吃亏。"

逸文说:"我近一腔在单位要升职,如果和玉宝交往,政审这关难过,权衡之下,还是打算放弃。但玉宝是个好姑娘,长得漂亮,为人坦直,很有魅力,只能讲与我不合适。"潘家妈说:"可惜了。"

逸文说:"要不四弟相相看如何?"逸青说:"乱点鸳鸯谱。"逸文说:"回来路上我想过了,玉宝只比四弟大两岁,四弟没名利困扰,性格不羁爱自由,像匹脱缰野马,一般姑娘驾驭不了,但我直觉玉宝可以。"潘家妈说:"逸文讲得有道理。逸青觉着哪能?"逸青打量照片说:"能被二哥赞誉的姑娘不多,我可以见见。"潘家妈顿时精神抖擞,站起身说:"我现在就去打电话。"

逸文说:"四弟,阿哥呢?"逸青说:"在看书。"逸文起身出门,到对面房间,敲两记,没上锁,轻推即开,走进去。潘逸年倚在床头,借台灯看书,刚汰过浴,头发乌湿。逸文将点心摆台子上,坐下说:"阿哥最欢喜的栗子奶油蛋糕。"潘逸年说:"相亲顺利吧?"逸文说:"林玉宝蛮好,我俩单纯不合适。"潘逸年说:"哪里不合适?"逸文又讲一遍。潘逸年不语。逸文说:"我说服小阿弟去和玉宝相相看。"潘逸年皱眉说:"瞎搞一气,老娘也同意?"逸文说:

"老娘马上打电话去了。"

潘逸年不屑地说:"林玉宝辫子要翘到天上了。尤其薛金花,林玉宝的姆妈。"逸文说:"这里面有故事?"潘逸年说:"当年为了眼角膜,薛金花反悔五次,反悔一次加码一次,最后一次,简直天文数字,我们家底全部掏空,还欠一屁股债。我和姆妈花了五年辰光,才把债务还清。"

逸文说:"还有这种事体,为啥没告诉我和逸武?"潘逸年说:"有啥好讲头,那又不能帮忙,还徒增烦恼。"逸文说:"阿哥,我今朝在凯司令碰到姜媛了,冥冥之间,是不是天意?"潘逸年说:"不要多想,碰巧而已。"逸文恨恨地说:"这个脚踏两只船、把我当傻子白相的可恶女人。"潘逸年说:"也可以理解。"逸文说:"啥意思?"潘逸年说:"二弟当初上山下乡,说走就走,啥人晓得要去多久,一年、两年,还是八年、十年,还是一辈子。既然未来难预料,只能盘算眼前能看到的事体。姜媛只是做了大多数女人会做的选择,没必要耿耿于怀。"逸文冷笑说:"是吧,我才走半年不到,就和旁人结婚,这算啥名堂经。"潘逸年说:"二弟勿要钻牛角尖,既然结局注定要分手,那半年、一年、五年、八年又有啥区别?早断早了,姜媛还算果断,至少没隐瞒,已经不错了。"

逸文沉默不语,昏黄灯光辉映面孔,片刻后,他在口袋里摸摸说:"阿哥有烟?"潘逸年拉开床头柜抽屉,取出烟盒和火柴丢过去。逸文接住,抽出根烟,叼在嘴边,擦燃火柴,点亮吸了口,吐出烟圈。火柴一直烧到指腹,白灰一段一段掉。

玉宝早晨四点半起床,穿戴整齐,蹑手蹑脚下阁楼,走两步踩到一物,是黄胜利的塑料拖鞋。玉宝摸黑拿起面盆,面盆里有备好的杯子、牙膏、牙刷、梳子和毛巾。漱洗后,也不照镜子,将头发扎起。一切准备妥当,赵晓苹睡眼惺忪地提马桶经过,看到玉宝说:"去小菜场开秤啊?"玉宝说:"是,再会。"

玉宝骑脚踏车,撳铃铛的叮当声贯穿长长弄堂,经过为节约三分钱煤饼而早起生煤炉的阿奶,经过左右手拎鸟笼去公园遛鸟的爷叔,经过将隔夜剩饭倒进钢钟锅内烧泡饭的阿婆,经过蹲在公共水龙头前奋力刷马桶痰盂的阿姨,还有一些人,被炉烟淹没在迷蒙中。

不知何时,天边拉起一道细长金线,开始丈量黑夜和白日的距离。

21. 暗 涌

玉宝抵达巨鹿路小菜场，停好脚踏车，从后门进去，虽还未营业，却邪气闹忙。运输卡车排长龙，前前后后，左左右右，听指挥慢行，轮胎碾地，压得铁板发出闷响。为首的货车停稳，司机、跟车员和接货员跳下来，戴着白线手套，装卸、拆袋、过磅、开单，旁边聚集不少卖菜员，推着三轮车或平板车，从派货员处领取各类菜色，再运回各自摊头。

所有人常年工作，忙而不乱，有条不紊。地面运过海鲜水产，到处湿漉漉，烂菜叶烂菜皮随处丢弃，清洁工候在旁边，随时准备打扫。

玉宝先去管理办公室，同样满员，车主手捏单子，排队结账，会计员算盘珠子打得飞起。玉宝寻到管理主任吴坤，吴坤接过介绍信、身份证等资料，粗略看了看，叫住个女人说："小秦，新来的专管员林玉宝，带一带。林玉宝，工作就听秦师傅安排。"玉宝伸手说："秦师傅好。"秦建云握握手说："随我来吧，快要开秤了。"

俩人先到更衣室，秦建云找了一套工作服，半新不旧，让玉宝换上。玉宝照做，穿好衣裳，一起往外走。秦建云说："小菜场一向执行统购统销政策，主卖五类，蔬菜、猪肉、鱼虾、家禽蛋品、豆制品。另外还兼营腌腊咸货。蔬菜批发自购销站，肉类、禽蛋批发自副食品公司，河鱼海鲜批发自水产公司，豆制品批发自豆制品工厂，腌腊咸货批发自加工场。肉类、禽蛋不吃无妨，但蔬菜无论贫富，一日不可缺，我们吃的蔬菜，来源于两地，市郊和外省。市郊的菜农有智慧，送菜工具自家改装，在脚踏车后面装拖车，拖车堆菜，现摘现装，每天往购销站送。外省就更复杂，运输工具有苏州河上驳船、汽车站卡车、火车站火车，为保新鲜，争分夺秒往上海运。"

玉宝看到运输卡车差不多走光了，仅余一两辆还在匆忙卸货，地面依旧湿漉漉的，清洁工打扫得飞快，乱丢的垃圾被清理干净。摊头上，各种小菜摆放齐整，卖菜员蓄势待发，有人笑说："秦师傅，还有五分钟开秤。"秦建云笑说："我的接班人来了，以后由林玉宝开秤。"玉宝感到众人目光，不由得面孔发烫。秦建云拿起扩音喇叭，喊一嗓子："开秤！"摇起手里铃铛，哗啦啦响。小菜场门打开，爷叔阿姨拎了菜篮子，如潮水般涌进来，顿时人声鼎沸，玉宝只觉眼前世界一片摇晃。

秦建云带玉宝维持队伍，众人大多已成熟客，互相笑嘻嘻打招呼。有阿婆说："秦师傅，我想买黄芽菜[1]，哪一家比较好？"秦建云说："往里走，走到底，倒数第二家的黄芽菜不是从无锡、苏州运来的，是崇明菜农自家种的。"另个阿婆说："哟，黄芽菜肯定要吃崇明的，种得好。"秦建云说："是呀，新鲜不讲，炒一盘烂糊肉丝[2]，吃口微微甜。最主要的是价钿还便宜，三分铜钿一斤。"

一个阿姨说："我要买落苏。"秦建云说："今朝落苏有两个品种，本地产的是矮胖子，适合红烧，落苏塞肉。还有宁波产的瘦长子，适合加蒜瓣清炒，或蒸熟撕成条，加酱油、醋、绵白糖、辣火酱，再滴几滴小磨香油，拌一拌，好吃得打耳光也不肯放。"阿姨说："听秦师傅讲讲，馋得唾水嗒嗒滴。"

众人哄笑起来。

另个阿婆说："我要买冬瓜，回去红烧，最近又落掉两颗牙齿，只有冬瓜咬得动。"玉宝说："阿婆，今朝萝卜不错，萝卜又叫土人参，对身体好，刚刚从太湖运来，根须还带泥，水分充足。买回去，加一调羹猪油红烧，小火慢炖出来，味道比冬瓜好，一样软烂。价钿比冬瓜便宜一分铜钿。"阿婆说："好呀。"

最忙的是早晨，到中晌时，来买小菜的人不多了，秦建云带玉宝往锅炉房热饭。热好后，回管理室，吴坤和两个会计围桌正吃饭，挤出两个空位，秦建云和玉宝搬过椅子坐下。玉宝暗扫各人饭盒子，吴坤吃得最好，精米饭，一条糖醋煎黄鱼，茭白炒百叶，清炒鸡毛菜，还有碗开洋[3]紫菜汤。

吴坤呷巴着鱼骨头说："玉宝工作半天，一直站，感觉吃力吧。"玉宝说：

---

1. 黄芽菜：大白菜。——编者
2. 烂糊肉丝：大白菜煮肉丝。——编者
3. 开洋：虾米。——编者

"还好,我原先在毛纺厂挡车,一站就站八个钟头,习惯了。"吴坤说:"为啥不做了?"玉宝说:"因为要回上海。"吴坤说:"哦,知青。"玉宝说:"是呀。"刘会计说:"是哪里的知青?"玉宝说:"新疆。"一时没人搭腔。秦建云说:"尝尝我的素鸡。"他挟一块给玉宝。玉宝要回敬,看看没啥可吃,只得笑说:"谢谢。"

素鸡吃油,油少了,吃口寡淡。玉宝没响,薛金花堂子出身,平日里无事,就鼓捣吃,也把玉宝的嘴养刁了。

吴坤说:"刘会计,许会计,一些会计账,比如每个摊位、每天营业额汇总、税务明细、场地租金收取,工资表哪能做、考勤哪能算、奖金哪能分,教教玉宝,也可以打打下手,帮帮忙。"刘会计和许会计说:"好。"

吴坤吃完饭,秦建云说:"吴主任,饭盒我来汏。"吴坤说:"这哪儿好意思。"秦建云说:"没关系,我反正也要汏饭盒。"吴坤说:"那谢谢。"他起身往门外去,抽香烟。

玉宝会看眼色,待秦建云和两个会计吃好,自告奋勇帮忙汏饭盒,汏好后再回来,管理室里三人在说话,玉宝放缓脚步。刘会计说:"册那[1],吴坤这个老瘪三,又在打啥坏主意。"许会计说:"让我们教玉宝会计账,是要替代我,还是小刘?"秦建云说:"教会徒弟,饿死师傅。"刘会计说:"不会是看玉宝年轻漂亮,动起歪脑筋吧?"许会计说:"应该不会,吴坤我太了解了,有色心,没色胆。"秦建云说:"是呀,家有河东狮,马主任不好惹,闹起来,里外面子侪没了。"刘会计说:"是呀,一年前,马主任大闹一场,吴坤教训吸取得足够。"

秦建云说:"小叶现在过得可好?"许会计说:"我哪儿晓得。"刘会计说:"靠半年没联系了。"秦建云说:"小叶太老实,林玉宝看了倒精怪。"许会计说:"林玉宝到底啥来头?"秦建云说:"不晓得呀。"许会计说:"小秦消息最灵通,去打听打听,再讲把我俩听,也好做到心中有数。"

玉宝看到有人过来,仍旧退回到水房,待过去十分钟,重新返回管理室。吴坤背靠椅垫,闭眼养神,拿一根牙签剔牙。刘会计、许会计趴桌上午睡,秦

---

1. 册那:骂人的话。

建云则争分夺秒结绒线衫,听到动静,抬起头,轻轻说:"回来啦。"玉宝笑笑,点点头,似乎之前啥也没发生过,一切如常。

22. 旧 闻

玉宝锁好管理室的门,穿过小菜场,听见有人喊:"玉宝,玉宝。"

玉宝回头看,是祝秀娟,卖盆菜的。玉宝说:"阿姐,啥事体?"祝秀娟说:"进来,一道轧三胡。"玉宝问:"几点钟了?"祝秀娟说:"四点钟,来嘛,太阳还没落山。"玉宝走进摊头,祝秀娟递来小矮凳,玉宝接过,刚坐下,卖腌腊咸货的周燕也来凑热闹。祝秀娟拿出一袋牛轧花生糖,一人拈一块。周燕吃了,铺平糖纸说:"薛记,小扬州给的?"祝秀娟笑说:"是的。"

玉宝说:"小扬州是啥人?"周燕说:"购销站送货司机,外号小扬州,皮肤白,眉心一颗痣。"玉宝说:"哦,这人就是小扬州。"周燕说:"我要提醒秀娟,这男人花嚓嚓[1],见谁搭谁,百搭。"祝秀娟说:"瞎讲有啥意思,证据摆出来。"周燕说:"就骗秀娟这种人,不撞南墙不回头。"祝秀娟说:"哼。"玉宝说:"我有句话,不晓当讲不当讲。"祝秀娟点头,周燕说:"当讲。"玉宝说:"呃,小扬州,早间送我一盒鹅蛋粉,牌子谢馥春,我转送秦师傅了。"

周燕拍记大腿说:"我讲得没错吧。"祝秀娟生气,要把糖扔了,周燕一把接住说:"糖有啥罪过呢,天下乌鸦一般黑,玉宝也要当心吴坤那个猪头三。"

玉宝说:"我隐约听讲,有个叫小叶的专管员,和吴主任有关,但没人敢提,侪谈虎色变。"周燕嘴巴嚼糖,没响,祝秀娟不语。玉宝说:"不讲就算吧,我要回去了。"她要起身,周燕按住玉宝的腿说:"不是不讲,隔摊有耳,有些人就欢喜打小报告。"祝秀娟站起身,四周望望,又坐下来说:"轻点,不要哇啦哇啦。"

---

1. 花嚓嚓:花心,举止轻佻。

周燕说:"大概半年前,管理办公室分配来一个女专管员,名叫叶楣。廿二岁,细长眼睛,樱桃小口,性格内向,不爱讲话,像古代闺阁小姐,和我们格格不入。"祝秀娟说:"不像玉宝,才来几天,就和我们打成一片。"玉宝笑说:"能否讲重点。"周燕说:"不要急呀,前情总归要讲清爽。小叶不跟我们啰唆,我们也就没啥话好讲。管理办公室里,还有个秦建云。"祝秀娟说:"要当心秦建云,笑面虎,一肚子男盗女娼。"周燕说:"到底啥人讲,要么秀娟来讲,我听了。"祝秀娟说:"我闭嘴,好吧。"

周燕说:"秦建云和曹丽晶关系最要好。"玉宝说:"曹丽晶是啥人,听了熟悉。"周燕说:"曹丽晶啊,卖豆制品的曹丽晶。"玉宝说:"哦,想起来了。"周燕说:"秦建云告诉曹丽晶,有天中晌,看到吴坤和小叶抱在一起啃嘴巴,吴坤的手在小叶衣服里搓来揉去。"祝秀娟说:"一块排骨,还搓来揉去。"周燕说:"曹丽晶这死女人,唯恐天下不乱,隔天就跑去居委会,寻到马主任,把事体捅了出来。人家马主任,不愧是主任,临危不乱,晓得不好道听途说,捉奸要捉双,要讲究证据,就把秦建云和曹丽晶寻过去,开了会议,制订作战方案。"

玉宝说:"吓人倒怪[1]。"周燕说:"吓人倒怪的还在后头。马主任的作战方案是,让秦建云和曹丽晶管住嘴,勿要打草惊蛇,盯牢这对男女,分工合作,往死里盯,两人啥辰光在啥地方一起做了啥事体,要像记账一样,丝毫不差地记在本本里。"玉宝说:"秦建云和曹丽晶为啥要做这种事体?"祝秀娟说:"马主任肯定许诺好处了,否则呢。"周燕点头说:"一个月后,马主任寻到俩人,仔细看过账本,寻到其中偷情规律,有一天带了小菜场三位领导,在后门小仓库当场抓了现形。听讲两人赤条条抱在一起,衣裳脱掉铺在地上,正搞得昏天黑地。"

祝秀娟说:"像拍电视剧。"周燕说:"当时辰光,所有人侪呆住,唯有马主任冲过去,一把薅住小叶的头发,左右开弓扇耳光。胖婆娘手掌厚,一口气十几个耳光,打得小叶脸颊青紫,嘴角全是血。又在小叶身上又踢又踩,又掐又拧。"玉宝说:"吴坤在做啥?"周燕说:"还能做啥,光顾自家穿衣裳,躲到旁边去了。"玉宝说:"该天打雷劈。"周燕说:"啥人该天打雷劈?"玉宝说:

---

1. 吓人倒怪:很吓人。

"后来呢？"周燕说："秦建云在旁边看戏，曹丽晶这死女人，总算还有点良心，冲上去将俩人分开。小叶全身惨不忍睹，曹丽晶用工作服罩住，一个劲嚷嚷'再打要死人了'，三位领导才反应过来，上前拽住马主任。警察也赶来了，全部带进公安局。"

玉宝说："后来呢？"一直望风的祝秀娟"嘘"一声，周燕不语。周燕男人过来说："娘子呢？"周燕说："做啥？"男人说："有顾客要称三斤咸肉，快点去。"周燕起身走了。

祝秀娟说："后来警察调查，是吴坤诱奸了小叶。小叶年纪轻，性格软弱，又内向，没人帮出主意，经不住吴坤这畜生威逼利诱，也就破罐子破摔。"玉宝说："为啥离开的只有小叶？"祝秀娟说："吴坤赔了小叶一笔钞票，双方达成和解，小叶对外说自愿的，再无脸留在此地。"

玉宝站起说："我走了。"祝秀娟说："我还剩三盒盆菜，拿一盒去吃。"玉宝说："不用。"祝秀娟拿了一盒，塞进玉宝手里说："拿去，今朝不吃，明天也要馊掉。"玉宝说："谢谢，再会。"

经过腌腊咸货摊位，周燕说："玉宝，过来。"玉宝说："做啥？"周燕说："刚刚卖咸肉，多余点点，玉宝拿回去，烧一锅咸酸饭[1]。"玉宝说："自家吃吧，我不要。"周燕说："跟我客气做啥？"她用油纸包了，给玉宝说："烧咸酸饭，不要放青菜，放香萵笋叶子，刘光头摊位有。叶子总归扔掉，去讨些回去，味道邪气好。"玉宝说："谢谢谢谢。"

夜饭只有薛金花、玉宝和小桃三人，黄胜利出车子，玉凤上夜班。

玉宝用香萵笋叶子、咸肉和米饭烧了咸酸饭。盆菜有河鲫鱼一条、圆蘑菇十只、笋片五片、葱两根、姜两片，玉宝烧了一大碗鱼汤。

吃饭时，薛金花说："潘家妈打电话来，老二觉着和玉宝不合适。"玉宝没响。薛金花说："既然不合适，送啥凯司令点心，我还以为成了。"玉宝没响。小桃说："栗子蛋糕好吃。"薛金花说："以后嫁个好人家，吃个够。"玉宝说："小桃好好学习，自家有本事，自家买来吃。"

---

1. 咸酸饭：咸肉菜饭。——编者

薛金花说:"潘家妈讲,虽然老二不成,但老四想和玉宝相相看。老四潘逸青,比玉宝小两岁,在同济大学,读土木工程专业,明年毕业,前程无量。要么再试试看,好吧?"玉宝说:"姆妈觉着好吗?"薛金花说:"蛮好呀,也是打着灯笼也难寻的人物。"玉宝冷笑说:"那就见。"

薛金花怔怔说:"玉宝爽快同意了?"玉宝说:"为啥不同意?"薛金花喜笑颜开说:"想通就好,明天周末,约好上午十点钟见面,上海动物园门口。"

23. 相亲(二)

大清早,玉宝起床,倒马桶痰盂,涮洗干净,靠壁角阴干,再生煤球炉子。赵晓苹领两个男人,扛竹竿套麻绳,从烟雾弥漫中显出真身。

玉宝摇蒲扇说:"做啥,气势汹汹?"赵晓苹说:"我床上棕绷塌了,实在没办法将就,今朝天气好,特为寻了老师傅修棕绷。"玉宝说:"大工程。"赵晓苹说:"是呀,烦死。楼梯窄小,棕绷又太大,只好想办法从五楼窗户吊下来,喊了娘舅来帮忙。"两个男人朝玉宝笑笑。赵晓苹说:"不聊了。"她匆匆带人进灶披间,往楼上走。

玉宝用隔夜鱼汤烧泡饭,香味飘散。黄胜利出车回来,买了大饼油条,牛皮纸包着,洇透一片油。他看到玉宝,打声招呼,先上楼,一歇歇工夫,拿了毛巾和洗漱品出现,在水槽里刷牙,揩面,清嗓子吐痰。阿桂嫂提了马桶,穿真丝料子连衣裙,薄透贴身,风姿绰约经过。

赵晓苹从楼上跑下来,看到黄胜利说:"阿哥,阿哥。"黄胜利收回视线说:"做啥?"赵晓苹说:"我要吊棕绷下来,帮忙接一接,好吧。"黄胜利吐掉漱口水说:"小开司[1]。"

---

1. 小开司:小事情。

玉凤下夜班，没啥精神，也拎了大饼油条，从工厂食堂悄悄带出来。玉宝热好泡饭，端锅子上楼，薛金花和小桃也已起床，薛金花在扫地，小桃对镜扎辫子。

玉宝换好衣裳，拎了布袋出门。两根竹竿从五楼窗台抵到弄堂地面，棕绷一头用麻绳拴紧，靠住竹竿，上头慢慢放，下头慢慢滑，歪歪斜斜，磕磕碰碰，吊到二楼。黄胜利和另一个男人从底下接住，各撑棕绷一角，小心放倒在地面。

玉宝骑自行车到静安寺，搭乘57路巨龙公交车。57路站台上，分坐队和立队，坐队排得望不到尽头，立队人少，玉宝想想，排到立队。售票员用手指点坐队人数，点到三十三个，小红旗一摇说："快点，上车。"被点的三十三人撒丫子跑上车，坐满后，再放立队。虽然人挤人，前胸贴后背，但玉宝心情不错。过了徐家汇，入目是大片农田、瓜棚，本地人在拔草、松土、浇粪，一路颠簸过去，终于到了上海动物园。

逸青站在白底黑字的牌子前，脖颈挂相机。玉宝走上前说："是潘先生吧。"逸青说："是，叫我逸青就好。"玉宝说："我叫林玉宝。"逸青说："入园票我买好了，我们边走边聊。"玉宝说："好。"

俩人通过检票处，玉宝拿了两份游园地图走进入口。逸青说："西郊公园长久不来，有些陌生了。"玉宝笑说："现在叫上海动物园。"逸青接过地图说："叫习惯了，一时转变不过来。"

俩人商量，跟着地图所标顺序走。先看蛇，各式各样，玉宝不怕。看过热带鱼，到孔雀园。孔雀有三只，两只蓝孔雀，一只白孔雀，有人拼命摇晃手绢，孔雀们拖着长尾巴，不屑争艳。又来到天鹅湖，也分白天鹅、黑天鹅，还有几对彩鸳鸯，交颈浮游，颇为恩爱。恰好湖边的长椅空出来，俩人坐下，但见清风抚柳，柳尖蘸水，水起涟漪，景色宜人。

坐了有片刻，继续前行，俩人俩对鸟没兴趣，一路走马观花，至猛兽区。或许是天太热的缘故，熊山不见熊，虎笼不见虎，豹子四仰八叉，狼群趴地吐舌。熊猫馆有空调，熊猫躺平吃竹子，憨态可掬，俩人隔玻璃看了会儿。兜半圈后，已过中晌，日阳高照，逸青说："要不我们去食堂坐坐，顺便解决中饭?"玉宝说:"好。"

食堂里黑压压坐满游客,好容易等到空座位,俩人坐下。

逸青要去买饭,玉宝笑说:"我带了干粮,不嫌弃,就一道吃吧。"她从袋里取出三个铝饭盒,打开盖子,一盒是点心,烧卖、煎饺、千层饼和春卷,一盒是两个茶叶蛋、四块五香豆腐干,一盒是糟货,门腔[1]、猪肚、带鱼、素鸡等,东西不多,但花样不少。逸青挟春卷吃,吃后说:"玉宝做的?"玉宝说:"是呀。"逸青说:"春卷比饭店里的还好吃。"玉宝笑说:"就黄芽菜、肉丝、香菇,没啥特别之处。"潘逸青挟烧卖吃,再吃千层饼、煎饺,玉宝吃得少,只看逸青大快朵颐。

逸青说:"玉宝为啥不吃?"玉宝说:"我早饭吃得晚,还不饿。"逸青说:"我吃太饱,没肚皮装糟货了。"玉宝说:"可以带回去吃。"逸青说:"真的?这么好。"玉宝点头说:"真的,不过要答应我一个请求。"逸青说:"是啥?"玉宝说:"我能摸摸逸青的眼睛吗?"逸青怔了怔,爽快地说:"好。"他俯身凑到玉宝面前,玉宝的手指不由得颤抖,轻缓抚摸。双眼皮,睫毛浓长,眼珠乌黑柔亮,浸在泛青水潭内,眨巴一下,起了风,闪过一抹浮光掠影的微亮。

玉宝视线有些模糊,缩回手,含混说:"谢谢。"逸青站起说:"我去买橘子水。"玉宝没阻止。逸青再回来,玉宝已平静,接过橘子水,吃了口,腻喉咙,玩笑说:"就请我吃橘子水?逸青二哥请我到凯司令,吃咖啡和栗子蛋糕。"逸青说:"原来玉宝欢喜凯司令。"玉宝说:"哪个女人不欢喜。"逸青笑说:"我现在穷学生一个,大学四年,学费生活费侪是大阿哥负担。等我工作以后,请玉宝去凯司令,吃咖啡和栗子蛋糕。"

玉宝说:"不要误会。"逸青说:"不是误会,我会对玉宝好的。"玉宝说:"逸青真的误会了,看着逸青的眼睛,就像看到我从前阿弟。"

逸青立刻明白,叹气说:"一点机会也没?"玉宝说:"嗯。"潘逸青说:"我有点难过。"玉宝说:"难过啥呢?"逸青说:"再吃不到玉宝做的烧卖、煎饺、千层饼和春卷了。"玉宝扑哧笑了。

---

1. 门腔:猪舌。——编者

逸青说:"我突然想出个办法。"玉宝说:"啥?"逸青说:"我还有个大阿哥,条件邪气优秀。"玉宝说:"讲讲看。"逸青说:"大阿哥,同济大学土木专业,毕业就去了香港,在房地产开发圈子鏖战数年,有非常不错的口碑。后来加入中海,全力帮助建工总局拓展海外市场,短短三年就带领团队,在香港集齐了五张 C 牌,非常人能够办到。玉宝见见吧。"

玉宝说:"可以。"逸青说:"包玉宝满意。"玉宝笑笑,听过算数,当耳旁风。

玉宝骑自行车回到同福里,五尺棕绷摆在弄堂凹处,老师傅拿了梭子、铁榔头和棕线在修补,三五阿姨爷叔立在边上看闹忙。赵晓苹说:"玉宝回来了。"玉宝说:"嗯。还没好呀?"赵晓苹说:"早哩。"杜阿婆挤过来说:"妹妹,修棕绷啥价钿?"赵晓苹说:"外头一张大团结,我只要八块钱。"杜阿婆说:"是便宜,这位师傅修得灵吧?"赵晓苹说:"灵的,人也老实。阿婆看啊,舍得花力气,棕线绷得笔直,不像人家,松松垮垮,用不了两三年,又垮掉。"杜阿婆说:"我屋里的棕绷也想绷一绷。"赵晓苹说:"可以,阿婆自家和师傅商量。10 号里弄李阿嫂屋里的棕绷也是这位师傅修的。"杜阿婆说:"哟,李阿嫂,老疙瘩[1]的人。"赵晓苹:"是呀,老师傅了,手艺过硬,不错的。"

玉宝无意间抬起头,看到王双飞立在窗户前,正朝这边望来。

24. 故 人

孔雪打电话给潘逸年:"有个饭局,要不要来?"潘逸年说:"没啥兴趣。"孔雪说:"魏先生也会来,鸳鸯楼项目,讲起来是市政工程,但该报批的手续一样不少,终会落到魏先生这里。"

潘逸年说:"正因如此,更要避嫌。"孔雪说:"鸳鸯楼项目,多少人眼睛

---

1. 疙瘩:挑剔。

血血红，报批手续，能早一天出来，总归好的。"潘逸年没响。孔雪说："来嘛，魏先生、朱总、严先生会带夫人来。权当交个朋友。"潘逸年松口说："几点钟？地址？"孔雪说："夜里七点钟，和平饭店，潘总也带上女朋友。"

潘逸年挂掉电话，朝潘家妈说："我有个应酬，夜饭不吃了。"潘家妈说："奉劝一句，万恶淫为首，酒是色媒人。"潘逸年笑说："姆妈，现在担心这个，是否晚了？"潘家妈说："记得酒少吃，早点回来。"潘逸年说："尽量。"他进房调换衣裳，在玄关换鞋时说："逸青人呢？"潘家妈说："逸青去相亲。"潘逸年说："相亲？和啥人？"潘家妈说："贵人多忘事，和林玉宝呀。"潘逸年想起来，没再多讲，拉开门走了。

玉宝上楼，玉凤、黄胜利和小桃不在，难得安静。桌上摆一盘黄枇杷，薛金花盘腿坐，剥了往嘴巴里送。玉宝说："哪里来的枇杷？"薛金花说："秦阿叔送来一捧。"她再拈起颗，撕掉枇杷皮，托起蒂子，递给玉宝。

玉宝接过吃了，忽然说："我听到风言风语。"薛金花说："随便讲，我吓啥？"玉宝没响。薛金花说："我就欢喜和秦阿叔一道吃吃咖啡，谈谈人生，听听靡靡之音，秦阿叔屋里，收拾得比女人家还清爽。"玉宝不搭腔。薛金花说："再讲，我和秦阿叔也不可能。"玉宝说："此话怎讲？"薛金花说："秦阿叔也作孽，老早大学教授，有知识，文质彬彬。运动起了，被诬陷和学生乱搞男女关系，誓死不交代是吧，就打，把那玩意打坏了。老婆上吊自杀，也没留下一男半女。"玉宝说："姆妈大把年纪，还介意这个？"薛金花咬口枇杷，笑了说："玉宝懂个屁。"

玉宝说："听闻秦阿叔有幢花园老洋房，在淡水路。"薛金花说："是呀，又如何，收归国有，工人老大哥搬进去，一间间'七十二家房客'[1]，西洋窗挂黄鱼鲞，雕花阳台晒萝卜干。有还不如没有。"玉宝没响。

薛金花说："如何？"玉宝说："啥？"薛金花说："和潘逸青相对眼了？"玉宝说："我看着逸青的眼睛，就像看到阿弟，阿弟讲，大家要多点真诚，少

---

1. 一部情景喜剧的名字。此处指历史现象：没收回来的资本家洋房，经政府分配给工人阶级，分给多人，各占一房。

点罅隙,好好过日节。"薛金花说:"再想想。"玉宝说:"不用想了。"薛金花说:"一点商量余地也没?"玉宝说:"是。"薛金花彻底无话讲了,沉默片刻,叹息一声,听有人笃笃敲纱门,薛金花说:"啥人啊?"外面人说:"薛阿嫂,搬砖去。"薛金花精神大振,扯嗓子说:"等等我,马上来。"

潘逸年走进和平饭店,报上姓名,服务员指引到包房。孔雪介绍:"这两位是中房建设的朱总及太太。"朱总和潘逸年握手,笑说:"久仰潘总大名,鸳鸯楼工程竞标,败在潘总手下,心悦诚服。"潘逸年说:"哪里,哪里,承蒙朱总相让。"

孔雪说:"这两位是建行行长严先生及太太。"潘逸年主动握手,客套几句,权衡分量,再交换名片,彼此成为朋友。

李先生也在,带来一个小美女,低声说:"我新女朋友,潘总眼光好,觉得哪能?"潘逸年说:"品位越来越高了。"李先生说:"有点吃不消。"潘逸年说:"啥意思?"李先生说:"小年轻,玩的花样多,我近腔总感觉腰膝酸软,两腿无力。"潘逸年笑说:"节制点,身体是革命的本钱。"李先生说:"我已经开始吃滋补品,成分有鹿茸、海马、杜仲、肉苁蓉几味药。"潘逸年笑而不语。李先生说:"还有就是作,作天作地,作得我钱袋子越来越空。"潘逸年笑说:"周瑜打黄盖,一个愿打,一个愿挨。"话音刚落,包房门打开,潘逸年望过去,看清来人,怔了怔。

孔雪说:"我给大家介绍,这两位是魏先生、魏太太。"众人起身,一一和魏先生握手寒暄。轮到潘逸年,和魏太太打个照面。魏太太面孔煞白。潘逸年面不改色。

众人再次落座,潘逸年左首是李先生,右首是朱总,魏先生及太太坐对面。服务员开始上菜,很快桌面满当。众人吃吃讲讲,觥筹交错,气氛欢愉。

魏先生叫住服务员,笑说:"我太太欢喜吃虾子大乌参,麻烦切一块。"服务员动作娴熟地用刀叉切好,摆进魏太太盘里。朱太太说:"魏太太好福气呀。"魏太太笑笑,心神不定。

魏先生说:"潘总没带太太来?"李先生说:"潘总还未婚。"魏先生说:"女朋友有吧。"李先生说:"女朋友也没有,光杆司令一个。"朱总笑说:"照潘总的年纪、能力,不应该啊,难道是曾经沧海难为水,除却巫山不是云?"众人目光看过来,包括魏太太。

潘逸年笑说:"想多了,纯粹工作太忙,无暇顾及私人问题。"严先生说:"我们银行女职员多,依潘总的条件,只要愿意,我可以保媒。"

李先生说:"不需要严先生介绍,现场就有一个。"严先生说:"是啥人?"李先生说:"孔小姐。潘总,孔小姐不错吧?"潘逸年笑笑,只吃红酒。

李先生说:"孔小姐女强人,聪明,漂亮,性格随和,能说会道,和潘总难得相配。"孔雪面庞泛起红晕,解围说:"李先生吃醉了,尽说醉话。"李先生说:"我讲的是不是醉话,孔小姐心中有数。"孔雪一时语噎。

朱总说:"趁热打铁,和孔小姐成,或不成,潘总今朝必须表个态。"潘逸年看向孔雪说:"孔小姐有男朋友。"孔雪心沉谷底,勉力说:"是呀,不要开这种玩笑。"

话题就此结束。

25. 缘 分

潘逸年从洗手间出来,魏太太等在不远处,意外又不意外。他想想还是走过去,魏太太听到脚步声,转过身,四目相对。潘逸年说:"美琪,长远不见。"

魏太太红了眼,嗓音发抖说:"许久没人叫我美琪了,人人唤我魏太太。"潘逸年说:"或许我也叫魏太太比较合适。"魏太太说:"不不,我欢喜听人家叫我美琪。"

潘逸年沉默了下说:"美琪生活幸福吧?"魏太太说:"我若讲我不幸福,逸年会不会对我心怀愧疚?"潘逸年没响。魏太太说:"我开玩笑的,我嫁的男人,事业有成,脾气温和,对我也各种体贴。我女儿今年七岁,活泼可爱,有婆婆和保姆照顾。我不愁吃、不愁穿,生活闲适。只要不谈感情,我应该幸福吧。"

潘逸年说："让往事随风吧，人生道路漫长，把握当下，珍惜眼前人，定会收获更多幸福。"魏太太神情寂寥，轻声说："在对待感情上，男女果然有别。男人说断则断，拿得起放得下；女人优柔寡断，拿得起放不下，时时想起，难与过去割席。"潘逸年不语。

魏太太说："逸年啥辰光回来的？"潘逸年说："刚刚回来。"魏太太说："一直待在香港？"潘逸年说："近两年多在广州。"魏太太说："为啥不结婚？女朋友也没，可是因为我？"潘逸年说："其实我在香港，有交往女朋友，名叫雪莉，我决计回内地发展，雪莉不肯，这才分了手。"魏太太怔忡说："和我俩分手的理由，有七分像。"

潘逸年说："美琪，已经过去十年了，不要再纠结了，好不好？"魏太太颓然说："不见面还好，今朝竟见到了逸年，啥人能懂呢，我沉寂十年的心，此刻犹如火山爆发。"潘逸年不语。

魏先生走过来说："原来在这里，让我好找。"他伸手揽住美琪的肩膀，微笑说："潘总认得我太太？"潘逸年笑说："我们曾是大学同班同学。"魏先生惊讶地说："有这种巧合事体？"魏太太垂眸说："没错。"魏先生笑说："缘分，真是妙不可言。"

孔雪结掉账单，一行人走出包房。李先生看了看表说："辰光还早，去百乐门坐坐。"魏先生说："我和太太还有别个事体，以后有的是机会。"魏太太没响，临别时，看向潘逸年，一双美目满含凄清，甚是露骨。潘逸年表面不显，心底下沉。朱总夫妇、严先生夫妇各有推辞，先后乘出租车离开。

李先生说："魏太太不算漂亮，但气质绝佳，别有风韵。"孔雪说："张爱玲讲过，上海女人是粉蒸肉。"潘逸年和李先生笑笑，不敢苟同。

李先生取出烟盒，递给潘逸年一根。潘逸年看看说："钓鱼台国宾馆特供，路子粗嘛。"李先生点燃说："人家送的。"潘逸年抽两口，感觉名不副实。李先生压低声音说："潘总和魏太太似乎有渊源。"潘逸年说："瞎讲有啥讲头。"李先生说："我何时瞎讲过，魏太太的表情不要太明显。"潘逸年不语。李先生说："不过放心，没人注意，但不保下次。"潘逸年抽烟不语。李先生说："我奉劝潘总,要想在地产圈子立稳脚跟,千万勿要栽在女人身上。"潘逸年说:"啥意思?"李先生说:"想想魏太太的男人,不是潘总招惹得起的,此人我打过交道,城府极深。"

话音才落,李先生的小女友过来,胳膊腿上咬了蚊子块,这一点、那一点指着发嗲功,李先生偏就吃这套,果断扬招出租车,俩人钻进去,先走一步。

潘逸年不紧不慢地抽烟,凝神默想,看到孔雪没走,笑笑说:"还不回去?"孔雪说:"这就走了?"潘逸年说:"我想请教个问题。"孔雪回头说:"啥?"潘逸年说:"怎样让一个女人对男人彻底死心?"孔雪说:"啥?"潘逸年说:"交个女朋友如何?"孔雪说:"没用场,女朋友可以分手,还有希望,除非潘总立刻结婚。"

潘逸年弹掉烟灰,低声说:"结婚?"孔雪笑说:"是呀,断情绝念的最好办法。不过反过来讲,若为摆脱个女人,就寻个女人结婚,亦是杀敌一千,自损八百。"潘逸年说:"结婚后,感情可以培养。"孔雪说:"英国古话,婚姻仿佛金漆鸟笼。外面的鸟想进去,笼内的鸟想出来,结而离,离而结,没个结局。"

潘逸年说:"是吧。"他扔掉香烟,招了一辆出租车,先送孔雪,再回复兴坊。

客厅里,姆妈和四弟在说话。潘家妈说:"逸年,过来坐一歇。"潘逸年说:"啥事体?"潘家妈说:"让少吃酒,又吃得面孔通通红。"

潘逸年说:"四弟,帮我倒杯茶。"逸青说:"好。"他起身去倒了杯茶来,潘逸年接过,吃一口,太烫,摆在茶几上放凉,笑说:"四弟,相亲相得如何?"逸青说:"落花无意,流水有情。"潘逸年说:"直白点。"逸青说:"就是这意思,我对林玉宝有意,林玉宝不肯。"

潘逸年说:"为啥?"逸青说:"玉宝看到我的眼睛,就想起亡故的阿弟,只能把我当阿弟。"潘逸年说:"可以理解。"吴妈端来点心,逸青挟起一块春卷给潘逸年,潘逸年接过吃起来。逸青说:"味道如何?"潘逸年说:"还可以,不像吴妈手艺。"

逸青笑说:"玉宝做的。还有煎饺和糟货,其他被我吃光了。"潘逸年各样尝了尝,点头说:"不错。"潘家妈拿来玉宝照片,塞进潘逸年手里。潘逸年说:

"做啥?"潘家妈说:"看看玉宝漂亮吗?"潘逸年有些无奈,把照片凑到眼前,半身黑白照,酒吃多了,有些头昏,揉揉眉间说:"似曾在哪里见过。"潘家妈说:"蛮好蛮好,这就是缘分。"

逸青说:"阿哥,见见玉宝好吧。"潘逸年说:"荒唐。一家三兄弟,和同个女人相亲,成何体统。"潘家妈说:"这有啥,到过香港的人,竟比我还古板,弟弟们侪讲玉宝好,老大见一面又何妨。"潘逸年说:"姆妈,不要火上浇油。"逸青说:"我跟玉宝讲过了。"潘逸年说:"讲过啥?"逸青说:"讲过和阿哥见面。玉宝也答应了。阿哥要是不见,就是不守信用,姆妈日后难做人。"

潘逸年冷笑说:"不守信用,林家母女最擅长用的伎俩。毋庸对伊拉[1]客气。"潘家妈说:"不管哪能,能用钱办到的,就不算事体。最终结果,逸青双目恢复光明,有了光明前途,就冲这点,逸年也该少些戾气,多些宽容和理解。"

潘逸年说:"我想寻女人,便当来兮[2],为啥一定吊在林玉宝身上?实在大可不必。"他起身要走,逸青在背后说:"阿哥,再想想,不要一棍子打死。"潘逸年回到房间,倒在床上,今朝吃酒,是三样混着吃,易醉。他伸手解衣扣,才察觉玉宝照片还攥在掌心,拉亮电灯,举高照片,越看越头昏,索性丢到一边,捻灭灯光,困熟了,做一夜光怪陆离的梦。

26. 心 计

秋生娘准备了一瓶五粮液、两条红塔山、三包糖果点心、四瓶橘子罐头,装在手提袋里,和秋生爸爸及秋生乘坐公交车来到永嘉新村。此行目的,是会

---

1. 伊拉:他们,她们。
2. 便当来兮:特别方便,很容易。

会泉英姑姑，摸摸路子，到底来得何方神圣。

泉英等在门口，连忙挽住秋生的胳膊。用人伺候换拖鞋，秋生爸爸提了礼品，用人要接过，秋生爸爸说："不用。"一行人换好拖鞋，一齐进客厅。有个女人，穿缎带蕾丝西洋裙，坐在沙发上抽烟，听到动静望过来，描眉画眼，嘴唇血红，瘦得像排骨，不说好看，气场却足。秋生爸爸嘟囔："老妖怪。"幸亏没人听到。

泉英介绍："这位是姑姑，专程从美国回来参加我们的婚礼。这位是秋生，还有这两位，是秋生爷娘。"

姑姑手里挟烟，姿势未动，只打量。秋生爸爸不吭声，把礼品堆上茶几。秋生娘笑说："一点小意思，不成敬意。"姑姑说："坐，坐。我调件衣裳去。"她站起走了。泉英拉秋生回房间，有悄悄话要讲。

客厅里仅余秋生爷娘。秋生爸爸说："这种暴发户，有两个臭钱，了不起死了。"秋生娘说："注意场合。"秋生爸爸说："没素质，连杯茶也不倒。老妖怪，排骨精，我死看不上眼。"秋生娘说："牢骚怪话回去再讲。"秋生爸爸说："礼品，老妖怪看也不看，等些走时，我要带回去，我自家吃。"秋生娘说："不要讲了，今朝我们来拜码头，忍忍，退一步，海阔天空。"秋生爸爸说："我再退，掉海里溺毙。"

秋生娘说："不要讲了。"保姆端来热茶，送两人面前，笑说："不好意思，怠慢了。"秋生爸爸清咳一声，端架子。秋生娘说："亲家人呢？"保姆说："先生太太回乡探亲，过两天回来。"

又等半刻钟，姑姑来了，坐下说："泉英和秋生的婚礼，到底哪能想？"秋生娘说："不是讲不用我们操心，侪由泉英姑姑操持？"姑姑说："啥，此话从何谈起？是那娶新妇，又不是秋生倒插门。不要因为我有钱，就变法子想吃白食。"

秋生爸爸说："听见没？"秋生娘收敛笑容说："良言一句三冬暖，恶语伤人六月寒。尊重是相互的。"姑姑说："我欢喜把话讲在台面上。"秋生娘说："那就讲讲清爽。既然泉英姑姑不认账，就依照原定计划来。五一结婚。酒席订在四川北路，西湖饭店，七十元一桌，共计八桌，按现在老百姓的生活水平，我们这种家庭，已经老有诚意哩。"

姑姑说："婚纱呢？"秋生娘笑说："中国人穿啥婚纱，我们有自家的传统。"姑姑说："啥传统？"秋生娘说："布店扯一匹红绸绫，寻裁缝老师傅，量身定制一套喜服，百货店买来珠子彩线，穿起头花，好看又喜庆。"

姑姑说："结婚照呢？"秋生娘说："不是拍过了？这种东西也就应个景，一时图稀奇，结好婚后，百年不看，塞在壁角里爬灰。"姑姑冷笑不语。秋生爷娘也不睬。

泉英和秋生走出房间，感受到低气压。泉英坐到姑姑身边，凑近说："做啥，一副晚娘[1]面孔。"姑姑说："我替泉英委屈，嫁进这种人家，公婆凶悍，日后有的苦头吃。"泉英笑说："不要危言耸听。"

秋生坐到秋生娘身边，低声说："哪能啦？"秋生爸爸说："老妖怪再作妖，吃我两记耳光。"秋生说："这种话有啥讲头。到底为啥火气大？"秋生娘说："这小娘皮，自家放的屁，死活不认账。"秋生说："啥意思？"秋生娘说："讲好婚礼由这小娘皮出钱包办，让我们百事不管，现在又不肯了，难听话一大堆。"

秋生说："泉英姑姑同那开玩笑，还当真了。"秋生爷娘怔了怔。秋生娘："几个意思，我糊涂了。"秋生说："婚礼还是一切由泉英姑姑来。"秋生爸爸说："老妖怪，真会作妖。"秋生娘说："这种事体好开玩笑呀，我真个光火了。"

姑姑说："结婚照肯定要重拍，淮海路王开照相馆，拍照手法技艺高超，人拍得邪气好看。"秋生爸爸不语。秋生娘说："我随意。"姑姑说："婚礼肯定要穿西洋婚纱，我记得上趟路过老城厢人民路，有几爿租售婚纱的小店，可以去挑选。"泉英说："好。"秋生没意见，秋生爷娘不语。姑姑说："酒席我打算放到和平饭店。一百元一桌，我有些朋友也要来轧闹忙，算了算，至少十桌。"泉英抿嘴笑，秋生还算平静，秋生娘摒不牢[2]说："西湖饭店，讲老实话，经济实惠，招牌西湖醋鱼，引来无数外国人，不比和平饭店差，就是名气不如和平饭店响。"姑姑说："我就图这名气响，不可以呀？"秋生爸爸说："可以可以。

---

1. 晚娘：继母。——编者
2. 摒不牢：忍不住。

老太婆,少讲两句。"秋生娘闭了嘴,心情舒畅。

玉宝摇起铃铛开秤,小菜场喧闹翻天。代替排队的砖头或篮头,变成了实打实的人,一眼望不到边。玉宝维持秩序,听见有人招呼,回头望去,是王家妈、王双飞和马主任。

玉宝走过去说:"马主任,王阿姨,阿哥,来买小菜?"马主任笑说:"工作还习惯吧。"玉宝说:"还可以。"马主任说:"遇到困难不要藏掖在心底,讲把吴主任听,觉得实在讲不出口,来寻我也可以。"玉宝:"哪儿好意思呢。"马主任说:"有啥不好意思的,我们是一家人。"

玉宝听得不对味。王家妈说:"双飞今朝想吃鱼,玉宝帮忙挑一条好的。"马主任把杭州篮递给王双飞,顺势推后背一把,笑嘻嘻说:"快点跟玉宝去呀。"玉宝说:"阿哥走路不方便,想吃啥,河鲫鱼、胖头鱼、乌鱼、带鱼、昂刺鱼、乌贼鱼、鱿鱼,我去捞了来。"王双飞说:"不用,我跟玉宝去。"

玉宝抑下心底怪异,点头说:"好。"她放缓脚步,和王双飞往水产区去。王双飞说:"玉宝愈发漂亮了。"玉宝笑笑。王双飞说:"今朝下班后,我请玉宝吃饭,再一道看电影。"玉宝说:"我要去夜校上课。"王双飞说:"几点钟下课?我去接玉宝。"玉宝说:"我乘公交车,一部头[1]到弄堂门口。阿哥腿脚不便,不用麻烦了。"王双飞说:"一周上几天课?"玉宝不搭腔。

卖鱼摊头前排起长队,王双飞寻到昨天摆的砖头,恰巧排在第三位。玉宝说:"阿哥买鱼是红烧还是清蒸?"王双飞说:"玉宝欢喜吃哪种鱼?"玉宝说:"河鲫鱼可以红烧或烧汤,胖头鱼和乌鱼可以做爆鱼,带鱼可以干煎或红烧。昂刺鱼烧汤,烤仔鱼油炸炸,鲈鱼清蒸蒸。各有各的做法,各有各的滋味,讲不出好坏来。"

王双飞说:"我买一条鲈鱼,清蒸来吃。"玉宝帮忙挑了条,又肥又大。称好分量,王双飞付铜钿,玉宝掐住鱼鳃,拎起摆进篮头,手缩回时,被捏了一把。玉宝先以为错觉,看清王双飞的笑容时,油然生出不祥的预感。

---

1. 一部头:指中途无须换乘。——编者

27. 了 断

吴坤开大会，待所有人到齐后，首先说："上海十区争夺'文明小菜场'流动红旗，开展利民活动，两周前我就布置了，各位办法应该想好了，啥人先讲，踊跃发言。"

秦建云说："我想得头昏。"刘会计说："我只会算账，出主意不是我擅长的。"许会计说："那看我做啥，我想不出来。"玉宝和其他人不语。吴坤说："一个个聪明面孔笨肚肠。"秦建云说："别个菜场有啥活动，吴主任，讲来参考参考。"

吴坤说："和我们竞争的菜场，譬如永康路菜场，组织一批人员，给辖区内的残疾人、军烈属送菜上门。"秦建云说："这主意不错，会得想。"吴坤说："紫霞路菜市场，代划鳝丝，代剔鳞挖肚肠，代加工鱼丸、鱼饺、鱼饼、腌咸鱼、炸熏鱼。"许会计说："这不算，我们水产区也有此类服务。"吴坤说："八仙桥菜场，和所属街道联系，逢年过节给孤寡老人赠送盆菜，荤素搭配，登上报纸。"秦建云说："八仙桥菜场财大气粗，送得起，我们庙小，不好攀比。"刘会计说："让祝秀娟免费送盆菜，要跟我们拼命。"

众人笑哈哈。

吴坤说："眼界决定格局，所以那发不了财。西摩路菜场，代客校秤、代验质量，违规严惩，五倍赔付顾客，把顾客当上帝。"许会计说："上帝辣手。"吴坤："例子不少了，各位难道还没想法，难道一点想法也没？"众人不搭腔。吴坤说："我真是谢谢那一家门。"

秦建云说："林玉宝讲讲看。"玉宝深晓枪打出头鸟，原要敷衍两句，糊弄过去。听吴坤说啥人点子好这个月加奖金，玉宝立刻说："我倒有个想法。"吴坤说："快讲。"玉宝说："祝秀娟卖的盆菜，搭配得当，经济实惠。我想，可以在盆菜旁边搭台，举办一个介绍会，教夏令菜肴烧法，请个会烧菜的厨师，掌勺加讲解，爷叔阿姨应该有兴趣。"

吴坤说："不错不错，好办法。"秦建云说："厨师难寻啊，到底是小菜场。知名菜馆的厨师，要面子不肯屈就，没名气的厨师，一个不好，被爷叔阿姨嘲起来，能剥一层皮。"玉宝说："我认得个厨师，烧菜手艺好，还能说会道，应该可以胜任。"吴坤飞快敲定，此次利民活动，交由林玉宝全权负责。

会议结束后，众人散去。吴坤叫住玉宝说："好好做，多出成绩，日后有提干机会，优先考虑玉宝。"玉宝说："谢谢。"吴坤说："不用谢我，要谢就谢王双飞。"玉宝说："啥意思？"吴坤笑笑不语。

潘逸年这天没应酬，归家吃夜饭。逸文出差，逸青回学校去了，饭桌上，潘家妈面露忧伤，闷声不响。潘逸年说："为啥不开心？"潘家妈说："美琪白天来过了。"潘逸年挟菜的筷子一顿，皱眉说："来做啥？"潘家妈说："没做啥，就是来望望我，讲起从前事体，仍旧伤感，流眼泪水。"潘逸年不搭腔。

潘家妈伤感地说："当年，逸年和美琪感情邪气深，有目共睹。"潘逸年说："还好吧。"潘家妈说："为给逸青治眼睛，我欠下大笔外债，逸年为还债，被迫放弃这段感情，远走香港。"潘逸年说："早过去了。"潘家妈说："又口是心非，与美琪这段感情，我晓得逸年有多看重，心底交关痛苦，只是不讲。"潘逸年沉默。

潘家妈说："我常常想，为了逸青一个，毁了那三兄弟人生，还有美琪，我是不是做错了。"潘逸年说："何必再想，再想也不能重来。"潘家妈说："我摁不牢要想。"潘逸年说："就算能够重来，我的选择仍旧不变。逸青的眼睛一定要治，债一定要还，感情，不得不舍。"

潘家妈说："美琪可怜。"潘逸年说："姆妈这样想，会害了美琪。"潘家妈说："啥意思？"潘逸年说："美琪的丈夫，政府高官，家境优渥，育有一女，家庭幸福，仕途光明。如若发现结婚十年的妻子念念不忘旧情人，会做何感想？"潘家妈说："我不敢想。"潘逸年说："我要在地产圈发展，美琪的丈夫随时可以扼住我的喉咙，让我滚出去。这还算事小，如果以对付我的手段来对付美琪，后果不堪设想。"潘家妈说："哪能办呢？"潘逸年说：

"和美琪断绝来往，不要再联系了，对双方侪好。"潘家妈说："看来也只好如此。"

潘逸年汏过浴，倚在床头看书。不晓过去多久，窗外夜雾深浓，捻暗台灯，正打算休息，吴妈敲门说："有位小姐电话，自报家门名叫美琪。"潘逸年想想，还是下床，走到客厅，接起电话，压低声音说："是我。"

美琪说："我是美琪呀。"潘逸年说："太晚了，有话明天讲吧。"美琪说："我丈夫有饭局，还未回来，我困不着。"潘逸年不语。美琪说："我白天来过，和阿姨聊起从前事，历历在目，感慨万千。"潘逸年："忘记吧，侪过去了。"美琪说："逸年能忘记，我忘不掉，这辈子也忘不掉。"潘逸年不语。美琪说："逸年去香港后，我等足三年，好狠的心，和我彻底拗断，音信全无，人间蒸发一般。即便如此，我还是等足三年。现在想想，但凡逸年能留个只言片语，我再等三年也未尝不可。"

潘逸年说："当时欠的债，是天文数字。我做好十年打算，我不能耽误美琪终身。"电话那头传来哽咽声。潘逸年说："美琪，我们终究是错过了。"美琪啜泣不语。潘逸年说："我们侪要接受现实，一别两宽，各自安好吧。"美琪说："我不甘心，为啥有情人终难成眷属？"潘逸年说："美琪有家庭，有丈夫、女儿，有十年婚姻，何必钻进牛角尖里拔不出来？"美琪说："我的心情，无人理解。"

潘逸年说："我前两天相亲，一位林姓小姐很得我心，我想和林小姐有长远打算，为免误会，美琪勿要再打电话来了。"美琪没出声。潘逸年说："美琪。"听筒里却挂断了，一串嘟嘟声。

潘逸年搁好电话，抬起头，潘家妈披衣立在沙发旁，不晓听去多少。潘逸年说："姆妈。"潘家妈说："做啥？"潘逸年说："那个，林玉宝，麻烦姆妈联系一下，约个辰光，见面吧。"

潘家妈说："好呀，我来安排。"

潘逸年点点头，道声"晚安"，打开门，走到阳台，望向遥远的红尘深处、凄迷灯火，抽了一根烟。

28. 友 情

玉宝乘 22 路电车赶到外滩钟楼处，韩红霞已在等候。俩人再次见面，彼此寒暄，格外亲热。

玉宝说："饿了吧，我们先吃中饭去。"韩红霞说："外滩消费不便宜。"玉宝说："我认得一家，价钿还好。"

俩人走到金陵中路，拐进大安里，在一家饮食店坐定。因开在弄堂，又过了饭点，食客寥寥。玉宝点两客毛蟹年糕。服务员拎了热水瓶，斟上两杯茶，很快，毛蟹年糕也来了，加送两小碗咸菜肉丝汤。

玉宝说："我有事体相求。"韩红霞说："尽管讲，只要我能办到。"玉宝说："我现在在小菜场工作，最近要开展利民活动，领导交由我负责，急需一位厨师来小菜场烧些夏令家常小菜，给爷叔阿姨们观摩。我想到吕阿哥，吕阿哥会得同意吧。"

韩红霞说："是天天来，还是哪能？"玉宝说："就周日来一趟，早上从七点钟开始，到八点钟结束。坚持来四趟，就好了。每趟酬劳，两块铜钿。"韩红霞说："一句话事体。"

吃完毛蟹年糕，玉宝抢了付账，俩人手挽手荡马路，沿南京东路往西走。外地客交关多，来来往往，摩肩接踵，一辆 20 路辫子车开过，擦得电线冒火星。经过第一食品公司，看了许久，花五分铜钿买一袋奶油五香豆，俩人分了吃。

俩人经过上海书店，进去兜个圈子出来，利男居食品店，橱窗里有奶油蛋糕，分鲜奶油、奶白、麦淇淋三种，另外还有猪油百果松糕、定胜糕、绿豆糕、方糕、松糕、橘红糕等，邪气诱人。店里挤满顾客，大多冲奶油蛋糕去。一位爷叔举了奶油蛋糕，刚走出门，不小心拐一跤，蛋糕啪嗒掉落，众人惊呼惋惜。韩红霞说："蛋糕落地，总是有奶油的一面朝下，百试不爽。"玉宝大笑。

经过大新公司,排队乘自动扶梯的人不少。韩红霞说:"难得逛南京路,不乘等于白来。"玉宝说:"对的。"俩人乘好自动扶梯上去,再走下来。永安公司也有一部,俩人路过时,走进去乘,哪儿想一动不动,旁边营业员说:"为省电,今朝不开。"俩人未免遗憾。

俩人走到青年宫,发现它已经改名"大世界",玉宝花三角铜钿买了两张入场票。门口摆了几面哈哈镜,依旧排队,要照的人多,主要是小朋友。玉宝发现,虽然哈哈镜能将人变短变长,变胖变瘦,但任凭如何变换,大人脸上愁绪都不会走形,唯有小朋友的快乐发自真心。

中庭有杂技表演,二楼、三楼有越剧、沪剧、滑稽戏等曲艺表演。韩红霞买了两瓶橘子水,和玉宝一起往二楼看滑稽戏。座无虚席,先演的《王老虎抢亲》,旁边有人说:"想不到吧,一个搭脚手架的建筑工来唱滑稽戏,还来得受上海市民欢迎,场场爆满。"韩红霞说:"这搭脚手架的叫啥名字呀?"有人说:"叫毛猛达,时代给的机遇。"《王老虎抢亲》结束后,上来个串场的年轻男人,唱起了《金陵塔》。

"桃花扭头红/杨柳条儿青/不唱前朝评古事/唱只唱/金陵宝塔一层又一层……"

从大世界出来,近至黄昏,俩人走进云南南路,小绍兴鸡粥店远近闻名。玉宝点了一盘白斩鸡、两碗鸡粥,味道鲜美。韩红霞说:"我原本想给玉宝和刘文鹏保个媒。"玉宝开玩笑说:"好呀,我记得刘文鹏是机修工,老吃香的。"韩红霞说:"是呀。可惜时机不对,晚到一步。"玉宝笑说:"难道被截和了?"韩红霞说:"挡车车间新来一个女工,虽然卖相和玉宝不好比,但矮子里拔将军,车间一枝花。平时不声不响,但做事体还可以,不晓哪能,就入了刘文鹏法眼。刘文鹏常去寻女工聊天,一道往食堂吃饭,一来二去,没多少辰光,俩人好上了,感情蜜里调油。"玉宝笑说:"命里有时终须有,命里无时莫强求,我和刘文鹏还是缘分太浅。"韩红霞叹口气。

吃好饭,俩人告别,互道"再会"。玉宝乘电车,经过外滩,响起悠扬绵长的钟声。每到夜里八点十点,钟楼报时,听得有故事的人心绪复杂。回到同福里,小桃和两个女孩在跳房子。小桃喊了声:"姨姨回来啦。"玉宝点头,脚步未停。快到门洞时,薛金花跷脚坐在藤椅上,正吃绿豆百合汤,看到玉宝说:"等些再上楼,玉凤和黄胜利在。"

玉宝会意,搬过小板凳。薛金花说:"哪里去了?"玉宝说:"荡马路。"薛金花说:"和潘家老大相亲的事体,可想好了?"玉宝说:"不想。"薛金花说:"为啥不想?"玉宝说:"世上男人邪气多,为啥非要铆牢潘家兄弟?太奇怪了。"薛金花没响,只是努努嘴。玉宝顺着望去,8号门洞前,王双飞也在乘风凉,穿白背心,摇大蒲扇,朝玉宝看来。

玉宝收回视线。薛金花说:"世上男人多,多是这样的。和潘家兄弟不好比。"玉宝说:"潘家老大年纪太大了。"薛金花说:"大七岁。在旧社会,老爷大十五六岁,不是照样要嫁。"玉宝说:"现在是新社会。"薛金花说:"男人大些,会疼人。"玉宝没响。薛金花说:"潘家老大名叫潘逸年。我有印象,当年应该还在读大学,剑眉星目,英俊挺拔,一表人才。就是态度不大好,对我爱搭不理。"

玉宝说:"我刚刚工作,事体太多,忙不过来,实在没精力谈恋爱。明年再讲,好吧?"薛金花冷笑说:"一个小菜场勤杂工,真当自己是个人物了。"玉宝脸红抿嘴。

薛金花说:"像潘家老大这样的男人,屁股后头不缺女人。而玉宝屁股后面有啥人呢?条件稍微好点的,就王双飞。"玉宝没响。薛金花说:"潘家也是看我面子。玉宝要想清楚,过这村就没这店了,以后有的后悔。"玉宝刚想说,小桃满头是汗跑过来,手里拿一盒外国巧克力。薛金花说:"啥人给的?"小桃说:"王叔叔。"薛金花说:"啥?"小桃说:"王双飞叔叔。"玉宝说:"我们和王双飞不熟。快点还回去,明天我买一盒给小桃。"小桃听话,还回去了。

薛金花说:"见见面,又没啥损失,还能免费吃咖啡和点心。"玉宝听了反感,却看到黄胜利打赤膊从门洞出来,一只手抚摸胸膛,一只手提裤子,摇摇摆摆往弄堂口走,去旁观斗蟋蟀。玉宝瞬间动摇了,想想说:"见一面也未尝不可。"

玉宝这边松口,相亲的辰光、地点很快确定下来。仍旧在周末,地点不是电影院，不是动物园，而是约在了人民广场。

29. 见 面

天刚亮，玉宝已到人民广场，拿出报纸垫在石台上，这才坐下。

铁链条隔了人民大道，邪气开阔，49路巨龙公交车轧得煤渣路吱吱作响。

有人折叠起帆布床，扛了藤椅，手提茶壶或蒲扇，乘一夜风凉，头发蓬乱，睡眼惺忪，慢慢往石库门方向去。有人走，就有人来，跑步、跳绳、打太极、练剑术、踢毽子，全民锻炼。

老爷叔将鸟笼吊上树枝，自带玉米粒，抛向空中喂鸽子。鸽子扑簌簌乱飞，掀起一阵羽毛风，迷离人眼。

再远些，一群小青年正踢足球，但得进球，声浪铺天盖地，许多人围观。玉宝不晓等了多久，等得老爷叔走了，鸽子飞了，踢球的散了，站起身拍拍屁股，也打算离开。一个男人，穿运动服，背单肩背包，过来说："林玉宝是吧。"玉宝点点头。男人说："我是潘逸年。"玉宝说："侬好呀。"潘逸年笑笑说："我们再坐一歇。"玉宝又坐回报纸上。

潘逸年取出盐汽水，递给玉宝一瓶。玉宝说："不要。"潘逸年没有勉强，自开一瓶，吃两口后说："生气了？"玉宝不语。潘逸年说："我在前面踢足球，两方对垒，临阵脱逃不大好，来晚了，我道歉。"玉宝说："可踢赢了？"潘逸年说："赢了。"玉宝说："不枉我久等。"潘逸年微怔，随即笑了。

俩人一时没话讲，49路巨龙公交车又过去一辆。潘逸年说："这附近的中小学校，做早操或上体育课，侪来人民广场。我早些年住福州路会乐里，上的储能中学，别的学校体育课跑操场，我们跑人民大道。"玉宝说："还有这种事体？"潘逸年说："林小姐看路灯，有啥发现？"玉宝说："看到了古时宫灯造型，每个绑着大喇叭。"潘逸年说："区里组织长跑比赛，在人民大道举行，两根灯柱子间距五十米,千米长跑,靠这样计算出来。"玉宝说:"长度不够吧。"潘逸年说:"从溜冰场出发,足够了。"

远方一声巨响,轰隆隆响彻大地。俩人望过去,潘逸年指了指说:"在建电信大楼。"玉宝说:"要建得很高吧。"潘逸年说:"嗯,不过会安装电梯。"又说:"当初刚挖地基时,我也在现场,挖出不少金银器和古钱币。"玉宝抿唇说:"我们早认得就好了。"潘逸年没响,目光意味深长。

玉宝面孔发红说:"我开玩笑。"潘逸年说:"这些要上交国家。"他抬腕看手表,站起说:"一起吃早点去。"玉宝晓得潘逸年误会了,想想随便吧。她跟在其身旁,一路无话,走到重庆北路老大沽路口,有个简易矮棚搭的房子,潘逸年熟门熟路地走进去,笑着叫老板跷脚,老板拍手说:"稀客,长久不来了。"看到玉宝,笑说:"啥辰光讨了新妇?"潘逸年:"不是,朋友。"玉宝笑了笑。

潘逸年说:"两客生煎。"又对玉宝说:"欢喜吃百叶包粉丝汤,还是鲜肉小馄饨?"老板玩笑说:"开洋葱油拌面也不错,我送蛋皮汤。"潘逸年说:"我点过生煎了。"玉宝说:"我吃百叶包粉丝汤吧。"潘逸年说:"两碗百叶包粉丝汤。"俩人寻到靠窗位置坐定,也没旁的闲人,电风扇在头顶呼呼响,一只苍蝇嗡地飞走了。

玉宝说:"我先讲讲自己情况。我一九五六年生,一九七二年离沪援疆,今年返城。家住同福里弄堂,房子面积三十平方米,蹲[1]五口人:姆妈,阿姐、姐夫、外甥女三人,还有我。我排行老二,三妹嫁人了,原本还有个小阿弟,十年前病故。我父亲的事体——"潘逸年打断说:"我略知一二,不用复述了。"玉宝最怕提及这段,松口气说:"谢谢。我阿姐是棉纺厂挡车工,姐夫开出租车,外甥女读小学,三妹夫开公交车,三妹是卖票员。我在巨鹿路菜场上班,每月工资廿五块。这是我所有真实情况,潘先生有啥想问的,也可以问。"

潘逸年说:"林小姐蛮坦诚。"玉宝说:"潘先生也讲讲吧。"潘逸年微笑说:

---

1. 蹲:住。——编者

"我这个人，不太会总结自己，但林小姐讲过了，我应当礼尚往来。"老板端来生煎、百叶包粉丝汤。潘逸年说："我父亲是部队军官，去世早，家中有姆妈和兄弟四人，我是老大，比林小姐年长七岁。老二、老三是双胞胎，老四眼睛有疾，得了玉宝阿弟捐献角膜，恢复光明，我表示感谢。"玉宝没响。潘逸年说："十年前，家逢变故，举债上万，难以度日，一家人不得不做最坏的打算。我大学毕业，听闻香港挣钱容易点，只身前往。老二、老三上山下乡，姆妈在街道工厂做工，带了四弟生活。"

玉宝说："是怎样的变故，需举债上万？"潘逸年说："林小姐难道不知晓？"玉宝说："我哪里知晓，十年前，也就是一九七二年，我已离开上海，去往大西北。"潘逸年早做好嘲吒准备，抬眼对上一张雪白感伤面孔，顿时不想提了，挟起一个生煎慢慢吃，片刻后说："我家现在住复兴坊，房子面积有些大。"玉宝没响，薛金花说过，确实大。

潘逸年说："二弟一九七七年参加高考，大学毕业后分配进财政局工作。三弟在江西还未回，四弟大学在读。至于我，做完手头项目，就要待业在家。"

玉宝先听后叹，彼此云泥之别，听到最后一句话，反倒愣住，不禁说："为啥呢？"潘逸年说："不为啥，就是不想做了。"玉宝说："不工作，没有收入，要哪能生活？"

潘逸年岔开话说："生煎味道好吧？"玉宝说："可比大壶春。"潘逸年说："百叶包粉丝汤呢？"玉宝说："也好吃。"潘逸年说："那就多吃点。"玉宝心底明白，不再提了。

吃完早饭，老板另包了两客生煎，一定要送给潘逸年，潘逸年让玉宝收下。玉宝婉拒不掉，只得接过。走出早食店，玉宝不愿欠人情，回送一条凤尾结红手绳，自己编的。潘逸年接过，收进包里。

自此分别，潘逸年去通信大楼监工，玉宝则往回走，经过人民广场，心烦如麻，坐下喂了半天鸽子。

潘逸年站在高楼上，听下属汇报，俯瞰人民广场，一群胖鸽子低旋徘徊，落在人脚边觅食。

30. 想 法

潘逸年开门进房，逸文与姆妈在吃夜饭，台子上三菜一汤。

逸文说："阿哥回来了。"潘逸年说："嗯。"潘家妈说："吴妈拿一副碗筷来。"潘逸年说："不用，我吃过了。"潘家妈说："哦，和玉宝一道。"逸文说："啥？"潘逸年笑说："姆妈，不好编故事。"

潘家妈笑说："和玉宝相过面后，感觉哪能，还满意吧？"逸文笑。潘逸年不语。潘家妈说："讲话呀，肯或不肯，我好回电话。"潘逸年说："我再想想。"他转身欲走，潘家妈说："慌啥，过来坐一歇。"逸文笑。

潘逸年无奈地说："我能慌啥，身上侪是灰尘，我去汏浴。"他从卫生间出来，正在卧室擦头发，逸文叩两下门板，端了盘子，笑说："我在安徽出差时买的符离集烧鸡，热了热，阿哥尝尝味道。"

潘逸年说："拿两个杯子来。"逸文出去又回来，潘逸年开酒，斟满两杯，逸文拉过椅子骑坐。两人吃酒吃烧鸡，东讲西讲，聊了一会儿，逸文说："和玉宝，阿哥哪能打算？"

潘逸年摇头。逸文说："不满意？玉宝蛮漂亮啊。"潘逸年说："到我这岁数，各式各样的人侪见过，女人样貌美丑，老实讲，并不看重了。"逸文说："那看中啥？"潘逸年说："我比林玉宝大七岁。"逸文说："年纪小，娇嗔发嗲，一身嫩骨，阿哥等着享受吧。"潘逸年说："国家干部，忌油腔滑调。"逸文笑说："跟阿哥讲话，我是阿弟，不是国家干部，荤素不忌。"

潘逸年也笑了，吃口酒说："林玉宝一九五六年生，一九七二年离沪援疆。"逸文会意说："初中学历。确实，在知识、思想、眼界、格局、沟通方面，和阿哥有差距，这是不争的事实。但林玉宝的情况，是时代造成的硬伤，并非自己不想。"

潘逸年冷静地说："和林玉宝的交谈中，我们的认知南辕北辙，谈话鸡同鸭讲。我们身处的环境，无论家庭、工作、生活还是人际圈子，天差地别。我们对待金钱方面，也有不小的分歧。方方面面考量，无一相配之处。"

逸文说："我认为玉宝人品、性格还可以。"潘逸年不语。逸文笑说："玉宝年纪轻，还有成长进步空间。"潘逸年说："我不敢赌。"逸文说："啥意思？"潘逸年说："逸文在财政局工作，对国家及城市、目前经济发展形势，应该比我看得听得更长远透彻。"逸文说："这倒是。"

潘逸年说："我在地产数年，从香港、深圳到上海，国家大力推进改革开放，各行业蓄势待发，尤以地产为首。我面前，是一个庞大市场，我脚下，遍地铺满黄金。我敢断言，未来二十年，整个社会，将会有天翻地覆的变化。"逸文笑说："这和玉宝有啥关系？"

潘逸年说："时代带来伤痛，也带来机遇，活在当下，更需冒险家精神。我可能一夜暴富，也可能穷困潦倒，我希望这个女人，无论顺境、逆境，都能跟着我向前奔跑，而不是拖我后腿。林玉宝随机性太强，我不敢赌。"

逸文说："阿哥意思，是怕玉宝将来成为阿哥的拖累？"潘逸年说："我但凡和一个女人结婚，不会再有离婚打算。与其日后因各方面格格不入而争吵冷战、反目成仇，彼此精力消耗殆尽，倒不如此时防患于未然。"

逸文说："我想起个人来，孔雪，和阿哥也般配。"潘逸年摇头，擦净手，从外套里掏出香烟盒子，一条红绳带出来。逸文说："这是啥，蛮好看。"潘逸年说："林玉宝送的。"

巨鹿路小菜场热闹喧天。

吕强说："菜饭又叫咸酸饭，用青菜加咸肉，或者青菜加香肠。我们变个花样来做。"有爷叔说："变啥花样经啦，无非是青菜调成香莴笋叶子。"围观人俦笑。

祝秀娟送来盆菜，吕强接过说："爷叔怪会炒气氛。"有阿姨说："伊是活跃分子。"吕强说："我今朝要教各位烧豆板菜饭，没吃过吧。"围观群众说："没吃过。"吕强说："豆板是啥？"爷叔说："要死，豆板不晓得？蚕豆啊。"吕强说："爷叔老卵，这也晓得。"众人发笑。吕强说："现在五月下旬，蚕豆要落市了，豆荚开始发黑，剥出新鲜豆板，炒了吃，口感发硬。这时候，就好拿来做菜饭了。"爷叔说："原来如此。"吕强说："我俩在这里讲相声。"众人哄笑。吕强说："不要小瞧豆板菜饭，也大有来头，要追溯到乾隆年间。我为啥晓得，我太爷爷，宫里御膳房大厨，说直白了，就是给皇帝烧饭吃。有一日，梅雨天气，湿热燥闷，皇帝爷没食欲，要吃得简单点，爽口点，要有豆香味，烧不出来杀头。我太爷爷眉头一皱，计上心来。"吕强嘴里跑火车，手上也不闲。

玉宝见人围得里三层、外三层，心底高兴，对祝秀娟说："盆菜准备充裕吧。不要像上趟。"祝秀娟说："放心，这趟要多少有多少。"韩红霞立在人堆里，玉宝过去，俩人退到角落里。

玉宝笑说："吕阿哥真是人才。"韩红霞说："论起烧菜讲笑话，没几人比得过吕强。"玉宝说："是呀，我算见识到了。最主要的，还是小菜烧得好，爷叔阿姨们买账。"

韩红霞说："上周玉宝讲要去相亲，男方姓潘是吧，后来哪能，可有看对眼？"玉宝压低声音说："没戏唱。"韩红霞说："为啥没戏唱？"玉宝说："岁数太大了。"韩红霞说："大几岁呀？"玉宝说："七岁。"韩红霞说："七岁还好。三十三岁，成熟稳重，正是男人最好年纪。"

玉宝说："家庭背景差距也大。"韩红霞说："啥意思？"玉宝说："我一家门开出租的、开公交的、卖票员、工人、小菜场勤杂工，男方家有军人背景，三个大学生，工作单位是政府部门。"韩红霞说："哦，差距是有，但工作无高低贵贱之分，侪是为人民服务。"

玉宝说："最主要一点，潘家老大要待业在家了。"韩红霞说："搞不懂了，不是有工作，好好较[1]为啥不做？"玉宝说："要有正当理由，我也可以接受。偏讲，不为啥，就是不想做了。"韩红霞说："三十好几的男人，讲出这样的话，一点不负责任。"玉宝说："是呀，没有收入，要哪能生活呢，一分钱逼死英雄汉。"韩红霞说："估计手头有积蓄。"玉宝说："有积蓄又哪能，总有坐吃山空的一天。"

---

1. 好好较：好好地。——编者

玉宝眼眶发红。韩红霞说:"哪能难过起来了?"玉宝说:"我想起从前,在新疆毛纺厂,累死累活挣工资,省吃俭用,供养乔秋生大学四年。结果呢,秋生背信弃义,另攀高枝,而我,竹篮打水一场空。我绝不能重蹈覆辙了。"

韩红霞点头说:"玉宝的想法没错,这种男人不要也罢。"玉宝说:"是呀。"

31. 偶 遇

玉宝和吕强、韩红霞告别,往管理办公室走,刚到门口,瞧到熟悉的身影。

乔秋生及两位同事在和吴坤谈话。吴坤看到玉宝,招手说:"玉宝,有贵客,快点泡茶,碧螺春。"乔秋生微怔,转过脸来。玉宝佯装镇定,打开柜门,取出杯子、茶叶罐,撮茶进杯里,拎起热水瓶,叶子在水中乱舞,冲泡好后,摆上托盘,端到三人面前。

刘会计、许会计和秦建云接到通知,赶来开会。玉宝关上门,坐在最后。吴坤说:"三位工商局市场监管部门同志,来我们小菜场定期检查。我来介绍,这位是乔秋生,乔科长,这两位是邱同志、丁同志。"乔秋生说:"我们来巨鹿路小菜场,主要检查四个方面:一个规章制度、法律法规的执行,二个环境卫生、安全隐患的排查,三个管理经营、买卖价钿是否符合标准,四个查账。预计需要三到五天,还请各位配合我们工作。"吴坤笑说:"当然当然。一定全力配合。"

会议结束,乔秋生几人紧跟计划开展工作,吴坤全程作陪,玉宝又刻意躲避,因此连续三天,彼此无交集。

一日中晌,乔秋生到水房拿饭盒,看到玉宝也在,四周无人,秋生说:"玉宝。"玉宝有些吃惊,不吭声。

秋生说:"没想到玉宝在此地工作。"玉宝没响。秋生说:"长久不见,玉宝消瘦了。"玉宝摸摸脸说:"不觉得。"秋生说:"这里环境实在是……我帮玉宝重新寻份工作吧。"玉宝说："谢谢，不需要。"秋生叹气说："玉宝不肯原谅我。"玉宝说："我早就原谅秋生了。"秋生说："真的？"玉宝点头说："也希望秋生实现承诺，早点把钱还我。"秋生说："玉宝放心，我有数。"

玉宝说："上趟秋生讲五一结婚。"秋生说："推迟了。"玉宝说："啥？"秋生说："泉英姑姑从美国回来，老妖婆有的是铜钿，终身未婚，把泉英当亲生女儿看待，嫌鄙婚礼排场不大，硬劲[1]要重新布置，没办法，只好延期。玉宝评评理。结婚照拍了，做喜服的红绸绫也扯了，酒席订在四川北路西湖饭店，够意思吧，七十块一桌，扎足台型[2]。泉英姑姑非要插进插出，死活不肯，结婚照要重拍，指定王开照相馆；婚礼要穿西洋婚纱，酒席一定要订在和平饭店。和平饭店，玉宝晓得和平饭店吧，外滩，万国建筑。一百块一桌，至少办十桌。一千块啊，我每月工资不过六十块，辣手吧。"

玉宝担忧地说："我的钱，秋生一定要还的。"秋生说："好在我姆妈英明，咬死不松口。泉英姑姑答应婚礼一切费用全部由伊出。"玉宝没响。秋生笑说："到辰光，我发请帖给玉宝，玉宝一定要来，和平饭店，见见世面也好。"

玉宝心底厌烦，不搭腔，拿过饭盒说："我先走一步。"她出了水房，也不想回办公室，去祝秀娟摊头。祝秀娟和男人也在吃饭，男人说："玉宝来啦。"他站起身，端碗离开。祝秀娟挟块红烧肉到玉宝饭盒里，玉宝笑说："生活好哩。"祝秀娟说："托玉宝和吕师傅的福。"玉宝说："是那盆菜价廉物美。"

祝秀娟说："工商局同志快走了吧。天天穿身制服，转来转去，看得心底发慌。"玉宝说："一两天的事体。"祝秀娟说："姓乔的科长不错，见到我们总笑笑，卖相也灵光，有点像周里京。电影《人生》里演高加林的周里京。"玉宝说："是像，也是负心汉。"祝秀娟说："我还是最欢喜王心刚，《知音》里的护国大将军蔡锷，儒雅又帅气，我连看五遍。"玉宝说："没想到秀娟还是电影迷。"

此刻，有人来摊头说："买盆菜，要河鲫鱼豆腐汤。"祝秀娟放下碗筷，起

---

1. 硬劲：硬是。——编者
2. 扎台型：摆阔气，重面子。

身招呼。玉宝抬眼，和那人视线对撞，世间多巧遇，竟是秋生娘。玉宝没响，低头吃饭。秋生娘也没响，付过钞票，盆菜摆进竹篮，一挎走了。

玉宝下班，和赵晓苹去夜校，补高中课程，上好课，站路边，等42路末班车。玉卿是这趟车的卖票员，胸前挂帆布票袋，戴蓝布袖套，右手拿小红旗，伸出窗外，敲击车皮，报站名："嵩山路，嵩山路到了，让一让，先下后上，注意安全。"没人下，上来两个。玉卿看到笑了。

玉宝、赵晓苹坐定，赵晓苹说："我要买票。"玉卿说："不用买了。"她打开面前的铁盒子，将皱巴钞票摊开抚平，零零碎碎的角子按面值分类整理，再用报纸包好，角子卷好，横着一滚，立刻服帖，和票夹一道收进帆布票袋。到终点站后，收拾妥当。三人去万安里弄堂，弄堂口老虎灶，除烧开水，还卖菜肉馄饨。馄饨大如乒乓球，虽然菜多肉少，胜在扎实扛饿。汤也好吃，放紫菜开洋，鲜味足够。吃完馄饨，再各自回家。

薛金花乘风凉，看到玉宝说："潘家妈打电话来了。"玉宝顿住步，等下文。薛金花却说："玉宝有啥想法？"玉宝说："我没想法，潘家妈哪能讲？"

薛金花说："潘家妈讲，是潘家老大的意思。"她端起茶杯吃茶。玉宝说："到底啥意思？"薛金花说："潘家老大讲，才见一面，相互了解不多，希望能多接触几趟，再谈要不要继续交往。"玉宝不语。

薛金花说："这潘家老大，老谋深算，接触不就是交往嘛，交往要交往的，一个不合心意就拗断，我们还没地方说理去。"玉宝说："那就算了吧，我不要谈了。"薛金花说："上当了吧，潘家老大就等玉宝这句话。是玉宝不要谈，自己放弃。潘家妈也不用愧疚。"

玉宝说："我无所谓。"薛金花说："我有所谓，玉宝和潘家三兄弟一一相过面。现在潘家全身而退，倒像儿戏一场。我心底窝塞。我和潘家妈讲过了。"玉宝说："讲啥？"薛金花说："接触就接触，我们玉宝奉陪。反正白相嘛，吃喝玩乐免费，没啥好损失的。"

玉宝不想听，走进门洞上楼，想潘逸年下次再来约，定要当面讲讲清爽。但潘逸年像失踪了，一直未打过电话，倒是派出所在两周后突然打了来电话，指名道姓让林玉宝去一趟。

32. 审 问

玉宝到了派出所，方知悉数月前闯混堂的男人已经抓获，今朝被叫来指认。

玉宝填好表，坐到一边，在场的还有当日和堂主理论无果，怒而报警的阿姨们。两位警察带嫌疑人进来，嫌疑人手被铐，不见害怕，一副吊儿郎当样子，顿时激起民愤。有个阿姨用江北口音说："杀千刀的，辣死你妈妈。"另个阿姨说："烂污胚，不得好死。"还有阿姨说："我要把这赤佬眼乌子戳瞎掉。"警察说："这是啥地方？派出所，嘴巴侪清爽点。"阿姨们不发声了。

一位老警察审讯，一位小警察做笔录。过道里人来人往，人进人出。

阿姨们为捍卫皮肉，群情激昂，玉宝缺这股劲，躲在后面。老警察说："女士们，嫌疑人闯进混堂，各位衣裳穿了，还是一丝不挂？"阿姨们集体沉默。江北口音说："啊哟屋地（我的）乖乖，丢系（死）人了。"老警察说："有啥丢人的，配合查案，实话实说。"一个阿姨说："我记得我穿了，坐在矮凳上，正剥橘子吃。"另一个说："我也穿了。"还有个说："我上身穿了，下身套了裤衩。"老警察问一圈后，没人承认，告诫说："各位勿要有顾虑，不要隐瞒，否则会影响嫌疑人量刑。"

没人发声音，嫌疑人倒笑说："老菜皮有啥看头。"他抬手指向玉宝说："这位美女我看光了。"阿姨们扭过头来打量。有个说："哎哟，没错，我印象深，皮肤白的来，发光。"另个说："是哟。我也有印象。"还有个说："看了眼熟，薛金花女儿，是吧。"还有个说："要死，不好寻男朋友了。"还有个说："啥人敢娶，被看光光了，丢人现眼。"

玉宝生气地说："瞎讲有啥讲头，屎盆子硬往我头上扣。我明明穿了衣裳。"老警察说："林玉宝，再好好想想，是否当时一丝不挂。"

潘逸年因工地扰民一事亲自来派出所调解，协商得差不多，和所长边聊天边往外走，途经审讯室，听到吵吵嚷嚷，热闹得像小菜场，随意瞟了眼，忽然顿步。所长也朝内望望说:"抓了个偷窥女混堂的流氓。"潘逸年说:"嗯。"站定不走。

玉宝涨红脸说:"不用想了,我明明穿了内衣短裤。"一个阿姨说:"内衣是奶罩,还是背心?"玉宝说:"干侬屁事。"阿姨说:"年纪轻轻,嘴巴不干不净。"玉宝说:"随便冤枉人,就要吃辣火酱。"老警察一拍台子说:"吵啥么吵,这是啥地方,当小菜场啊?林玉宝,如实回答,到底穿没穿,假使穿了,穿了啥,要讲清爽,勿要含含糊糊。"玉宝忍气说:"我肯定穿了,穿了胸罩和短裤。"

嫌疑人说:"我看到了,两只奶子又圆又翘,像牛奶一样白。"众人倒吸口凉气,潘逸年凝神听。老警察说:"林玉宝,还有啥话好讲?"玉宝说:"瞎讲八讲,冤枉我。"老警察说:"怪哩,为啥旁人不冤枉,非要冤枉那林玉宝。就算嫌疑人瞎讲,其他人也瞎讲吗?"玉宝说:"是呀,我也搞不懂。"老警察说:"嫌疑人量刑轻重,就林玉宝一句话事体。希望林玉宝摒除杂念,勿要有所顾忌,将真实情况交代出来,让坏人得到应有的惩罚。"玉宝气得讲不出话。

一个阿姨说:"承认吧,我们侪看到了。"一个阿姨说:"就是一丝不挂。"有个阿姨说:"不要耽误大家辰光,赶紧交代,我还要回去买小菜。"另个阿姨说:"包庇坏人就是同犯。"

嫌疑人在看笑话,警察满脸正义,阿姨们七嘴八舌,潘逸年皱起眉头,欲要开口。

玉宝说:"我有话要讲。"老警察说:"请讲。"玉宝说:"我再问嫌疑人一遍,真的看到我没穿衣裳?"嫌疑人说:"一点不假。"玉宝说:"看得清清楚楚?"嫌疑人说:"没人比我看得清楚。特别是奶子,看得仔细。"玉宝忍住羞辱说:"既然看了我的胸,除了白,还看到啥了?"嫌疑人笑说:"还有红。"阿姨们撇嘴暗笑。

玉宝不睬,咬牙说:"还有呢?"嫌疑人说:"没了。"玉宝说:"想清楚了?"嫌疑人说:"嗯。"老警察说:"林玉宝,不要浪费大家辰光。"玉宝说:"警察同志,请帮我寻一位女警察来,我有话讲。"老警察说:"同我讲就好。"玉宝说:"我必须和女警察讲。"老警察说:"好。"小警察起身,走到门口说:"所长也在?"所长点头。一个女警察路过,小警察叫住,领进室内。

玉宝和女警察耳语两句，女警察领玉宝到里间，关紧门，很快出来。玉宝坐回原位，女警察和老警察嘀咕后，走了。老警察看向嫌疑人说："再问一遍，胸前还看到啥了？"嫌疑人晓得有问题，支吾说："还有痣。"老警察说："去死，污蔑证人，罪加一等。"老警察说："那这些女人啊，睁了眼睛讲瞎话。明明人家穿了衣裳，只晓得人云亦云，火上浇油，会害死人。"老阿姨们一声不吭。老警察说："林玉宝来指认，哪一位没穿衣裳。"老阿姨们神态各异。玉宝沉默片刻说："当时慌张，自顾不暇，管不了旁人。"老警察说："哦，这样。"老阿姨们不语，明显松口气。

　　潘逸年说："走吧。"所长说："碰到熟人了？"潘逸年点点头，笑了笑。

33. 感　情

　　玉宝出了派出所，瞭到潘逸年，佯装没看见，径自往前走。潘逸年熄掉烟蒂，不紧不慢跟在后面。炎热午后，太阳照得地面亮晃晃的，人避到屋檐方寸阴影底，玉宝走得胸前冒汗，看到阿婆在穿花，面前一只篮头，铺一块蓝布，穿好的珠珠花、白兰花齐整排成排。玉宝花五分铜钿买一对白兰花，穿的衬衣是盘扣，别在盘扣上，香透鼻尖。

　　玉宝走到对街，副食品商店橱窗里摆了淡黄色麦淇淋蛋糕。玉宝站定看，看到后面走近人影，忽然转身说："潘先生，跟着我做啥？"

　　潘逸年微笑说："我正好顺路。"玉宝说："哦，我误会了，那潘先生先走。"潘逸年抬腕看表说："中饭没吃吧。"玉宝说："没胃口。"潘逸年说："附近有家小饭店，还可以，一道去？"

　　玉宝皱眉说："讲过了没胃口，不想吃。"潘逸年没响。玉宝说："我在派出所看到潘先生了，我丢人现眼，侪被潘先生看去。"

　　潘逸年说："丢人现眼？不觉得。就算真的发生，也不是玉宝的错。"玉宝眼眶发红，落了两滴泪珠。潘逸年说："哭啥？"玉宝说："没哭，迎风泪。"潘逸年说："吃中饭去。"玉宝说："大鱼大肉就不必了，没胃口，天又热。"潘逸年说："放心，走吧。"玉宝迟疑地说："那我……就跟潘先生走了。"潘逸年说："不用怕我，我不吃人。"

玉宝没响，穿过红绿灯，没了屋檐阴凉地，俩人走在太阳地里。潘逸年说："我从香港回来，一直的感受是，上海到处灰蒙蒙。"玉宝说："我倒觉得太阳刺眼。"潘逸年说："嗯。"玉宝说："潘先生到派出所做啥呢？"潘逸年说："玉宝猜猜看。"玉宝说："我不猜，我总猜不准。"潘逸年说："或许就猜准了呢。"玉宝说："那算了。"潘逸年轻笑不语，鼻息间丝丝花香，似有若无。

玉宝知晓潘逸年在打量自己，目光比阳光还烈，不禁浑身冒汗，感觉变成奶油雪糕了，快速在融化，挡也挡不住，黏稠甜腻成一摊，唯有一根脊骨抻直不倒。幸亏小饭店不远，走进去，人不多，三两桌。潘逸年点了凉拌香莴笋丝、宁波醉泥螺、甜酱炒落苏、葱烤河鲫鱼、冬瓜咸肉汤、两碗米饭。潘逸年买了两瓶橘子水，一人一瓶。

饭菜很快上齐，玉宝确实没啥胃口，只是挟泥螺嗑了吃。潘逸年肚皮饿了。俩人吃得差不多，结了账，一起走出小饭店。潘逸年掏出名片说："上面有我联系方式，有空可以打给我。"玉宝接过，随便看两眼说："谢谢。"

俩人分别。潘逸年走着，忽然转身望望，玉宝的背影已经消失了。兴旺面馆老板杜兴旺叉腰站在门口，热情地说："潘老板长远不见，进来吃一碗碱水面。"潘逸年笑说："下趟再来。"兴旺说："勿要忘记啊。"

黄胜利开车到虹桥机场，排队接客，离下个航班到站还有半个钟头。黄胜利买了一客菜肉大馄饨，趁此空歇呼噜吃起来，眼睛也不闲，看人家斗地主。

阿达说："黄皮，我有半盒咸水鸭，一道来吃。"黄胜利流出馋唾水，看斗地主没心想了，俩人坐上台阶，吃咸水鸭。黄胜利说："味道可以，搭配啤酒吃，邪气适意。"

阿达说："我听长脚讲，黄皮的小姨子叫林玉宝，三个字哪能写？"黄胜利说："双木林，宝玉的玉，宝玉的宝。"阿达说："是不是清华中学林玉宝，去新疆支边，今年三月份才回来？"黄胜利说："老卵，打听得蛮清爽。"

阿达说："听讲黄皮要给玉宝介绍对象，真假？"黄胜利吐掉骨头说："没错。"阿达说："看看我哪能？"黄胜利说："溺泡尿照照。"阿达说："啥意思？"黄胜利说："字面意思，不要装戆。"阿达不快地说："我哪里戆板了？"黄胜利说："夜壶面孔，凹面突额骨，芝麻绿豆眼，蒜头鼻，丝瓜头颈，房子房子没，兄弟倒几个，跟牢吃苦受罪去？"阿达冷笑说："又如何，我好歹还是童男子。林玉宝是啥货色，二手货，不值一分铜钿。"

黄胜利扔鸭骨头，扔到阿达脸上，勃然大怒说："册那，江边洋子[1]，有种再讲一遍。"阿达说："冲我吼做啥，又不是我讲的，是林玉宝前男友亲口承认的。"黄胜利说："前男友姓甚名谁，啥地方讲的，啥人证明，今朝不讲清爽，生意不要做了。"阿达说："前男友叫乔秋生，在长乐路兴旺面馆亲口讲的，老板杜兴旺证明。"黄胜利说："要有一句假话，我请侬吃生活。"阿达收起咸水鸭盒子，骂骂咧咧，坐回车子。

两周后，烈日当空，夏蝉嘶鸣，玉宝骑自行车路过酱油店，赵晓苹跑出来招手："玉宝，玉宝过来。"玉宝把车停稳，抹把额头汗说："热死了。"她走进店里，站在电风扇跟前吹。

赵晓苹说："听讲闹女混堂的赤佬无罪释放。"玉宝微怔说："为啥，不是讲证据确凿？"赵晓苹说："讲有神经病，进宛平南路600号[2]去了。"玉宝说："我无话可讲。"赵晓苹说："唉。"玉宝说："叹啥气？"赵晓苹说："我也要相亲去了。"玉宝说："想去就去嘛。"赵晓苹说："我不想去，但日日觉得空虚，没事体做。"玉宝说："多看书多学习。"赵晓苹说："没兴趣呀，从小就不是读书的料，我去夜校，也是陪玉宝去，凑凑热闹，太无聊了。"

玉宝说："这样不是办法。"赵晓苹说："是呀。玉宝相亲后哪能，看对眼了没？"玉宝说："后来吃过一顿饭，互相留了联系方式。"赵晓苹说："可联系了？"玉宝说："没联系。"赵晓苹说："奇怪了，潘先生愿意留联系方式，应该

---

1. 江边洋子：傻子。骂人的粗话。——编者
2. 宛平南路600号：上海市精神卫生中心徐汇院区的地址。——编者

中意玉宝,为啥不打电话来呢?"玉宝不语。

赵晓苹说:"要觉得满意,玉宝就主动些,一个电话的事体。"玉宝没响,吃口茶说:"潘先生太高高在上了。"赵晓苹说:"啥意思?"玉宝说:"潘先生与我,云泥之别。潘先生一定认为,我玉宝这样的小市民,为嫁得好,就该使尽各种手段,像块狗皮膏药低眉顺眼地粘牢伊。潘先生享受这样的过程,或许曾经也享受过,觉得理所当然,应该如此。"赵晓苹说:"我听不大懂。"玉宝说:"一句话概括,我要尊严,还要感情。而潘先生,剥去我的尊严,也不肯付出感情。"

赵晓苹说:"那潘先生为啥要相亲?"玉宝说:"或许年纪大了,结婚生子,给自己或姆妈一个交代吧。"赵晓苹说:"那接下来,玉宝打算哪能办?"玉宝不语。

赵晓苹叹口气。唐家阿嫂来拷酱油,掀开酱缸竹斗笠,一股味道冲鼻。赵晓苹说:"我闻得要吐了。"唐家阿嫂说:"几个月了?"赵晓苹把瓶子一扔,瞪眼睛说:"又想嚼舌根,瞎造谣,滚滚滚,酱油不卖了。"唐家阿嫂拿起瓶子,往外走,悻悻地说:"啥态度呀,嚣张得不得了。"

赵晓苹说:"玉宝,上趟我不是讲过,13弄二楼有个算命瞎子,铁口直断,邪气灵验,有空一道去,好吧。"玉宝说:"好。"

34. 算 命

玉凤上早班,下午三点钟到家,走进内间,薛金花半梦半醒。玉凤说:"太阳落山了要。"薛金花坐起说:"为啥困得越久,越没精神,浑身乏力?给我倒杯茶来。"玉凤说:"姆妈,哪能办啊?"薛金花说:"有趣,叫倒杯茶,还哪能办,直接办。"玉凤沉下脸说:"姆妈,还有心想开玩笑。我现在觉得五雷轰顶了。"

薛金花彻底清醒,反倒笑起来。玉凤担心地说:"姆妈气疯了?"薛金花说:"十三点[1]。"玉凤说:"那笑啥?"薛金花说:"真话不出门,谣言传千里。我根本不信。"玉凤说:"是真的。"薛金花说:"真个屁。我自己养的女儿,我还不了解?若说玉凤、玉卿,我相信做得出来,玉宝绝对不可能。"玉凤说:"姆妈又捧高踩低,继续犯经验主义错误。"

薛金花不理,爬起来,走到客厅,倒白开水。玉凤跟在后面说:"黄胜利去核实过,确实是玉宝在新疆交的男朋友,名叫乔秋生,在面店亲口讲,和玉宝有肉体关系。"薛金花说:"俩人还在交往?"玉凤说:"分手了。"薛金花说:"为啥分手?"玉凤说:"听讲他等不及玉宝从新疆回来,寻了新的女朋友,今年准备结婚。"薛金花说:"这种事体,我听得太多。往后不要再提。"玉凤惊讶地说:"就这样算了?玉宝白白吃亏,名声受损,我们总归得做点啥吧。"薛金花说:"戆大,吃啥亏啦,不要瞎讲。明明没事体,一吵一闹,反倒事体变大了,三人成虎,到辰光,纵然三头六臂、浑身是嘴也讲不清。"玉凤说:"听姆妈讲,有些道理。"薛金花说:"告诉黄胜利,真为玉宝好,这桩事体到此结束。否则,我没好面孔。"

玉宝和赵晓苹来到13弄,正值黄昏时分,灶披间侪是人,飘满红烧带鱼味道。老阿姨炒青菜,从眼镜片底瞧人说:"看了陌生,来寻孙瞎子吧。"赵晓苹说:"对的,来寻孙大师。"老阿姨说:"狗屁大师。"赵晓苹不睬,拉了玉宝雄赳赳上楼,玉宝听老阿姨说:"烦死,乱七八糟人,天天来,我受够了,我要报警。"

赵晓苹叩叩门说:"孙大师,孙大师。"片刻后,门从内里打开,黄焦焦的灯光往外涌,像菩萨身后笼罩的佛环,孙大师慈眉善目,年轻英俊,俩人惊呆了。

孙大师温和地说:"是赵施主和林施主吧。"赵晓苹双手合十,恭敬地说:"没错。"孙大师说:"请进。"他转身往里走,俩人随后,赵晓苹低声说:"想不到呀,我以为孙大师……"玉宝笑说:"我也以为。"进到房间,日式榻榻米设计,孙大师盘腿坐矮桌前,伸手请两位坐对面,赵晓苹和玉宝

---

[1] 十三点:骂人话。——编者

学样坐定。

孙大师卷衣袖说:"先收费,再谈其他。"赵晓苹说:"收几钿?"孙大师说:"随便施主心意。"赵晓苹想想,掏出五块钱双手奉上。孙大师接过,拇指按在钞面,熟练一搓,便晓几斤几两,笑眯眯说:"林施主呢?"玉宝摆手说:"我先听听算数,算得准再讲。"孙大师敛笑,不搭腔,捞过琵琶自顾调弦。赵晓苹耐心不多,等一歇说:"孙大师,啥辰光开始?"

孙大师说:"心急吃不了热豆腐。"他磨磨蹭蹭足有五分钟,才开始弹奏。弹奏完说:"好了。"赵晓苹说:"啥好了?"孙大师说:"五块铜钿,只够听我琵琶一曲。"赵晓苹胸闷。玉宝说:"这一曲《大浪淘沙》,想必孙大师不是随便弹弹,可否请教其中寓意?"

孙大师不语,其意自明。赵晓苹咬牙,又掏出五块钱,双手奉上。孙大师接过,同样用拇指按在钞面一搓,然后说:"惊蛰节到闻雷声,震醒蛰伏越冬虫。赵施主沉寂在酱油店,浑浑噩噩过日节,倒不如翻翻身,拱拱土,爬上枝头浴阳光,重新做回人。"

赵晓苹说:"孙大师晓得我在酱油店工作?"孙大师不回答,笑笑说:"赵施主可要抽签?三十块一签,测命途,测前程,测姻缘。"赵晓苹咂咂舌说:"太贵了,便宜点吧。"孙大师表情严肃,不屑于搭腔。玉宝掏出五块钱,双手奉上说:"我想听弹琵琶。"

孙大师接过,直接丢进铁盒,拨动琴弦,待弹完,门外响起咚咚敲门声,有人喊:"孙大师,孙大师。"玉宝和赵晓苹往外走,打开门,来的是一个女人,低眉顺眼,年轻又柔弱。

俩人下楼,灶披间案台上摆一盘糖醋小排,刚出锅,腾腾冒热气。四下无人,赵晓苹拈一块,拉了玉宝就跑,一口气跑出弄堂,咯咯笑。玉宝笑说:"统共就五块,被馋猫叼走一块,人家要难过了。"

赵晓苹说:"孙大师弹的啥曲子?"玉宝说:"给我弹的叫《十面埋伏》,又叫《四面楚歌》。"赵晓苹说:"一定有寓意。"玉宝开玩笑说:"可能接下来,我要触霉头了。"

赵晓苹说:"孙大师哪能晓得我在酱油店上班?"玉宝说:"眼盲的人,鼻头最灵,大概嗅到了。"赵晓苹说:"早晓得,我多洒点花露水。"玉宝笑说:"何必呢。"赵晓苹说:"没想到啊,孙大师蛮年轻,卖相也好,眼睛一直闭牢,不晓是真瞎,还是假瞎。"玉宝说:"应该是真瞎。"

赵晓苹说:"我觉得,孙大师算得有点准,几句话讲到我心底。我主要没钞票,否则定要抽一签不可。"玉宝说:"太贵了,一个月工资都不够。"赵晓苹越想越遗憾,吐掉骨头说:"我决定存钱,存够再去寻大师抽一签。"

上海十区争夺"文明小菜场"流动红旗,终于有了眉目。请厨师驻在小菜场,教老百姓做夏令菜,这个想法新颖实际,不仅便民惠民,加深了与民众联系。另外,盆菜价廉物美,名声打响,外区人也慕名而来,又因为盆菜热销,带动了小菜场整体销售量,皆大欢喜。

吴坤把流动红旗挂在菜场最显眼的地方。玉宝得了奖金,还被邀请去往各区参加交流心得活动,一时表面风光。

这天,玉宝下班早,烧好夜饭,除了黄胜利,其余人俱在。薛金花说:"玉宝和潘家老大,情况哪能了?"玉宝说:"还在谈。"薛金花说:"谈的哪一步?"玉宝撒谎说:"我最近工作忙,等忙过这腔再讲。"薛金花沉脸不语。玉凤说:"黄胜利当初见我两面,就主动上门当牛做马。潘家老大,架子大哩。"玉宝挟一筷子茭白丝吃,不搭腔。

小桃说:"我吃好了,我想吃奶油雪糕。"玉凤说:"寻死啊,刚吃过夜饭,就吃雪糕,当心肚皮痛。"小桃说:"我考试一百分,姆妈答应奖励一根奶油雪糕。"玉凤说:"我答应了,又不是指现在。"小桃说:"姆妈不讲信用。"说完哭了。薛金花皱眉说:"老底子,在饭桌上吃饭,最忌哭册乌拉,不吉祥,要坏事体。"

玉凤无奈,掏出皮夹子,取了钱给小桃。小桃抹掉眼泪,跑到纱门前,调塑料凉鞋。有人说:"薛家妈,薛家妈在吗?"小桃拉开门,让人进来,再跑到饭桌前说:"王叔叔来了。"玉宝说:"哪一位王叔叔?"小桃说:"王双飞叔叔。"

35. 风 波

王双飞提了网兜，塞满烟酒点心，跛脚走进来，笑说："薛阿姨，玉凤，玉宝，还在吃夜饭？小菜蛮丰盛。"薛金花说："吃不下去了。"王双飞说："为啥？"薛金花懒得搭腔。玉凤说："阿弟坐，先坐下来。"玉宝继续吃饭。

一歇工夫，马主任、王双飞娘相继现身，王双飞娘抱只大西瓜，马主任拎一串黄香蕉。薛金花说："这是做啥，太阳打西边出来。"马主任说："月亮出来了，还太阳。"

玉凤、玉宝放下筷子，招呼："请坐。"烟酒点心摆桌上，香蕉挂门把手。玉宝接过西瓜说："天热，我去斩来，大家一道吃。"一溜烟出门去了。马主任给王双飞使眼色，王双飞说："玉宝，不客气。"摇摇摆摆跟过去。

玉凤端茶倒水，再递蒲扇。薛金花冷眼旁观。马主任摇蒲扇，笑说："玉凤，不要忙了，天热，少走动，坐下来聊聊天。"玉凤说："不要紧。"王双飞娘说："薛家妈，有段日节不见了。"薛金花说："瞎讲，昨天还见过。"王双飞娘说："我哪能不晓得，在啥地方？"薛金花说："梦里，我做梦梦到了，吓死我了。"玉凤说："姆妈。"玉凤说："我姆妈开玩笑。"王双飞娘说："薛家妈真幽默。"薛金花说："哼。"

马主任说："黄胜利呢？"玉凤说："出车还没回来。"马主任："小桃呢？刚刚还碰着。"玉凤说："学堂考试一百分，闹着要买雪糕。"王双飞娘说："要出大学生了。"玉凤说："早哩。"马主任说："从小看大，三岁见老，我放一句话出来，小桃日后必有出息。"玉凤笑。薛金花舀一碗开洋冬瓜汤，听了说："嫁个好老公，是最大的出息。"玉凤说："姆妈又来了。"王双飞娘说："讲得没错，话糙理不糙。"

马主任说："玉凤不是想去手表厂？近腔有了眉目。"玉凤说："真的？"马主任说："是啊，还不用下车间，写写画画就可以。"玉凤喜上眉梢。薛金花说：

"玉凤一个初中生，写自己名字都歪歪扭扭，多一笔少一画，还让去写写画画，吓人倒怪。"玉凤咬唇说："姆妈。"

马主任笑说："不要紧，简单来兮，原先岗位上的人，还是个大老粗，照旧干得风生水起。"王双飞娘说："这桩事体，双飞阿爸没少出力，其中难处，我就不多讲了。"玉凤说："是呀，我心知肚明。"薛金花说："玉凤啥辰光去上班？"王双飞娘说："已经送往厂办报批。"薛金花说："还没成？"王双飞娘说："厂长和双飞阿爸，多年老朋友，有革命般友谊。不过是早几天、晚几天的问题。"马主任说："不要急啊，心急吃不了热豆腐。"薛金花不搭腔，玉凤喜笑颜开。

玉宝把西瓜摆进盆里，放水龙头下，汰过后，再抱进灶披间，按在切菜板上。王双飞贴近说："玉宝辛苦，我来斩西瓜。"玉宝拎起明晃晃的菜刀，王双飞倒退几步，玉宝说："我自家来。"她一刀从当中斩开，红瓤黑子，汁水四溅。赵晓苹下楼乘风凉，看到笑赞："好瓜，我要吃一块。"

玉宝再斩，两瓣斩成四瓣，一瓣斩四块，递给赵晓苹一块，递给王双飞一块。王双飞接过说："谢谢，玉宝也吃。"玉宝不语，继续斩西瓜。赵晓苹咬口说："好甜。阿哥，腿脚可灵便些？"王双飞说："已经灵便了，再休养些时日，和正常人没区别。"

赵晓苹说："阿哥面孔上的胎记，啥辰光做掉？"王双飞看玉宝说："啥人讲我要做了？"赵晓苹说："那大妈妈讲的。"王双飞说："原先是这样打算，和华山医院的医生也定好做手术的日节。不过，见孙大师后，又改变了想法。"

赵晓苹一下来了兴趣，心不在焉的玉宝也转过身来。赵晓苹说："阿哥也去寻孙大师算命？"王双飞说："是。"赵晓苹说："阿哥可是工人阶级，破四旧过来的人，思想改造有问题。"王双飞不自在地说："瞎讲有啥讲头，侪讲孙大师灵验，我抱了试试看的心态。"赵晓苹说："后来呢？"王双飞说："孙大师讲，我原本六亲缘薄，子嗣零丁，命宫阴暗，流年不吉。幸亏我面孔上有胎记，这胎记不简单，是俗称的聚宝盆。"赵晓苹大笑，玉宝也憋不住。王双飞说："玉宝笑了。"玉宝不笑了。

赵晓苹说："后来呢？"王双飞说："孙大师讲，因有这块胎记，我家里环环财源如水，洋洋家计如春，我才能事业有成，娇妻如花，子嗣繁茂。"赵晓苹说:"阿哥真信?"王双飞说:"总归信其有,不可信其无。不过,玉宝实在介意,做掉也可以。"赵晓苹打量俩人说:"啥意思?"玉宝说:"跟我搭啥嘎。"她端起一盆西瓜,快步往楼上走。王双飞说:"玉宝等等我。"赵晓苹拽住王双飞说:"阿哥算命,一次几钿?"王双飞甩开说:"一次一百块。"赵晓苹说:"我的天老爷呀,胎记还是留着吧。"

玉宝拿来面盆,吐籽用。玉凤说:"这西瓜买得好,一定是湘西西瓜,不便宜。"王双飞娘说:"是啊。"马主任笑说:"玉宝现在不得了,在小菜场成名人了。"玉凤说:"啥意思?"马主任说:"不晓得呀?"玉凤说:"人精,嘴巴紧。"

马主任说:"巨鹿路小菜场,以碾压三角地菜场、八仙桥菜场、西摩路菜场的票数,勇夺'文明小菜场'流动红旗,是巨鹿路小菜场开天辟地、有史以来第一趟,侪是玉宝功劳。"玉凤说:"我这妹妹,鬼主意最多。"马主任说:"玉宝最近忙吧,被邀请往各区做报告,交流心得。我透个底,上面领导也惊动了,计划要把玉宝列为今年全市典型先进人物之一。去年唐家湾菜场被评先进的杀鸭三姐妹,可还记得?上报纸了,一宣传不得了。今年不杀鸭,被调去做禽类质量检测,无数人眼红。"

王双飞娘说:"那玉宝是不是……"马主任说:"当然喽。老吴讲,玉宝年轻漂亮,又聪明好学,是可以培养的好苗子,前途无限量。"王双飞娘说:"告诉老吴,在领导面前讲讲好话,多多提携,让我们玉宝呀,更上一层楼。"薛金花说:"费神。"马主任说:"费啥神,应该的,我们一家人,不讲两家话。"

玉宝没吃瓜,在织毛线衫,听后说:"啥辰光我们成了一家人?"薛金花不搭腔。玉凤说:"吃瓜,甜蜜蜜。"

36. 婚 配

王双飞娘笑说:"我们此趟来,是为双飞和玉宝的婚事。"薛金花说:"好意思，搞突然袭击。"

玉宝手里毛线针差点戳穿指头，看向薛金花说："哪能回事体，当事人竟然不晓得。"薛金花说："问玉凤。"玉宝说："阿姐。"玉凤见其粉面含威，有些吓，想想说："我为玉宝好呀。"玉宝大声说："好在啥地方？"

马主任听三两句，明白了，说："玉宝，不要对阿姐发难，我来讲吧。"玉凤说："马主任最会做思想工作。"

马主任说："首先，我要批评玉凤，在这桩事体里，欺上瞒下，没有做到公开透明，弄得现在场面尴尬。"玉凤说："我接受批评。"薛金花说："戆大。"王双飞及姆妈不吭声。

马主任说："但是呢，据我观察，玉宝作为回沪知青，吃过苦，历过难，眼界宽阔，思想通透，考虑周全，不再是十七八岁小姑娘，只晓得感情用事，冲动做人。"玉凤说："讲得对。"玉宝不搭腔。

马主任说："我也开门见山，玉宝回到上海，来到我这里，登记工作分配。要晓得上海知青有多少，一百二十万，我管的这片区，等分配的，光知青就有上万，有人等两年多了，还在等。玉宝为啥两个月就去了小菜场，大家心知肚明吧。"没人搭腔。

马主任说："玉宝到小菜场上班，一个新人，为啥很快就冒头？头脑是聪明，但聪明的大有人在，最紧要的，是机会。没机会，再聪明也白搭。吴坤是我爱人，玉宝机会何来，不必我明讲。"小桃舔奶油雪糕，跑进门。玉凤说："上阁楼写作业去。"

马主任说："还有玉凤，想调去手表厂，但凭现在政策，真比登山还难，我们排除万难，也办下来了。为啥，非亲非故，又不是活菩萨，白白帮忙啊？"没人响。

马主任说："不讲这些，再看看双飞自身条件，独子，一家门侪在手表厂工作，吃穿不愁，还有积余。另外，在乌鲁木齐南路，现成五十平方米的房子，想想多少领证夫妻，或挤阁楼，或分居各处，或眼巴巴等鸳鸯楼造起来。双飞有房子，就不会委屈玉宝。结婚后，想单门独户过二人世界，可以，想和爷娘蹲一道，也可以。一年半载后，养了小囡，爷娘身体健康，交把爷娘带。

双飞和玉宝呢,就吃吃喝喝,白相相,不是蛮好嘛,皆大欢喜。"没人搭腔,马主任端起茶杯,一饮而尽,玉凤连忙斟满。

马主任说:"我们双飞,性格好、品德好,偷内衣裤事体,纯属造谣。弄堂里有些人呀,泡饭吃撑了,无事生非,唯恐天下不乱。"王双飞说:"玉宝要相信我,我若做出这种事体,天打五雷轰。"王双飞娘说:"发啥毒誓,损阴德。"马主任说:"小鬼不会得讲话,要真做过,老早捉去提篮桥了,还用等到现在。"玉凤说:"是呀,有道理。"薛金花说:"哼哼。"玉宝不语。

马主任说:"当然,双飞卖相是普通,但有句老话讲,月盈则亏,水满则溢,人满则损,一切十全十美了,反倒要出问题。这样呢,刚刚好。"玉凤说:"马主任这张嘴。"马主任说:"玉宝有啥想法,啥要求,不要藏掖,直截了当讲出来。能达到的一定满足。"玉凤说:"玉宝,讲话呀。"薛金花瞪眼说:"讲啥?"玉凤不响了。

马主任说:"双飞爷娘老实人,话不多,还勤快,屋里屋外收拾得清清爽爽,玉宝嫁过去,买汏烧侪不用做,绝对享福命。我要有一样讲得不对,我出门被车轧死。"薛金花说:"赌咒发誓不必要。"马主任说:"我表达一份诚意,话讲到这个份上,诚意足够了。"

玉宝把弄毛衣针,不吭声。玉凤说:"马主任好话赖话,全讲尽了,大妹妹觉得哪能?"见玉宝不响,又问两遍,笑说:"玉宝不讲话,就是同意了?"玉宝冷笑说:"真要我讲?"玉凤一怔,薛金花说:"不要讲了。"薛金花说:"马主任,王阿嫂,婚姻大事,还是要慎重,容玉宝和我们再想想,今天到此为止,有结果马上告知。"

马主任还要说,弄堂里有人喊:"38号4楼,林玉宝,电话,林玉宝接电话。"玉宝站起,闷头往外走,下楼梯,出了灶披间,一阵穿堂风拂过面颊,暗松口气。赵晓苹倚着躺椅说:"玉宝,凉粉吃吧。"玉宝说:"我先去接个电话。"她往弄堂口奔,夜色迷离,灯火昏黄,男人们只穿一条短裤,打赤膊,或坐或躺或站,隔着距离讲笑话,广播电台里单田芳在讲评书:"人生在世天天天,日月如梭年年年,富贵之家有有有,贫困之人寒寒寒,升官发财美美美,俩腿一蹬完完完。"沧桑沙音甚是缥缈。

玉宝接起电话说:"我是林玉宝。"有个男人声音,可能信号不好,也可能还是陌生,听两遍才听出来,潘逸年还是自报家门。

玉宝说:"有啥事体?"潘逸年说:"一定要有事体,才打电话?"玉宝没吭声。潘逸年说:"抬头看一看月亮。"玉宝抬起头,仍旧没响。片刻后,潘逸年说:"玉宝,玉宝。"玉宝听了自己名字,心生温暖,又突觉悲凄,眼眶红了说:"我看不到,被梧桐枝叶遮挡住了。"潘逸年说:"可惜。"玉宝说:"有啥可惜,不过一轮月亮,今夜不见,明夜还有,天天有,年年有,除非下雨落雪。"

潘逸年说:"风花雪月,玉宝是真不懂,还是假不懂?"玉宝含泪说:"我是个挣扎生活的女人。风花雪月,只有潘先生这样的人,才白相得起。"潘逸年笑说:"啥意思?我竟然有些糊涂了。"玉宝沉默。潘逸年说:"玉宝碰到啥难处,若愿意,不妨讲给我听。"

玉宝被蛊惑,刚想开口,电话里有个女人说:"潘总原来在此地,我寻得急死了,罚酒三杯。"嘻嘻笑声,娇媚柔软,很近,仿佛就在听筒前说。听筒被捂住,玉宝耳畔没了声响,少顷,才传来潘逸年的声音:"玉宝还在吗?"女人似乎走了。玉宝刚强地说:"在。"潘逸年说:"讲吧。"玉宝说:"讲啥?"潘逸年不语。玉宝笑笑说:"我无话好讲,潘先生没事体,我挂了。"潘逸年说:"好。"玉宝啪地挂掉电话,转身就走,到弄堂口时,想起什么,回过头,朝天仰望。一轮皎洁明月,当空悬挂,冷冷淡淡,和平常一样,无特别之处。

37. 矛 盾

潘逸文候在复兴坊门口,旁边理发店亮了灯火,夫妻共同经营,男人做头发,女人打下手,顺便收钞票。无线电放评书,单田芳嗓音沙哑:"酒是穿肠毒药，色是刮骨钢刀。财是惹祸根苗，气是雷烟火炮。"

潘逸年下车，头脑昏沉，看到逸文说："在此地做啥？"逸文说："还能做啥，孔雪打电话来，讲阿哥吃醉了，不放心，让我来迎一迎。"潘逸年笑笑。

逸文说："阿哥平常酒量不错，难得见这副腔调。"潘逸年说："今朝遇到对手了。北方来客，五粮液，一碗一碗吃。"逸文说："酒吃多伤身，阿哥要注意。"潘逸年说："道理我懂，难得身不由己。"

逸文说："要么先去老虎灶吃杯茶醒醒酒，免得回去姆妈唠叨。"潘逸年说："好。"

老虎灶设了茶室，两排长条桌凳，寥寥坐三四人。俩人坐定，逸文说："黑皮，一碗醒酒汤，一壶绿茶，一碟奶油五香豆。"黑皮说："马上来。"黑皮的小囡在和伙伴弹玻璃珠，逸文招手说："小囡，过来。"小囡跑过来，吸吸鼻涕说："做啥？"逸文说："帮我去光明邨跑一趟。"小囡说："去做啥？"逸文说："买二两蟹粉鲜肉生煎。"逸文掏出粮票，还有一块钱，交给小囡说："足够了，多余角子，买棒冰吃。"小囡接过钱，朝黑皮说："阿爸，我替爷叔买生煎去。"黑皮说："快去快回。"小囡吸着鼻涕跑走了。

潘逸年说："夜饭没吃？"逸文笑说："这几天，姆妈拜观音吃素，一桌清汤寡水，没两下又饿了。"潘逸年微笑。逸文说："鸳鸯楼哪能了，啥辰光开工？现在上海全社会，不光老百姓盯了，政府上下各部门也相当重视。"潘逸年说："批文盖章差不多，在做前期准备，房管局要求半年之内必须建成，任务艰巨。"

黑皮送来醒酒汤、绿茶和奶油五香豆，两只盖碗。潘逸年喝下醒酒汤，忍不住皱紧眉头。逸文说："黑皮，醒酒汤用啥做的？"黑皮笑说："用的是话梅和葛花根。效果交关好。"逸文说："阿哥，美琪……"潘逸年说："又打电话来了？"逸文说："巧了被我接到，听美琪讲起从前事体，不胜唏嘘。"潘逸年不语。

逸文说："还记得当年，阿哥常带美琪到家，美琪性格温柔，讲话细声细气，晓得我和逸武最欢喜吃橘红糕，每趟来，不忘带一袋。还给小弟缝眼罩，塞满菊花、决明子、绿豆，讲能清眼明目。我晓得阿哥对美琪亦是情深义重。"

潘逸年打断说："美琪已结婚生子，缘分早尽，就勿要再旧事重提。"逸文说："但美琪话里似乎还放不下。"潘逸年苦笑说："这是一枚定时炸弹，随时能让我一无所有，滚出地产圈。"逸文说："不会吧。"潘逸年说："美琪丈夫是魏徵。"逸文变色说："要命，得罪不起。"潘逸年说："是的。"

逸文说："美琪话里隐隐透露出，阿哥至今未娶，侪因难忘与伊旧情。"潘逸年不耐烦说："是不是我结婚了，美琪才肯死心？"逸文说："看来如此，我觉得孔雪可以，对阿哥也蛮有心。"潘逸年摇头。

逸文叹气说："那还有谁，林玉宝？阿哥又嫌鄙不般配。"潘逸年说："我何曾嫌鄙过？"逸文说："怪了，阿哥亲口所讲，现在又不认。"潘逸年笑了。逸文说："阿哥难道改变主意了，为啥？"潘逸年说："林玉宝。"逸文说："啥？"潘逸年说："林玉宝。"逸文说："哪能？"潘逸年笑说："林玉宝。"逸文说："黑皮，再来一碗醒酒汤。"潘逸年说："黑皮，不用，吃得我想吐。"

潘逸年笑说："林玉宝，真的，邪气漂亮。"逸文说："啥意思？"潘逸年说："只讲一遍。"逸文说："阿哥不是肤浅的人。"潘逸年说："我打算肤浅一回。"逸文反倒劝说："婚姻大事，阿哥还得慎重考虑。"潘逸年说："我现在境地，还有慎重考虑的辰光吗？今夜饭局，魏徵也在。"逸文说："啥意思？"潘逸年不想细讲，只说："我得抓紧了。"

逸文说："也好，快刀斩乱麻，让老娘抓紧上门提亲。"潘逸年说："这倒不急。"逸文说："又不急，我糊涂了。"潘逸年说："林玉宝小心思多，我在等。"逸文说："等啥？"潘逸年："等林玉宝主动。"逸文说："主动来提亲？"潘逸年无语。逸文大笑。潘逸年吃口茶说："等林玉宝主动来寻我。"逸文说："假似一直不来呢？"潘逸年笑说："不会，我想，应该快了。"

小囡拎了生煎盒子，气喘吁吁跑进来，逸文接过，盒子还滚烫，就了茶水吃起来，潘逸年帮忙分食两只。俩人走后，小囡坐在台阶上，吃赤豆棒冰，一舔一舔，慢慢咂甜味。因舍不得吃，很快融化了，滴得衣襟黏糊糊。

38. 决 定

　　玉宝看到阿桂嫂手拎热水瓶往老虎灶去，打赤膊的阿飞[1]说："阿桂，我来帮阿桂打开水[2]。"阿桂嫂"呸"一声，骂流氓瘪三，骂调戏老娘，烂嘴烂心烂肚肠。玉宝走到自家门洞前，吃凉粉时说："阿飞要帮阿桂嫂打开水，阿桂嫂穷骂了。"赵晓苹说："当然要骂了。"玉宝说："为啥？"赵晓苹说："打开水呀，英文香嘴巴[3]叫啥，kiss，不就打开水。"玉宝顿悟，笑说："真个是流氓阿飞。"

　　玉宝吃好凉粉，上楼，拉开纱门。王双飞等人已经离开。玉凤从阁楼下来，端起面盆要出去，玉宝说："阿姐不要走，我们把事体讲讲清爽。"玉凤说："有啥讲头？"玉宝冷笑说："大有讲头。哪能，阿姐不想去手表厂写写画画了？"玉凤脸红说："狗咬吕洞宾，不识好人心。我是为我自己呀？"

　　玉宝说："真为我好，为啥独把我蒙在鼓里？有本事就明讲，为啥在背后兴风作浪？阿姐啊阿姐，从小到大就心术不正，总干这些损人不利己的事体。"玉凤哭了说："我兴啥风，作啥浪啦？我心术不正，我做损人不利己的事体，我……我比窦娥还冤，我不想活了，我要以死明志。剪刀呢，剪刀在啥地方？"

　　玉宝说："衣柜左排第三个抽屉内。"

　　小桃从阁楼探下头来，哭说："姆妈不要死。"

　　薛金花打开里屋门，生气说："哇啦哇啦，吵吵，多吵有啥吵头，俩人给我进来。"

---

1. 阿飞：流氓。——编者
2. 打开水：接吻。——编者
3. 香嘴巴：亲嘴。——编者

玉凤、玉宝到里屋，围床各坐一方，不讲话。薛金花将门关紧，坐床上，摇起蒲扇说："今朝王家三人来提亲，马主任讲得足够详细了，玉宝到底哪能想，肯，还是不肯？勿要意气用事，想清楚再答。"

玉宝张张嘴，忽然犹豫了。

薛金花说："玉宝到底哪能想？"玉宝低头不语。

玉凤说："滑稽了，不表态是啥意思？"玉宝火气生，冷冷地说："真好笑，好意思讲得出，要不是阿姐，何至于弄到今朝这般不可收拾的地步。"玉凤说："怪我了？"玉宝说："不怪阿姐，怪啥人呢。"玉凤说："对对，怪我，全怪我，我是恶人好吧，那侪是大好人。"

薛金花说："不要吵哩，吵得我头昏。要吵出去吵，吵好再进来。"玉宝、玉凤不吭声了。薛金花说："我来讲吧。马主任话里话外，威逼利诱，讲得再明白不过。玉宝不肯，玉凤进手表厂泡汤。玉宝工作也难保，得罪马主任，今后想再工作分配，几乎不可能。这真是，辛辛苦苦几个月，一朝回到解放前。"玉宝沉默。

薛金花说："玉宝若肯，玉凤去手表厂，玉宝保住工作，还有领导提携，今后前程无量。玉宝嫁过去，有现成婚房，公婆还算老实，衣食无忧。就是王双飞，品德待考，卖相丑陋。但闭起眼睛也能过。"

玉凤说："卖相也就谈恋爱辰光派点用场，小姊妹面前扎扎台型。结婚后，啥人还在乎，再难看的面孔，看久了，也就习惯了。黄胜利卖相好吧，顶个屁用，不能当饭吃、当衣穿、当房住、当钞票花，不能帮我调工作。结婚不过几年，发秃腰肥腹坠，现在更是没眼看。"玉宝不语，薛金花怔忡，一时房间内只有钟表嘀嗒声。

薛金花说："玉宝和潘家老大在联系吧。"玉宝说："嗯。"薛金花说："潘家老大可有表示？"玉宝低声说："没。"薛金花叹口气说："玉宝有主意了？"玉宝说："让我再想想。"薛金花说："尽快做决定，越往后拖，越被动。"

三人散后，玉宝去刷牙揩面。黄胜利出车回来，打赤膊，拎了钢钟锅，走近说："柴爿馄饨吃吧。"玉宝说："不吃，刷过牙齿了。"黄胜利点点头，往楼上走。玉宝洗漱后，不急上楼，和三四个小朋友听隔壁阿奶讲鬼故事。

讲得阿奶困着了,玉宝才上楼,到二楼,纱门开条缝隙,赵晓苹说:"快进来。"玉宝说:"做啥?"赵晓苹说:"进来呀,快点,有蚊虫。"玉宝走进去,赵晓苹赶紧关纱门,俩人到阁楼,赵晓苹拿橘子汁,玉宝说:"不吃了,刚刷过牙齿。"赵晓苹拉开抽屉,掏出张照片给玉宝看。玉宝接过,凑到台灯前。赵晓苹说:"卖相如何?"玉宝说:"好的,五官端正,精神抖擞,啥人呀?"赵晓苹说:"我相亲对象。"玉宝说:"本人和照片差别大吗?"赵晓苹说:"还没见过本人,讲出差了,约在下周日。"玉宝说:"见过再讲,听听谈吐如何。"

赵晓苹说:"王双飞几人又来啦?"玉宝说:"嗯,来提亲。"赵晓苹说:"真的假的?"玉宝说:"真的。"赵晓苹说:"拉嘎布想吃天鹅肉,不知天高地厚。"玉宝说:"其实,王双飞条件还可以。"赵晓苹说:"不会吧。"玉宝详述具体情况,赵晓苹听后,也无话。玉宝说:"我现在实在是退无可退了。"

赵晓苹说:"我跟玉宝讲,这个王双飞……"她欲言又止。玉宝说:"快点讲呀。"赵晓苹轻声说:"我听讲……"她又捂嘴哧哧笑。玉宝说:"不讲我走了,明朝还要早起。"赵晓苹说:"王双飞那个不行。"玉宝说:"啥?"赵晓苹说:"男女肉体关系,不行。"玉宝惊住说:"不好瞎讲。"赵晓苹红脸说:"是真的,我工作的酱油店,就是这爿区情报站,我听得不要听。"

玉宝说:"王双飞的啥人讲的?"赵晓苹说:"王双飞娘,讲把杜阿婆听,我用一瓶辣火酱,杜阿婆就松口了。"玉宝不语。赵晓苹说:"王双飞是先天性畸形,比人家短小。去几家医院看过,医生讲不影响生育,但是,嘿嘿。"赵晓苹忍不住又笑。玉宝说:"笑啥?"

赵晓苹说:"杜阿婆讲,女人就遭罪了。"玉宝说:"遭啥罪?"赵晓苹说:"王双飞偷女人内衣裤,讲明心理变态,和清朝宫里太监一样。"玉宝说:"太监也出来了。"赵晓苹说:"不是我讲,是杜阿婆讲的。杜阿婆作孽啊,老早底,在宫里当宫女,被赏给大太监对食,大太监变态,夜里各种手段折磨人,我听得汗毛倒竖,鸡皮疙瘩穷起。"

玉宝说:"酱油店果然是情报站,这种事体也能挖出来。"赵晓苹说:"玉宝在新疆有男朋友,有没有……"玉宝说:"哪里敢,又没结婚。"赵晓苹说:"听讲男女之事,越做越想做,我原本还想跟玉宝取取经。"玉宝脸发烫,起身说:"瞎讲有啥讲头,我回去了,再会。"赵晓苹说:"我懒得下去,纱门帮我关关牢,免得蚊蝇飞进来。"玉宝说:"好。"她下阁楼出门,走进房,黄胜利在吃柴爿馄饨,玉凤坐旁边结绒线,嘀嘀咕咕讲话,看见玉宝回来,俩人不响了。

玉宝佯装不知,放好面盆,晾起毛巾。一片清辉洒阳台,想起那人说抬头看一看月亮。玉宝不由得说:"无聊。"

玉宝一夜无眠,清晨起来,倒马桶,生炉子,烧泡饭,再刷牙揩面。薛金花提一篮子小菜回来,一根筷子穿四根油条,额头侪是热汗。黄胜利出车去了,玉凤在帮小桃绑辫子。玉宝盛好泡饭,切了两只咸鸭蛋,一碟子扬州酱菜。

四人围桌吃早饭,小桃吃得快,戴好红领巾,挎起书包上学去。这时玉宝才说:"我想清楚了。"薛金花说:"哪能讲?"玉凤不语。玉宝平静地说:"我说服自己一晚上,接受王双飞,大家日脚侪好过,但还是失败了。只有麻烦阿姐跑一趟,把王双飞送的礼,再悉数还回去。"玉凤不搭腔。薛金花说:"不嫁就不嫁。玉凤,听到了?除了礼品,再买两个西瓜,一并还回去。听到没,不要装戆。"玉凤愤愤地说:"听到了,我耳朵又没聋。"

39. 为 难

潘家妈五点钟起床,梳洗过后,挎了篮头,走出门,见潘逸年在抽烟,不知何时已等在楼梯间,听到响动,将烟捻熄。潘家妈说:"做啥?"潘逸年说:"我陪姆妈去小菜场。"潘家妈说:"太阳打西边出来了。"潘逸年笑。

俩人下楼,夏令天亮得早,潘逸年说:"姆妈去哪个小菜场?"潘家妈说:

"巨鹿路小菜场。"潘逸年说:"好。"潘家妈说:"好啥,我猜,逸年是要去看玉宝。"

潘逸年只笑,没有否认。

小菜场各个摊位前,排队的不只有人,还有砖头、篮头、碗、拖鞋等。

潘家妈先到蔬菜摊,寻到砖头排队,找出豆制品卡,笑说:"逸年,去卖豆制品摊头,买一角钱烤麸,四块五香豆腐干。吴妈也摆了砖头,画有红圈。"

潘逸年接过购买证,没说啥走了。

排潘家妈前面的人,回头两次,迟疑地说:"可是潘阿姐?"潘家妈说:"是呀,侬是?"那人笑说:"一九七三年,永平街道,开关生产组。我是小王呀。"潘家妈恍然,笑说:"原来是小王,长久不见,一时没认出来,见谅。"小王说:"客气,有些年数没见,阿姐一点没变。"

潘家妈说:"总是老了。"小王说:"阿姐的借债可还清了?"潘家妈说:"嗯。"小王说:"刚刚那位是?"潘家妈说:"哦,我大儿子。"小王说:"我记得去香港了。"潘家妈说:"没错,今年刚回来。小王的儿子在新疆是吧。"

小王忙说:"老早回来了。一九七八年参加高考,考取复旦大学,毕业后,分配进工商局工作。现在也是小领导。"潘家妈说:"蛮有出息,小王有福气呀。"小王说:"可不是讲,我这儿子,没让爷娘操一点心。"潘家妈笑而不语。

小王说:"那大儿子结婚了?"潘家妈说:"还没。"小王说:"今年多少岁了?"潘家妈说:"三十三。"小王说:"虚岁,还是实数?"潘家妈说:"虚岁。"

小王说:"这岁数不妙,要抓紧寻起来,再过两年,就真成老大难了。"潘家妈笑笑。小王说:"我儿子快要结婚了。"潘家妈说:"哦,恭喜恭喜。"小王说:"女方家财雄厚,婚礼不要我出一分铜钿,非要全包。我吓死了,王开拍婚纱照,一定要穿西洋婚纱,酒席订在和平饭店,贵得要死,一百块一桌。像我们这种小市民,想都不敢想。"潘家妈笑。

小王说:"阿姐还住在复兴坊?"潘家妈说:"是。"小王说:"等婚礼定下来,我给阿姐也发张请帖,一定要来吃席。"潘家妈说:"还得看辰光安排。"

小王说:"一定把辰光留出来,和平饭店啊,贵族去的地方。一桌一百块,吓人倒怪。"潘家妈不语。

恰好大喇叭叫起来,响彻小菜场:"开秤啦,开秤啦。"队伍骚动,小王转过身去,潘家妈暗舒口气。

玉宝走进管理室,吴坤腿跷台子上,脸埋在《文汇报》里。刘会计和许会计一个拿起茶杯出去了,一个低头在忙。

玉宝说:"许会计,我要做月度营业额汇总,麻烦把账册明细给我一下。"许会计满脸为难,朝吴坤的方向努努嘴。玉宝平静地说:"这是我日常工作呀。"许会计回头说:"吴主任。"吴坤不搭腔。许会计说:"哪能办,到底哪能办?"吴坤仍旧不响,报纸翻个面。许会计恼了说:"玉宝稍等。"他噼里啪啦开铁皮柜。吴坤慢悠悠地说:"把我的话当耳边风是吧。"许会计停下动作,嘟哝说:"我问好几遍了。"

玉宝说:"吴主任,总归要解释一下。"吴坤放下报纸,端起茶杯说:"林玉宝啊,是这样的,八仙桥菜市场出了一桩大事体。具体啥事体,我就不讲了,反正和财务有关。上级领导下达指示,术业有专攻,财务工作,还是交由会计专人专做。这样出了问题,也和林玉宝无关。"玉宝说:"上级领导指示,会下发红头文件,我想看看。"吴坤笑两声说:"红头文件是机密文件,只给有级别的人看,譬如我可以。否则今朝张三要看,明朝李四要看,后天王二麻子也来讨,乱套了。这样,我是犯错误,要坐牢的。"玉宝不语。

秦建云经过,在门口探探头。吴坤招手说:"秦师傅。"秦建云笑说:"做啥?"吴坤说:"带林玉宝到处转转,哪里需要人,可以帮帮忙嘛。否则人家要讲闲话。"秦建云心领神会说:"讲啥闲话?"吴坤说:"讲我们领公家钞票,不为人民做事体,是一帮子挖社会主义墙脚、薅社会主义羊毛的蛀虫。"秦建云说:"这顶帽子扣下来,啥人扛得住。"吴坤说:"是呀,所以那要自觉点,要有眼力见。"

玉宝站起身说:"秦师傅,走吧。"俩人往大区去,秦建云忽然说:"玉宝,侬也有今朝。"玉宝说:"啥意思?"秦建云冷笑说:"玉宝邪气风光啊,没来多久,又表彰,又发奖金,又四处做报告。"玉宝没响。秦建云说:"我在此地工作快十年了，任劳任怨，勤勤恳恳，全年无休，却没捞到半点好处，侪让玉宝占尽，凭啥，我总归不服气。"

玉宝说："秦师傅讲凭啥，是呀，凭啥，当然凭本事。"秦建云说："玉宝意思，我秦建云没本事了？"玉宝说："我没讲，是秦师傅自己讲的。"

秦建云说："林玉宝，做人勿要太嚣张。吴坤阴死鬼，想要弄耷啥人，啥人的苦日节就在后头，除非有骨气，不做走人。我就负责看戏。"玉宝说："看来秦师傅对我还不错。"秦建云说："啥？"玉宝说："小叶的事体，秦师傅，好个借刀杀人啊。"秦建云变色说："瞎讲有啥讲头。"

玉宝说："最怕来新人吧，恐怕比自己聪明、能干、会来事，得器重。恐怕喂饱徒弟，饿死师傅，恐怕哪天把自己替代，工作也丢掉。毕竟，秦师傅也讲了，吴坤是个阴死鬼，啥恶阴[1]事体做不出呢。"

秦建云表情僵硬，有一种被捉奸在床的错乱感。玉宝嘲讽地笑笑。秦建云恼羞成怒，朝卖鱼摊喊："老孙，可需要人手帮忙？"老孙在称鱼，随口说："需要个杀鱼的。"秦建云说："林玉宝来帮忙。"转头走了。

潘逸年买好烤麸和豆腐干，四处随便逛逛。也就小辰光常帮姆妈到小菜场放砖头，后来长大，再没来过。此刻东看西顾，像到了另外的世界。

他走走停停，经过卖鱼摊，顿住脚步。

玉宝穿了围裙，袖管撸高，左手掐住鱼鳃，右手持菜刀，从鱼尾开始，鱼鳞推波逐浪，嗞嗞四溅，几片飞至潘逸年脚前，潘逸年不动。

玉宝熟练刮完鱼鳞，拿起剪刀，开膛剖肚，一团内脏掏空，挖去两鳃，再过水清洗，半截手腕雪白，戴凤尾结红绳，浸成暗红色。

玉宝将鱼递给老孙，无意间看到潘逸年。

潘逸年本打算回避，显然这个时候绝非玉宝的高光时刻，甚显落魄。或许，玉宝也不想让熟人看到现在的样子。

不承想，玉宝倒先招呼："潘先生，来买鱼？"潘逸年说："嗯。"玉宝说："那得去排队呀，潘先生站在此地，到天黑，也买不到一条鱼。"

---

1. 恶阴：使人恶心。

潘逸年笑笑，没多话，径自走了。玉宝也未在意，手指一痛，被鱼鳍刺伤，找来线织手套戴上，继续做生活[1]。

40. 意 外

一直到午后，来买鱼的人渐稀，老孙为表感谢，特为送玉宝一条黑鱼。玉宝婉拒，老孙执意要送，盛情难却，玉宝谢过后，拎了经过盆菜摊头，看到祝秀娟夫妻在怄气。

玉宝上前，笑说："有啥委屈帮我讲，我来当一回老舅妈。"祝秀娟流泪不响，男人生气地说："这婆娘，嘴巴刁钻，天天要吃大鱼大肉，赚来点辛苦铜钿，容易吗？"祝秀娟气极说："我吃为了我，是吧？"男人说："又拿小囡当借口。"祝秀娟说："嫁把这种窝囊废，我倒八辈子霉。"

玉宝听完说："我讲句公道话，是阿哥不对。秀娟刚出月子，身体虚，要喂奶，还要卖盆菜，一站几个钟头，吃好点不为过。"男人说："姆妈讲，当年养我的辰光，天天喝米粥，奶水照样多，我白白胖胖。"玉宝说："是白胖了，但脑筋不灵光，跟糨糊一样。"男人不语。玉宝说："阿哥不识字，但可以听无线电，寻到上海人民广播电台，每天夜里七八点钟，有档医学专题节目。一定要好好较听，哺育喂养出健康、聪明的小囡，将来考大学，当科学家，光靠喝米粥，喝不出来。"男人不语。

玉宝说："秀娟多好啊，卖相好，性格温柔，又勤劳，天天忙进忙出，还未出月子，就来到小菜场。为啥呀，因为阿哥没人搭手，一个人卖盆菜，交关辛苦。秀娟晓得关心阿哥，阿哥呢，为张嘴巴，为口吃的，却和秀娟斤斤计较，不值当啊。阿哥老实讲，是不是对秀娟没感情了。"男人说："瞎讲八讲，

---

1. 做生活：做活计。——编者

我要有二心，天打五雷轰。"玉宝说："既然如此，就不要伤秀娟心，不要做捡芝麻丢西瓜的事体。"男人温和下来，朝秀娟说："要吃啥，讲啊，我去买。"祝秀娟委屈，不搭腔。玉宝说："不要阿哥买，我送那一条黑鱼，拿去熬汤吃，或糟溜鱼片。"男人笑说："这哪儿好意思。"玉宝说："有啥，我和秀娟好姊妹。"男人道谢接过。

玉宝走进摊头，坐到祝秀娟身边，祝秀娟抹眼泪。玉宝说："阿哥发了毒誓，暂且原谅一回。"祝秀娟哽咽地说："样样听婆婆的，就不像个男人。"玉宝说："还好吧，我讲两句，阿哥就服软，还没到无药可救的地步。以后再吵相骂，不要恶声恶气，心平气和讲道理，谁讲得对，就听谁的，实在讲不通，打电话把我。"祝秀娟说："谢谢。"玉宝说："不过夫妻事体，还是自家解决最好。"祝秀娟说："玉宝虽没结婚，但讲起来一套一套的。"玉宝笑说："我有做老舅妈的体质。"祝秀娟说："玉宝还笑得出来。吴坤老乌龟，秦建云小王八。"玉宝说："笑总比哭好。"祝秀娟叹口气。

玉宝下班走出小菜场，竟然看到潘逸年站在出口处，有些意外，还是到跟前招呼："潘先生。"潘逸年抬腕看手表，再掏出小盒子递给玉宝。玉宝说："啥？"潘逸年说："接着。"玉宝说："我不要。"潘逸年说："看也不看，就不要？"玉宝说："嗯。"玉宝又说："潘先生，没旁的事体，我先走一步，再会。"

擦肩而过时，玉宝感觉手被抓住，心底轰然，惊呼说："潘先生，不好这样。"潘逸年皱眉，把盒子塞进玉宝手心，迅速松开，一声不响，径自走向马路。路边有辆小轿车，潘逸年俯身坐进去，关紧车门，很快驶离，没了踪影。玉宝看看盒子，云南白药膏，杀鱼大半天，手指被割伤不足为奇，奇怪的是，潘先生怎会知晓呢？玉宝依稀记得，清早辰光，俩人没讲两句，就散了。

夜饭吃麻酱面，一人一碗紫菜虾皮汤。天太热，灶披间几只煤球炉一齐烧，几口铁锅同时翻炒，油烟弥漫，汗如雨下，等同蒸桑拿。吃好夜饭，房里热得待不牢，唯一一台电风扇搬到了阁楼，给做作业的小桃用。

薛金花、玉凤、玉宝，搬躺椅小板凳，人手一把蒲扇，带上蚊香盘，下楼到弄堂里乘风凉。赵家妈端了一盘炒青菜，笑说："今朝那屋里夜饭吃得最快。"薛金花说："吃麻酱面，方便省事。"赵家妈说："有空闲了，要向玉宝好好讨教，调出来的麻酱，香得我呀，馋唾水淌下来。"玉宝说："好呀。"

薛金花占据弄堂风口处，摆好躺椅小板凳，点好蚊香盘，坐定扇蒲扇。秦阿叔也搬了竹椅出来，是个讲究人，从不打赤膊或穿背心裤衩在弄堂招摇过市，穿短袖衬衫、薄西裤，戴老花镜，寻到路灯底坐下，看《钢铁是怎样炼成的》。薛金花把躺椅推过去，靠近说："秦阿叔，念给我听好吧。"秦阿叔没拒绝，一字一字念，一歇歇工夫，赵晓苹端了饭碗，坐到玉宝身边讲闲话。玉凤则低头结绒线衫，听无线电里唱沪剧，也跟着哼两句："燕燕也是太鲁莽／有话对婶婶讲／我来做个媒／保侬称心肠／人才相配门户相当……"

就在此刻，马主任和王双飞娘气势汹汹过来，面色不善。玉宝说："阿姐，礼品侪退回去了？"玉凤咬牙说："不退哪能办呢，我还搭进两个西瓜。"玉宝说："那就好。"

马主任俩人很快走到跟前，王双飞娘说："薛金花，爬起来，我有话要讲。"秦阿叔从眼镜片底看人。薛金花说："有话就讲，为啥非要我爬起来？"王双飞娘说："起不起来？"薛金花说："滑稽呀，我一把年纪，叫我起来，我就起来，我不要面子啊？"马主任说："算了，不起就不起吧。这不是重点。"

玉凤把绒线衫放下，起身走过去，玉宝也跟在后面。玉凤笑说："马主任，王家妈，有啥事体，我们坐下来，慢慢聊。"王双飞娘冷笑说："我没心思跟那慢慢聊，薛金花，玉宝不肯嫁到我王家，无所谓的，但我要问，我上门两趟，是空手，还是带了礼品？"薛金花不语。玉凤说："是带礼品来。"王双飞娘说："既然俩人不成，礼品是不是该退？"玉凤说："应该应该。"王双飞娘说："我的意思，是不是该全部退还？"玉凤说："全部退了，还包括两个西瓜。"王双飞娘说："还有一样大头没退。"

玉宝心发沉。薛金花坐起来说："玉凤，哪能回事体？"玉凤说："侪退回去了呀。"玉凤说："王家妈，还有啥大头没退，讲讲清爽。"王双飞娘说："礼金，八百块礼金，没退还把我。"

41. 争 闹

薛金花说:"玉凤。"玉凤说:"王阿姨,这种玩笑不好开。"王双飞娘说:"看我面孔,像开玩笑吗?"薛金花说:"不像开玩笑的面孔,像诈骗的面孔。"

马主任说:"薛金花,注意言辞,要晓得诽谤造谣也属犯罪,要进提篮桥吃牢饭。"秦阿叔说:"薛金花,少讲两句。大家心平气和讲道理。"王双飞娘说:"八百块不是小数目,要么给人,要么还钱,我不能人财两空。"

弄堂里乘风凉的左右邻居正愁没事体做,侪过来瞧闹忙。

林玉宝说:"王阿姨统共来我家两趟,这八百块,是哪一趟,给了啥人?"王双飞娘说:"第二趟,钞票一沓,包了红纸,放进饼干盒,打开即见。"玉凤说:"印喜盈门图案的饼干盒?"王双飞娘说:"没错。"玉凤说:"啥人晓得盒子里钞票有还是没。就算有,也原封不动还了,因为我根本没打开过。"王双飞娘说:"玉凤没打开过,能保证薛金花、黄胜利、玉宝,还有小桃,也没打开过?"玉凤喉咙一噎。

玉宝说:"钞票是好东西,但君子爱财,应取之有道。这道理,我们一家门懂的。"王双飞娘说:"要君子还好哩,长三堂子出来先生,嫁人做姨太太,逼得正房太太离婚。这种人家,见财眼开,能有啥廉耻心。"薛金花冷笑说:"瞧不起我们,还来一趟两趟求娶,这叫啥,这叫犯贱。"王双飞娘说:"啥人犯贱,嘴巴放放清爽。"薛金花说:"王双飞又是啥好货色,我呸,百样看不上,猪刚鬣,跷脚,还偷女人内衣裤。"马主任说:"再次警告,又诽谤造谣了。"薛金花说:"老百姓眼睛是雪亮的。"马主任说:"事不过三,再讲,我不客气。"秦阿叔说:"好哩,讲到南天门去了,收回来,现在讲重点,是弄清八百块的事体。"

玉宝忍气说:"八百块,不是八十块,一笔大数目,塞进饼干盒里,而不是当面交给姆妈。这不符合做事逻辑,不符合风俗习惯,也不符合大众思维。"

王双飞娘说："啥意思，意思是我们讹诈喽？"马主任说："我在居委会，也有好些年头，啥没见过，礼金有当面给的，有放进盒头里，还有发电报的，看各家喜好，不好以偏概全。"马主任朝围观群众说："我讲得对吗？"

群众自然会看山水，各怀心思，多数笑而不语，少数几个纷纷附和："没错，我礼金放进老酒盒里。""我怕丈母娘厌鄙少，偷偷压在桌子玻璃板下。""我发的电报。""我放进麦乳精桶里。"赵晓苹说："好好，一个一个，明朝工作有着落了。"赵家妈用蒲扇柄戳女儿背："少讲两句不会死。"

玉凤说："气死了，有意思吧，平常抬头不见低头见，现在俖来落井下石，丧良心。"王双飞娘说："说明啥，老百姓眼睛是雪亮的。"薛金花说："啥人讲这老巫婆老实的。"玉宝说："既然掰扯不清，索性报警算了。"王双飞娘说："报警就报警，啥人吓啥人。"

秦阿叔说："这桩案子，即便闹到派出所，也没结果。"马主任说："是呀，而且报警，还影响这爿弄堂声誉，成了典型，以后有啥优惠政策啊，下发啥补贴啊，这种好事体，要绕道走了。"围观群众说："不好报警，不要影响我们。"玉宝说："八百块放进饼干盒，不是王阿姨讲放就放了，要有证据证明。"马主任说："我可以证明。"玉凤说："不算数。"马主任严肃地说："我居委干部的话不算数，还有啥人讲算数？"赵晓苹说："现在人人平等，干部的话有道理，才听，没道理，不听。"马主任说："赵晓苹是吧，我记住了。"赵晓苹还要讲，被赵家妈生拉硬拽走了。

马主任说："多年老邻居，和和气气不好吗？非要撕破脸，老死不相往来。我觉得，大家好合好散，薛金花，只要把礼金交出来，百事无有。"薛金花说："搞啥么搞，一分没有，要命一条。"王双飞娘说："哼，拿了礼金不还，天打雷劈，出门撞鬼。"薛金花说："诬陷人家拿礼金，讨不到老婆，打一辈子光棍。"王双飞娘说："堂子女人，臊皮，勿要面孔。"玉凤说："讲啥呢？"王双飞娘说："讲啥，上梁不正下梁歪。"玉宝说："太过分了。"王双飞娘说："我过分？我又没讲错，亲闺女检举揭发自家阿爸。"薛金花突然跳起来，冲到王双飞娘面前，顿时场面乱作一团。

黄胜利拎一盒酱鸭腿，哼小曲往弄堂里走，遇到斗蟋蟀的，走不动路。有人笑说:"小黄,还有闲心看闹忙?我们刚刚看过一场,比斗蟋蟀要嗐劲¹。"黄胜利说:"啥意思?明人不讲暗话。"老爷叔说:"快点回去吧,好好劝导劝导。"黄胜利顿觉不妙,赶紧奔回家,三两步上楼,进房里。

薛金花坐沙发上,面孔、胳膊和腿有伤,玉宝在帮忙擦碘酒,玉凤揩过面,对镜梳头发。黄胜利把鸭腿放桌上,打量两人说:"出啥事体了?"薛金花说:"和王双飞娘打相打²。"黄胜利说:"吃亏了?"薛金花"哈哈"两声说:"吃亏?我薛金花字典里就没这两个字。"玉凤说:"姆妈和老女人扭打在一起,马主任表面劝架,暗地出黑手,我和玉宝看不过去,总归要帮牢老娘。"

黄胜利说:"居委干部,那也敢?"玉凤说:"昏天黑地,管不了许多。"玉宝不禁笑笑。黄胜利说:"后来哪能?"玉凤说:"秦阿叔几个人上来拉开。后来各回各家。"薛金花说:"玉凤,玉宝,和女人打相打,有诀窍的,上去先一把抓住对方头发,伊是死是活就尽在掌握。"玉宝说:"何必哩,再有理,打人也变无理了。"玉凤说:"老女人讲话太气人。"薛金花说:"下趟王双飞娘再来挑衅我,我不啰唆,一句不争,直接动手。"玉宝不语。

黄胜利说:"为啥打相打,总有个原因吧。"薛金花说:"王双飞娘讲,送来的饼干盒里,有八百块定亲礼金。玉凤,黄胜利,有没有碰过?"玉凤说:"我没有。"薛金花紧盯说:"真的假的?"玉凤说:"姆妈啥意思,怀疑我喽?"薛金花说:"不好讲。"玉凤说:"随便姆妈哪能想。"她气鼓鼓端起面盆,下楼洗漱。

黄胜利说:"八十块,或许有可能,八百块,天文数字,玉凤不敢。"薛金花没响。黄胜利说:"当然,我也没个胆量。"薛金花说:"姑爷的话,我总归相信的。"小桃下阁楼,高兴地喊了声:"阿爸回来啦。"黄胜利说:"和阿婆小姨一道吃鸭腿。"他也出门去了。

玉宝见没闲人,压低声音说:"八百块,姆妈可拿了?"

薛金花恶狠狠地说:"啥?"玉宝知轻重,没敢搭腔。

---

1. 嗐劲:有意思。

2. 打相打:打架。

薛金花说:"我可以明打明地讨,为啥要做偷鸡摸狗的事体。再讲,八百块,不过八百块,就要我嫁女儿,做啥春秋大梦。"玉宝说:"看王双飞娘、马主任的反应,不像无理取闹。"薛金花说:"玉凤和黄胜利逃脱不掉干系。"玉宝还要说,秦阿叔笃笃敲纱门,声音透进来:"薛家妈,要不要来吃咖啡?"薛金花说:"来了,来了。我确实需要压压惊。"

小桃在吃酱鸭腿。玉宝说:"前两天,王双飞叔叔送来的饼干盒,小桃可有打开过?"小桃说:"我想打开吃,姆妈不让,讲还要还回去。"玉宝没响。

灶披间,玉凤在封炉,听到下楼声响,抬头见黄胜利,停下说:"夜饭吃了没?"黄胜利说:"吃过了。"玉凤不语。黄胜利环顾无人,压低声音说:"八百块呢?"玉凤说:"啥意思?"黄胜利说:"钱藏在拉块?"玉凤说:"瞎讲有啥讲头。"黄胜利说:"还装,再装就不像样了。"玉凤恼怒说:"我要拿了,我天打五雷轰,出门被车轧死。"黄胜利发怔说:"那钞票呢?"玉凤冷笑说:"问我?还是问问你自己吧。"黄胜利说:"怀疑我是吧。我还没污浊到这一步。"玉凤冷哼。黄胜利说:"非要我也发毒誓,是吧。"玉凤说:"那会是啥人,姆妈,玉宝,还是小桃?"黄胜利说:"小桃和玉宝不可能,姆妈,就难讲了。"玉凤说:"姆妈不会承认的。"黄胜利说:"嚄。"玉凤说:"还有种可能,是王家人自导自演的一出戏。"黄胜利说:"疯了吧。"玉凤说:"总归有百利而无一害。"

王双飞娘和马主任回到家,王双飞爸爸迎过来,吃惊地说:"出去时衣冠还好,归来蓬头垢面,发生了啥?"王双飞娘不语,自去卧室寻医药箱。趁此空当,马主任说:"阿哥长长心。"王双飞爸爸说:"哪能讲?"马主任三言两语叙一遍,轻声敲打说:"我看薛家反应激烈,倒生出另一种怀疑。"王双飞爸爸说:"怀疑啥?"马主任说:"阿哥这些年,把家里钞票攥得死紧,难得大方拿出八百块,或许阿嫂见财起意,也有可能。"王双飞爸爸说:"我要拷问这死婆娘。"马主任说:"阿哥真是,一根肠子通到底。阿嫂会得承认吗?想想也勿可能,还是要沉住气,不动声色,暗中观察,辰光长了,总会露出马脚来。"王双飞爸爸说:"讲得有道理。"

王双飞娘涂好紫药水,出来说:"小姑子呢?"王双飞爸爸说:"回家去了。"王双飞娘说:"儿子呢?"王双飞爸爸说:"看电影去了。"王双飞娘说:"还有心想看电影。"王双飞爸爸不语。王双飞娘揉手指说："我看薛家人的反应，不像贪了那八百块。"王双飞爸爸冷笑说："是呀，那啥人贪的钱呢？"王双飞娘说："我有个奇特想法，讲出来，肯定无人相信。"王双飞爸爸说："讲啊。"王双飞娘说："薛家人坚持要报警，但小姑子死活不肯。"王双飞爸爸说："能理解，这片弄堂阿妹负责，有人报警闹事，总归对阿妹业绩有影响，那样争强好胜的人。"王双飞娘说："同母异父兄妹，感情是不一般。"王双飞爸爸说："阴阳怪气，邪气可恨。"王双飞娘说："可气是吧，我偏要讲，我怀疑八百块被小姑子贪去了，是不是要气死。"王双飞爸爸说："没证据就不要瞎讲。"王双飞娘说："八百块是那俩人商量放进饼干盒的。不让我插手，防我像防贼。现在想想幸亏是这样，我倒自证了清白。"王双飞爸爸说："这样一讲，此地无银三百两。"

因为丢失八百块，两个家庭的成员互生猜疑，却又异常同心，一致对外。

42. 难 说

玉宝在小菜场工作，日益举步维艰，吴坤和秦建云冷漠且刁难人，其他人明哲保身，渐变疏远。反观祝秀娟、周燕这些摊头卖菜营业员，态度一如往常地热情。

玉宝趁周日休息，一大早乘巨龙车摇摇晃晃去苏州河，到潭子湾下车，沿河浜一直走。红日光芒万丈，骄阳似火，苏州河散发腥臭味道，两岸有不少夜泊船，民用小码头，有卖大饼油条粢饭团、豆浆泡饭小馄饨，也有人买，更多还是自己生火做，舱尾冒炊烟。

还有船妇，忙汰衣裳，灰白肥皂水倒进河里，和各种杂物随波漂浮，入目脏乱。接驳船来来往往，沉闷鸣笛声在一个个桥洞穿行。

玉宝到了韩红霞家，吕强蹲在阴沟前刷牙齿，看到玉宝点头示意。玉宝晃晃手里早饭，搁到灶台上，拉开纱门走进房。韩红霞正在扫地，望望钟笑说："才八点半。"玉宝说："天太热了，早点出来，还凉快些。"韩红霞要去拿橘子汁，玉宝说："橘子汁，越吃越渴，我吃白开水就好。"韩红霞倒了水过来。

玉宝从手提袋里取出一只信封摆在桌上。韩红霞说："是啥？"玉宝说："阿哥在小菜场的酬劳。"韩红霞说："提前给呀？"玉宝说："活动提前结束，阿哥任务完成了。"韩红霞奇怪地说："前头不是还讲活动要一直办下去，哪儿能讲结束就结束？"玉宝说："生了变故。"韩红霞笑说："这样正好，天太热了，每周一趟，从苏州河到巨鹿路小菜场，来回三个钟头，确实也吃不消。"玉宝不语。韩红霞说："做啥闷闷不乐，讲出来好受些。"

玉宝也需倾诉，将前因后果细讲一遍。韩红霞眉头紧皱。玉宝说："我工作不开心，想不做吧，成了无业游民。姐姐、姐夫上有老，下有小，挣扎在生活线上的人，不可能再来养我。我手里没积蓄，也无处可去，只得硬起头皮继续做，简直度日如年。"韩红霞说："我想象得到。"

玉宝说："如今就算想嫁人，也嫁不出去了。"韩红霞："为啥？"玉宝说："王家放出话来，看啥人家敢娶我。要娶我，先还掉八百块礼金，否则，大家一道没好日节过。"韩红霞生气地说："太霸道了。"玉宝说："王家背后有马主任撑腰。现在的人，老百姓思想，多一事不如少一事。相亲娶新妇，本是一桩喜乐，谁愿意羊肉还未吃，先惹一身膻。"

韩红霞说："为啥不报警？"玉宝说："我去咨询过，只能帮忙调解，立案立不了。但调解也有问题，一旦答应赔钞票，不管赔偿多少，侪坐实我们有拿钱不还的行为。名声臭了，林家一家门，在同福里街坊邻居面前，这辈子抬不起头。"

韩红霞说："是呀，哪能办呢？我也想不出好点子。"玉宝眼眶泛红说："我想回新疆去，一了百了。"韩红霞说："玉宝组织关系已经转到上海，还回去做啥呢，十年苦日节还没过够？就算回去，从前的朋友或同事，调的调，转的转，老早走得差不多了，满眼陌生，再从头开始，啥人知晓等待在前面的是福还是祸。"

玉宝眼泪流下来。韩红霞说:"最起码,在这里,还有亲人,有朋友,遇到再大困难,不要总想逃避,要积极面对。"

玉宝哽咽地说:"我实在想不出还有啥办法,我已经走投无路了。"

韩红霞安慰说:"天无绝人之路,不要着急,先忍忍,总归有办法的。"玉宝凄然。

吕强敲敲门板说:"出来吃早饭。"玉宝说:"我吃过了。"吕强说:"我烧了皮蛋瘦肉粥,随便吃一点。"台子摆了大饼油条,两碟咸菜,一钢钟锅粥。三人围桌而坐,韩红霞盛粥。粥烫嘴,三人边说话,边慢慢吃。

刘文鹏过来打招呼:"阿哥,阿姐。玉宝也在。"玉宝说:"长远不见。"刘文鹏拉出身后女子,笑:"这是我女朋友,小叶。"玉宝定睛一看,心怦怦跳。韩红霞说:"过来吃早饭,一道吃。"刘文鹏说:"还是不打扰了。"小叶一声不响。吕强说:"过来吃呀,皮蛋瘦肉粥,我难板烧烧,能吃到是福气。"他去打开五斗橱,拿出两副碗筷。

刘文鹏和小叶坐下。刘文鹏说:"我俩不客气了。"韩红霞盛粥,笑说:"客气啥呀。"她把一碗摆到小叶面前,小叶用蚊子声音说:"谢谢。"玉宝打量小叶,她在管理室看到过小叶的照片,黑白一寸[1],此时跟本人对比,有些像,又有些不像。玉宝吃不准是不是眼前人,试探性问:"小叶全名叫啥?"刘文鹏说:"叶楣。叶子的叶,门楣的楣。"玉宝心底有数了。

刘文鹏说:"这粥邪气好吃。小叶,好吃吧?"小叶说:"好吃。"她低了头,吹粥的呼气将额前刘海丝丝拨动。韩红霞说:"小叶,吃根油条。"小叶接过说:"谢谢。"油条扯分两根,给刘文鹏一根。

刘文鹏说:"玉宝在巨鹿路小菜场工作,是吧?"玉宝说:"是。"刘文鹏说:"听说做得蛮好。"玉宝说:"马马虎虎。"吕强说:"谦虚啥,玉宝聪明,能力也强。菜场的人侪服气,吴坤,管理室主任,看到玉宝也要退让三分。"小叶面色发白,神情惶恐,没人注意。

玉宝说:"阿哥不要提了,我现在是过时的凤凰不如鸡。"吕强说:"啥?"

---

1. 1寸约等于3.33厘米。——编者

玉宝不语，韩红霞瞪眼说："哪壶不开提哪壶。"小叶饭碗一推，急促地说："我想起我还有事体，先走一步。"她把矮凳拉开，转身就跑。玉宝等四人怔住，刘文鹏连忙放下碗筷追过去。吕强说："我讲啥了，一个个反应过度。"韩红霞说："废话太多，一刻不消停。"吕强想想不放心，起身说："我去看看，万一俩人吵起来，我好当中调停。"他骑上自行车也走了。

玉宝说："阿哥热心人。"韩红霞说："平常辰光我们讲话，只要小叶在，总是小心翼翼，生怕讲错一句，就这种腔调。脾气古怪，多愁善感，像林妹妹。看书里觉得可爱，出现在现实里，真个吃不消。也就刘文鹏能忍受小叶的作劲。"

玉宝没响，临别时还是没摒住，把吴坤和叶楣的事体简短讲把韩红霞听。韩红霞直跺脚说："原来这里厢还有一桩风月官司。小叶可怜又可恨。最无辜的是刘文鹏，全然不知情，我不能坐视不管。"玉宝说："阿姐想哪能？"韩红霞说："这种事体不好隐瞒，刘文鹏必须知情。至于知情后，接受还是分手，是伊的选择。"玉宝劝说："阿姐不要掺和为好。应该让俩人自己去解决。旁人讲了来，无疑火上浇油。"

韩红霞说："万一小叶隐瞒到底呢？"玉宝说："这是小叶的选择。"韩红霞说："对刘文鹏不公平。"玉宝说："若真心欢喜小叶，刘文鹏会接受的。毕竟小叶也是受害者。"韩红霞说："小叶是受害者不错，但欺骗刘文鹏，刘文鹏不也成为受害者？"玉宝说："阿姐太夸张了。"韩红霞说："一段男女感情，最重要的是啥？是坦白和信任，如果一方做不到，玉宝且看，不久的将来，一定会悲剧收场。"玉宝说："古时郑板桥不也讲，难得糊涂，难得糊涂！没必要事事非黑即白。"韩红霞沉默不语。玉宝后悔地说："我不该讲出来，倒成了阿姐的精神负担。"韩红霞说："我们对待感情的理念不同。"玉宝说："不管阿姐讲或不讲，三思而后行。"韩红霞点点头。

玉宝中晌到家，空荡荡无人，打开风扇吹了会儿，越吹越热，每个毛细孔侪在冒汗，拿了面盆毛巾，打开水龙头，接半盆凉水，往面孔上泼，水也是热的。用毛巾擦干面孔，睁开眼一吓，王双飞不知何时悄无声息立在水槽旁边，一动不动盯牢玉宝。

玉宝没好气地说:"做啥,吓人倒怪。"王双飞说:"玉宝,我们打小就住在弄堂里,上同一所学校,抬头不见低头见,也算青梅竹马。"玉宝不耐烦地说:"到底要表达啥,长话短说好吧。"王双飞说:"我老早就欢喜玉宝。玉宝初中毕业去了新疆,我以为有缘无分,交关感伤。没想到,玉宝不但回来了,还单身未婚。"

玉宝没响,觉得太阳烈旺,往门洞阴凉地里站。王双飞走近两步说:"玉宝就答应吧,结婚后我一定百依百顺,叫我朝东,我绝不往西,叫我朝南,我绝不往北。财政大权交把玉宝,当家做主也交把玉宝,我一切听玉宝的。"

玉宝不禁笑出声。王双飞说:"玉宝笑了,就代表同意了?"玉宝敛笑,想想说:"谢谢好意,但我俩实在不合适。"王双飞说:"玉宝聪明漂亮,我条件也不差,人无完人。玉宝心不要太高,我俩凑合凑合吧。"玉宝说:"人生就一趟,我不想凑合。"王双飞冷笑说:"玉宝还有选择余地吗?"

玉宝不睬,转身走进门洞,晾毛巾时,扒阳台往下张望,王双飞不见人影。玉宝躺床上,扇蒲扇,东想西想,突然坐起来,拉开床边抽屉,取出一张名片,翻来覆去看许久,终于下定决心,下阁楼,换凉鞋,下楼,出灶披间,走在弄堂里,用蒲扇抵额挡阳光,一直走到电话间。

电话间老阿姨在打瞌虫,听人来总会睁眼。玉宝按名片先拨打电话,一个没人接,一个很快接起,是潘家妈声音,听是玉宝,大感意外,寒暄几句后,笑说:"逸年出去了,名片有吧。"玉宝说:"有。"潘家妈说:"名片上有BP机号,传呼一下,逸年会打过来。"玉宝"嗯嗯"说:"晓得了,潘阿姨再会。"她挂掉电话,一头雾水,想想说:"阿姨,BP机哪能传呼?"

老阿姨说:"问我啊,我也不晓问啥人去。"玉宝无奈,付掉三分铜钿,悻悻走了。

潘逸年到家,逸文、逸青也在,饭桌上,潘家妈说:"中晌,玉宝打电话来过。"潘逸年说:"啥人?"潘家妈说:"玉宝,林玉宝。"逸文、逸青偷笑。潘逸年说:"讲啥了?"潘家妈说:"没讲啥,我让玉宝打BP机,逸年没收到消息?"潘逸年笑笑说:"太难为玉宝了。"他放下筷子,起身去回电话。

43. 酒 家

潘逸年走进茅山酒家,玉宝跟在后面,酒家双开间,左面曲尺形柜台,立两长排酒甏,可供客人零拷;右面冷菜间,盘碟盛各式小菜,摆得满当。店堂是枣红粗腿八仙桌,骨牌方凳,来得早,客人还不多。

俩人先到柜台,酒甏挂木牌标志,大多是黄酒,自酿太雕、花雕、善酿、加饭、香雪、金波、五加皮;也有白酒,绿豆烧、二锅头、崇明老酒、七宝大曲;还卖新鲜生啤,装在特制酒桶内,安个黄铜龙头。潘逸年说:"玉宝,吃黄酒还是生啤?"玉宝正巧大姨妈来,想想说:"黄酒吧,要温过的。"潘逸年要了二两五茄皮、一杯生啤。

穿白褂子的营业员手法娴熟,打开甏盖,手持酒吊,垂直放进,垂直拉出,倒进酒瓶口塞的漏斗,两酒吊是二两,再加送半酒吊。营业员拿起玻璃杯,放到龙头下面,扳开装满,再关掉。五茄皮一角一两,生啤五分一杯。潘逸年付过铜钿。营业员把五茄皮倒进温酒器,浸到滚水里,让五分钟后来自取。

俩人又来冷菜间,玉宝隔玻璃望,有发芽豆、肉汁百叶结、兰花豆腐干、熏鱼、红肠、酱麻雀、茶叶蛋、各种门腔糟货。潘逸年说:"玉宝,欢喜吃啥?"玉宝说:"随便。"潘逸年各样挑了点,付掉三角铜钿。冷菜不用票,营业员会送到桌上。潘逸年取来温好的黄酒,俩人坐定,在靠窗位置,一轮明月升起。

店堂靠墙,有西瓜出售,一块块斩好,一块一角铜钿。潘逸年说:"台黑西瓜,可要尝尝?"玉宝摇头说:"我记得这里叫茅万茂。"潘逸年说:"刚改名不久,玉宝来过?"玉宝说:"老早底,我阿爸隔三岔五会来,就吃两杯黄酒,不醉,吃了白相。偶尔会带我来,买一角的茶叶蛋或一角十只的肉汁百叶结,我也吃。"潘逸年说:"那阿爸会生活。"玉宝说:"阿爸离开上海时,特意叫我陪伴，来吃两杯黄酒。"潘逸年没响。玉宝说："我多讲了。"

潘逸年替玉宝倒酒，玉宝说："潘先生不用客气，我自己来。"她捏盅到嘴边，抿了抿，一股怪味道冲头，像吃藿香正气水，不禁皱眉苦脸。潘逸年笑笑，挟只酱麻雀到玉宝碗里。玉宝说："谢谢。"下嘴咬了口，出乎意料地美味，莫看麻雀小，该有的一样不少。玉宝慢慢吃完，抬起头，潘逸年未动筷子，啤酒也没吃，只倚了椅背，表情莫测，不晓在想啥。

玉宝说："酱麻雀好吃。"潘逸年说："还有一只。"他要去挟，玉宝忙说："不吃了。"潘逸年没勉强，想想说："最近过得好吧。"玉宝说："蛮好。"潘逸年说："工作还顺利吧。"玉宝说："一切顺利。"潘逸年说："和家人、朋友可有不开心？"玉宝说："没有。"潘逸年说："既然没烦恼，为啥突然打电话给我？"玉宝不吭声。潘逸年吃口生啤，也不搭腔。

旁边一桌，一对男女挨肩而坐，叽叽咕咕，讲不完的话。男人说："我最欢喜吃白斩鸡。"女人说："为啥？"男人说："白斩鸡的皮，吃进嘴里，滑溜溜，软嫩嫩，像在吃侬。"女人发嗲说："死相，被人家听去，我不要做人了。"男人说："啥人没素质，听人家壁角。"玉宝不由得端坐，面孔发红，潘逸年低笑。玉宝说："潘先生笑啥？"潘逸年说："想起一桩往事。"玉宝说："哦。"潘逸年没讲下去。玉宝也未追问。

俩人又静坐了会儿，各怀心思。潘逸年抬腕看手表，平静地说："我还有个饭局，玉宝没事体，今天就到此为止。"玉宝心收紧，连忙说："我有话要讲，潘先生再留五分钟，五分钟就好。"潘逸年说："讲吧。"

玉宝自倒酒，一饮而尽，横下心说："潘先生年纪不小了。"潘逸年说："啥意思？"玉宝说："可有结婚打算？"潘逸年说："不排斥，不强求，顺其自然。"玉宝说："潘先生觉得我如何？"潘逸年没响，吃两口啤酒说："要听真话，还是假话？"玉宝说："假话吧，假话好听。"潘逸年微怔，笑说："我从不讲假话。"玉宝无语，倒杯酒吃。

潘逸年说："玉宝可欢喜我？"玉宝答不出来。潘逸年说："玉宝和我之间，我能索取的，似乎只有感情，如果玉宝给不了，那我们免谈。"玉宝吃杯酒，低声说："只要有机会，我愿意试试看。"潘逸年说："试下来，还是不行呢？"

玉宝说:"潘先生对自己没信心?"潘逸年微恼,吃口酒说:"勿要和我玩心眼。"玉宝涨红脸说:"那潘先生可欢喜我?"潘逸年很快说:"我能给玉宝很多,方方面面,唯独欠缺感情。"玉宝心底悲凉,倒杯酒吃。潘逸年看看表说:"辰光不早了,我送玉宝回去。"玉宝说:"潘先生还有饭局,先走吧,我再坐一歇。"潘逸年没多话,径自走了。

玉宝吃光酒,眼见客人增多,一位爷叔拎酒壶,过来拼桌。玉宝觉得没意思,起身离开,走出酒家,脚底发软,扶墙站稳。潘逸年在抽烟,捻灭丢进垃圾桶,扬手招一辆出租车,再走过来说:"我送玉宝回去。"玉宝说:"潘先生还没走啊。不用,我可以乘巨龙车。"她打起精神要走,潘逸年拦住说:"玉宝吃醉了。"玉宝说:"瞎讲做啥,我此刻无比清醒。"潘逸年叹口气说:"不要再逞强了。"玉宝被这句话戳中心肉,破了大防,泪雨纷纷,哽咽说:"那一个个,侪欺负我,有意思吗?有意思吗?"

四周投来异样眼神。潘逸年话不多讲,握住玉宝的胳膊,带到出租车前,推进后座,再随坐进去,拉紧车门。玉宝哭了说:"潘先生最坏,最坏的就是潘先生。"潘逸年无奈地说:"我哪里坏了。"玉宝只哭不理。司机趁机说:"先生,要去啥地方?"潘逸年说:"同福里。"

司机发动引擎,汇入车流之中。

潘逸年温和地说:"啥人欺负玉宝,讲讲看。"玉宝不哭了,扭身面向车窗外,路灯往后倾倒,一盏接一盏。天主教堂顶端十字架,隐约只有暗黑轮廓。车窗半开,夜风吹在脸颊,吹不去面孔热燥。

玉宝思绪朦胧,闭起双目。不晓过去多久,被拉下出租车,才看见弄堂口电话间,还亮着灯,瞬间神志清醒不少,撩撩头发说:"谢谢潘先生送我回来,再会。"

潘逸年说:"就这样走了?"玉宝说:"还要哪能?"

潘逸年不语。玉宝才走两步,胳膊被一只大手握住,心底奇怪,未及多想,已被潘逸年带到墙角,路灯照不到,是个阴暗处。玉宝仰脸,眼睁睁看着潘逸年俯首而来,嘴唇炽烈一吻,不待细思,已然松开。

潘逸年说:"放心,我会负责的。"

44. 邻 居

玉宝眼睁睁看潘逸年走远，还未缓过神，被人从背后拍了肩膀一记。玉宝一吓，回过头，竟是赵晓苹。

玉宝说："做啥，唬我一跳。"赵晓苹说："不做亏心事，不怕鬼敲门。"玉宝说："我坦荡荡，亏啥心啊。"赵晓苹说："我全部看到了，可惜没带相机。"玉宝不语，转身往弄堂口走，用手背擦擦嘴唇。

赵晓苹笑说："男朋友吧，高大帅气，还狂野。"玉宝扑哧笑了。赵晓苹说："开心啊？"玉宝敛笑说："不开心，不是男朋友。"赵晓苹说："不是男朋友，还香嘴巴，已经开放到这种地步了？"玉宝说："是可以结婚的对象。"赵晓苹说："啥意思，我糊涂了。"玉宝说："难得糊涂。"

赵晓苹说："到底啥人？"玉宝说："是上趟相亲的潘先生。"赵晓苹说："我有印象，玉宝不满意，这位潘先生好像要失业了。"玉宝说："是呀，想到就头疼。"

阿桂嫂拎了热水瓶从老虎灶出来。赵晓苹说："最近天热，这女人常到店里打酸梅汤，聊了聊，从不熟到熟悉，觉得人还不错。"玉宝不语。赵晓苹挥手招呼，阿桂嫂停步笑说："读夜校回来啦。"赵晓苹说："今夜无课。我刚下班，玉宝刚约会好。"玉宝说："不要瞎讲。"阿桂嫂说："玉宝的事体，我听讲了，王双飞非良配呀。"玉宝笑笑没响。

赵晓苹说："阿姐家里有电唱机吧。"阿桂嫂说："有啊。"赵晓苹说："我想学跳舞，可以借了用用吧。"阿桂嫂说："没问题呀，现在就来。"赵晓苹说："现在？"阿桂嫂说："嗯，玉宝也一道来。"

阿桂嫂的住处曾是资本家的花园洋房，如今分成七十二家房客。阿桂嫂占了四楼一间，三十平方米，用七彩串珠帘隔成两室，内室睡觉，外室待客。因男人是海员，带回不少西洋货，和中式家具摆设混搭，最醒目的，是一尊陶瓷观音，和铜雕耶稣并肩而立。赵伯驹的青绿山水和凡·高的向日葵同挂，一种莫名其妙的中西融合。

阿桂嫂扭开电风扇，搬来收音机、电唱机，打开四方木盒，有十数张黑胶唱片。阿桂嫂笑说："我有好东西，市面难寻。"她从中抽出一张，赵晓苹接过说："啊呀，邓丽君，我最欢喜了。"玉宝说："小声点。"阿桂嫂说："还有惊喜。"赵晓苹说："啥？"阿桂嫂说："第五首歌是啥？"赵晓苹数了数，压低声音说："不得了，《何日君再来》这种反动歌曲也有。"

玉宝说："老洋房隔音不灵，万一被举报，要吃牢饭啊。"阿桂嫂说："不要紧，隔壁邻居，男人上夜班，女人带小囡回娘家，没人听见。"话虽这样讲，玉宝还是去关紧门窗，拉起窗帘。

阿桂嫂打开收音机，调好波段，将胶片嵌进唱盘，放下唱针，一圈圈转起来，邓丽君的嗓音，甜美，清透，唱的是：

"十八的姑娘一朵花一朵花 / 眉毛弯弯眼睛大眼睛大 / 红红的嘴唇雪白牙雪白牙 / 粉色的小脸粉色小脸赛晚霞……每个男人都想她都想她 / 没钱的小伙她不爱她不爱 / 有钱的老头有钱老头她不嫁。"

阿桂嫂说："这曲调，适合跳伦巴。"赵晓苹说："伦巴，学起来难吧。"阿桂嫂说："不要太简单，我来教晓苹。"赵晓苹兴致来了，腾地站起说："好。"

阿桂嫂示范说："伦巴节拍是四四拍。基本舞步是快、快、慢。重音在首拍和末拍。"玉宝看阿桂嫂，穿浅粉镶银丝缎面裙，露出修长小腿，踢掉鞋子，随音乐律动，横向两快步，紧跟慢步，随左右脚重心偏移，胯骨摇曳，腰肢扭动，手臂轻晃。赵晓苹学得认真。阿桂嫂说："玉宝也来，现在上海滩最时髦的活动就是跳舞，慢三伦巴最简单易学，还有桑巴、恰恰和探戈。"

玉宝没经受住考验，也加入进来。赵晓苹喘气说："阿姐侪会跳呀。"阿桂嫂笑说："老早底，我在剧团跳舞。"赵晓苹说："后来呢？"阿桂嫂说："后来不跳了。"赵晓苹说："为啥？"阿桂嫂说："被剧团开除。"赵晓苹说："因为啥？"阿桂嫂笑说："因为跳忠字舞，汇报演出时，我掼了一跤。"赵晓苹说："不应该失误啊。"阿桂嫂没搭腔，面色有一瞬凝重。

邓丽君唱起《路边的野花不要采》，门窗紧闭，电风扇呼呼，仍难挡闷热，三人汗水淌淌滴，阿桂嫂脱去上衣，只穿粉红蕾丝胸罩。赵晓苹说："这种样式，百货公司没看到过。"阿桂嫂说："法国货。热死了，脱掉清爽。"赵晓苹也脱，白色小背心。玉宝差不多。阿桂嫂看了，咯咯笑。赵晓苹和玉宝也笑，笑归笑，舞要跳，尽兴后，挑开唱针，音乐停止，三人瘫倒在沙发，气喘吁吁。阿桂嫂拿来橘子汁，一人一瓶，一口气吃半瓶。

玉宝打开窗户，要落大雨了，风狂一阵慢一阵，灌进房，甚是惬意。歇息后，玉宝说："回去了。"赵晓苹说："是，再不走，淋成落汤鸡。"阿桂嫂说："等一等。"她起身走进内室，再出来，拿了四五只蕾丝胸罩，全新的。阿桂嫂说："我太多了，晓苹、玉宝随便挑，欢喜哪只拿哪只。"赵晓苹胸围和阿桂嫂差不多，挑了只湖蓝绣花的，邪气欢喜。玉宝没要，尺码相差较大。阿桂嫂笑说："平常辰光倒看不出。不晓哪个男人有福了。"潘逸年的面庞在玉宝脑里一闪而过，她嘴唇突然发烫，用手背擦擦。

赵晓苹说："杜阿婆曾是宫女，刺绣针织一把手，缝个胸罩，难度不大吧。"玉宝说："应该没问题。"阿桂嫂拉开抽屉，找出一沓时装杂志。赵晓苹说："哪里来的？"阿杜嫂说："那阿哥跑船带回来的，我再寻裁缝照着做。便宜又时髦。"玉宝拿了本翻翻，各色各样款式，看得眼花缭乱，打开了新世界。

潘逸年汏好浴，换身衣裳来到客厅。潘家妈盘腿在沙发上，边打瞌虫，边看电视。潘逸年坐过去，播的是《加里森敢死队》。潘家妈清醒了，笑说："有事体？"潘逸年说："嗯。"潘家妈说："讲啊，不要让我猜。"

潘逸年说："姆妈准备准备，抽个辰光，我们一道去同福里。"潘家妈说："去同福里做啥？"潘逸年说："去同福里，向林家提亲。"潘家妈怔住说："啥意思？"潘逸年说："我打算和林玉宝结婚。现在七月份，最好十月份办婚礼。"潘家妈说："太快了吧。"潘逸年说："可以了。"潘家妈说："不要想一出是一出。结婚乃人生大事，还是考虑清楚再讲。"潘逸年说："姆妈应该了解我，我一旦做决定，一定经过深思熟虑。"

潘家妈笑了说:"那好,我翻翻日历,选个黄道吉日,准备一下,就去提亲。"逸文打好电话,经过客厅,奇怪地说:"姆妈笑得哩,有啥喜事体?"潘家妈说:"那阿哥,终于要结婚了。"

下 篇
金风玉露恰相逢

复兴坊 22号

玉宝被戳中心扉,纵然过去日节里有过许多胡思乱想,此刻也因话里的坚定而生出感动。

45. 生 活

秋生下班，秋生娘已烧好夜饭，秋生爸爸坐在桌前，戴一副老花镜，翻翻《新民晚报》。秋生娘说："秋生帮帮忙，端饭锅上来。有些人啊，当老太爷，一辈子装聋作哑，酱油瓶倒在面前，也不会得扶一把。"秋生爸爸不搭腔，该做啥做啥。

秋生从稻草捂库里拎出钢钟锅端到桌上，掀开锅盖，米饭表面铺一层南瓜块，金灿灿的，还滚烫，甜香乱窜。秋生拿过空碗，秋生爸爸说："我吃南瓜，饭少一点。"秋生娘说："三年自然灾害，南瓜还没吃够？"秋生爸爸筷子一摔，瞪眼说："老比样子，废话多得臭要死，我忍到现在。"秋生娘消停了，秋生没响，自顾打饭。

三人无话。吃到中途，秋生娘说："我最近去小菜场，经常碰到潘大嫂。"秋生说："哪个潘大嫂？"秋生娘说："老早底，我在街道加工厂的一个生产组工友，一起加工开关。也是个英雄人物。"秋生说："哪能讲？"秋生娘说："部队的人，一家门根正苗红，应该讲生活不会差，可惜老头死得早，为给小儿子看眼睛，欠了一屁股债。好在大儿子争气，跑到香港挣美格里[1]。现在全部还清，住在复兴坊。"秋生说："复兴坊，离此地不远。"

---

1. 美格里：美金。

秋生爸爸说："管人家闲事做啥。"秋生娘说："我看到潘大嫂和林玉宝好像蛮熟络。"秋生爸爸说："林玉宝啥人？"秋生说："啥意思？"秋生娘说："啥意思，要好的意思。"秋生说："八竿子打不到一起的两个人，哪能要好？"秋生娘说："是呀，多数是买小菜时认得了，也可能是我多想。"秋生爸爸说："讲半天，林玉宝啥人？"秋生娘说："得失忆症了？懒得多废话。"秋生爸爸说："这老比。"秋生娘不睬。

秋生心烦，挟块糖醋小排骨说："我每月钞票上交，足够一家门生活了，为啥还是烧四块小排骨？"秋生娘说："我吃一块，那爸爸吃一块，秋生吃两块，够哩，再多吃腻味。"秋生冷笑说："吃两块，又不是廿块。阿爸把骨头咂巴成渣了，多烧两块又哪能，不是买不起。"秋生娘说："秋生结婚要用钞票。"秋生说："结婚由泉英家全包，还用啥铜钿钞票。"秋生娘说："烟酒糖要准备吧。"秋生说："哼。烟酒糖也是最便宜的。"

秋生娘生气地说："啥意思，和我算明细账，是吧。我勤俭节约有啥错，省下来钞票，我又不能带进棺材，日后还不是留给秋生。我错了，这真是狗咬吕洞宾，不识好人心。"秋生爸爸说："一讲起来，眼泪像自来水，不值铜钿。"秋生瞬间撒了气，没响，吃了块南瓜说："我只是觉得没必要，老早生活苦，没办法。现在日节好过了，多烧几块排骨，会得哪能呢？"秋生娘说："上海人烧小排骨，一向如此，精而少，咂咂味道足矣，一烧一大盘，是乡下人做法。"

秋生撒的气又聚拢，从口袋里掏出工资，递给秋生娘："我给姆妈打预防针，结婚以后，我的工资，侪交泉英保管。"秋生娘五雷轰顶，难以置信地说："这是人讲的话吗？秋生是戆，还是傻？"秋生说："我不戆，不傻。人家夫妻哪能做，我照做而已。"秋生娘说："一定是泉英吹了耳边风。"秋生说："和泉英无关，是我自己的决定。"碗里饭空，他丢下筷子，倒水漱口。

秋生娘气得吃不下饭，秋生爸爸火上浇油说："好哩，捡芝麻丢西瓜，多烧几块小排骨，非要搞大，现在难收场了。"秋生娘冷笑说："真要为小排骨，倒好哩，秋生明明借题发挥。一定是泉英出的坏主意，还没过门，就要给我这婆婆一个下马威。"她看到秋生，故意说："我也不是吃素的。"秋生没听到前段，顺势说："既然不吃素，下趟多烧几块小排骨，吃个够。"秋生娘面孔铁青，秋生爸爸说:"哈哈。"

玉宝正翻杂志,听到弄堂里有人喊:"48号4楼,林玉宝,去电话间,有人寻。"玉宝丢下杂志,一路跑到弄堂口,接起电话说:"我是林玉宝。"一口大喘气说:"是啥人寻我呀?"

潘逸年说:"是我。"玉宝说:"哦,潘先生。"潘逸年说:"下周日,十点左右,我和姆妈会去玉宝家里一趟。"玉宝说:"做啥呢?"潘逸年微顿说:"猜猜看。"玉宝说:"猜不出。"潘逸年:"想也不想,就'猜不出'。"玉宝说:"直接讲不好吗?非要猜。"潘逸年说:"我和姆妈去提亲。"玉宝说:"提亲?"潘逸年说:"我既然亲了玉宝,就要负起责任来。"

玉宝脸发烧,瞥一眼电话间阿姨,调个方向,背对小声说:"我有桩事体要坦白。"潘逸年说:"请讲。"玉宝说:"前一段辰光,同福里有户姓王的人家,也曾来我家提亲。"潘逸年说:"姓王的人家,全名呢?"玉宝说:"王双飞。"潘逸年想想说:"手表厂的是吧。"玉宝说:"嗯,是。"潘逸年说:"如果已经答应,我祝玉宝幸福,那不打扰了。"玉宝连忙说:"我没答应啊。"潘逸年笑说:"哦,继续讲。"

玉宝讲述前因后果。潘逸年不笑了,嘲讽说:"玉宝在骑驴找马。"玉宝不反驳。潘逸年生出脾气,也没话讲。玉宝等半晌说:"我从未给王家任何明示和暗示。脚踏两只船,我做不出来。"潘逸年没响。

玉宝说:"我就想好好生活。"潘逸年没响。玉宝说:"潘先生实在无法接受,就算罢,我不强求。"潘逸年说:"玉宝倒洒脱。"玉宝含泪说:"我也强求不来。"潘逸年缓声说:"还有啥要讲的,一次性讲清楚。"玉宝说:"没了。"

潘逸年说:"玉宝有啥要问我的,也可以问。"玉宝说:"潘先生讲过,做完手头项目,就要待业在家?"潘逸年说:"是。"玉宝认真地说:"结婚后,未来如何生活呢?我每月工资只有廿五块,养不活两个人。"潘逸年没吭声。玉宝说:"潘先生,哪能办呢?"潘逸年忽然笑起来,笑声低沉。玉宝说:"有啥好笑的。"潘逸年含满笑意说:"我还从未让女人养过。"玉宝说:"今非昔比。"

潘逸年笑了说:"放心,瘦死的骆驼比马大。"玉宝说:"不要强撑。"后面还聊了啥,玉宝没在意,潘逸年一直在笑,笑到挂断电话,玉宝付三分铜钿,电话间阿姨说:"哪里来的话讲,讲足半个钟头。"玉宝说:"是呀,这人烦死了。"

46. 提亲(一)

周日,窗户透出清光,林家老小起床,玉凤倒马桶,黄胜利生煤球炉,烟雾腾腾,呛咳几声,路过的爷叔说:"生煤球炉也是一门技术。"玉宝洗漱后,煤球炉总算好了,玉宝顿上[1]钢钟锅,倒进隔夜剩饭,用勺捣捣碎,再加凉水,盖上锅盖,让小桃看着,当心扑出来。小桃搬板凳坐旁边,朗诵语文课本。

玉宝拿了钱和粮票,挎个篮子,去买早饭,排队时,碰到赵晓苹,赵晓苹买了油酥大饼。玉宝买了咸大饼和油条。玉宝说:"买酱菜去吧。"赵晓苹说:"一道去。"赵晓苹说:"今天潘家来提亲,是吧。"玉宝说:"是,记得透风声给王家。"赵晓苹说:"放心,我办事,不要太牢靠。"玉宝笑笑,路上碰着拎马桶的阿桂嫂,赵晓苹说:"上海女人,再时髦精致,也逃脱不掉倒马桶的命运。"

俩人走进酱菜店,玻璃柜台内有一只只钵头,上面覆一块玻璃,种类繁多:糖醋蒜头、嫩姜芽、桂花蜜瓜、笋脯花生、藠头、白糖乳瓜,腐乳类有虾子腐乳、油辣腐孔、玫瑰腐乳、糟腐乳,还有萧山萝卜干、苏州萝卜头、大头菜、什锦菜,除此之外,兼卖瓶装醉蟹螯、醉蟛蜞、醉泥螺、醉蟹糊,买的人少,瓶盖落层灰。营业员介绍一款新酱菜,名叫五仁酱丁,里有辣椒、豌豆、瓜子仁、萝卜丁、白芝麻,可以免费试吃。玉宝和赵晓苹尝尝,打算买点,因为价格实惠。

玉宝回到家,泡饭煮好,摆在桌上,薛金花、玉凤已把房间内外仔细收拾

---

1. 顿上:放上。

一遍。一家人围桌吃早饭，除咸大饼和油条外，还有两只碟子，盛五仁酱丁、玫瑰腐乳。薛金花说："早饭吃好，赶紧炖银耳莲子羹，再加点百合片、橘子瓣。"玉宝说："好。"黄胜利说："我要剪头发，看上去精神点。"薛金花说："早该剪了。"玉凤说："万一王家来闹，哪能办？"薛金花说："潘家来提亲，我一直保密，连秦阿叔也没讲过，王家再神通广大，也意料不到。"玉凤说："不怕一万，就怕万一呢。"薛金花皱眉："不要讲了，触霉头。"

纱门拉开，小桃高兴地说："姨姨来啦。"她跑去拿拖鞋。玉卿换好拖鞋，手里拎一个西瓜，搁到墙角。薛金花说："三姑爷没来？"玉卿说："要出车，调班调不出。二姐，不好意思啊。"黄胜利、玉凤不语。玉宝说："小事体，没关系。早饭没吃吧？"玉卿点头。小桃说："我帮姨姨拿碗筷。"她一溜烟下楼去了。黄胜利说："我吃好了，那慢吃。"他起身离开。薛金花说："我也烫头去。"玉凤说："姆妈加快，否则辰光来不及。"薛金花拿了皮夹子，匆匆离开。

小桃端来碗筷，玉宝替玉卿盛泡饭。玉凤说："啧啧，阿妹瘦成皮包骨。"玉卿咬口油条，笑说："阿姐夸张。"玉宝担忧地说："确实瘦了。有空去医院查查，不要小病拖大病。"玉卿"嗯"一声说："潘先生条件不错，二姐有福气。"玉凤说："最该感谢我。"玉宝说："条件其实一般。"玉卿说："哪能讲？"玉宝说："潘先生年纪大，马上要失业，还有两个小叔子没结婚，家里开销，潘先生承担大部分。"玉卿吃惊地说："哎哟，这哪能办啊？"玉宝没回答。

玉凤说："要我讲，玉宝不爱听，王双飞条件，真好太多。"玉卿说："王双飞人品差，条件再好，也不嫁。"玉凤说："不过道听途说，又没真凭实据。"玉宝不耐烦地说："不要再提了，我和王双飞，打死也不可能。"玉凤说："我随便讲讲。"玉卿有感而发说："二姐一定要想想好，贫贱夫妻百事哀。"玉宝没响，心底也迷茫，想想说："不管哪能，男人总归指望不上，万事还是要靠自己。"

三姐妹俩沉默了。

潘家妈和潘逸年如约而至，烟酒点心水果一样不少。薛金花和潘家妈坐沙发，潘逸年和黄胜利坐靠背椅，玉凤斟茶倒水，和玉宝、玉卿挤坐一边，小桃搬来小板凳，坐薛金花脚前。客厅不过十来个平方米，交关拥挤。

黄胜利自我介绍说："玉宝姐夫，黄胜利。"他伸出手，潘逸年握了握，松开，笑说："潘逸年。"黄胜利说："香烟吃吧。"潘逸年说："不用。"黄胜利说："吃茶，雨前龙井，十五块一两。"潘逸年说："哦。"他抬手解开衬衫领口。房间太小，人多，愈发闷热。一个摇头风扇嘎吱嘎吱响。

薛金花说："玉宝，盛甜羹来吃呀。"潘家妈说："太客气了，大热天，不用忙。"薛金花说："风俗规矩不可丢。"玉宝给每人分甜羹，出一身汗。

先聊些家常闲话，又讲起当年捐眼角膜，潘家妈再表谢意，薛金花感叹说："一晃十年了，我也是做善事。"潘逸年面色微沉，带些讽意，玉宝看在眼底。

潘家妈言归正传，替潘逸年提亲，计划十月份办婚礼。薛金花说："太急了吧。"潘家妈笑说："还好吧。"薛金花摇头。潘家妈说："俩人看对眼，趁热打铁也蛮好。"薛金花摇头。玉凤说："姆妈讲得没错，十月份结婚人多，好点的饭店，譬如西湖饭店、洁精饭店、新雅菜馆，这些上档次的地方，怕是难订到。"玉卿说："阿姐真敢提呀。"黄胜利说："拍婚纱照、买吉服，彩礼、陪嫁，想好好准备，讲老实话，至少要提前半年。"

潘逸年看向玉宝，玉宝默不作声。潘逸年说："我十月之前有空闲，十月份后，手里工程到关键阶段，分身乏术，再谈婚期，也要到明年三四月份。"黄胜利、玉凤没响，薛金花说："我们玉宝不急，毕竟婚姻大事，马虎不得。"潘逸年笑笑说："是吧，那就明年再讲。"薛金花说："坦白讲，到明年，还不晓啥光景哩，我们玉宝聪明漂亮，条件不错的人家上门来提亲，也不是没有。"潘逸年说："原来这样，是我高攀不起。"薛金花表情些微难看。

场面一时微妙，出乎人意料。

潘家妈说："再商量商量看。"薛金花板面孔说："没的商量了。"玉凤说："姆妈。"黄胜利说："还是要听听玉宝意见。"潘逸年皱眉，抬腕看手表。玉宝已能解读这个动作，代表男人耐心尽失，打算寻借口离开。

玉宝心情欲堕，待要说话，忽听门外脚步纷杂，踩得木板楼梯咚咚响，有女人高声喊："薛金花，薛金花在家吧，听讲玉宝有人提亲，我来凑凑闹忙。"

薛金花听出来者何人，纵使久经场面，也稍有慌乱，给玉凤和黄胜利使个眼色。黄胜利领悟，站起身，朝门外走。

47. 提亲（二）

好汉难敌四手，恶虎还怕群狼。黄胜利没拦住，被推搡一边，索性立在楼梯间，笃笃定定抽香烟。

潘逸年看到进来两男两女，三个稍显岁数，一个男青年。男青年说："玉宝，做人不好这样冷酷。"玉宝不吭声。潘家妈打量说："这几位是？"薛金花说："马主任，我有客人在，把我个面子，过后我们再好生计较。"马主任说："啥人把我面子呢？"

玉凤挽住马主任，笑说："我们进里间，先吃一碗甜羹，降降火气。"

潘逸年说："玉宝，过来坐。"他拍拍身边空椅。玉宝佯装没听见，玉卿提醒说："潘先生在叫阿姐。"玉宝只得坐过去。潘逸年说："这就是王双飞？"玉宝："是的。"

马主任甩开玉凤，不耐烦地说："动手动脚，成何体统。我们不缺甜羹吃，我们来解决问题。"王双飞爸爸说："寻把椅子来，我立着吃力。"玉卿搬来椅子和矮凳，四人坐下。

潘家妈说："哦，马主任，怪不得我觉得面熟。"马主任说："潘家妈，我有印象。一九七二年还是一九七三年，从同福里搬家走了。"潘家妈说："好记性。"马主任说："这位是潘先生吧。"潘逸年说："没错。"马主任说："我是王双飞的大妈妈。"又指了指男青年说："这位是王双飞。还有这两位，王双飞爷娘。"

潘逸年说："有啥事体？"马主任说："潘先生体面人，我们要不出去讲。"潘逸年说："就在此地讲，当面讲清爽，不留后遗症。"马主任说："也好，我来做代表，讲讲以薛金花为首的这家人做出的不入流事体。"薛金花说："要死，我成了土匪恶霸头子。"王双飞娘说："不然呢？"

王双飞爸爸说："有凉茶没有？"玉凤倒了杯过来，王双飞爸爸吃一口说：

"好茶。"马主任说:"王双飞欢喜玉宝,我们上门求娶,薛金花和玉凤提出条件:一个,替玉宝寻份工作;二个,调玉凤去手表厂,这桩亲事便成功九成。"薛金花跳起来说:"瞎三话四,我全程没讲过一个字,玉凤来做证。"玉凤说:"姆妈确实没讲。"潘逸年低声说:"玉宝也知情?"玉宝摇摇头,表情难喻。

马主任说:"我们花九牛二虎之力,满足了条件,再来提亲。不曾料到,这家人背信弃义、过河拆桥、卸磨杀驴、上树拔梯、兔尽狗烹。"薛金花说:"好哩,晓得马主任有文化,多讲难听吧[1]。"王双飞娘冷笑说:"现在晓得难听了?是那一家门的真实写照。"薛金花说:"呸,污蔑。"

潘家妈表情变了,玉凤、玉宝和玉卿不作声。马主任说:"更没想到,这家人恶劣到啥地步。竟然大言不惭要退亲,原来攀上更高枝。"王双飞娘说:"面皮比城墙还厚。"玉凤说:"这话过分了,又没结亲,哪来退亲。"马主任说:"退就退吧,结果,八百块礼金,死活赖了不还。"王双飞娘说:"真个是,我帮潘家妈讲,触八辈子霉头,才和这家人结亲。"潘家妈面孔愈发难看。

王双飞爸爸说:"玉凤,我热昏了,拿一把蒲扇来。"玉凤跑到里屋,拿来一把鹅毛扇。王双飞爸爸接过,扇两下说:"这个好,手柄轻,风呼呼。"王双飞说:"阿爸真是,又吃茶,又要扇子,来享福是吧。"王双飞爸爸说:"小赤佬。"

薛金花说:"八百块礼金,亲手交到我手上,或交到玉凤手上,我们不还,是我薛金花道德品质败坏,上梁不正下梁歪。但我们没看到,没摸到一分铜钿,当然不认,打死也不认。"玉宝说:"再胡搅蛮缠,报警算数。"

马主任说:"潘先生,前因后果,明白吧。"潘逸年说:"大体了解。"马主任说:"潘先生执意要和林家结亲,我也要提个条件。"潘逸年说:"笑话。"马主任说:"啥?"潘逸年说:"马主任本末倒置,我又不欠王家,王家有啥资格来同我谈条件,可不是笑话?"马主任一时语塞,冷笑说:"潘先生要撇清关系,好,可以,没问题。等那办婚礼当天,我们有啥出格行为,和潘先生也无关。"

---

1. 多讲难听吧:讲多了,难听得很啊。

潘逸年说:"那就试试看,马主任头顶乌纱戴腻了?"马主任说:"威吓我是吧,我不吃这套。"潘逸年说:"我有句要紧话,在此地讲,还是到外面讲?"马主任说:"就在此地讲,没啥见不得人的。"潘逸年微笑说:"还是考虑清楚。"马主任想想说:"还是到外面讲吧。"

玉宝看俩人出去,房内人各怀心思,空气凝滞。很快,俩人回来,潘逸年坐下,马主任说:"我们走吧。"王双飞娘说:"为啥?"王双飞说:"莫名其妙,我不走。"马主任说:"回去再讲。"王双飞娘说:"事体解决前,我不回去。"马主任生气地说:"不走是吧,这桩破事体,我不管了,我走。"王双飞和王双飞娘立起来说:"大妈妈。""娘娘。"马主任头也不回。王双飞爸爸说:"走吧,回去再讲,不行再来。"

王家人走后,气氛一度尴尬。黄胜利走进来,玉凤说:"哪里去了?"黄胜利说:"在楼道抽根香烟。"

潘家妈说:"今朝兵荒马乱的,要不这样,我们改期再来。"薛金花说:"何必再跑一趟,太麻烦了。"潘家妈说:"逸年,我们先回去。"潘逸年看看玉宝,玉宝垂首不语,露出一截雪白颈背,淌着细汗。潘逸年心如水晃,眉眼平静说:"虽然王家来搅局,但好事多磨。既然是提亲,就有始有终。"薛金花笑说:"可不是这样讲嘛。"

潘家妈要开口,潘逸年说:"还是我来讲吧。婚礼定在九月底十月初。结婚照在王开照相馆拍。酒席订在和平饭店。我打算订二十桌,玉宝这边定下宾客来数,我再加桌。没意见吧。"一众面面相觑,不敢置信。薛金花说:"和平饭店,不必要吧,我觉得西湖饭店就可以。"潘逸年说:"很有必要。我有些朋友,要求比较高。"薛金花说:"那我没意见了。"潘逸年说:"彩礼直接点,我给一千块礼金。"薛金花说:"一千块,啧啧。"潘逸年说:"至于陪嫁,我们不看重。新房该有的,姆妈侪会备齐。大体就是如此,细节地方,我和玉宝再商量。"潘家妈神色不霁。

潘逸年说:"没人有意见,就这样敲定。"薛金花说:"礼金讲老实话,少了点,前面68号邻居姑娘结婚——"潘逸年打断说:"婚姻大事,不是小菜场买小菜,讨价还价,降低大家身份。我已尽我所能,做出最好安排。如若还不满意,那只能讲,我和玉宝有缘无分。"

潘逸年看表说:"我还有事体,先走一步。那商议好结果,玉宝再打电话给我。"潘家妈也站起告辞,薛金花拉住说:"急忙忙做啥呢,总要吃过中饭再走。"潘家妈笑说:"不要紧,日后有的是机会。"

玉宝追上潘逸年说:"潘先生。"潘逸年停步。玉宝说:"谢谢。"潘逸年说:"谢我啥?"玉宝说:"一切。"潘逸年不语,听到姆妈下楼响声,笑笑说:"以后再寻男朋友,寻个好点的,王双飞就算了,和玉宝不般配。"玉宝微怔说:"啥意思?"潘逸年说:"字面意思,再会。"

48. 后 劲

玉宝进房,薛金花在大发脾气。玉凤、黄胜利,还有玉卿,沉默不语。

薛金花说:"老实承认,啥人透露的风声,最关键辰光,潘家小赤佬刚被我拿捏稳当,王家立刻踩点过来,我丢了面子,失了里子,一道断了财路。玉凤,敢做就敢当,讨债鬼还惦记手表厂呢,痴心妄想。"

玉凤羞愤地说:"瞎讲有啥意思。老娘就逮牢我欺负。"薛金花说:"唯有玉凤有作案动机。"黄胜利说:"我们和王家吵相骂、打相打,早做了仇人,见面分外眼红,哪儿还有心想去讨好王家,这点骨气还是有的。"薛金花想想,态度缓和说:"王家通天了不成?"黄胜利说:"老娘还没领教过呀,这同福里,啥辰光有过秘密,侪是长舌妇,提亲大事体,瞒是瞒不牢的。"

玉卿说:"二姐讲,潘家并非大富人家,给出的彩礼,还有酒席安排,确实倾尽全力。我觉得蛮有诚意了。"薛金花说:"侬觉得,不是我觉得。潘家小赤佬实力匪浅,在我面前故意打马虎眼,阴谋阳谋一身,专搞人心态。我薛金花,堂子里各色人马,啥没见识过,还看不穿这点小伎俩?"玉凤皱眉说:"又讲,光荣是吧。"黄胜利笑了笑。玉宝不搭腔。

玉卿说:"一千块呢。老百姓每月工资才几钿,上海千家万户,彩礼给得这般高的,真没几家。还不在乎陪嫁,姆妈不要狮子大张口,免得二姐为难。"薛金花说:"懂个屁。我就算狮子大张口,也是看人下菜碟。一千块,对潘家小赤佬来讲,毛毛雨呀。"玉凤说:"那姆妈觉得多少合适?"薛金花说:"翻倍,两千打底。"玉凤说:"玉宝,去问问看,两千可以吧,先探探口风。"

　　玉宝说:"这桩婚事不成了。"薛金花、玉凤异口同声说:"为啥?"玉宝不语。玉卿说:"彩礼、婚礼,潘先生计划周详,为啥要变卦呢?"玉宝说:"讲这些,不过是给我们体面。背过人后,才是真实面孔。"薛金花说:"啥意思?"玉宝说:"潘先生让我再寻男朋友,寻个好点的,王双飞不是良配。真讽刺,姆妈嫌鄙人家彩礼少,这下好了,人家根本不给机会。"薛金花怔住。

　　玉卿说:"二姐,难道再没商量余地?"玉宝说:"和潘先生接触过两趟,不是个会走回头路的人。"玉凤说:"就这样黄了?空欢喜一场。"薛金花光火说:"无所谓,下一个更好的,正在路上。"玉宝没响,拉玉卿上阁楼聊天。

　　黄胜利说:"玉宝要再寻,难啊。"玉凤说:"讲风凉话做啥?"黄胜利说:"我在楼道抽香烟,无意听见潘家老大和马主任对话。"玉凤好奇说:"讲了啥?"薛金花竖起耳朵。黄胜利说:"不好讲。"玉凤说:"为啥不好讲?"黄胜利说:"怕玉凤口风不紧,要出大事体。"玉凤笑说:"对我没信心?我不会讲出去。"黄胜利冷笑说:"这话可有人信?反正我不信。潘家老大人脉不简单,能让马主任连八百块也不要了,绝对辣手,是个狠人。"

　　玉凤说:"讲一句吞半句,吊人胃口。"薛金花说:"姑爷讲得对,玉凤嘴巴没门闩。祸从口出,不无道理。"黄胜利说:"马主任被震慑住,是因为潘家老大。但若婚事不成,玉宝再寻对象,马主任和王家随时杀个回马枪,新仇旧恨一起,有的搞哩。"玉凤说:"真这样,我们再去求潘家老大帮忙。"黄胜利说:"凭啥?"

　　薛金花抓起扇柄晃两下,没好气地说:"全怪玉凤,一步错,步步错。"玉凤说:"又怪我,又怪我,只要一出事体,姆妈就往我身上推,全部是我错。"

　　玉宝拿出服装杂志给玉卿看。玉卿没心情,劝说:"潘先生蛮好,长相帅气,性格沉稳,虽然年纪大点,但看上去显年轻。最主要的是说话办事令人觉得牢靠，放弃实在可惜。"玉宝说："是潘先生放弃我。"玉卿说："俗语讲，男追女，隔座山，女追男，隔层纱。二姐要觉得好，就主动一点。"

玉宝笑说："以后再讲，不急。"她翻开一页杂志，递到玉卿面前说："好看吧。"玉卿说："好看是好看，却不大实用。又是蕾丝花边，又是蝴蝶结。"玉宝说："玉卿心灵手巧，最会踏缝纫机，帮我照图片做一件好吧。"玉卿不语。玉宝说："我看阿桂嫂穿了，样式和图片没啥区别，邪气好看。"玉卿说："阿桂嫂穿给男人看，二姐要穿给啥人看？"玉宝红脸说："我穿给自己看。"玉卿笑说："二姐真想要？"玉宝说："嗯。"玉卿说："好，只是快不起来，手工活最耗辰光。"玉宝说："没关系，我不急。"

潘家妈坚持乘巨龙公交车。潘逸年没讲啥，俩人上车坐稳，卖票员过来收钱，摆进胸前帆布袋，再找零碎铜钿，撕两张车票说："保管好，现在查票查得紧，有时在车上，有时在站台，一旦车票交不出来，无论啥原因，一律罚款。"潘家妈收起票说："谢谢提醒。"

车子开起来，风扑扑从窗口灌进，虽是热风，却惬意。潘家妈说："今朝去林家提亲，看了一场闹剧，倒让我从坚定变得不坚定了。"潘逸年笑说："无妨，再让自己坚定起来。"潘家妈说："有难度。"潘逸年说："为啥？"潘家妈不答，想想说："逸年可是铁了心要娶玉宝？"

潘逸年不语，看向窗外，风景纷纷倒退，笑笑说："我还有更好的选择吗？"潘家妈说："应该有，一定有。"潘逸年摇头说："就林玉宝了。"潘家妈说："逸年欢喜玉宝吗？"潘逸年说："坦白讲，以我现在的年纪，很难再发自内心去欢喜啥人了。"潘家妈说："把美琪忘记吧。"潘逸年默了下说："嗯。"

潘家妈说："真要娶玉宝？"潘逸年说："玉宝适合我。"潘家妈说："但那样的家庭，我着实吓了。"潘逸年说："吓啥，有我在。"

潘家妈掉泪说："当年给逸青治眼睛，欠一屁股债，我慌得六神无主，逸年跟我说'吓啥，有我在'，成了我的定心丸。这些年，过得太不易了，我的大儿子，是天下最善良、最有担当的男人。"潘逸年感慨说："果然是癞痢头儿子自家的好。"潘家妈含泪笑了："玉宝要对逸年不好，我第一个不答应。"潘逸年安慰说:"会的,玉宝会对我好的。"

两周后,玉宝趁打酱油的工夫到电话间,拨通潘逸年的电话,潘逸年很快接了。玉宝说:"潘先生,我姆妈同意了。"潘逸年说:"同意啥?"玉宝说:"同意我俩结婚。"潘逸年那头人声嘈杂,听不清讲了啥,"喂"半天才说:"我有空再打过来。"玉宝说:"好。"她挂断了电话。

玉宝往酱油店走,明晃晃的太阳地刺得眼睛疼。她忽然想起提亲当日,楼道里,潘逸年说:"以后再寻男朋友,寻个好点的,王双飞就算了,和玉宝不般配。"玉宝微怔说:"啥意思?"潘逸年说:"字面意思,再会。"玉宝说:"提亲不算数了?"潘逸年笑笑说:"就这样讲给那姆妈听吧。"

49. 难 料

潘逸年在工地和张维民看施工图纸,地基回填已做好,接下来和工人沟通圈梁、绑筋、支模、浇筑等注意事项。一晃到中午,看到 BP 机信息,已过了一个钟头。

潘逸年解下头盔,打电话过去,是美琪。美琪说:"我在十六铺码头,逸年过来一趟吧。"潘逸年说:"我在工地,蛮忙。"美琪说:"我听讲了。"潘逸年说:"啥?"美琪说:"要结婚了。"潘逸年沉默。

美琪说:"电话里讲不清爽,来吧,我们当面讲。"潘逸年说:"讲啥?"美琪说:"就算给我个交代。"潘逸年说:"没必要。"美琪说:"权当和我告别,最后一趟。从此,我不再打电话了。"潘逸年不语。美琪幽怨地说:"刚刚有人跳了黄浦江。"她未等潘逸年开口,挂断了。

潘逸年说:"维民,车子借我用用。"张维民抛来钥匙。潘逸年到停车场,开车拐上大渡河路,等红灯时,一爿店门前在放鞭炮,噼噼啪啪,像此刻的心情。途经金沙江路,华师大校门口俦是年轻人,前面交通拥堵,他果断弃走曹杨路，改道往武宁路，所幸决定正确，畅通无阻，静安寺在做法事，香火迷蒙，和尚念经，梵音悠长，引得香客虔诚跪拜。

潘逸年心定了定，沿延安中路一径抵达外滩，寻位置停好车子，才发现还穿着建筑服，劳动布做的衣裤沾满泥土和石灰，用手拍拍，尘烟四散。他想寻家服装店，调一套干净衣裳，一掏口袋，仅有几只角子，忘记带皮夹。想想已然这样，无所谓了。

十六铺码头路，一家卖糯米油墩子的摊头数年不倒，潘逸年买了两只鲜肉馅的，一只豆沙馅的。等待的辰光，一辆巨龙公交车驶过，靠车窗坐着林玉宝，面孔惊惶失措。潘逸年则盯牢油锅，五味杂陈。

潘逸年看到美琪坐在长椅上发呆，穿一件白绸连衣裙，胸前两条飘带系成蝴蝶结，如一尊长颈白瓷瓶，纤薄易碎。美琪偏过头，望定潘逸年，潘逸年走过去。美琪轻轻说："我每趟到此地，就想起我们曾经多么幸福啊。就感觉逸年还在身边，人也不伤心了。"潘逸年说："往事不可追忆。"

美琪说："来坐吧。"潘逸年说："不坐了。"美琪说："就坐一歇，两三句话。"潘逸年说："不坐了，坐下，就不是两三句话了。"美琪站起来，走近两步，潘逸年后退两步，美琪再走近，潘逸年再退。美琪流泪说："我何时成洪水猛兽了？"潘逸年说："我从工地来，一身污浊，邪气难闻。"美琪说："没关系，我不嫌。"她走近到潘逸年胸前，仰脸说："逸年。"

潘逸年没再后退，叹息一声。美琪：："为何叹气呢？要结婚了，该高兴啊。"潘逸年不语。美琪说："要叹气，也是我叹气，我不高兴。"潘逸年不语。美琪说："娶的林小姐？"潘逸年说："是。"美琪说："我们谈恋爱三年，惨淡分手；和林小姐呢，认得三个月，就要结婚。这感情事体，要到哪里讲理去，太不公平了。"潘逸年不语。

美琪说："逸年欢喜林小姐吗？"潘逸年不语。美琪说："不欢喜为啥要娶呢？就为了让我死心，是吧。"潘逸年说："结婚后，俩人同一屋檐下生活，朝夕相处，同床共枕，再生儿育女，总会生出感情。"美琪说："可那不是爱情，充其量算作亲情。"潘逸年疲惫地说："对我来讲，足够了。"美琪哭泣。潘逸年说："美琪，做人不好太贪心，既要也要，结局只会惨烈收场。我们要面对现实,往前看,勿要再回头了。"美琪落泪不止。

潘逸年说:"该讲的、不该讲的,我侪讲了,美琪,我走了。"美琪说:"逸年来时,没买油墩子?"潘逸年说:"我忘记了。"他看看手表说:"得走了。"美琪大声说:"走吧,走吧。"潘逸年心底踌躇,不过一瞬,转身离开,没走两步,忽觉腰间一紧,是美琪紧靠过来,面孔贴牢后背。潘逸年挣不脱,低沉地说:"衣裳全是灰,松手吧。"美琪说:"我不嫌。"潘逸年说:"我嫌。"

美琪说:"逸年,我们还会见面吧,老天爷会安排见面。"潘逸年说:"或许吧。"美琪说:"我要假装不认识。"潘逸年哑声说:"倒也不必,魏太太,可以称呼我潘先生。"美琪浑身僵硬,胳膊不自觉一松。潘逸年大步往前走,未曾回头,经过地下通道,把一包糯米油墩子给了乞丐。

玉宝赶到韩红霞家,韩红霞躺床上,听到开门声,坐起来说:"玉宝。"泪如泉涌。

玉宝走近说:"小叶出了啥事体?"韩红霞抱住玉宝大哭。玉宝拍背安抚,待韩红霞情绪平静,倒了杯白开水过来。

韩红霞难过地说:"侪是我的错,我要愧疚一辈子。"玉宝说:"讲吧,讲出来好过些。"韩红霞说:"自从晓得小叶在巨鹿路的经历后,我趁上班休息的空当,拦住小叶长谈了一次。"玉宝说:"谈了啥?"韩红霞说:"我告诉小叶,这种事体,对刘文鹏应该开诚布公,刘文鹏有知情权。坦白和信任、宽容和谅解,才是情侣间相处之道。小叶说考虑考虑。过去大半个月,我遇到刘文鹏,我说:'小叶讲了?'刘文鹏说:'讲啥?'我随口说:'小叶在巨鹿路小菜场的事体。'刘文鹏说:'没讲,啥事体?'我说:'我不知。'刘文鹏说:'瞎讲有啥讲头,明明晓得,非要瞒牢我。'我说:'真想晓得,自己问小叶去。'"

玉宝说:"刘文鹏去问了?"韩红霞说:"没想到啊,没想到。俩人吃好夜饭,在武宁桥散步,刘文鹏说:'小叶的事体,阿姐全部告诉我了。'刘文鹏是开玩笑,没想到事体严重性。"玉宝说:"这好开玩笑的?"

韩红霞说:"小叶就问:'阿姐讲了啥?'刘文鹏说:'总归是一些不好摆到台面上讲的事体,但我想听小叶亲口讲出来。'小叶就崩溃了,嚷嚷说:'一个个,非逼我去死是吧,好,我死给那看。'"韩红霞又哭了。

玉宝说:"然后呢?"韩红霞说:"小叶翻过桥栏,跳下苏州河。动作太快了,刘文鹏反应过来,冲过去,只抓到小叶一只凉鞋。"玉宝说:"报警了吧。"韩红霞说:"报警了,警察派人打捞三天,至今没寻到尸体。"

玉宝说:"苏州河,太渺茫了。刘文鹏呢?"韩红霞说:"刘文鹏也要跳河,被警察带去派出所,后来通知爷娘接走了,再没回来过。"玉宝说:"工作呢?"韩红霞说:"辞职了,刘文鹏妹妹来办的手续。"

玉宝离开时,瞟过刘文鹏房间,门上铁将军把守。她又去武宁桥上站许久,黄昏的余晖洒在苏州河上,显得温柔平静。桥上人来人往,车辆叮当,无业游民们仍坐在桥栏上发呆,无所事事,孩童欢乐撒野,砰的一声冲天巨响,一袋爆米花炸熟了。

50. 陪 同

周日,玉宝穿了泡泡纱连衣裙,胭脂红白波点,头发扎起,对镜照了会儿,才拎起手提包,下阁楼。

薛金花往龙华寺烧香,黄胜利出车,玉凤早班。小桃说:"我想和姨姨去白相。"玉宝说:"好,但要听话,不许乱跑。"小桃一口答应。

俩人手拉手走出弄堂,潘逸年立在梧桐树荫下,阳光透过叶片,筛落一肩。俩人走到跟前,小桃说:"姨父,姨父。"潘逸年笑了。玉宝说:"小桃一个人在家,我不放心,潘先生不介意吧。"潘逸年说:"没关系。"他打量玉宝穿着,玉宝察觉到了,佯装没察觉。

小桃:"我们到哪里去呀?"玉宝说:"南京路第一百货。"潘逸年抬手招辆出租车。小桃说:"姨父,乘公交车便宜。"玉宝抿嘴笑,潘逸年说:"我们奢侈这一回。"小桃说:"哦,谢谢姨父。"大热天没人想挤公交,还是乘出租车最开心。潘逸年坐到副驾驶，玉宝和小桃坐后座。

车子开往南京路方向。潘逸年递来一把糖果，玉宝接住，有五六颗，小桃剥了糖纸，含在嘴里，哑巴说："姨父，食品店买的吗？"潘逸年说："在香港买的。"小桃说："我欢喜吃。"潘逸年说："玉宝呢？"玉宝说："嗯。"潘逸年回头说："'嗯'是几层意思？"玉宝说："我对糖果不大有兴趣。"潘逸年没再追问。

车子开到西藏中路，逢遇拥堵，眼看离第一百货没几步路，几人索性下车。小桃蹦蹦跳跳走前头，玉宝和潘逸年并肩在后。潘逸年说："今天想买啥？"玉宝说："买羊毛毯、被面、被里、枕头套、枕巾。"潘逸年说："我让姆妈准备。"玉宝说："不好。要按风俗来，床上用品，应该由女家准备，棉花被最少准备四条，大多数人家六条，有钱人家八条、十条或更多，主要看心想。"潘逸年说："长知识了，玉宝打算准备几条？"玉宝说："辰光比较匆忙，我想准备六条，潘先生觉得少，我可以再加两条。"潘逸年说："六条足够。我火气旺，冬天不大盖棉被。"玉宝偏说："我最怕冷了，裹一条棉被，困到天亮，被头里照旧冰冰凉。"潘逸年正经地说："以后不会了。"玉宝呆了呆，反应过来，闷头往前走，牵住小桃的手。潘逸年嘴角微弯，跟在后面。

第一百货永远不缺顾客，柜台前水泄不通，柜面摆满一卷卷布匹，各色各样。营业员手侧，软尺、硬尺、剪刀、划粉，样样备齐全。玉宝从前就欢喜兜马路、逛商店，不买，看看也开心。柜台前有顾客离开，小桃立刻钻进去，玉宝跟上，潘逸年断后。

摆在面前的布匹，赤橙黄绿青蓝紫，织有凤穿牡丹、鸳鸯戏水、喜鹊登枝、孔雀丹桂、福禄团花、百子戏耍等花样。玉宝瞧了半天，营业员说："想买啥？"玉宝说："羊毛毯、被面、被里、枕头套、枕巾。"营业员说："打算派啥用场？"玉宝说："结婚用。"营业员说："准备几条被头？"玉宝说："六条。"营业员说："按价钿分类，毛葛最便宜，软缎居中，织锦缎漂亮，但最贵。那预算多少？"玉宝问潘逸年，潘逸年说："织锦缎。"玉宝横横心说："好，要织锦缎。"

营业员说："刚到几匹新货，市面上仅我家有。"说完一卷卷抡上柜台，撕掉外包牛皮纸，玉宝仔细端详，颜色、手感、光泽各有千秋，实在难取舍。玉宝说："潘先生，有欢喜的吗？"潘逸年说："乱花迷人眼。"玉宝说："是呀。"

潘逸年说:"不妨听听营业员的意见。"玉宝照做。营业员说:"结婚讨彩头,少不了鸳鸯、牡丹、喜鹊、孔雀、福禄。颜色也有讲究,黑白灰不可取,要喜庆,大红、香槟金、橙黄、青绿、葡萄紫、桃花粉,好看又时髦。被里不要作妖,贴皮肤要舒适度,选全棉的就可,枕头套、枕巾尽量配套,羊毛毯啊,羊毛毯分长毛、细毛,花色也齐全。"

潘逸年看这阵仗,一时半会儿走不了,把皮夹子塞进玉宝手里,凑近说:"我去外面等。"玉宝点头。待终于选好,付了钱和布票,营业员用夹子一夹,挂上钢丝,传送到高处结账台,再把发票传下来,营业员取下递给玉宝。

小桃最欢喜钞票在空中飞,看多久侪可以,不觉累,直到玉宝催促,才抱起枕头套、枕巾,恋恋不舍跟出来。

张维民说:"还好我在电讯大楼,离得近,否则赶不过来。"潘逸年看向百货公司出口,打断说:"出来了。"张维民望过去,"哎哟"一声说:"大美女。"潘逸年说:"大惊小怪。"张维民说:"孔雪是比不了。要我选,我也选这位。"潘逸年说:"太肤浅了。"张维民笑说:"潘总是在讲我,还是讲自己?"

潘逸年懒得废话,迎过去,张维民随后面,至跟前,潘逸年介绍:"林玉宝,我未婚妻。张维民,我同事。"张维民笑说:"幸会幸会。"玉宝微笑点头。潘逸年说:"这些床上用品,先让张维民送到同福里,我们再四处兜兜。"林玉宝迟疑地说:"太麻烦了。"张维民说:"我开车去办事,正好顺路,一点不麻烦。"小桃担心地说:"姆妈快下早班了,我得回去,否则,要吃一顿生活。"张维民打个响指说:"上车。"后座摆满,小桃坐到副驾驶,招手说:"姨父、姨姨再会。"

潘逸年买两瓶橘子汁,给玉宝一瓶,想想说:"拍结婚照,打算穿啥衣裳?"玉宝说:"啥?"潘逸年说:"最近流行两种:中式,穿旗袍;西式,穿婚纱。欢喜哪一种?"玉宝说:"我随便,侪可以。"潘逸年说:"一生一次,还是想清楚,以免日后落下遗憾。"玉宝说:"穿婚纱。"潘逸年说:"南市区人民路上有几家婚纱店,可租可买,要不去看看?"玉宝说:"好。"潘逸年要招出租车,玉宝说:"巨龙公交车也方便。"潘逸年说:"公交车太慢,我们早去早回。"玉宝喉咙一噎,没再坚持。

丽丽婚纱店，穿了婚纱的塑料模特立在橱窗，其他款式婚纱挂在架子上，挤得满满当当。玉宝一件件拨开细看，没特别惊艳的。忽然听到一对男女的谈话声，男人嗓音熟得祖宗八辈也忘不掉。玉宝抬起头，乔秋生近在咫尺。

51. 熟 悉

秋生陪泉英到人民路选婚纱，泉英姑姑硬劲跟来，一家一家挑拣，嫌东嫌西，诸多不满。

丽丽婚纱店，两间门面，稍显档次。橱窗立有四具塑料模特，欧美面孔，穿各色婚纱。泉英指着说："粉红婚纱好看，天蓝也可以。"姑姑说："呸，一点审美也没。"秋生说："我觉得粉色不错。"姑姑说："巴子[1]。"秋生说："尊重是相互的。"姑姑说："啥意思，讲清爽。"泉英说："不要讲了。"姑姑说："我发觉秋生这个人，怪兮兮，性格有残疾。"秋生说："嘴巴放干净点。"姑姑说："我嘴巴香喷喷，只有巴子满口喷粪。"泉英说："姑姑，不好这样讲秋生，太难听了。"姑姑冷笑说："我讲啥啦，我又没指名道姓，那非要来认领，我有啥办法。"

秋生欲要回顶，泉英无奈地说："好哩，出来选婚纱，蛮喜庆的事体，非要搞得不开心才开心是吧。看我的面子，和和气气，不要吵。"

姑姑说："秋生非要跟我石头上掼乌龟——硬碰硬，我也不客气。"

泉英在秋生耳畔说："秋生，我姑姑刀子嘴豆腐心，掏钞票出来，帮我俩办婚礼，人是没啥恶意，就话不中听。反正不是天天见面，忍一忍就过去了。"秋生说："算罢，我懒得计较。"他压下憋屈，一转身，竟和林玉宝相遇，五六步距离，视线相碰。因为猝不及防，乍然相见，心脏差点停跳，直觉刚刚不堪的一幕尽数被玉宝瞧去，这比姑姑的嘲讽还要令人屈辱百倍。秋生招呼不打，

---

1. 巴子：乡气，老土的人。

冷了面孔，走往另一边旗袍区，有一面穿衣镜正对玉宝的背影。

潘逸年过来说："可有中意的？"玉宝心乱如麻，随手拎出一件说："看了还可以。"潘逸年说："要不上身试试。"玉宝说："好。"她逃难般奔进试衣间。潘逸年寻把藤椅坐下，挑婚纱的女人在嘀咕。

年长的说："我死活看不上秋生，心眼芝麻绿豆大，却来得多。"年轻的说："秋生当年在学堂，倒追的姑娘十个手指头也数不过来，姑姑还死活瞧不上。我要提分手，秋生明天就能寻到更好的。"年长的说："我是真没觉着哪点好。"年轻的说："秋生英俊潇洒，复旦大学毕业，分配进工商局，如今是小领导，有点小权力，哪点不好啦。"年长的说："金玉其外，败絮其中，有那样的爷娘，会好哪里去。泉英以后日节，我担心得要死。"

年轻的说："我要结婚了，姑姑一桶一桶冰水往我头上浇，是何道理。姑姑自家不结婚，也想让我孤家寡人一辈子，是不是？"年长的说："讲这种话，就不怕天打雷劈？我不管了。"年长的气咻咻坐到椅凳上，看看潘逸年，抱怨说："不听老人言，吃亏在眼前，我好歹是长辈吧，啥没见过，经历过，好心提醒，反倒成了恶人。"潘逸年没响。

玉宝换好婚纱出来。潘逸年静静看着。秋生站在远处，也看着。泉英被吸引，上下打量。姑姑说："看到吧，什么粉红、天蓝，侪没白婚纱好看，圣洁，美丽，充满仪式感。"泉英说："这婚纱样式，还可以。"玉宝说："潘先生，这件好吗？"潘逸年说："不好。"玉宝说："哪里不好？"姑姑说："是不好，显旧，软塌塌，落过几次水了。"她朝营业员说："这套婚纱借出去不少趟数吧。"营业员说："是有几趟，没办法，受欢迎啊。"姑姑说："没讲错吧，我眼光毒辣。"玉宝重返试衣间，和乔秋生擦肩而过。

营业员说："那要穿设计新颖、高品质的婚纱，可以去苏州。"姑姑说："为啥去苏州？"营业员说："苏州虎丘附近，一条小马路，左右两边有六七爿服装店，专做婚纱生意，不好租借，可以买进，去的人蛮多，还有电影明星。"

玉宝穿回自己的裙子，余光瞟见秋生，见他瞥过脸，看墙上挂历画，明显装陌生。潘逸年说："走吧。"俩人出了店门，玉宝立住说："不再挑挑？"潘逸年说："不挑了，下周日，抽个空，我们往苏州一趟。"玉宝说："去苏州做啥？"

潘逸年说:"买婚纱。"他扬手招到一辆出租车。玉宝说:"就此别过吧,我乘公交回同福里。"

潘逸年说:"先上车再讲。"玉宝只好坐到后座,潘逸年坐玉宝旁边说:"去复兴坊。"车子发动,驶到马路中央。潘逸年说:"年初时,皮尔·卡丹来中国举办时装展,玉宝可听说过?"玉宝说:"嗯。"潘逸年说:"我和朋友去看了演出。结束后,附赠礼品,有一条连衣裙,一直挂在衣橱里,再不穿,夏令要过去了,玉宝随我回去拿。"玉宝说:"潘阿姨在吗?"潘逸年笑说:"在的。"

玉宝首次来复兴坊,潘家妈和用人吴妈围坐桌前,包菜肉馄饨。彼此招呼后,潘逸年领玉宝回自己房间,玉宝没想到又走出家门,潘逸年用钥匙打开对面一户,再进去,换了拖鞋,格局两室一厅,宽敞干净。潘逸年打开空调,往卧室走,玉宝没跟进去,坐在客厅。

潘逸年很快出来,拿了新裙子,递给玉宝。玉宝接过,抖开细看,一条烟灰色连衣裙,绸缎面料,胸前别一枚彩色宝石胸针,简洁大方。

潘逸年说:"去卧室试试,看是否合身。"玉宝说:"不用试,合身的。"她将裙子叠起放入手提包,站起说:"我要回去了。"潘逸年说:"吃杯茶再走。"玉宝说:"不渴。"她往门口走,潘逸年跟过来,双手插兜,倚着柜门,看玉宝换鞋,若有所思,然后说:"我送玉宝。"

玉宝很快说:"不用麻烦,再会。"她转身扭门把手,被一只手臂环住细腰,宽厚胸膛徐徐靠近,紧贴玉宝脊背,烫人呼吸,在后颈喷洒,又似撩拨,忽然落下一吻,潮湿用力,像被小兽咬了口。玉宝浑身颤抖,轻声说:"潘先生,不要这样。"潘逸年笑说:"不要这样,要哪样?"玉宝说:"潘先生,放开我。"

潘逸年说:"我们结婚证领过了。"玉宝不搭腔。潘逸年说:"我们总要熟悉起来,否则,玉宝总这样怕我,我们还怎么做夫妻?"玉宝说:"再给我点时间,好吧。"潘逸年微默,低笑说:"放心,我会等的。"他伸手捏住玉宝下巴,扳过脸,见她眼里有泪,潘逸年说:"哭什么,我又不会吃了你。"

他低头吻住薄红嘴唇。

潘逸年感受到抗拒、不情愿,这个吻索然无味,草草结束,他松开玉宝说:"我送送玉宝。"玉宝没响,两人前后下楼梯间,一路无话,出了门洞,又出了复兴坊。

玉宝说:"潘先生不用再送,我乘 16 路公交回去。"潘逸年说:"走吧,车站不远。"

男人的态度变化,玉宝察觉到了,前头有多热情,现在就有多冷淡。此刻两人,装的心思没了,站在各自立场,意念不通,但烦恼程度,不相上下。

52. 旧 事

兴旺面馆门口,杜兴旺在晒萝卜干,看到潘逸年,笑嘻嘻招呼:"潘老板长远不见,进来吃一碗冷面。"潘逸年说:"下趟。"杜兴旺看到玉宝,打量说:"这位是?"玉宝不睬,径直往前走,潘逸年没回答,仅笑笑。杜兴旺看着两人的背影,咬一口萝卜干,嘎吱嘎吱。"林玉宝,真是夜路走多了。"

玉宝走进酱油店,赵晓苹在和钱阿姨吵相骂。钱阿姨说:"认真点好吧,为啥酒吊满满拎上来,手要抖豁豁,到瓶口,只有半吊子。"赵晓苹说:"有意见,去旁的酱油店拷。"钱阿姨说:"我倒想呀,不是没嘛。"赵晓苹说:"既然晓得,还讲啥啦。"钱阿姨说:"啥态度,真个气煞人了。"赵晓苹说:"就这态度,有本事来抄我家呀。"钱阿姨说:"和神经病有啥讲头。"她拎起酱油瓶子,骂骂咧咧走了。

玉宝掀开挡板,走进柜台后面,坐下说:"做啥啦,为人民服务,态度好点。"赵晓苹说:"女人当年带批人,见人就剪头发、剪裤管、敲鞋跟,闯进人家屋里打砸抢,态度咋不好点啦。死女人,社会变了,不夹起尾巴做人,还敢跟我哇啦哇啦。"

玉宝拿出三颗糖,丢台面上,自剥了吃。赵晓苹含了颗说:"哎哟,好吃死了,啥地方买的?"玉宝说:"好吃吧,我也老欢喜。潘家老大给了七颗。小桃拿去四颗。"赵晓苹说:"才七颗,小里八气。"玉宝说:"香港货,叫乐家杏仁糖。潘家老大口袋掏空了,就这点。"赵晓苹说:"等休息天,我去友谊商店寻寻看。"

赵晓苹笑说:"结婚证也领了,还潘家老大的叫,不像夫妻。"玉宝说:"我后悔了。"赵晓苹说:"后悔啥?"玉宝又不讲。赵晓苹说:"后悔结婚?"玉宝说:"讲不清爽,本来就是逼上梁山,梁山上无绅士,只有色胚。"赵晓苹说:"听得云里雾里。"玉宝撩起头发,露出后脖颈说:"帮我看看,有点刺痛。"赵晓苹细看,笑说:"牙齿印,潘家老大吧,好死不死,要咬这种地方。"玉宝放下头发说:"权当被狗咬了。"赵晓苹哈哈笑。

玉宝说:"相亲相得哪能?"赵晓苹立刻不笑了。玉宝说:"讲啊。"赵晓苹说:"看了长相蛮好,结果一笑,四环素牙。"玉宝说:"家庭条件,还有工作?"赵晓苹说:"没心想问。"玉宝笑说:"牙齿而已。"赵晓苹说:"潘家老大牙齿好吗?"玉宝说:"白得发光。"赵晓苹说:"气我是吧。"玉宝笑。

赵晓苹说:"小菜场的工作,真不做啦?"玉宝说:"嗯。"赵晓苹说:"受不了辛苦?"玉宝说:"不是,我有心结,没办法再坚持了。"赵晓苹说:"两个人侪没工作,哪能生活呀?"玉宝说:"瘦死的骆驼比马大。"赵晓苹说:"啥意思?"玉宝说:"字面意思。"

玉宝回到家,薛金花、玉凤在看羊毛毯、被面、被里、枕头套及枕巾。玉凤摊开被面,指头摩挲鸳鸯,羡慕地说:"六条织锦缎子。我结婚的辰光,真作孽呀,老娘不肯出钞票,我只买了两条被面、一条毛葛、一条软锻。这种织锦缎子,还有羊毛毯,想也不要想。"

薛金花说:"怪我喽。黄胜利彩礼几钿,潘家彩礼几钿。没钱打没钱主意,有钱做有钱打算,有啥错呢?"玉凤没响。玉宝坐过来。薛金花说:"秦阿叔介绍了位小张师傅,弹棉花,弹得好,用新采摘的棉花,弹出来又松又软,盖在身上像云朵,邪气惬意,小张师傅这两天就到。"玉宝说:"晓得了。"

玉凤心酸地说:"我结婚的辰光,姆妈真会精打细算,陈年不用的旧棉花胎拿出来,旧到啥地步,一摸侪是板结,像笋干,颜色发黑,五条棉花胎,仅弹出两条来,盖在身上,发硬,不暖热。"薛金花说:"批判大会开始了,要不要贴张大字报出来?"玉凤说:"我又没讲错。上海滩啥人家嫁女儿,只给两条被头。一般性,起板¹四条,也就欺负黄胜利无父无母,换个男人家试试,才两条被头,就想嫁女儿过门,这家爷娘,要被骂不要面孔。"薛金花没响。

玉凤流眼泪说:"人家八条、十条被头,面子不要太漂亮。我呢,好事不出门,坏事传千里,整个弄堂人,当我笑话看。"薛金花说:"又哪能呢,当笑话看,就当笑话看,身上又不会掉块肉。当时困难啊,填饱肚皮最要紧,啥人还管这些身外之物。"玉凤说:"说一千道一万,还是我命苦。"

吃过夜饭,玉宝往弄堂乘风凉,电话间阿姨来喊:"玉宝,接电话去。"玉宝以为是潘逸年,待接起电话,竟是乔秋生。玉宝说:"做啥?"秋生说:"我就不能打电话来?"玉宝说:"我们之间,除了欠款,再没别的话好讲。"秋生说:"我在电话间对面,过来吧,我们谈谈。"玉宝望过去,果然。她挂断电话,付了角子,横穿马路,走到秋生面前。

路灯光线昏黄,秋生面孔斯文沉郁。玉宝想起,白天在婚纱店,那位姑姑对秋生极尽嘲弄之言辞,不由得五味杂陈。玉宝说:"这就是秋生要的生活?"

秋生脸颊火辣辣,羞愤地说:"林玉宝,不要假惺惺。"玉宝的心瞬间冷硬,平静地说:"好呀,那就讲真的,快半年了,啥辰光还钱。"秋生说:"我不会赖的,期限一到,自然会付。"玉宝说:"那我等着。"秋生说:"我原是对玉宝深怀愧疚,没想到呀没想到,玉宝回来才多久,就另攀高枝,火箭速度也比不过。"玉宝不语。秋生说:"我心底的玉宝,善良、美好、长情,对我痴心不悔,原来是假象,令我大跌眼镜。"

玉宝说:"秋生始乱终弃,另结姻缘,却要我守贞节牌坊,是这意思吧。"秋生喉咙一堵。玉宝说:"我算明白了。"秋生说:"明白啥?"玉宝说:"我从前以为,能够考取大学的人,学了知识,素质、思想会达到更高境界,会变得更宽容、豁达,知世事,明世理。却原来不是。考取大学,对秋生来说,只能说明秋生很会念书、考试,仅此而已,和素质、思想没啥关系。"秋生说:"玉宝也学会尖酸刻薄。"

玉宝说:"随便哪能讲,无所谓了。"说完就要走,被秋生握住手腕。玉宝

---

1. 起板:起码。——编者

瞪眼说："放开。"秋生说："难板见面，再聊聊吧。"玉宝说："使君自有妇，罗敷自有夫。我们之间，除了债务，实在没啥可聊。"她用力甩开手，横穿马路，头也不回走了。

秋生略站会儿，慢慢离去，夜风拂过人行道，卖柴爿馄饨的小贩开始做准备工作。

路边一辆黑色汽车摇下窗户，潘逸年点燃一根香烟。

张维民拉开车门，坐到驾驶位说："罗总几人，到处寻潘总，遍寻不着，原来在此地。"潘逸年说："寻我做啥？"张维民说："还能做啥，总归吃酒。"潘逸年说："那几个东北人，太生猛，我趟不牢[1]。"张维民说："是呀，白酒直接对瓶吹，十瓶吃光，还不够，还要吃。"潘逸年说："照这样的吃法，我非死在酒桌上不可。"

张维民说："李先生已经躺倒，不省人事。"潘逸年说："搞大了，不要出人命。"张维民说："李先生的小女友拨打了120。"潘逸年说："刚刚过去一辆救护车。"张维民翻出盐汽水，吃了有半瓶说："人来了。"潘逸年看到孔雪、赵岚晴，还有华商水泥厂崔总。

孔雪醉醺醺的，任由崔总搀扶，赵岚晴也步履蹒跚。潘逸年和崔总打过照面，并不熟稔，想了想，从副驾驶出来，让崔总坐，自己则和孔、赵俩人挤在后座。

张维民开车，陆续送崔总和赵岚晴到家。孔雪突然面孔扭曲，喉咙发出嗷嗷声，推开车门，跑到路边电线杆，蹲身呕吐。潘逸年上前拍抚其背，张维民买来两杯茶，递给孔雪漱口。

孔雪神志恢复些，目光炯炯地盯住潘逸年。潘逸年说："做啥，酒还没醒？"孔雪说："潘总太伤人心了。"潘逸年说："酒还没醒。"他伸手握住孔雪的胳膊，把孔雪拉进车里，关上车门。张维民说："潘总，先送啥人回去？"潘逸年说："送孔雪。"

一路经过外滩，黄浦江的风夹杂雨丝灌进来，孔雪缩成一团，掩面哭了。潘逸年不语，闭目养神，任由其发泄情绪。待哭声小后，张维民说："孔总在

---

1. 趟不牢：承受不了。

我们男人堆里冲锋陷阵，从未见过淌眼泪，今朝算开眼了。"孔雪哽咽地说："所以不当我是女人对吧。"张维民说："这样最好，当孔总是女人，反倒麻烦了。"孔雪说："哪能讲？"张维民笑说："不用我讲，等酒醒，自然就明白。"潘逸年笑笑。

孔雪说："潘总，我听讲了。"潘逸年说："讲啥？"孔雪说："潘总要结婚了，去寻梁总开单位证明。"张维民说："果真在中海，就没绝对的隐私。"潘逸年说："孔总的消息过时了。"孔雪说："啊？"潘逸年说："结婚证已经开好。"

孔雪五雷轰顶，失魂落魄，脸颊烫如火灼，满目落泪，叫嚷说："我哪里不好，哪里不好，为啥我不可以，为啥？"张维民一吓，回头望望。潘逸年说："孔总醉得不轻，还是少讲两句吧。"孔雪眼泪淌到下巴，不管不顾，歇斯底里地说："这些年，我陪在潘总身边，我哪里忒板了，哪里忒板了？"

潘逸年说："孔总很优秀，是很好的合作伙伴，只是我俩不合适。"孔雪抱住潘逸年的胳膊，低声说："哪里不合适，倒是讲啊，给我一次机会，好吗？就一次。"声音渐细微，头倚在潘逸年肩膀，困着了。车里一片寂寂，没人说话，静听呼呼风声、鼻息声。

车停靠路边，两个青年走过来，是孔雪阿弟。潘逸年打开车门，阿弟俩将姐姐拉出去，其中一个背起，另一个道谢。潘逸年坐回车里，张维民继续开车，叹气说："酒后吐真言，没想到孔总还有这层心思。"潘逸年不吭声。张维民说："由不得孔总多想，外人看来，那两个各方面，还是蛮相配。"潘逸年说："孔雪酒后失态，讲的所有话，当作没听过，我还不想失去这个合作商。"张维民说："我明白。孔总给的报价单，算得上业内良心。"潘逸年忽然想到林玉宝，不由得皱眉。

53. 失 态

乔秋生在茅山酒家吃了半瓶花雕、一只酱鸭腿、一点糟毛豆子，跌跌撞撞到家。秋生娘说:"野到啥地方去了,一身酒气。"秋生大声说:"不要管我。"秋生娘愣了愣说:"和泉英闹别扭,还是姑姑又作妖?睬也不要睬,再忍一忍,离十月份没几天了。"

秋生说:"所有人让我忍,我搞不懂我为啥要忍。"秋生爸爸说:"为啥,我来讲为啥,泉英家有财有势,能帮助秋生成为人上人,过上神仙日节。"秋生说:"可是我活得没尊严,我成了玉宝口中没品没德的烂人。"

秋生娘端来红茶说:"少和玉宝接触,听到了吗?那是两个阶层的人,最好老死不相往来。"秋生说:"我办不到。"秋生娘说:"为啥办不到?"秋生说:"我欢喜玉宝。"秋生爸爸怒叱说:"听了就来气,堂堂七尺男儿,趁年轻打拼事业才是正道。什么情情爱爱,时间一长,不过一团空屁。"秋生娘说:"等婚礼完成,泉英嫁进来,生米煮成熟饭,就无须再忍了。"

秋生说:"今朝在婚纱店,碰到林玉宝。"秋生娘吃惊地说:"还不死心,这女人辣手,竟然跟踪到婚纱店,怪不得泉英姑姑要光火。"秋生头痛欲裂,吃口茶说:"不是,玉宝也要结婚了。"秋生娘说:"所以讲,那爸爸没讲错呀。水性杨花的女人,才回来多久,就要嫁人,吃相太难看了。心底真要有秋生,可不是这副做派。"秋生爸爸总结说:"所以讲。"

秋生愈发烦躁,奔回房间,将门反锁,往床上一倒。各种声音在窗户外打飘,唯听见无线电正播单田芳评书,在讲:扫地不伤蝼蚁命,爱惜飞蛾纱照灯。以慈悲为本,善念为怀。天作孽,犹可违;自作孽,不可活。

秋生脑里跑马灯,把和玉宝的点点滴滴过了一遍,再发出灵魂拷问:如若重新回到一九七八年,那个新疆回城的年轻人拖着行李箱,站在复旦大学门口,望着泉英笑靥如花,是否会有不一样的选择。秋生忽然惊醒,天色清亮,空气里有一股煤烟味道,还听到弹棉花的声音,锤子一下一下敲,嘭嚓嚓,嘭嚓嚓,嘭嚓嚓嚓嘭嚓,有些像跳伦巴节奏。他一下子明白了,无论选择几次,都不会改变。

秋生起床,走出房间,灯没开,窗帘遮掩,秋生娘倒马桶去了。秋生拎起热水瓶,出门下楼,弄堂水槽里揩把脸,往外走,经过老虎灶,把热水瓶给小毛,继续往外走,过路口到兴旺小面馆,进去说:"一碗辣酱面。"他仍旧坐老位置，桌面有吃剩的汤碗，招娣拿揩布来收。

秋生说："兴旺人呢？"招娣说："买香烟去了，等歇就回来。"秋生说："再帮我加一块素鸡，多浇点卤汤。"招娣说："好。"她把桌面囫囵抹两下，走开了。秋生环顾四周，今早吃客较多，七八个人。

"杜老板，一碗大排面。"人未见话先到，秋生见怪不怪，招呼说："兴旺买香烟去，还没回来。"阿达走过来，把一串钥匙和一张报纸扔在桌上，转头又喊："招娣，听到没有？"招娣说："一碗大排面。"阿达这才拉过椅子，坐下来。

秋生说："现在出租车生意哪能？"阿达说："马马虎虎。"秋生说："啥意思？"阿达说："一人吃饱，全家管饱。"秋生没响。阿达紧盯秋生，眼睛一霎露出意味难明的笑意。秋生说："做啥？笑得人汗毛倒竖。"阿达说："兴旺没同秋生讲？"秋生说："没讲，我难板来一趟。"阿达说："林玉宝，林玉宝的事体。"

前桌背对的客人放下报纸，开始吃面。秋生说："林玉宝哪能？"阿达说："林玉宝要结婚哩，晓得嫁去哪户人家？"秋生说："不晓得。"阿达说："复兴坊。"秋生说："复兴坊，离此地不远。"阿达说："复兴坊潘家。"秋生说："哦。"阿达说："部队军属，根正苗红。潘家四兄弟，老二在财政局，老三在外地，老四上大学。"秋生说："也不过如此。"

招娣端来辣酱面和素鸡，秋生涮过筷子，开始拌面。阿达说："最重要的人物，我还没讲哩。潘家老大潘老板是个人物，大学毕业后，一直在香港谋生，今年才回来。"秋生说："做啥工作？"阿达说："搞地产。回到上海后，连接两项大工程，南京路电讯大楼，政府鸳鸯楼。"秋生吃口面说："阿达旁的本事没，小道消息倒灵通。"阿达说："我做个生活，整日里走南闯北，就是行走的通信台。"秋生说："老卵。"

阿达说："林玉宝嫁的，就是这位赫赫有名的潘老板。"秋生笑笑说："瞎讲有啥讲头，两个人八竿子打不到一起。"阿达说："不相信是吧。"秋生说："不相信，潘老板这样的人物，会得看中林玉宝？"

阿达说："不要不相信，兴旺上趟碰到两个人手拉手从面店前经过，特为去打听过了，真真切切，一点不错。结婚证也领了，就等十月份办婚礼。"

秋生筷子顿住，只觉面条噎在喉咙口，难以下咽。阿达笑嘻嘻说："秋生高兴吧？"秋生说："我高兴啥？"阿达说："潘老板再厉害又哪能，还不是捡了秋生的二手货。"

秋生说："让我讲侬啥好。"阿达说："啥意思？"秋生说："素质极差。"阿达说："我素质差？"秋生说："讲的还是人话？男女恋爱分手，老正常的，好合好散，再见亦是朋友。林玉宝攀到高枝，我应当高兴，送上祝福，何必去踩人家一脚。做人要善良。"

阿达冷笑说："哎哟，大学生有素质，回城抛弃知青女朋友，另觅千金大小姐，也是人做的事体？"秋生说："有种指名道姓。"阿达说："勿要心虚。"秋生说："再讲一遍。"阿达说："偏不讲。"秋生说："造谣公职人员，想吃牢饭，我可以成全。"阿达不敢响，招娣端来大排面，暂时结束。

秋生食不知味。兴旺回来了，走近说："秋生。阿达也在。"秋生说："我的事体，从此刻起，不许再议论，若被我听到，勿要怪我不念旧情。"阿达不语。兴旺说："做啥？秋生，有话慢慢讲。"秋生站起说："从此以后，我不会再来吃面，大家各走各路，互不相干。假使碰见，也当不认得。"兴旺拉秋生胳膊说："算啦，大人大量。"秋生一把推开，怒冲冲往门外走。兴旺说："秋生发啥疯？"阿达说："秋生亲口承认和林玉宝有肉体关系，兴旺也在场，我又没造谣，道貌岸然伪君子，讲到痛处就发羊角风。"兴旺说："阿达嘴也不好，又不是光彩事体，有啥讲头哩。"阿达说："我主要气黄胜利。"兴旺说："啥，又冒出个黄胜利？"

阿达正要讲，一个男人拉门探进头嚷嚷："路边停的出租车，啥人啊？"阿达说："我。"男人说："火车站去不啦？"阿达说："去，去，有生意为啥不做？"他大口唰一筷子面条，赶紧走了。兴旺坐一歇，敲敲桌面说："招娣，快点来收拾呀，一点眼力见也没。"他站起往柜台走，眼睛余光一瞟，一吓说："潘老板也在，啥辰光来的？"潘逸年不答，指指对座，冷笑说："杜老板请坐，我们要好好谈谈了。"

54. 惊 闻

赵晓苹家里客厅大，桌椅全部移开，腾出一块地方，铺好报纸，玉宝抱来被面、被里，还有棉花胎，准备钉被子。玉卿也跑来帮忙。织锦缎子鲜艳华丽，一大张铺着，灯火下，金银丝钱绞闪微光。玉宝、玉卿和赵晓苹光脚跪在被面上，一人负责一边，边钉边讲闲话。

赵晓苹说："四环素牙烦死人。"玉宝说："烦啥？"赵晓苹说："隔三岔五跑来献殷勤。"玉卿笑说："炫耀是吧。"赵晓苹说："我炫耀？我有苦讲不出。"玉宝说："讲啊。"赵晓苹说："我每每被感动了，想算啦算啦，不要挑了，认命吧。但是，只要四环素牙抬头朝我一笑，我一看到牙，立刻没心想了。我讲老实话吧，我们还没打开水。每趟想行动，一想到牙齿，我就条件反射。"

玉宝扑哧笑出声，玉卿低头笑。玉宝说："反正打开水要闭眼睛，眼不见为净。"赵晓苹说："玉宝有经验吗？和潘家老大闭眼几趟啦？"玉宝说："怪我多嘴好吧。"玉卿闷笑。赵晓苹叹气说："实在没想到，我谈恋爱的拦路虎，是牙齿。"玉卿说："结婚后，生活中烦恼太多了，方方面面，牙齿根本不算事体。"赵晓苹说："我管不了以后，我只管今朝。"玉宝说："既然不欢喜，就快刀斩乱麻，吊着不像样。"玉卿说："是呀。《新民晚报》上刊登一则新闻，一个女人被男朋友泼硫酸了，因为恋爱问题。"赵晓苹说："吓人倒怪。"

赵晓苹说："王双飞的事体，晓得吧。"玉宝说："闻所未闻。"赵晓苹说："不得了，人家也要结婚了。飞一般速度。"玉宝说："真的假的？"赵晓苹说："当然真的，小姑娘我还看到过，秀秀气气。不过是苏北人。"玉宝无语。

玉卿说："顶针有吗？我要套一下，手指没力气了。"玉宝在针线箩里寻到一只，递过去。玉卿套上，看赵晓苹缝，连忙说："不对，缝错了，被角要缝成斜的。"赵晓苹说："为啥？"玉卿说："意思夫妻和谐。"赵晓苹说："我把这里补补。"玉卿说："不行，得全拆。缝喜被讲究多，必须一线到底，不能断线、接线，有线疙瘩。"赵晓苹说："那我重来。"她拿起剪刀开始拆。玉卿说："老早要五福太太¹才可以钉婚被，现在不讲究这个了。"

三人缝好被子，累得腰酸背痛。玉宝、玉卿抱着被子回到楼上，玉凤、黄胜利不在，薛金花煮了馄饨，凑合吃一顿。饭后，玉卿着急回去，玉宝送到弄堂口，电话间阿姨喊："玉宝，电话。"玉宝跑过去，接起说："哪一位呢？"男人说："是我，潘逸年。"玉宝微怔，自上趟在潘家不欢而散，近半个月没联系了。玉宝说："潘先生最近忙吧。"潘逸年说："有点忙。"玉宝说："打个电话的间隙也没？"潘逸年微顿说："玉宝也可以打给我。"玉宝说："我打过了。打过好几趟，要么不在，要么无人接听。"潘逸年说："可以呼我，我看到一定回。"玉宝说："那，下趟见面，潘先生教我吧。"潘逸年说："好。"

两人一时无话。玉宝等了会儿说："潘先生，没事体，我就挂了。"潘逸年说："周末我们一道去苏州，买婚纱。"玉宝说："真去呀，我以为潘先生只是讲讲。"潘逸年说："我这人做事，从来不会只是讲讲。"玉宝没响。潘逸年说："特别是结婚，一生一次，岂可怠慢。"玉宝被戳中心扉，纵然过去日节里有过许多胡思乱想，此刻也因话里的坚定而生出感动。

玉宝轻声说："潘先生，谢谢。"潘逸年说："见外了，我们是夫妻。"玉宝瞬间泪目，平复情绪说："潘先生欢喜吃啥点心，我先准备起来。"潘逸年说："玉宝会做啥点心？"玉宝说："烧卖、煎饺、千层饼、春卷，最擅长这些。"潘逸年说："侪可以，春卷最欢喜。"玉宝说："黄芽菜肉丝馅子，还是香菇冬笋肉丝，还是韭菜鸡蛋肉丝？"潘逸年说："黄芽菜肉丝吧。"玉宝说："好，旁的我自己看着办。"

潘逸年说："一天大概回不来，我叔叔在西山有房子，可以去看看风景，散散心，再住一夜。"玉宝不语。潘逸年说："不愿意就算了，我借辆车开过去，夜里再开回来。"玉宝低声说："我愿意。"潘逸年没响。玉宝说："我愿意试试看。"潘逸年默了下，笑笑说："别怕，我不会怎样的。"玉宝说："啥？"潘逸年说："其实我这人，在某个方面，蛮冷淡的。"玉宝握紧听筒，一时呆住了。

1.五福太太：父母、公婆、配偶、子女都齐全的女性。——编者

55. 心 思

潘逸年挂断电话，欲要回房，看到逸文立在身后，神情惊愕。潘逸年说："做啥，充门神？"逸文说："我听到了。"潘逸年拉过靠背椅，坐到阳台上。

对面楼一方窗户灯火橙黄，无线电在唱歌。逸文说："阿哥，真的假的？"潘逸年没答，缓缓说："我犯了个错误。"逸文说："啥？"潘逸年说："我不该为了美琪病急乱投医，在对玉宝不算了解的情况下，就匆匆忙忙领证结婚。"逸文说："阿哥后悔了？"潘逸年不语。逸文说："为啥？"潘逸年说："没啥。"逸文说："一定有情况。"潘逸年把在兴旺小饭馆听到的简短讲了讲，然后说："传言暂时压制住，但这世间，没有不漏风的墙。"

逸文说："没想到，没想到，还有这样一桩风月官司。我觉着，玉宝不该欺骗人，在领证之前，应该主动讲出来，至于能否接受，是阿哥的事体，勉强不来。"潘逸年没响。逸文说："现在要拗断关系，不是分手，是离婚了。离婚辣手，单位同事、朋友、亲眷、左右邻居如何解释，同姆妈如何交代，侪是问题。照实讲，对玉宝是个伤害，日后难做人。"潘逸年说："这桩婚配因我而生，我来承担后果。"逸文说："哪能讲？"潘逸年说："我做了最坏打算。"逸文领悟说："原来如此。但是传扬出去，阿哥有这方面隐疾，难讨老婆了。"潘逸年说："该我的跑不掉，不该我的，强求不来。我会和玉宝聊聊，看玉宝有啥想法，毕竟离婚带给女人的负面影响，比男人多得多。"逸文说："假使玉宝不肯离婚？"潘逸年不语。逸文说："玉宝其实人品不错，没想到男女关系上犯了糊涂。"

潘逸年摸出香烟盒，逸文说："不抽了，我要困觉去，明朝早起出差。"他转身走了。潘逸年点燃一根，抽了口，今夜的月色，多少有些清冷味道。

大清早，玉宝拎了手提袋，乘41路公交去火车站，潘逸年等在公交站台，俩人会合后，潘逸年见手提袋有分量，接过来拎。俩人上了火车，凭票寻到座位,才坐定,一对男女说说笑笑过来,玉宝心沉谷底,真是冤家路窄,好死不死又碰到乔秋生。秋生显然也发觉了,装陌生,表情如常。

泉英拉秋生坐下,看向对座两人,目光相碰,甚是惊讶。泉英笑说:"嘎[1]巧的事体,还认得我吧,人民路丽丽婚纱店。"玉宝说:"认得的。也去苏州选婚纱?"泉英说:"是呀。婚纱店的婚纱不灵。对了,我来介绍,我姓李,李泉英。这位是我爱人,乔秋生。"玉宝说:"我叫林玉宝。这位是潘逸年。"潘逸年伸长胳膊说:"幸会。"乔秋生只得伸手,碰触下说:"幸会。"潘逸年笑笑。

火车准点发动,很快驶离上海,晓雾散尽,天色阴沉,铁路沿线俏是庄稼地,一块块拼接上去。庄稼地里有房子,孤零一间。牛在吃草,狗在撒欢,人站着,看驶过的火车。玉宝低声说:"潘先生,早饭吃了没?"潘逸年说:"嗯。"态度含糊,讲吃过也可以,没吃也可以。列车员提藤壳热水瓶过来,还提供茶叶,泡一杯三分铜钿。

玉宝取出铝饭盒,揭开盖子说:"春卷还热乎乎的,潘先生。"潘逸年挟了一只。泉英说:"好香啊。"玉宝说:"李小姐尝尝看。"泉英也不客气,挟起咬一口,赞叹说:"和饭店里吃的一色一样。黄芽菜肉丝馅,我最欢喜吃。秋生,秋生也吃一只。"

玉宝以为秋生不会吃,没想到他连吃两只,没筷子就用手拈。玉宝不高兴,收起铝饭盒,放进手提袋。潘逸年一直不动声色,仿若置身事外。

玉宝偏头赏窗外风景,不久眼皮打架,起太早的缘故。头晃晃,倚靠到潘逸年的肩膀,潘逸年脱下西装外套,盖在玉宝身上。乔秋生看了俩人亲密模样,心头发酸,索性闭起眼睛假寐,泉英则看报纸。

到昆山站,要停三分钟,站台全部是小贩,推车的推车,拎篮头的拎篮头。有个少年,手里举着香烟架,架上全是各式香烟,绿上海、红上海、醒宝、高宝、金鹿、敦煌、海鸥、凤凰、浦江,市面上有的没的,俏握在少年手心。少年吆喝:"香烟要吧,香烟,抽一根赛神仙。"另一个身板强壮的小贩推一板车烧鸡,追着火车嚷嚷:"香酥鸡,脱骨鸡,骨头也好吃的。"过了昆山,

---

1. 嘎:很,非常。表示程度高。——编者

很快抵达苏州。火车下来，四人分别。

潘逸年带玉宝爬虎丘山，到达虎丘剑池，又和秋生、泉英碰到。玉宝、泉英索性结伴而行，逛完虎丘，直奔婚纱店。泉英看中一款婚纱，邪气欢喜，但尺码不符，胸腰处要修改，隔天来拿。秋生说："我们四五点钟要乘火车回上海，不可能明天再来苏州，可以付钱加急。"营业员说："没办法，老师傅就两只手。"

秋生劝泉英说："换一款不用改尺码的婚纱，不好吗？"泉英说："我就欢喜这条，旁的不入眼。"秋生说："可是要回上海呀。"泉英没响，板起面孔。

潘逸年说："我阿叔在西山有套房子。我和玉宝打算留一宿，明天回上海。那不介意，可以和我们一道，也不耽误拿婚纱。"泉英喜出望外，拍手同意。秋生说："婚纱几十条，重新选过，总有欢喜的，不必节外生枝。"泉英说："秋生回去吧，我就要待到明天，拿到婚纱再走。"秋生见劝说无望，只好同意了。玉宝的婚纱倒不要改。潘逸年借口钞票没带够，明天再过来一趟。玉宝没说啥。

四人打车到西山，山民在路边卖菜，潘逸年讲这里鸡好，炖汤鲜得眉毛落下来，称了只土鸡。玉宝买一条白水鱼。泉英则买了四只大闸蟹。秋生说："光吃荤有啥吃头，我来买素菜。"潘逸年说："不用买，我阿叔菜地里样样有。"秋生说："我来买酒水。"

潘逸年带三人到达一处院落，玉宝看到院外大片菜地生长茂盛。可能听见动静，两个青年迎出来，笑说："表哥来啦。"他们一齐帮忙将行李拎进房内。

一条黄狗认生，汪汪叫两声，被赶跑了。

56. 剖 心

潘逸年表叔迎众人入内，两层小楼，底层中间是堂屋，右手灶披间，左手厕所间，楼上卧室。简单介绍后，和两个青年告辞走了。

玉宝观望，典型江南农村房型，水泥地板，石灰墙。不过几样实用家具，有明显清扫痕迹。四人去灶披间，砖砌的火灶摆两口大铁锅、一口砂锅。五斗橱、水缸、桶盆、木柴俱有，箩筐里有现摘蔬菜，屋顶吊垂咸鸡咸鸭酱油肉，还有一大张一大张硬绷绷、蜡蜡黄、密麻气泡眼的东西。泉英用手戳戳，戳一指头油，好奇地说："这是啥？"玉宝说："肉皮，上海也有，最出名的是三林塘肉皮。"泉英恍然说："那我吃过。"

秋生四处看看说："要命，啥人来烧火灶？"潘逸年说："我来。"泉英说："啥人会烧小菜呢？我从来没做过。"秋生说："玉宝会烧，味道邪气好。"潘逸年没响，玉宝瞪秋生一眼，秋生才晓失言，泉英未察觉，笑说："我帮忙汏菜。"玉宝说："算了，没做过饭的人越帮越忙，那俩出去散散步，看看风景再回来。"秋生说："也好。"拉泉英出去了。

潘逸年生火。玉宝淘米，看到一只老南瓜，宰了一半，削皮去瓤，切成小块，和米一道蒸。土鸡买时已帮忙杀好，玉宝准备葱姜蒜，土鸡摆进砂锅炖起。大闸蟹上笼蒸。潘逸年寻来剪刀，剪一块肉皮，用清水浸泡，泡软后，切段丢进汤里，剪一块酱油肉，搭配蒜薹。他也不让玉宝上灶台，自挽起袖管，炒菜动作娴熟，玉宝在旁边打下手，俩人没啥交流，全是油爆刺啦声、锅铲锵锵声。

秋生和泉英回来，饭菜刚烧好，秋生寻杯子倒黄酒。土鸡汤、清蒸白水鱼、酱油肉炒蒜薹，两盘炒素，还有一盘满膏流黄大闸蟹。玉宝盛饭，先给潘逸年、泉英，再给秋生。秋生接过说："又搞错了，我不吃南瓜。"玉宝手一抖。泉英说："怪人家做啥？我欢喜吃南瓜，把我吃好了。"她伸筷子去秋生碗里挟，秋生烦躁地说："算了，算了，就这样吧。"

潘逸年不吭声，吃黄酒。玉宝拿来饭盒，准备的糟货，下酒正得益。潘逸年神情一缓，低声说："谢谢。"玉宝见秋生要挟，把饭盒移开说："准备得不多，侬就不要再吃了。"秋生讪讪收手，潘逸年难得一笑。泉英说："玉宝小菜烧得好吃。"玉宝说："不是我烧的，是潘先生。"泉英玩笑说："上海男人，会烧小菜的交关多。独缺秋生一人。"秋生说："君子远庖厨。"玉宝说："啥年代呀，还有这种封建思想残余。"泉英咯咯笑说："是呀，我也这样讲。"秋生不睬。

吃过夜饭，玉宝也不要泉英帮忙，自顾收拾碗筷。潘逸年和秋生闲聊天，有一搭没一搭，面和心不和。泉英则提了鱼骨头，到屋檐下喂猫。一歇工夫，玉宝站在门口说："潘先生，潘先生，过来一下。"潘逸年起身过去。秋生也往门外走，路过灶披间，下意识瞄两眼。玉宝将贴锅底的锅巴铲起给潘逸年，笑说："尝尝看，上海少见。"潘逸年吃了口说："好吃。"他掰一块喂玉宝。秋生走到屋檐下，看看表，再看天空，感觉黑得比上海早。

玉宝烧了两大锅开水，泉英搬来木盆，要先汰浴，将就在灶披间里，门上挂锁。潘逸年BP机有响，出门去寻电话间。玉宝没看到秋生，想他可能上楼休息了，为避嫌，坐在堂屋听无线电，听着听着，眼皮开始打架。

不晓过去多久，感觉面前有人，以为潘逸年回来了，睁眼一看，竟是秋生。她气不打一处来，恼怒地说："乔秋生，不带害我。"秋生坐到旁边椅上，压低声说："啥？"玉宝说："不要装戆。"秋生笑说："我是习惯成自然。"玉宝说："不要面孔。"秋生说："我当玉宝是我阿妹。"玉宝说："呸。"秋生说："不要没素质。"玉宝说："啥人没素质，自己心底清爽。"秋生不语。

玉宝说："我再讲最后一遍，钱还给我后，我俩老死不相往来。"秋生说："何必如此决绝？山不转水转，人生何处不相逢。"玉宝不耐烦地说："少来这套。一个负心汉，我多讲一句，只觉腻心。"秋生说："玉宝还没原谅我？"玉宝说："钱还我再讲。"

秋生想想，突然说："我俩关系，潘逸年还不知晓吧。"玉宝脸色微变，冷冷地说："想做啥？"秋生说："不想做啥，就是问问。"玉宝说："我不明白，明明是秋生负我，为啥面对我时，还能如此理直气壮？"秋生说："当时情况，我迫不得已。工作后，结婚问题提上日程，玉宝在新疆，回沪无望，我在上海，爷娘催逼，我夹在中间，哪能办？我也交关痛苦。但凡有一丝曙光，我也绝对不做负心人。我爱玉宝，这辈子不变。"玉宝说："现在讲这些，已经没有意义。秋生娶妻，我嫁夫，相交线变成平行线，就各过各日节吧。"她讲完起身，径直走到门外，屋檐挂了两只红灯笼，引得飞蛾扑簌作响。

潘逸年站在几步开外，手指挟烟。玉宝过去说："潘先生。"潘逸年说："我们走走吧。"玉宝心一落，点点头。

山里空气微凉，萤虫点点，蟋蟀嘘嘘，望远漆黑，近处昏黄，途经院舍，狗吠两声，树木摇影，筛碎月光一地。两人默默朝前走，潘逸年开口，低沉地说："玉宝，我们——"

玉宝打断说："还是我先讲吧。"潘逸年说："好。"玉宝说："我没想过会有今朝局面。只能说命运安排半点不由人。但得有点办法，我一定会避开。我不是个勇敢、坦然面对现实、承认失败的人。我懦弱、虚荣、要面子。因此，我总在跌跟头。而乔秋生，让我跌得鼻青脸肿，头破血流，差点活不下去了。"潘逸年皱眉倾听。

玉宝说："乔秋生，是我从前的男朋友。"玉宝简单讲述一遍，隐去资助读书未提，因为这个行为现在看来愚蠢又可笑，潘逸年听后会有啥态度，玉宝不得知，觉得没必要犯险。

潘逸年说："玉宝对秋生，可还有感情？"玉宝摇头。潘逸年说："玉宝恨乔秋生？"玉宝低头说："没感情了，何来爱恨。"潘逸年有所触动，伸手抬起玉宝下巴，月光洒进眼底，晶莹剔透。潘逸年说："死鸭子嘴硬，没啥了，为啥还哭？"玉宝说："我不是为乔秋生哭。"潘逸年说："那为啥？"

玉宝哽声说："潘先生也想弃了我，是吧？"潘逸年说："啥人讲的？"玉宝说："是潘先生一言一行告诉我的。"

山风吹来，凉意匪浅。潘逸年脱下西装，披在玉宝肩膀上，微笑说："是这样告诉的？"

玉宝说："不是。"潘逸年说："那是啥？"玉宝眼眶发红说："第六感，准得不要太准。"潘逸年拉过玉宝，玉宝扭腰犟着。潘逸年叹气说："我们好好的吧。"玉宝这才倚过来，渐渐贴紧。她抬头看潘逸年面孔，小声说："是潘先生不想好。"潘逸年笑而不语。

卖夜馄饨的小贩推板车经过，时不时敲两下木鱼，在寂静月色里，充满幽深禅意。其实不过是招揽吃客的一种手段。潘逸年说："吃不吃？"玉宝摇头。小贩走远了，玉宝说："潘先生恋爱过吧。"潘逸年说："有过两趟，但断得彻底。"男人一下把话题掐死,玉宝问不出啥,想想说:"我要失业了,潘先生可介意?"潘逸年说:"我养得起。"玉宝忧愁地说:"潘先生也要失业了。"潘逸年笑说:"不要小觑我的实力。"

玉宝说:"有空我陪潘先生往医院走一趟。"潘逸年说:"做啥?"玉宝说:"不是冷淡嘛,好好查查,影响生育就麻烦了。"潘逸年说:"我是冷淡,又不是无能。"他想想又觉好笑,自作孽不可活。

57. 冰 释

潘逸年和玉宝回到住处。秋生冲过凉,倚在躺椅上听无线电,泉英挠腿上蚊虫块,玉宝说:"蚊香没点啊?"泉英皱眉说:"遍寻不到,咬死我了。"潘逸年上楼去,很快拿了蚊香盘下来,玉宝接过,蹲在地上点燃。潘逸年还拿来一副扑克牌,泉英说:"我会算命。玉宝要不要算算?"玉宝说:"好呀。"俩人开始算命。潘逸年则去冲凉。

潘逸年再回到桌前,命还没算完。潘逸年说:"打牌吧,玩梭哈。"泉英说:"好呀。叫秋生一道来。"秋生说:"没兴趣。"潘逸年笑说:"不是没兴趣,而是怕输吧。"秋生说:"我怕输?笑话。我在新疆当知青的辰光,打遍全团无敌手。"泉英笑,玉宝没响。潘逸年说:"那来呀,让我开开眼界。"秋生不经激,起身上桌。

玉宝去灶披间,刷牙揩面,牌局正值白热化。潘逸年云淡风轻,秋生则相当暴躁,忽然把牌一扔,没好气地说:"没意思。几点钟了?"泉英看看手表说:"十点了。"秋生说:"好困觉了,明天还要早起。"玉宝说:"楼上几个房间?"潘逸年说:"两间卧室。"玉宝说:"我和泉英一间吧。"泉英说:"好呀。"玉宝说:"潘先生和乔秋生一间了。"潘逸年不语。秋生说:"我就困在堂屋,躺椅对付一宿。"

玉宝和泉英进房，床上罩了灰白棉纱蚊帐，桌台摆了一盏油灯和一个打火机。泉英说："有电灯，为啥还摆上这种老古董？"话音才落，电灯明暗弹跳两次，嗡嗡响两声，不亮了。玉宝摸黑点亮油灯，俩人钻进帐中，一时难入眠，窗外蝉鸣大作。泉英说："原来蝉到夜里，也叫个不停。"玉宝摇蒲扇，没响。泉英说："那结婚日期定好了？"玉宝说："定好了。"泉英说："啥辰光？"玉宝说："十月八号。"泉英说："呀。我和秋生也是十月八号。"玉宝说："这天是黄道吉日，结婚的应该蛮多。"泉英说："那婚礼在啥地方举行？我和秋生在和平饭店。"玉宝一时无语。泉英说："不好讲吗？"玉宝说："不是，我们也在和平饭店。"泉英怔笑说："太巧了，我听姑姑讲，一个楼面办两家婚礼，原来是我和玉宝。"玉宝说："有这种事体？"泉英笑说："是缘分。"

油灯昏黄光晕映在帐子上，夜风透过纱窗孔眼钻进来。光晕轻晃，像一团火，将熄未熄。玉宝说："听乔先生讲，那是大学同学？"泉英说："是呀。"玉宝说："乔先生讲，泉英会帮忙抄笔记、打水打饭，缝被子汰衣裳，起居照顾周到。"泉英扑哧笑了说："不是我，我做不来。但我晓得是啥人。秋生在校园里，追的女同学邪气多，是一块香饽饽。"

玉宝说："乔先生在新疆有女朋友。"泉英说："玉宝哪能晓得？"玉宝说："我也是新疆知青，一个兵团，多多少少听到些传闻。"泉英说："上大学前就分手了。"玉宝说："啥人讲的？"泉英说："秋生讲的。"玉宝说："乔先生真是。"泉英说："我是大二在图书馆和秋生相遇的，我们一见钟情，要好到现在。"玉宝说："原来如此。"

泉英说："玉宝和潘先生呢？"玉宝说："我们相亲认得。"泉英惊讶地说："凭潘先生的条件，还需要相亲？"玉宝说："嗯，需要吧。"泉英说："潘先生不是一般人。"玉宝不语。

泉英一拍胳膊，挠两下说："有蚊虫。"玉宝坐起来，四处细细打量，好不容易寻到，一个巴掌拍死，掌心一泡血，再要告诉泉英，听到细微鼾声。玉宝重新躺倒，不知何时蝉声停止了，纱帐内又热又闷，但到半夜，却又感觉凉飕飕，盖上薄毯再睡，不晓过去多久，又似乎一晃之间，鸡啼远远近近，此起彼伏。

玉宝坐起来，油灯已经灯尽油枯，房内光线越暗淡，越衬得窗外清光明冽。泉英还在困，玉宝穿齐整，出门下楼，看到乔秋生困在躺椅上，面前蚊香盘圈圈白灰，蒲扇掉落在地。玉宝经过时，听到低语一声："玉宝。"玉宝瞅过去，乔秋生身体未动，神情不变，是在做梦。

玉宝烧一锅开水，洗漱后，潘逸年、乔秋生和泉英也陆续起来。玉宝用鸡汤下面条，四人吃好，打车去虎丘拿了婚纱，再坐火车回上海，各自回去。

婚礼日渐临近，薛金花、玉凤、黄胜利和玉卿专门往复兴坊跑了一趟。夜里乘风凉，左右隔壁邻居问起玉宝婚礼事体，薛金花神采飞扬，无不尽夸张之词："新房看过了，家底雄厚的人家，结亲就是不一样。家具我细细数过，足足三十六只脚，彩色电视机、四喇叭立体声录音机、电冰箱、洗衣机侪是新买的。我们陪了八条织锦缎被子和枕头，六只樟木箱子。酒席订在和平饭店，一百多块一桌，三十桌。轿车借了六辆。结婚当天，还请了摄像师全程拍照。"有人说："结棍[1]，从没见过这种阵仗。"薛金花重重吐口气说："是呀，我这半生也没见过如此豪横的婚礼。"

58. 准 备

玉宝路过酱油店，在门口站了站才进去。没有顾客，赵晓苹和四环素牙在争执。四环素牙见有人来，立刻闭嘴，朝玉宝笑笑，转身走了。

玉宝说："老远就听到哇啦哇啦声。"赵晓苹生气地说："四环素牙坏透了。"玉宝笑说："我看还好呀，天天上门做牛做马，没几个男人有这毅力。"赵晓苹说："中计了吧。"玉宝说："啥？"赵晓苹说："我让四环素牙不要来，死活不听，仍旧天天来，做这做那，走进走出，左右隔壁邻居看了哪能想？"玉宝说：

---

1. 结棍：厉害。

"觉得这个人老实本分,还勤快,为了女人,愿意付出。"赵晓苹说:"还有呢?"玉宝说:"还有啥?"赵晓苹说:"我要讲我俩没关系,有人信我吗?"玉宝想想说:"是没人信。"赵晓苹说:"人家会讲,没关系,为啥要往那家里跑,没关系,为啥要帮忙做事体。又不是阿缺西[1],一定是赵晓苹不好,戏弄人家,利用人家,还要抛弃人家。我的名声要臭了。"玉宝说:"没错。"

赵晓苹说:"辰光长了,我担了虚名,受舆论监督,骑虎难下,不得不从。而四环素牙反得了好名声,得到我,奸计得逞。"玉宝说:"温暾水煮青蛙。"赵晓苹说:"总结到位。"玉宝说:"晓萍爷娘,有啥想法呢?"赵晓苹说:"不谈了,已经被收买。"玉宝说:"实在不欢喜,就快刀斩乱麻,趁早讲清爽,越拖越辣手。"

赵晓苹点点头,感慨说:"明天玉宝要嫁人了,紧张吗?"玉宝说:"还好。"赵晓苹说:"装吧。"玉宝笑说:"潘先生请了化妆师来,听讲帮张晓敏、陈冲还有潘虹化过妆。晓苹是伴娘,早点下楼来,也一道化了。"赵晓苹喜笑颜开说:"潘先生路道粗啊,我六点钟就来蹲门口。"玉宝说:"这又太早了。"

赵晓苹招招手说:"过来,凑近点。"玉宝说:"做啥?"她依言靠过去。赵晓苹在她耳边嘀咕两句,玉宝脸红说:"我哪儿晓得。"赵晓苹说:"走,我们去寻阿桂嫂。"玉宝说:"酱油店不开啦?"赵晓苹说:"玉宝的事最要紧。"俩人出门顺弄堂走,来到花园洋房,上四楼,赵晓苹叩门喊:"阿桂嫂,阿桂嫂。"一直没人搭理。玉宝说:"大概人不在,我们走吧。"赵晓苹说:"在的。"

话音才落,门从内打开,阿桂嫂笑说:"那俩人来啦。"她翻出两双塑料拖鞋。赵晓苹说:"我敲了半天门。"玉宝弯腰换鞋时,余光扫过地板,见有个影子一晃而过,一吓说:"房间里还有人啊?"阿桂嫂说:"哦,我阿弟来看我。"她抬手整理头发,扬高声调说:"出来吧。"

一个年轻男人从内室撩帘闪出,梳猫王头,长鬓角,紧身花衬衫,松开三颗扣,露出胸膛和脖颈黄澄澄的项链,白色喇叭裤,尖头皮鞋,笑嘻嘻说:"两位嗲妹妹,那好呀。"赵晓苹和玉宝呆了呆,扑哧笑出来。男人说:"阿姐,

---

1. 阿缺西:傻瓜。

我走啦,下趟再会。"阿桂嫂说:"哦,再会。"男人走到门口,又转脸抛个飞吻说:"下趟,和阿哥一起档 sing¹ 去。"

阿桂嫂关好门,笑说:"来寻我,有啥事体?"玉宝难为情不讲,赵晓苹无惧,讲明来意。阿桂嫂说:"不慌,我有办法。"她起身上阁楼,很快拿了几本刊物下来,笑说:"这是那阿哥出海从日本买回来的,邪气好看。"玉宝说:"是吧。"她拿过一本翻一页,一看,碰到烫手山芋一样,随手丢了,红脸说:"仵作胚²。"阿桂嫂笑说:"吓啥,这阵仗早晚要经历,有了心理准备,到时才不慌。否则,男人一亮家伙,玉宝这样扭扭捏捏,大惊小怪,男人老早没兴趣了,大家没意思。"赵晓苹在翻另一本,嘴里啧啧有声。

玉宝觉着有点道理,复又拿起,没胆量当人面看,不自在地说:"借我看几天。"阿桂嫂说:"借啥,送给玉宝了。"她拿来一套大红内衣裤,笑说:"英国货,给玉宝的结婚贺礼。"玉宝不想要,终还是接了说:"谢谢。"又闲聊两句,俩人离开,走出花园洋房,玉宝对赵晓苹说:"和阿桂嫂勿要走得太近。"赵晓苹说:"为啥?"玉宝说:"我总觉得阿桂嫂的弟弟看了面熟,现在想起来了,我在派出所里,看到这人戴副手铐,被捉进去。一个流氓阿飞,到处混社会。"赵晓苹说:"原来这样,我注意。"

玉宝回到家,玉凤、玉卿、小桃在薛金花房里细细打量洁白婚纱。玉卿说:"二姐穿了一定好看。"玉凤说:"还能不好看?一分价钿一分货。"小桃说:"我以后也要穿婚纱。"薛金花说:"像姨姨一样,嫁个有钱人家,买给小桃穿。"玉宝笑说:"指望人家买来穿,小桃不如长大后,自己学会设计,裁缝,穿了会更美。"

薛金花说:"那出去,我和玉宝讲两句话。"待无人,玉宝坐到床边说:"姆妈,讲啥呢?"薛金花说:"明天结好婚后,就是人家新妇了,不比在娘家,侪让了玉宝。脾气总归收收,不要犟,要懂得变通,会看眼色,难得糊涂。潘家人是有素质的,真心对人家,人家也会真心待玉宝。"玉宝没响,眼含泪光,

---

1. 档 sing:跳舞。
2. 仵作胚:下作胚。——编者

纵使对姆妈有再多怨念,此刻也弥散了。

薛金花说:"潘家小赤佬,人中之龙,有思想,有才能,有志向,日后围在身边的女人,不要太多。玉宝要拿捏住男人心,吃死侬、爱死侬、离不开侬。我从前有个小姊妹,结棍,男人只要进了房,不扒层皮出不来。我特为请教过,我俩要好,才同我讲,我现在传授玉宝。"玉宝刚起的感动没了,起身说:"我不要听,也不需要。"说完就要走,薛金花一把拉住她的胳膊,把一个小瓶子塞进玉宝手里。玉宝说:"这是啥?"薛金花说:"赛神仙。每趟在下身抹点,男人趟不牢。"玉宝咬牙说:"姆妈。"薛金花说:"可怜天下父母心。"玉宝不吭声了。

天黑月明,潘逸年聚会回来,潘家妈在客厅看电视。潘逸年说:"姆妈还没困下?"潘家妈说:"没呢,头趟娶新妇,兴奋得困不着。"潘逸年笑笑,坐到旁边,解松衬衣纽扣。潘家妈说:"又吃酒了?"潘逸年说:"没吃,看人家吃。"潘家妈说:"结好婚后,快点养小囡吧,和逸年差不多年纪的,小囡可以拷酱油了。"潘逸年说:"这个我讲了不算。"潘家妈说:"啥人讲了算?"潘逸年笑说:"玉宝呀,玉宝讲了算。"潘家妈说:"前所未闻。"

潘逸年说:"还要同姆妈讲桩事体。"潘家妈说:"啥?"潘逸年说:"我的存折,得交给玉宝保管了。"潘家妈说:"逸年娶妻成家,这存折按道理,是不该还捏在我手里。只是,要不等到逸青毕业,我再把存折给玉宝。"潘逸年说:"不是存折给玉宝,家里开销费用我就不管了。姆妈可以和玉宝商量。"潘家妈晓得大儿子作风,没再多费口舌,从房里拿出存折,交还潘逸年。

59. 婚 礼

天还蒙蒙亮,林家人已在忙碌。玉卿倒马桶,黄胜利生煤炉,玉凤和薛金花整理房间,果盘装满,茶泡上。小桃拿了铜钿和粮票,去买早点。玉宝是新嫁娘，只需坐着就好。

玉凤熬了点糨糊，将剩下的大红喜字四处张贴了。薛金花则到灶披间煮红枣桂圆莲子汤。玉卿帮忙剥桂圆肉，去枣核和莲心。左右邻居碰到，恭喜道贺几句，薛金花照单全收，满脸神气，碰到玉卿说："张国强到底来不来？"玉卿说："打过电话了，国强要出车，实在跑不开。"薛金花冷笑说："我今朝嫁女，不好骂人。要老死不相往来，我成全张国强一家门。"玉卿闷声不语。

吃过早点，赵晓苹来了，穿件浅粉镶银丝纱裙。玉宝说："好看，时装公司买的吧。"赵晓苹说："不是，阿桂嫂借给我穿。"俩人聊了会儿天，化妆师带两人匆匆赶到，闲话不多讲，打开工具箱，开始做生活。上下楼的邻居时不时堵门口，伸长脖颈朝房内看，薛金花抓起一把把糖果花生，四处分发。

玉宝化好妆，盘发戴头纱，再换上婚纱。小桃拍手说："比电影明星还好看。"化妆师再帮赵晓苹化妆，化好后，玉凤过来，笑说："老师，麻烦帮我也化化。"再是玉卿，玉卿好后，薛金花说："老师，我这眉毛，帮我修得英挺些。"化妆师没拒绝，弄完笑说："我还有事体，小汤晚些走，帮那补补妆啥，没问题的。"说完留下工具箱离开了。

不多时，黄胜利上来拿鞭炮。玉凤说："我好看吧。"黄胜利瞟两眼说："像妖怪。"玉凤说："一点审美也没。"

没多久，弄堂里鞭炮连天，青白烟雾混了硫黄刺鼻味道从阳台灌进来，灌了一屋子。小桃跑过来报告说："好多车子停在弄堂口，姨父和伴郎叔叔进来啦。"薛金花急忙叫玉凤、玉卿盛好一碗碗红枣桂圆莲子汤摆桌上。玉凤笑说："姆妈紧张做啥？"薛金花说："我紧张个屁。我一想到潘家小赤佬等一歇给我跪下敬茶，不要太开心。"小桃说："还有两位叔叔扛了摄像机上来。"薛金花说："此刻起，各位注意表情，保持微笑，挤眉弄眼挖鼻孔就不要了。"

玉宝原还平静，但看所有人乱作一团，心也开始怦怦跳。

张维民说："潘总，紧张吗？"弄堂本就不宽，两边侪是看热闹的人。潘逸年说："啥阵仗没见过，还紧张？"黄胜利迎过来，握手说："妹婿，路上堵车吧。"潘逸年说："还好。"黄胜利看一眼张维民，张维民马上递红包，黄胜利捏捏，喜笑颜开，再和逸文、逸青握手，逸青捧一束玫瑰，彼此客气两句。黄胜利走前面开道，扒开人群说："让路，勿要挡道，还让不让人过啦。"黄胜利把潘逸年领进门洞，穿过灶披间，上到四楼，听到七嘴八舌的声音："新郎官来了。"

潘逸年走进去，一眼看到玉宝穿雪白婚纱，端正静坐。张维民说："大美女呀。"逸青说："差点没认出来。"逸文笑而不语。

薛金花坐沙发上，玉凤拿来垫子摆在脚边。潘逸年明白要做啥，走过去，和玉宝并肩而立，俩人一起跪下。潘逸年接过玉凤递的茶碗，奉上说："姆妈，吃茶。"薛金花接过，吃两口说："要用心待玉宝，玉宝也要顺从夫君，百年好合，早生贵子。"潘逸年说："姆妈放心。"薛金花递个红包，潘逸年谢过收了。再是玉宝奉茶。礼节后，潘逸年拉玉宝手起来，坐到桌前，吃甜汤。

玉卿给逸文、逸青端甜汤，张维民给玉凤、玉卿、薛金花发红包，也给赵晓苹一个，赵晓苹拿碗甜汤，给张维民，张维民接过说："谢谢。"逸文、逸青凑到玉宝面前，笑着喊"嫂嫂"。玉宝接过花，也微笑说："辛苦小叔叔。"片刻后，潘逸年站起来，拉玉宝的手下楼，乘车去和平饭店。

走在弄堂里，围满左右隔壁邻居，玉宝也看到了马主任、王双飞娘及王双飞站在人群里。鞭炮噼里啪啦声及荡起的漫天浓烟又把一切模糊了。

弄堂口停了六辆小轿车。走到最前一辆，赵晓苹坐副驾驶，潘逸年和玉宝坐后座。司机开车，潘逸年打量玉宝，玉宝抿嘴说："看啥？"潘逸年说："邪气漂亮。"赵晓苹听到，转过头笑，玉宝红了脸。

秋生爷娘笔挺坐沙发中央，秋生奉过茶，轮到泉英，泉英捧茶递上说："爸爸，吃茶。"秋生爸爸接过，一句没讲，仰颈吃光。泉英再捧给秋生娘说："姆妈，吃茶。"秋生娘接过吃一口，眼眶发红说："照顾秋生的重任，从今往后，就交给泉英了。"泉英笑笑，没响。

行过礼，俩人坐到旁边休息，吃甜汤。趁四周无人，泉英说："那姆妈讲话有意思。"秋生说："啥？"泉英说："姆妈讲，我以后重任，是照顾秋生。"秋生说："有啥不对。"泉英笑说："秋生大小伙子，还要女人照顾，照这样讲，我更加要秋生照顾哩。"秋生说："姆妈随口讲讲，有啥好计较的。"泉英说：

"哦,随口讲讲,是我大惊小怪。"

秋生娘说:"我才听讲,酒席地址变了。"泉英说:"还是和平饭店,只不过从一楼调到楼上去了。"秋生娘说:"为啥要调?"泉英说:"一楼还有一家办婚礼,来客太多,怕混乱,走错场地,所以分开来。"秋生娘说:"为啥要我们调场地,另一家为啥不调?"泉英笑说:"另一家权势比较大。"秋生娘说:"官大一级压死人,欺负老百姓是吧,我要上访。"泉英抿唇说:"我可没这样讲。"她看看秋生,秋生说:"多大点事体,动不动就上访。"秋生娘说:"我咽不下这口气。"秋生说:"大喜日子,太平点吧。再讲,调就调,菜单、服务一样不变。"秋生娘说:"戆儿子,我们请帖写的一楼,现在调了地方,亲眷不晓得呀,到时寻不着,可不麻烦。"秋生说:"没关系,我让人到一楼接迎。"秋生娘不高兴地说:"办的啥事体,一点不靠谱。"她转身走向秋生爸爸,嘀咕两句。秋生爸爸皱眉,泉英冷笑一声,没响。

婚宴摆在和平厅,厅内摆了三十桌,每桌立好客人名牌。厅外门口,潘逸年和玉宝迎客,赵晓苹及张维民、逸文、逸青陪同,来客先去签到,送礼金,签名,再过来寒暄。潘家妈和薛金花在厅内陪着亲眷,玉凤、玉卿、黄胜利牵住小桃,初进和平饭店,像刘姥姥进大观园,楼上楼下瞧稀奇。

潘逸年说:"玉宝,我过去一下。"玉宝说:"好。"潘逸年走到一对男女面前,男人魁伟威严,藏青西服,配蓝白波点领带,女人一身雪青软缎旗袍,胸前绣朵小玫瑰,面容清秀,胜在气质。

潘逸年领了俩人到玉宝面前。潘逸年说:"这位是我太太,林玉宝。玉宝,魏先生,魏太太。"魏先生说:"祝百年好合,早生贵子。"玉宝说:"谢谢魏先生吉言。"女人说:"我是美琪。"玉宝点点头。魏先生说:"潘先生娶到美娇娘,有些女人好死心了。"夏美琪冷冷地说:"讲这种话,有意思吗?"潘逸年搂住玉宝肩膀,微笑说:"我没有些女人,只有玉宝一个女人。"魏先生说:"我早先可能不信,但看到潘太太,不能不信。"潘逸年笑,玉宝没响。夏美琪自顾往厅里走,魏徵叹气说:"听不得我夸别个女人。"跟随而去。

有人喊潘逸年,潘逸年松开玉宝,和来客握手,谈笑。人越来越多,有男有女,有年长的,有年轻的,衣着考究,品位不俗。大家不时打量玉宝,面容含笑，至于讲了啥，不得而知。

玉宝轻拍脸颊说："我要笑僵了。"赵晓苹说："我感觉，来的人非富即贵，和我们不是一路人。"玉宝说："想太多。"一个女人过来，伸手说："潘夫人好。"玉宝握握松开，笑说："请问是？"女人还未开口，张维民忙说："我来介绍。这位名叫孔雪，孔总是潘总的合作伙伴，一道商场打拼，有些年头了。"孔雪说："恭喜恭喜，祝新婚快乐，永结同心。"逸文说："孔雪来啦。"孔雪笑说："是呀。"她和逸文到旁边聊天。

赵晓苹说："感觉有些奇怪。"张维民说："不要挑拨离间，喜庆日节惹人不开心。"赵晓苹说："我讲啥啦，张先生就脸红脖子粗，反让人觉得此地无银三百两。"张维民说："瞎讲有啥讲头。"玉宝忙说："晓苹就开开玩笑，张先生不必当真。"张维民没响，走到潘逸年跟前。潘逸年低声说："孔雪讲啥了？"张维民说："没讲啥，就祝贺两句。"潘逸年点头。赵晓苹说："瞧瞧，跑到潘先生面前告我状去了，算什么男人。"玉宝说："胡思乱想啥。"赵晓苹说："比四环素牙还讨厌。"

玉宝忍不住笑，看到吕强说："红霞呢？"吕强说："红霞有事体，来不了，觉得抱歉，让我和玉宝讲一声。"玉宝有些失望，想想说："不要紧，我有空去看红霞。"吕强想说啥，终是无言。

玉宝打起精神，见酒店经理经过，连忙叫住说："对面的厅堂今天也要办婚宴，为啥一直没人来？"经理说："调到楼上办了。"玉宝说："为啥呢？"经理说："怕来宾弄混，走错现场。"玉宝没再多问。

秋生的婚礼，现场交关热闹，人声鼎沸，语笑喧阗。两家长辈轮流发言，秋生、泉英单位领导也相继致贺词。婚宴菜单如下。

精选八味冷盆：桂花糯米藕、四喜烤麸、梅子熏鱼、白斩三黄鸡、老醋蜇头、白灼虾、五香牛腱肉、蔬菜沙拉。

十热菜：虾子大乌参、明炉烤鸭、葱姜炒蟹、红烧蹄髈、清蒸甲鱼、火筒老母鸡鱼翅、黑椒牛排、蒜蓉扇贝、茶香虾仁、冬菇扒菜胆。

汤：火腿扁尖老鸭汤。

三点心：桂花八宝饭、黄芽菜香菇火腿春卷、萝卜丝酥饼。

甜品：红枣炖雪耳。另加锦绣水果盘。

秋生和泉英一桌桌敬酒，甚是欢乐。

秋生爷娘和泉英爷娘、弟弟、姑姑等亲眷坐满一桌。泉英爸爸笑说："亲家，今晚布置还满意吧。"秋生爸爸说："蛮好蛮好，我敬那一杯。"泉英爸爸持酒杯相碰，仰头吃尽。姑姑说："还能不好，老百姓一辈子也不一定见过。"秋生娘捱住不语，挟虾子大乌参吃。姑姑说："亲家娘嘴巴刁，晓得这道菜是和平饭店招牌。"秋生娘说："上海滩人人晓得。有吃不吃猪头三。"一桌人哄堂大笑，唯秋生爸爸瞪过来，秋生娘面孔血血红。

秋生娘丢掉筷子，挪开座椅，起身去卫生间，用水浇眼睛。出来不想回桌，往楼下走。到一楼，经过和平厅，在办婚礼，热闹滚滚似水，从门内流淌出来。她好奇张望，看到那对新人夫妇恰巧转过身，打个照面，顿时惊呆。

60. 春 夜

到夜里九点钟，酒席结束。十点钟，新房里，逸文、逸青送来热水瓶。玉宝说："谢谢。"送走兄弟俩后，玉宝坐到梳妆台前，抬手卸头纱，夹子太多，拔得费劲。潘逸年走到玉宝后面帮忙拔夹子，拔好后，潘逸年把存折递过去。玉宝说："做啥呀？"潘逸年说："玉宝保管吧。用于家里生活用度，各项开支。"口袋里 BP 机响起来，潘逸年看看，出去打电话了。

玉宝翻开存折看看，又摆回台子上，起身脱掉婚纱，换上丝绸连衣裙。

六只热水瓶侪是满的，三只开水，三只冷水。玉宝在大脚盆里兑冷热水，温度适意后，先汰面孔，胭脂水粉褪干净后，再汰身体，弄好后，穿了裙子，把水倒掉。她回到卧室，理好床铺，只亮着床头台灯，先躺着。不晓过去多久，玉宝意识朦胧。外房有动静，她悄悄下床，走到门边，认真倾听，是水流声,潘逸年在沐浴。片刻后,水声停了,玉宝连忙跑上床,钻进被子。

门被轻轻打开,又轻轻阖紧。脚步声由远及近,玉宝感觉旁边床铺一沉,一股檀香肥皂味道侵袭鼻息。俩人俱没说话,只有深浅不一的呼吸声。

窗外不晓谁家在放无线电,歌声晃悠悠传进来:

"听我把春水叫寒/看我把绿叶催黄/谁道秋下一心愁/烟波林野意悠悠/花落红花落红/红了枫红了枫……春走了夏也去秋意浓/秋去冬来美景不再/莫教好春逝匆匆/莫教好春逝匆匆。"

潘逸年说:"玉宝,困着了?"玉宝说:"还没有。"潘逸年说:"累一天,一定疲乏了。"玉宝说:"嗯。"潘逸年说:"早点歇息吧,晚安。"

玉宝愣住了。

玉宝面朝墙壁,沉默片刻,忽然起身下床,往外间去,很快又回来,仍旧面朝墙壁。潘逸年平躺,没有动静。

玉宝一咬牙,翻过身,一把抱住潘逸年的腰,面孔贴紧胸膛,滚烫。潘逸年微怔,不过一瞬,侧转将玉宝压倒,如山倾覆。玉宝呼口气说:"不欢喜这样。"潘逸年微笑说:"那要哪样?"玉宝说:"疲乏了,要困觉了。"虽这样讲,手指在男人颈后交缠。

潘逸年凑近,嘴唇相接,舌头进来,媚滑嫩软,玉宝出一身汗,潘逸年放开,咬咬玉宝下巴。玉宝轻轻说:"潘先生。"潘逸年说:"还潘先生。"玉宝说:"逸年。"潘逸年说:"也可以叫亲爱的。"玉宝说:"就不。"她哼一声。潘逸年笑笑,帮了脱下裙子,再去拨肩带,玉宝怕扯坏,忙说:"我自己来。"她微抬脊背,手绕到背后解搭扣,一松,欲要抽出,却被潘逸年抓住,不得动弹。

潘逸年用嘴咬了蕾丝扯下,但见雪堆玉砌,红梅滴血,汗珠细密,润得湿光融滑。潘逸年理智败退,呼吸粗沉,俯首亲吻,百般戏弄,不舍松口。玉宝抖声说:"轻一些,再轻,哎呀,要咬破了。"潘逸年顿住动作,直起身,自脱衣裤,扳开玉宝双腿,腰腹一沉。玉宝忍不住叫了一声,潘逸年察觉出问题,低下头,亲玉宝耳垂,连声安慰说:"别怕,我慢慢地,慢慢来,别怕,别哭了,玉宝一哭,我心就乱,我以后会待玉宝好的。"玉宝说:"不许骗人。"她泪花花地搂紧潘逸年,摸到背脊一片湿滑。

蚊帐晃晃荡荡，把守这方寸之地，燥热、潮湿、窒息、体香、律动、喘息、成就一场鱼水之欢，酣畅淋漓，在暗夜里。

乔秋生打开台灯，待看清后，变了脸色，质问说："哪能回事体？"泉英慵懒地说："明早再讲吧，我困死了。"秋生说："不可以，我现在就要解释。"泉英说："要我解释啥？"秋生咬牙说："为啥不是处女？"泉英盯着秋生，扑哧笑起来说："只许州官放火，不许百姓点灯。秋生也不是头一趟，又何必强求我呢？"秋生说："啥人讲我不是头一趟？"泉英说："秋生自己讲的呀，和新疆的女朋友。我还特意问过。"秋生面色邪气难看，恨不得扇自己一耳光。

泉英说："难不成，秋生还是头一趟？"秋生不语。泉英说："早晓得，我一定结婚前向秋生坦白。我不会故意隐瞒，纸包不住火，没必要。"秋生不搭腔。泉英说："秋生，我们从校园到社会，这几年感情稳定。我爱秋生，为嫁秋生，我真是豁出去了。秋生心里清爽，我俩在一起，我父母和姑姑坚决不同意。秋生的条件，家庭环境，经济状况，甚至父母行为谈吐，侪我不在一个档次。但我觉得，我嫁的是秋生这个人，我们相爱，旁的无所谓的。父母和姑姑拗不过我，勉强同意。我的陪嫁贵重，婚礼没要秋生出一分。秋生的工作当初啥人帮的忙？更不要谈未来仕途。秋生想想，这一桩桩、一件件，分量之重，难道还抵不过一个处女之身？"秋生不语。

泉英说："那个林玉宝，是秋生从前女朋友？"秋生说："啥意思？"泉英说："太明显了，我好歹也是大学生，有思维有判断。还有那位潘先生，也不是省油的灯。"秋生不语。泉英笑说："林玉宝和我，秋生会选择啥人呢？我想想，秋生若足够聪明，一定会选我的。"

乔秋生脊骨发冷，晓得泉英在拿捏自己，用金钱和权力，也晓得自己终会倒向金钱和权力的温床，这样的领悟，实在深刻刺骨。秋生说："那个男人，啥情况？"泉英说："我考大学前，有男朋友，也订了婚，原本打算一道出国，结果我没办下来。男朋友出国后，很快变心，和我断绝关系。我是哑巴吃黄连，有苦讲不出。"秋生说："我现在，也是这种心情。"

泉英凑近过来，倚在秋生肩膀，放软姿态说："只怪我遇人不淑，上当受了骗。但和秋生恋爱后，我是一门心思要和秋生好的，好一辈子。"秋生沉默，终是挫败说:"过去的事体,以后再不提吧。"泉英笑说:"那是当然。"她主动下床,打来一盆温水,捏了毛巾给秋生清理,弄好后,再打水清理自己。

秋生虽口头讲不计较了,但心底难抑烦闷失落,立到阳台上抽烟。四周黑魆魆的,屋脊只有残痕,不远处,西洋教堂尖顶竖起十字架,却格外清晰,颜色白惨惨的。秋生觉得诡异,不禁想起林玉宝,猜玉宝在做啥,其实不用猜,洞房花烛夜,春宵一刻值千金。不过冷暖,也只有自知了。秋生扔掉烟头,走进房,踢鞋上床。泉英换过床单,刚困着,迷迷糊糊说:"秋生。"秋生不理,转过身去。

潘逸年说:"还痛不痛?"玉宝红脸说:"好多了。"潘逸年微笑,羊脂膏玉的年轻躯体令男人沉迷,潘逸年拥紧,慢慢享受余欢。他指了玉宝胸前说:"这是啥?"玉宝说:"四五岁时,冬天沐浴,会在脚盆旁边放炭火盆子,不小心烫了个疤。姆妈嫌鄙难看相,寻人替我弄了弄。"潘逸年说:"一朵花,蛮好看。"玉宝说:"可受罪了。"潘逸年温柔轻吻。玉宝想想说:"逸年还冷淡吗?"潘逸年说:"啥意思?"玉宝说:"是或不是?"潘逸年说:"被玉宝治愈了。"玉宝暗忖,姆妈的赛神仙,对潘逸年有作用,对自己只有副作用,以后不能再用了。

潘逸年忽然看向玉宝,抓住腰侧不老实的小腿,笑容意味深长。他低声说:"玉宝。"玉宝说:"啥?"潘逸年说:"娶到个热情似火的妻子,是男人的福气。"玉宝说:"啥?"潘逸年说:"我们调个姿势。"

乔秋生听到鸡叫声,一时惊醒,泉英还在熟睡。他穿衣下床,走出卧室,提起两只藤壳热水瓶,去老虎灶打开水,已经养成习惯。小毛笑嘻嘻说:"阿哥结婚啦,恭喜恭喜。"秋生说:"婚姻是一座围城,城外的人想进去,城内的人想出来。"小毛说:"阿哥现在肯定不想出来。"秋生苦笑,没再多讲,把热水瓶和竹筹子递上,转身朝外走。

出了弄堂口,他习惯性地朝长乐路方向,去兴旺小面馆,走两步想起,已经和杜兴旺、阿达决裂,便转身往陕西南路,路过美心酒家,进去点了虾饺皇、家乡咸水角、肠粉、一壶菊花茶,吃得索然无味。

61. 退 让

玉宝醒来时,帘缝透进清色,她坐起穿衣。潘逸年看看手表说:"起来太早了。"

玉宝说:"不早了,去小菜场,倒马桶,烧早饭,算算还晚了。"潘逸年拉玉宝的胳膊,稍使力,一团暖玉倒进怀里,他紧紧抱住。玉宝说:"啊呀,快放开。"潘逸年说:"不要去抢吴妈生活,伊会不开心。"他伸手捞起被子,盖过两人头顶。

玉宝说:"不要了。"潘逸年说:"不要啥?"玉宝说:"不要脸。"潘逸年粗声笑,嗓音含混,气息紊乱,渐渐帐摇轻纱,被翻红浪,玉宝软手软脚再爬起来,阳光洒满半间房。

洗漱停当,俩人到对门吃早饭。潘逸年掏钥匙,逸青已拉开门,笑说:"阿哥、阿嫂来了。"玉宝点头笑笑。潘逸年换拖鞋:"没去学校?"逸青说:"周日啊。"潘逸年说:"哦,我忘记了。"他走进客厅,逸文在看报纸,听到动静,也起身招呼:"阿哥,阿嫂。"潘家妈从房里出来,潘逸年、玉宝说:"姆妈。"潘家妈答应一声,笑眯眯。

一家门围桌吃饭,吃馄饨。潘家妈说:"吴妈也来吃。"吴妈说:"好。"她端了碗坐下。墙角一只行李箱,潘逸年:"逸文,又要出差?"逸文说:"嗯,去北京学习政策。"潘逸年说:"回来也给我们普及普及。"逸文笑说:"没问题。"逸文说:"大家要注意,最近严打在风头上,须得谨言慎行,不要顶风作案,不当回事体。"潘家妈说:"怎么个严打法?"逸文说:"可抓可不抓,必须抓;可判不可判,必须判;可杀不可杀,必须杀。要捕一批,判一批,杀一批。"潘家妈说:"吓人倒怪。"

潘逸年说:"旁人我不担心,最担心逸青。"逸青说:"担心我做啥?"潘逸年说:"现在社会在变,思想也在变,逸青这种小年轻,容易被诱惑,又一身反骨，不让做啥，偏要去做。闯了祸，自己承担，我们不管。"逸青说："太小瞧我了，阿哥去香港，年纪和我现在相当，花花新世界，思想解放，美女如云，就没犯过错、闯过祸。"潘家妈连忙说："瞎七搭八，那阿哥不会的。"逸文只笑。玉宝等着听。潘逸年笑说："我的理智、我的定力，岂是四弟能比的。"潘家妈说："这是事实。"玉宝笑了笑。逸文说："阿嫂笑啥？"玉宝摇头说："没啥，吃馄饨。"

吴妈看着玉宝，提心吊胆地说："不晓合不合口味，我做得偏清淡。"玉宝说："咸淡正正好，我欢喜的。"吴妈笑说："是吧。"潘家妈笑说："这下放心了吧。侪是吃黄浦江水长大的，口味大差不离。"潘家妈说："现在加上玉宝，我们成大户了。玉宝是福星。"吴妈说："是呀，今年春节副食品，可以多买些。"

潘逸年吃完馄饨，看玉宝碗里说："吃得下去吧。"玉宝说："已经饱了。"潘逸年拿过碗，帮忙吃掉。逸文说："阿哥有十天婚假，打算带阿嫂去哪里度蜜月？"潘逸年说："没想过。"逸文微怔说："为啥？"潘逸年说："鸳鸯楼工期太紧张，接下来要没日没夜苦干，忙得不沾家，更别谈其他。"逸青说："阿嫂哪能办？"潘逸年看向玉宝，玉宝忙说："我能理解。"潘家妈说："有点不像话。至少去杭州转一圈。"潘逸年想想欲开口，玉宝抢先说："度不度蜜月，我真的没关系，我还在读夜校，缺课再补就难了。"潘逸年没响。潘家妈说："能互相体谅很好，等工程结束后，逸年还是得补上。"潘逸年不搭腔，玉宝见此，不以为意。

早饭吃过，潘逸年和逸文一起出门，逸青去博物馆看木乃伊，玉宝要帮吴妈汰碗，吴妈死活不肯，玉宝见状也就算了。

潘家妈拉过玉宝，笑说："我们讲讲闲话。"俩人一起坐到沙发上，先聊了些无关紧要事体，潘家妈从茶几抽屉里拿出一本相册，玉宝接过翻看，潘家妈解说，这是啥人，那是啥人。玉宝看到潘爸爸照片，一身戎装，面容英挺，表情严肃。潘家妈说："不要被外表吓到，其实是邪气温柔一个人。逸年长得最像老潘，从前性格也像，后来为还债，不得已去了香港，再回来，整个人全变了。"玉宝欲问为啥欠债，想想还是不提为好。

又往后翻，看到一张男童照片，坐雕花官帽椅上，眼睛黑溜溜瞪圆，旁边写："逸年百日照，摄于王开照相馆。"穿开裆裤，大刺刺露出，玉宝想到啥，面孔发红，迅速往后翻，多是逸文、逸青的照片，还有没见过的逸武。一张照片从插页滑出，坠落地面，玉宝弯腰捡起，怔了怔。是二十来岁的潘逸年，背景外滩，手搭在年轻姑娘肩膀上，笑容灿烂。玉宝说："这位是？"

潘家妈吓一跳说："是夏美琪。"玉宝没响，把照片插进摆好。潘家妈说："唉，我也不瞒玉宝，是老大的前女友，后来分手了。也是陈年旧事，没啥讲头，早就翻篇了。"玉宝说："我能理解。"

潘家妈说："这些年，包括现在，家里各项开支，逸青的学杂费，主要由老大负责。逸文参加工作不久，收入不高，帮衬有限。以前呢，老大的存折交给我保管。我一直对逸文、逸青讲，亲兄弟明算账，那俩人上大学，花的学费等开销，一笔笔我有记账，清清楚楚，日后无论如何，要还给老大的。"

潘家妈拿来两本账簿，翻开给玉宝看，然后说："老大讲，存折交给玉宝，那是夫妻，我觉得应该，没话好讲。目前情况呢，逸青学杂费，要再缴一年，还得麻烦玉宝来出，照样记到账里。玉宝觉得哪能，有啥想法，尽管提。"

玉宝从口袋里掏出存折，搁到茶几上说："我想过了，这存折，还是姆妈保管比较妥当，仍旧老样子。我年轻，思想简单，目光短浅，要向姆妈多学习才是。"潘家妈松口气，微笑说："好呀，我带带玉宝，生活中，管好柴米油盐，也是一门学问。到明年逸青大学毕业，还是要还给玉宝。"玉宝欲要再讲，吴妈端了盆经过，是汰好的床单，玉宝蹦起来，跑去接过，红脸说："我来晾。"

吴妈悄声说："谈得哪能啦？"潘家妈朝存折努努嘴。吴妈讲苏北话说："啊哟乌地（我的）乖乖。乌（我）不用回家里头去了。"潘家妈叹气说："没这存折，我是真不敢留吴妈。幸好玉宝大气，明事理，老大眼光没错。"吴妈说："我家里头地（的）情况，太太不是不晓得滴（的），回去油我苦翘（有我苦吃）。"说着就要流眼泪。潘家妈说："好哩，不要提了，那床单？"吴妈抹眼睛说："黄花闺女。"潘家妈说："蛮好。"

玉宝晾好床单，回客厅，潘家妈继续说："听讲巨鹿路小菜场，玉宝不做了。"玉宝说:"是的。"潘家妈说:"接下来有啥打算?"玉宝说:"打算去居委会登记工作,等分配。"潘家妈说:"要不让老大想想办法。"玉宝脱口而出说:"不用。"潘家妈说:"为啥?"玉宝说:"我不过初中毕业,又没一技之长,就不要给逸年丢人了。"潘家妈说:"瞎讲有啥讲头。老大娶玉宝,玉宝也肯嫁,两人结成夫妻,就该荣辱与共,没啥看不起的道理。玉宝觉得难为情,开不了口,我来和老大讲。"玉宝说:"真的不用了。我自己有打算。"潘家妈说:"有困难就讲,我们是一家人。"玉宝说:"谢谢姆妈。"

62. 夜 宵

玉宝上夜校,见到赵晓苹,奇怪地说:"一周两天没来上课,做啥去了?"赵晓苹笑嘻嘻说:"跳舞去了。"玉宝说:"去哪里跳舞,文化宫还是大都会?"赵晓苹说:"不是。"玉宝说:"人民广场,还是复兴公园?"赵晓苹摇头。玉宝说:"不要卖关子。"赵晓苹悄悄说:"阿桂嫂家里。"玉宝说:"就那两个人?"赵晓苹说:"不是,有时五六个人,有时十来个人,男男女女,侪有。"

玉宝说:"我听小叔讲,现在正严打,男男女女聚在房间里跳舞,要出事体。"赵晓苹说:"出啥事体?"玉宝说:"乱搞男女关系。"赵晓苹说:"胡说八道。"玉宝说:"希望我想多了。"赵晓苹说:"改革开放至今,我们追求自由,解放思想,会出啥问题?倒是玉宝,老古董。"玉宝说:"不管哪能,做事体要有尺度,去公开、正规的场合跳舞,不是更好?"赵晓苹说:"下趟开舞会,玉宝也来,见识过了,才晓得有多唑劲。"玉宝没响。

赵晓苹说:"结婚开心吗?"玉宝说:"就那样。"赵晓苹说:"好像不太满足。"玉宝笑说:"想啥啦。"赵晓苹也笑。玉宝叹口气。赵晓苹说:"还是不开心。"

玉宝说:"婚礼当天,有个姓魏的先生,携太太一道来,还记得?"赵晓苹说:"当然记得,印象深刻,女人气质蛮好。"玉宝说:"原来魏太太是潘先生前女友。"赵晓苹兴奋地说:"还有这种事体?"玉宝说:"我看到照片了,面孔还年轻,不过廿岁左右,潘家妈也老熟悉,想来见过家长,可见俩人感情非同一般。"赵晓苹说:"为啥分手?"玉宝说:"潘家妈没讲。"赵晓苹说:"问问看。"玉宝摇头说:"啥人没有过去呢,我不想知道。"

赵晓苹说:"我有些话不想讲,又摒不牢。"玉宝说:"讲啊。"赵晓苹说:"婚礼当天,我看出了端倪。"玉宝说:"啥?"赵晓苹说:"那一桌,一个孔雪、一个姓赵的女人,还有个香港来的。我总觉神色不对,里面有故事。"玉宝笑说:"要真有故事,何必娶我呢,随便哪个,也比我优秀。"赵晓苹说:"要有信心,玉宝比那几个漂亮。"玉宝说:"潘先生不是肤浅的人。"赵晓苹想起说:"明天回门是吧。"玉宝说:"嗯。"

潘逸年灰头土脸到家,先沐浴,换好衣裳,再去客厅,潘家妈在看电视,音乐声优美。潘逸年说:"看啥节目?"潘家妈说:"《话说长江》。"潘逸年说:"玉宝呢?"潘家妈说:"上夜校去了。"潘逸年恍然。吴妈过来说:"夜饭吃过没?"潘逸年说:"不吃了。"他转身要走,潘家妈说:"等一等。"她递过照片。潘逸年接了说:"从哪里寻出来的?"潘家妈说:"插在相簿里,好巧不巧,被玉宝看到。"潘逸年没讲啥,到阳台,拿出打火机烧了,再看看表,穿上两用衫,出门去。

玉宝和赵晓苹走出夜校,赵晓苹眼尖,指指说:"瞧是啥人。"玉宝望过去,竟是潘逸年,有些意外。赵晓苹说:"我先走了,明天再会。"潘逸年走近,玉宝说:"不是忙吗?还有空来。"潘逸年说:"忙里偷闲。"玉宝没响,俩人往公交车站走。十月份的晚秋,夜凉如水,月光照在地上,潘逸年握住玉宝的手,梧桐树叶在脚底咔嚓咔嚓作响,这样的响声,也可能是食品店在炒栗子。

潘逸年闻到香味说:"糖炒栗子吃吧?"玉宝说:"好。"潘逸年去买了一袋,有些烫手。上公交车,玉宝一直在剥壳,喂潘逸年一颗,自己吃一颗。潘逸年笑说:"刚出炉的栗子最好吃,甜香软糯。"玉宝说:"是呀。"吃了半袋,玉宝说:"不吃了,留给姆妈。"潘逸年说:"欢喜就吃,我再买一包。"玉宝说:

"不用了。"

俩人到站下车,潘逸年说:"夜饭吃了啥?"玉宝说:"晓苹带的面包。"潘逸年说:"我夜饭没吃,要不去美心?"玉宝说:"何必呢,回去吃吧。"潘逸年说:"我存折的钞票,吃得起这一顿吧。"玉宝说:"我煮面条,要不要吃?"潘逸年笑了,点头说:"也好。"

玉宝把糖炒栗子给潘家妈,从冰箱里拿出一块瘦肉、吴妈用剩的半根冬笋、香菇、香干、现成的油炸花生仁、甜面酱和辣火酱,找齐后,往一楼灶披间去。这个点数,灶披间无人,玉宝看看未封炉,汏净后各样切丁,再起锅炒油,打算炒八宝辣酱。潘逸年接完工作电话,刚要下楼,碰到逸青。潘逸年说:"做啥去?"逸青说:"大半夜,啥人在炒八宝辣酱?"潘逸年笑说:"狗鼻子。我和那阿嫂没吃夜饭,煮面条吃。"

逸青也不答话,三两步蹿到灶披间,玉宝正往滚水里下面条,逸青忙喊:"阿嫂,我也要吃一碗。"玉宝的心不由得柔软,笑说:"好。"潘逸年说:"吃可以,去老虎灶打两瓶开水来。"逸青说:"小意思。"说完拎起热水瓶走了。

潘逸年走到玉宝背后,搂住她的腰肢说:"还有多久才好?"玉宝往前俯身,避不开,红脸说:"不要这样,被逸青撞见,难看相。"潘逸年轻笑说:"逸青去老虎灶,一个来回,至少五分钟,碰不到。"他亲了亲玉宝白颈,低声说:"我不想吃面条了。"玉宝心慌慌说:"我下多了,不吃浪费呀。"潘逸年说:"真不懂假不懂?"

大掌探进衣底,常年做建筑行当,潘逸年手指粗粝,触上细嫩肌肤,冰火两重天的感觉。锅里的水咕嘟咕嘟翻滚,面条软烂,随波起伏,白色烟气蒸腾,玉宝的面孔润湿了。

逸青吹口哨,提两瓶开水回来,换成玉宝倚靠五斗橱,潘逸年捞出面条,分成三碗,浇汤,八宝辣酱也分三份,倒进去,端起两碗往楼上走,玉宝跟在后面,逸青忙拿筷子,搅拌几下面条,迫不及待吃一口,朝楼梯喊:"阿嫂,味道灵的。"

玉宝没听到,掏钥匙开门,潘逸年进去,面条摆桌上。他转过身抱玉宝,往里间走。玉宝搂紧潘逸年的脖颈说:"面条凉了,不好吃。"潘逸年说:"没关系。"他走进门说:"玉宝开灯。"玉宝说:"我不欢喜开灯。"潘逸年没坚持,走到床沿一起倒下去。眼睛适应黑暗后,发现四周并不黑,月光洒进来,落地一片银白,漫到床上,潘逸年生出错觉,仿佛摁牢一尾银鱼,细皮白肉,湿滑软弹,扭动摆晃,所谓鱼水之欢,不过如此。

63. 回 门

乔秋生从房里走出,看到泉英一个人坐在台前吃早饭,走过去问:"爷娘呢?"泉英笑说:"不晓得呀,大概去买小菜了。"她揭开锅盖,给秋生盛了碗粥说:"我熬的皮蛋瘦肉粥,尝尝看,味道哪能?"秋生吃了口说:"蛮好。皮蛋和肉丝比米粒还多。被姆妈晓得,要骂三门。"泉英笑说:"我们吃光好了。"秋生没响。泉英说:"昨天姆妈寻我谈话。"秋生说:"谈啥?"泉英笑说:"谈秋生的工资。"

秋生说:"我工资,有啥好谈?"泉英笑笑,想想才说:"秋生每月工资几钿?"秋生说:"六十块。"泉英说:"还有?"秋生说:"还有啥?"泉英说:"譬如季度奖、年底奖、津贴、高温补贴,诸如此类。"秋生说:"刚工作,还没享受过。每季度发过劳保用品,还有粮票、副食品票,给姆妈用来生活。"泉英怀疑地说:"秋生勿要骗我,我若想打听,分分钟的事体。"秋生说:"随便哪能想。"

泉英说:"姆妈讲,秋生的钞票全部给我了,来问我讨生活费。我一分铜钿还没见到。"秋生没响,吃光碗里粥,揩揩嘴巴,再掏出皮夹子,拈一沓钞票,递给泉英说:"五十块,我留十块零用。"泉英拿起,数了数,再看向秋生,扑哧笑了。秋生没好气地说:"笑啥?"

泉英抽出几张票子,还给秋生说:"十块哪里够,男人在外应酬,重体面,手要往外张,不要往内缩,否则难成大事。我留廿块足够。"秋生又惊又喜,犹豫地说:"只给廿块,姆妈会得吵翻天。"泉英说:"不要秋生操心,缺的我来贴补。"她起身收拾台面。

秋生颇受感动,上前抱住泉英说:"谢谢。"泉英说:"我是想和秋生这辈子地久天长的。"秋生松开手说:"我也想。"泉英笑了笑,汏好碗筷,调件衣裳,今天要回门。俩人走出门洞,一把梧桐叶被风吹飘荡,一片落在秋生肩膀,秋生抚掉,心底感叹,泉英果然大户出身,对钞票看得开,目光长远。他无端想起玉宝,小市民家庭熏陶下,和姆妈一样抠搜,眼窝子浅,反倒生出几分庆幸,自我安慰说,娶泉英是没错的。至于其不是完璧之身,他已逐渐接受现实,毕竟鱼和熊掌不可兼得。

玉宝回到同福里,逸青提大包小包跟随,弄堂口,马路边有警车。小朋友往弄堂飞跑,玉宝抓住个说:"出啥事体了?"小朋友挣脱,没人理会。

十三号门洞被围得水泄不通,寸步难行。忽然开始骚动,人民群众自觉让道。两个警察押了男人出来,男人戴手铐,玉宝看清面目,一吓,竟是孙大师。有人说:"抓孙大师做啥?"警察说:"让开让开。"有人说:"孙大师算命邪气准。"有人附和说:"人家有真本事,凭啥抓人?"警察说:"哪一位讲有真本事,走,一道去派出所,配合调查。"立刻没声响了。

警察走后,人群散开,玉宝听到有人招呼,一看,是赵晓苹和阿桂嫂。赵晓苹说:"潘先生几日不见,年轻交关。"玉宝说:"瞎三话四。这是我小叔子逸青,还在读大学。"她朝逸青说:"这两位,隔壁邻居朋友,赵晓苹,阿桂嫂。"逸青笑说:"阿姐好,阿嫂好。"赵晓苹说:"哟,年轻又帅气。"阿桂嫂抿嘴笑,绑了一条蓬松麻花辫,斜搭在胸前,银白暗花连衣裙,穿天青羊毛开衫,逸青不免多看两眼,阿桂嫂睫毛闪闪,送一个秋波。逸青面庞发红。

玉宝察觉到了,道声"再会",继续往前走。小桃等在门洞,看到人来,连忙奔上楼通风报信。玉宝和逸青进房,薛金花、玉凤、黄胜利、玉卿全部到齐,出来迎接。薛金花说:"姑爷呢,为啥不来?"玉宝说:"早上准备一道来的,接了个电话,市里领导要去工地视察,点名要逸年陪同,结束后,再赶过来，先让小叔子帮忙提礼品过来，我一个人拿不动。"薛金花说："哦，这样讲，还情有可原。"

逸青把礼品摆放在墙角，再向所有人问好。薛金花怔怔地说："是亲家小儿子逸青吧。"逸青说："没错，是我。"薛金花说："来坐，坐沙发。"逸青笑着落座。薛金花叫玉凤倒茶，玉卿说："我削苹果。"话一出，气氛变得微妙。

薛金花说："逸青欢喜吃苹果吧。"逸青笑说："欢喜的。"玉卿说："我们阿弟也欢喜吃苹果。"薛金花、玉凤姊妹几个顿时触景伤情，眼眶发红。黄胜利出去抽香烟。逸青主动说："要不要摸我的眼睛？"薛金花说："这样也可以？"逸青说："没关系。"薛金花伸手抚两遍，掉了眼泪。

逸青吃了茶和苹果，闲聊片刻，开口告辞。薛金花极力挽留说："急啥，吃好中饭再走，欢喜吃啥，尽管讲，我来烧。"逸青笑说："我学堂还有课，必须赶回去。下趟我再来。"薛金花说："一定来啊，不要忘记。"送走逸青，玉宝让小桃后面跟着。

薛金花蹲地上，开始拆礼品。除名烟好酒、上等茶叶及水果外，另有活鸡一只，叫黄胜利拎到弄堂里宰杀，炖鸡汤；黄鱼鲞两条，叫玉凤倒吊在阳台上吹风；还有两匹织锦缎子、两盒人参、两袋药材。薛金花邪气满意。

玉宝说："孙大师被警察铐走了。"玉凤说："这个孙大师利用封建迷信招摇撞骗，数额巨大，还玩弄女性，不止两三个。"玉宝说："确实价钿不便宜，五块钱，只够听一曲琵琶。三十块一签。还要再细算，一百块也敢开。"薛金花说："宰冲头[1]。"玉宝说："听小叔讲，现在严打违法乱纪，一经查实，从重处理，大家要太平点。"玉凤说："马主任天天贴布告栏，举报有奖。"

玉卿说："王双飞新妇好吧。"玉凤说："蛮好，勤快，每天一大早买小菜、倒马桶、生煤炉、烧泡饭、汏衣裳，样样做，就是不爱讲话。"薛金花说："还不是王双飞娘教的，少讲话，嫌鄙苏北口音。"玉卿说："我们天天不也这样过。"众人一时无语反驳。

---

1. 宰冲头：宰客。

小桃回来说："小姨叔经过老虎灶，碰到阿桂嫂，俩人讲了会儿话，才分开。"玉宝没响。

小桃趴阳台上，看到姨父在弄堂里走，手拿皮包，西装外套搭在臂上，雪白衬衫被风吹得颤动。小桃招手高喊："姨父，姨父。"潘逸年抬头，眉目如漆，笑容温煦。小桃跑到厅内报告："姨父要上来了。"玉宝看表，一点了。一桌小菜，玉凤摆碗筷，玉卿盛饭，黄胜利倒酒，薛金花脸色好点。

潘逸年进门，小桃拿拖鞋，潘逸年笑说："谢谢。"换好拖鞋，玉宝拉他到阳台，揩面汰手。玉宝轻声说："还以为不来了。"潘逸年笑说："不来不像样。"玉宝说："谢谢逸年能来。"潘逸年说："太客气了。"玉宝说："爷娘亲眷面前，我希望我们好好的。"潘逸年皱眉说："啥意思？"小桃探头喊："姨父快来。"玉宝说："没啥。"她接过毛巾，搓两把，拧干晾起。

潘逸年坐到黄胜利旁边，小桃跑到风扇跟前，往姨父方向移。众人侪笑，黄胜利说："我也一身汗，这小囡白养了。"

潘逸年从手包里拿出个文具盒，笑说："送给小桃。"小桃接过，不是寻常的铁制文具盒，摸上去滑滑软软的，在文化商店见过，营业员介绍说："表面一层塑料，内里一层海绵。"深蓝天空，小河、荷花、青蛙，岸边卧着小花猫，眼珠子可以动。打开双层，铅笔、原子笔、橡皮、尺子、卷笔刀一应齐全。小桃当时看得眼馋，走不动路。

玉卿说："姐夫有心了。"玉凤推黄胜利一记说："难怪小桃要对姨父好。"她笑了说："小桃想要新文具盒，我一直没舍得买，打算等生日再讲。"玉卿说："不是我讲，小桃的文具盒，早该调一个，颜色褪光，盒盖老是落下来。"黄胜利不搭腔，小桃呆呆的，玉凤戳小桃额头说："没礼貌，'谢谢姨父'也不会得讲。"

小桃哇的一声大哭起来，扑到潘逸年怀里，惊天动地。玉凤连忙把小桃拉走。薛金花皱眉说："好好的回门席，哭册乌拉的，晦气吧。"潘逸年微笑说："没关系。"玉卿说："太激动了。"黄胜利端起酒杯说："我敬妹夫一杯，收买人心有一套。"潘逸年吃酒，笑而不语。

64. 微 伏

吃过中饭,潘逸年坐了片刻,无奈 BP 机频响,只得起身告辞。

在门口,薛金花说:"我要嘱咐姑爷两句。"潘逸年说:"嗯。"玉宝心一提。薛金花说:"我们玉宝,娇滴滴养大,外柔内刚,脾气虽犟,但心眼不坏,对玉宝好百倍,会得千倍万倍回报。"潘逸年说:"记牢了。"薛金花说:"我们玉宝,在新疆吃了不少苦,要对玉宝好一点。"潘逸年说:"会的。"薛金花说:"我们玉宝,胸挺屁股翘,一定能给姑爷生儿子。"玉宝说:"姆妈。"薛金花说:"做啥啦。"玉宝说:"越讲越不对了。"潘逸年只是笑。

玉宝上前,拉住潘逸年的胳膊,闷头下楼,经过灶披间,玉卿在汏碗,微笑说:"要走了?"玉宝说:"逸年先走,我再等等。"玉卿说:"姐夫,再会。"潘逸年说:"再会。"

俩人走出门洞,阳光斜照,透过竹竿晾晒的衣物,斑驳一地。花盆里开满蟹爪菊,随风招摇。玉宝说:"为啥买文具盒?"潘逸年说:"小桃的文具盒太旧了。"玉宝说:"谢谢。"潘逸年说:"谢啥?"玉宝说:"一切。"潘逸年没响,快出弄堂口时说:"接下来,工程太紧,我要住在工地办公室,玉宝有事体,可以呼我,或打办公室电话。"玉宝说:"好。"路边正停辆出租车,潘逸年直接坐进去,玉宝目送车子驶远,直到没了踪影,才转过身,露出浅浅笑容。

玉宝帮忙刷锅,玉卿说:"二姐幸福吧。"玉宝说:"哪能讲?"玉卿说:"一看就看出来了,气色好,春风得意。"玉宝笑笑。玉卿说:"二姐夫自带一股傲气,但修养好、大度,不和黄胜利计较。黄胜利讲话,实在是……"玉宝说:"玉卿过得可好?"玉卿说:"老样子,半死不活过。"玉宝说:"身体呢,去医院检查没有?"玉卿说:"不用检查,我自己的身体,我最清楚。就是下乡落下的病根,这辈子好不了了。以后死也死在这方面。"玉宝说:"不要悲观,医学在进步,总会有办法的。"玉卿说:"二姐,其实我……"玉宝说:"啥?"

玉卿说:"没啥。"玉宝说:"一定有事体。"玉卿说:"我做的文胸哪能,姐夫欢喜吧?"玉宝红脸说:"邪气欢喜。"

"我听到啦。"玉卿、玉宝闻声望去,赵晓萍走下楼梯说,"'我做的文胸哪能,姐夫欢喜吧?''邪气欢喜。'"玉卿说:"要命,不仅偷听,还是个大喇叭。"赵晓萍说:"要我闭嘴可以,玉卿也给我做一件。"玉卿说:"穿给啥人看?"玉宝说:"四环素牙?"赵晓萍说:"瞎讲有啥讲头。"玉宝说:"我没瞎讲,人家侪看到了,大清早,弄堂里,那姆妈,还有四环素牙,一人抓床单一头,拧麻花。再这样下去,晓萍不嫁也得嫁了。"赵晓萍说:"要死,我真不晓得,我在困懒觉。"

玉宝解下围裙,拉过赵晓萍说:"我小叔子潘逸青——"赵晓萍说:"啥?"玉宝说:"十年前,我阿弟去世后,眼角膜移植给了逸青。"赵晓萍惊奇地说:"还有这种事体。"玉宝说:"所以逸青不只是我小叔子,还是我阿弟。"赵晓萍说:"明白了。"

玉宝说:"今早,阿桂嫂遇到逸青后,和晓萍讲过啥?"赵晓萍不解地说:"讲啥?"再看玉宝脸色,突然明白过来,笑说:"我还稀里糊涂。想啥呢,阿桂嫂,不管哪能,是有丈夫的人,而且,年龄相差太多,阿桂嫂这种妖娆女人,要欢喜,也是欢喜潘老大这种成熟男人,才不欢喜逸青,童子鸡。"玉宝说:"不一定。"赵晓萍说:"不信算数,阿桂嫂啥也没讲。"玉宝说:"反正以后,只要看到阿桂嫂和逸青在一起,马上通知我。"赵晓萍说:"晓得啦。不过我还是要讲,玉宝想太多,逸青住上只角,天天在学校,两个人,八竿子打不到一起。"玉宝说:"话是这样没错,但我心底莫名发慌。"赵晓萍说:"是闲得发慌。工作寻得哪能了?"玉宝笑说:"还在看。"

复兴坊居委会肖主任,胖乎乎的,一脸笑眯眯,潘家妈打过招呼,肖主任也热情,带了玉宝,先去里弄生产组参观,介绍说:"居委接到新通知,工作分配安排,主要偏重返城知青一批。"里弄有四家生产组,一家食堂。玉宝去食堂看过,还蛮清爽,但人员已经饱和。

一家生产组,做出口洋娃娃,七八个人,埋头往娃娃肚里填刨花。二家生产组,剥虾仁,还未进门,腥臭味扑面。三家生产组,钉纽扣和拆纱头。四家生产组，印刷龙虎人丹外包装。

肖主任说："八角一天，做六休一，做满八个钟头。算下来，每月工资廿块，外加一顿免费中饭，不吃也可以，补发粮票。"玉宝说："大概要等多久？"肖主任说："以目前情况，僧多粥少，我们会尽最大努力，旁的街道工厂需要人手，也会进行调剂。"

玉宝听得明白，还是要等，至于等多久，没人讲得清楚。走出居委会，玉宝心情低落，漫无目的地走，不晓得走了多久，走到襄阳公园。她坐下休息，风有些冷，落了一地黄金叶，却不是真黄金。一对男女坐到对面，玉宝觉得眼熟，再细看，是张维民和孔雪，她一吓，落荒而逃。

张维民和孔雪收回视线，孔雪冷笑说："像看到洪水猛兽，我俩又不吃人。"张维民忍不住笑。孔雪说："笑啥？"张维民说："不要以为所有女人侪和孔总一样。"孔雪说："哪样？"张维民说："讲得太透，就没意思了。"孔雪哼一声说："潘总最近好吧。"张维民说："还可以。"孔雪说："啥意思？"张维民说："鸳鸯楼工期太紧，婚假没休，蜜月没过，白天黑夜蹲在工地现场。"孔雪说："不会是感情出问题了？"张维民说："也难讲。"孔雪说："刚刚，潘太太好像在哭。"张维民说："真的假的？"孔雪说："我了解女人，没心事，不会一个人坐在公园哭。"张维民说："我不懂。"孔雪起身，精神抖擞地说："走了。"

65. 规 划

潘逸年走进绿波廊餐厅，在广州认得的嘉丰地产雷总、新村开发宋总、澳门地产商冯总，还有香港李先生、孔雪、张维民，悉数到齐。潘逸年脱掉风衣，落座，笑说："实在抱歉，我来晚了。"

李先生说："要表诚意，罚酒三杯。"潘逸年没犹豫，端起一饮而尽。李先生说："还得再罚三杯。"潘逸年擦拭嘴角酒液，笑说："为啥？给个理由先。"

李先生说:"结婚也没通知我们,该不该罚?"雷总附和说:"听到有传,还以为假新闻,竟然是真的。"宋总、冯总也说:"是要罚。"

潘逸年没多辩,连吃三杯。李先生说:"加罚三杯。"孔雪说:"好哩,意思意思可以了。"李先生说:"孔小姐还是一如既往。"众人心照不宣地笑。孔雪说:"不要瞎讲,鸳鸯楼项目,潘总和我再次达成合作,我不偏向潘总,难道偏向李先生不成?"冯总说:"李先生,暗示得够明白了。"李先生说:"我是个笨人,暗示听不懂,请明示。"孔雪接过三杯酒,倒进碗里,端起说:"李先生,为我俩今后合作,我先干为敬。"宋总赞说:"巾帼不让须眉。"雷总说:"有来有往真君子。"李先生哈哈大笑,不动作。冯总说:"回一杯,总要回一杯。"李先生说:"下次吧。"孔雪瞟向潘逸年,潘逸年笑着看戏,不帮腔。孔雪失望地说:"算数。"将酒吃光。

饭局吃到尾声,雷总、宋总和冯总由张维民陪同,去逛城隍庙。孔雪有点醉,在沙发上躺倒。李先生说:"鸳鸯楼何时竣工?"潘逸年说:"十二月初竣工,清理干净,十二月底验收。二月初,会有一百多对夫妻入住。"李先生说:"工期太紧张,能如期交房吗?"潘逸年说:"还好。"李先生说:"啥叫还好。"潘逸年说:"我天天在现场蹲,不如期交房,我对不起自己。"

李先生明白意思,大笑说:"听闻潘太太年轻貌美,照片可有?让我一睹芳容。"潘逸年笑而不应。李先生说:"小气。"潘逸年开玩笑说:"免得有人惦记。"李先生说:"我是这样的人?"潘逸年说:"讲不定。"李先生说:"鸳鸯楼工程结束,是离开中海,还是决定留下来?"潘逸年说:"离开。"李先生说:"想自己开公司?"潘逸年说:"想肯定想,但目前政策难判,形势不明,还要慎重考虑。"李先生说:"不大懂,还要考虑啥?"

潘逸年说:"我要开地产公司,最需要啥?"李先生说:"当然是人。"潘逸年说:"没错。现在中央文件规定,个体经营户,雇工一律不许超过八个。"李先生说:"为啥这样规定?"潘逸年说:"八人以下叫请帮手,八人以上叫雇工,雇工成为雇佣关系,产生剩余价值,形成剥削。"李先生说:"明白了,但是我们搞建筑,这点人远远不够。"潘逸年说:"上面虽也有'三不'原则,持观望态度,但保险起见,我打算边干边等。"李先生说:"边干边等,干什么,等什么？"

潘逸年说："干工程，等时机。中友集团，听说过吧？"李先生说："当然，我和苏总打过几次交道，不是一般人物。"潘逸年说："中友集团的本质，是市住宅办公室和房地产管理局合并成立的住宅基地开发公司，性质是国企，我以分公司形式加入，至少人数不成问题了。我和苏总谈过，建议实行承包责任制度。"李先生笑说："高明啊。潘总能找到这条路子，真是动足脑筋。这叫啥，曲线救国。"

潘逸年说："我之前和中海谈过，但中海盘大人杂，顾虑太多，可以理解。中友成立不过一年，各方面相对简单，苏总一门心思搞住宅开发，要解决市民居住问题，和我不谋而合。苏总也是个爽快人，谈过两次，就达成合作。"李先生说："潘总在地产圈有名气，口碑好，能力强，苏总当然求之不得。"潘逸年笑说："是各取所需。"

李先生说："我有个项目，正和市政在谈，在南京西路建五星级酒店，项目若谈成功，潘总要不要做？给别人，我不放心。"潘逸年不置可否说："李先生项目落地后再讲，现在谈，为时过早。"潘逸年结完账，孔雪醉劲过去三分，李先生回酒店，潘逸年打了辆出租车，先送孔雪回家，再回工地。

周日，玉宝去看韩红霞，吕强在烧泡饭，连忙招呼。玉宝说："红霞在吧？"吕强刚要开口，就听门板扑通巨响，重重关上，紧接插销声。吕强上前拍门，大声说："有话好好讲，这又做啥？玉宝难得来一趟，有意思吗？"玉宝心里难过，强装欢颜说："我来得不是时机，我下趟再来。"吕强说："吃过早饭再走。"玉宝说："不用了。"她放下礼品。吕强叹口气说："我送送玉宝吧。"

两人一路无声，走出棚户区，往苏州河方向走。吕强说："红霞是为小叶的事体，心里头过不去。恨自己的同时，把玉宝也带进了。"玉宝黯然说："怪我不好，我要不提小叶旧事，也不会闹到这种地步。"吕强说："不要自责。就算玉宝不说，纸包不住火，总会东窗事发。大家想把事体讲清楚、辩明白。但小叶不想，有错吗？站在各自立场出发，侪没错。错的是做恶事的恶人，但现在，玉宝、红霞、小叶，还有刘文鹏，却在替恶人承担错误，值当吗？一点不值当。"玉宝没响。

吕强说："玉宝不要放心上，我会做红霞的思想工作，慢慢就好了。"玉宝说："我和红霞，在新疆同甘共苦，是最要好的姊妹，一想到因为小叶，我俩从此拗断、不再来往，我就邪气难过。"吕强劝慰说："不会的，会好的。"吕强说："潘先生对玉宝好吧。"玉宝说："不错的。"

苏州河到了，鼻息间一股酸臭味，驳船轰鸣着从桥底经过，白浪劈开水面，波纹晃荡，漂浮的垃圾散开，又聚拢。几个穿喇叭裤的青年倚靠在桥墩，抽烟的说："昨天看到没，有个男人，跳河了。"有人说："看到了，扑腾好几下，才沉下去。"有人说："我怀疑，苏州河底有水鬼，每年要死几个，祭河神。"有人说："吓人倒怪。"众人发笑。

这天黄昏时分，玉宝、潘家妈和吴妈坐在一起吃夜饭。潘家妈说："大概四点钟，逸年打电话回来，让送换洗衣物到工地办公室。"玉宝脸一红说："我现在就去。"潘家妈笑说："不急，饭吃好再去不迟。我让吴妈炖了鸽子汤，玉宝也一道带去。逸年在工地搞建筑，没日没夜的，也蛮辛苦，玉宝多体谅。"玉宝说："嗯。"潘家妈点到为止，不再多话。

66. 相 会

玉宝拎了手提袋，倒三部巨龙公交车，才寻到鸳鸯楼工地，工人们围坐吃饭，看到玉宝，齐刷刷望过来。张维民恰巧也在，连忙打招呼，玉宝先没认出，张维民脱掉安全帽，她才恍然说："张先生，我来给逸年送衣物。"张维民指向一排蓝白工棚，热心地说："潘总住二楼206房。如果没人，就在一楼办公室。"

玉宝寻到办公室，灯光从窗户透出，她叩叩门，潘逸年说："进来。"玉宝推门欲进。

潘逸年和苏烨坐在椅上聊天，一齐望过去，盯住玉宝，俩是气宇轩昂的人物，玉宝有些局促。潘逸年摁熄烟头，笑说："我老婆。"苏烨说："从哪里捡的宝，我也天天去蹲守。"潘逸年笑而不语。俩人站起身，走到玉宝面前。潘逸年说："这是我朋友，苏烨。"玉宝说："苏先生好。"苏烨点头，笑笑说："我还有事体，先走一步，再会。"出去不忘带上门。

一时空气安静。玉宝先说："我送衣裳来。"潘逸年听了没响。玉宝说："我还带来鸽子汤，补身体。"潘逸年仍旧没响。玉宝不晓男人啥态度，递上手提袋说："没事体，我就回去了。"潘逸年接过袋子，顺势握住玉宝的手腕。玉宝发慌说："做啥？"潘逸年袋子一搁，二话不说，抱住玉宝抵到墙面，低首吻唇，吮咬舌尖，啧啧作响。

玉宝怕有人进来，先还推拒。潘逸年低哑地说："玉宝，乖点。"玉宝不再挣扎，抬手搂住潘逸年的脖颈，软媚奉迎，一通激吻后，玉宝偎进潘逸年怀里，气喘吁吁，潘逸年意犹未尽，有下没下亲吻额面，竟有些缠绵悱恻的味道。

潘逸年听到窸窣声，瞟见张维民踏进半只腿，顿住，又缩回去，合上门。潘逸年知此地不便，拿起袋子，拉玉宝的手上二楼房间。房间邪气简单，一张单人木板床，办公桌，桌面堆满图纸。两把椅子，脸盆架，搭着毛巾、香皂盒和脸盆。墙角三只塑料热水瓶、两只行李箱。

潘逸年移开图纸，腾出地方，放保温桶，拿过碗筷调羹，玉宝盛汤挟肉，满满一碗，香气扑鼻。潘逸年吃口汤说："吴妈炖的？"玉宝说："是。"潘逸年说："吴妈欢喜放枸杞红枣。"玉宝说："营养好。"潘逸年说："是嘛。"他用脚尖钩住另一把椅子，拽到身边说："坐下来。"玉宝坐定，潘逸年挟来鸽子腿。玉宝说："我不吃。"潘逸年说："为啥？"玉宝说："专门炖给逸年补营养的。"潘逸年说："营养在汤里，这点肉不够塞牙缝。"玉宝想想倒是，从没吃过鸽肉，心底也好奇，不过腿肉太少，吃到肚里，没啥感觉。潘逸年递来胸脯肉，玉宝说："不能再吃了。"潘逸年说："吃吧。和姆妈相处还好？"玉宝吃肉，点头说："好的。"潘逸年说："逸文、逸青呢？"玉宝说："也好的。"潘逸年说："工作呢？"玉宝有些敏感，闷声不响。潘逸年斟酌说："如果我——"玉宝说：

"鸽肉比鸡肉细嫩些。"潘逸年想一下说:"是吧,再尝尝翅膀。"

俩人吃好饭,大部分鸽肉进玉宝肚里。有人上来喊:"潘总,电话。"潘逸年下楼去了,玉宝汏好碗筷调羹,又收拾房间,脏衣裳丢进脚盆,带上洗衣粉,去了水房,时有工人进出,多腼腆。张维民也跑来说:"阿嫂辛苦。"玉宝说:"张先生有要汏的衣裳没,拿来我一道汏。"张维民说:"不敢,不敢。"玉宝说:"没关系的。"张维民说:"潘总幸福啊。"玉宝笑而不语。

潘逸年回房,玉宝扯了条绳子,挂衣裳,脚盆搁底下接水滴。玉宝说:"现在天黑,只好将就晾着,明天出太阳,记得晾到外面去。"潘逸年说:"好。"玉宝说:"没啥事体,我就回去了。"潘逸年说:"我送送玉宝。"玉宝说:"不用,我认得路。"潘逸年说:"走吧。"

俩人下楼,碰到张维民。张维民说:"阿嫂走了,有空再来。"玉宝笑着点头。张维民说:"十点有个会,潘总不要忘记。"潘逸年看看手表说:"会议推迟吧,明早七点钟开。"张维民说:"为啥?"潘逸年说:"我明早回来。"

玉宝看到公交车站牌,连忙说:"我到了。"潘逸年说:"还没到。"玉宝:"难道前面还有公交车?"潘逸年说:"走就是了。"玉宝说:"我要调三部公交车,万一乘错一部,老麻烦的。"潘逸年说:"不会的。"玉宝只好往前走,走了有十分钟,看到一家旅馆,潘逸年往里走。玉宝明白过来,顾不得羞耻,拉住潘逸年的手臂说:"不要进去了。"潘逸年说:"为啥?"玉宝脸红说:"没带结婚证。"潘逸年笑说:"我带了。"

结婚证是免死金牌,俩人顺利进入房间,简单整洁,一张雪白大床,一顶蚊帐。潘逸年脱掉西装,从玉宝的手提袋里取出牙刷、牙膏、杯子、毛巾,小房间里有两只热水瓶、一壶冷水。潘逸年说:"玉宝先去。"玉宝想也不想,接过东西就火烧屁股去了。

潘逸年轻笑,玉宝汏完,潘逸年进去,再出来,玉宝躲进被子里,偷看潘逸年仅穿短裤,衬衫随便套上,未扣纽扣,露出健壮胸膛。她面孔发烫,似要烧起来。潘逸年未客气,伸手"剥粽子",待皮剥得溜干二净,欺身压下。玉宝抓紧床单说:"关灯吧,我不欢喜开灯。"潘逸年哄说:"我欢喜看着玉宝做。"

日光灯亮堂堂的，把人照得一清二楚。玉宝害羞，用手捂脸。潘逸年笑说："《姑妄言》看过吧。"玉宝说："是啥？"潘逸年说："类似《金瓶梅》。"玉宝说："破四旧的辰光，全部烧光。"潘逸年说："我在香港看的，里面有两句词，用在此处可谓贴切。"玉宝说："啥？"潘逸年说："竹丝席上，横堆着一段羊脂白玉，冰纱帐里，烟笼着一簇芍药娇花。"

玉宝听得愈发羞臊，主动搂紧潘逸年的脖颈，吻住嘴唇，潘逸年自然不会错过。果然是小别胜新婚，又因才尝男女之鲜，正是兴浓欲深当口，百般尝试，乐此不疲。这一弄湿腾腾至夜半，彼此紧搂密抱，死去方活转来时，听到咚咚敲门声。

玉宝吓得面色发白，惊慌地说："不会是警察查房吧？"潘逸年说："不怕，我们有结婚证。"他翻身而下，丢条毛巾给玉宝，自己迅速穿衣。玉宝定定神，也开始动作。

声响愈发猛烈。潘逸年走到门口说："啥人？"外面人说："警察，查房。"潘逸年说："我们是夫妻。"外面人说："是不是夫妻，查了便知。"潘逸年见玉宝穿戴差不多，这才把门打开。来的有三人，穿制服，戴大檐帽，亮出证件。走进房中，看场面也心知肚明，玉宝腿有些打战，走去开窗透气。

潘逸年递上结婚证，周姓警官看看说："户口簿。"潘逸年没响，玉宝红脸说："我没带。"周警官说："单位介绍信。"潘逸年说："我在志丹路造鸳鸯楼，离得不远。"周警官看看两人说："意思是，没单位介绍信？"潘逸年说："没有。"周警官说："两个上海人，一对夫妻，有家不回，要来开旅馆，不符合正常人逻辑，是吧？"另两个警察笑笑，不语。潘逸年说："我在志丹路搞建筑，难得回趟家，我老婆从复兴坊来看我，俩人开旅馆困觉，再正常不过。"周警官说："那入住手续不全。陆警官，带女的去一边问话。"潘逸年将玉宝一把揽在身后，镇定地说："不用问了，再问也是夫妻。我要请问警官，既然结婚证不顶用，如何才能自证我俩是夫妻？"

周警官说："单位介绍信，户口簿。"潘逸年说："我来解决。打电话可以吧？"周警官说："可以。"潘逸年低声说："玉宝，户口簿在啥地方？"玉宝说："姆妈收着。"潘逸年说："玉宝等这里，我去打电话，没事体，不要吓。"玉宝说:"好,快去快回。"

一个钟头后,逸文和张维民相继赶到,这场闹剧在俩人似笑非笑表情中尘埃落定。

67. 浮 生

凌晨五点钟,四个人站在旅馆门口。逸文说:"我老早提醒阿哥,现在严打,各方面查得紧,还非要往枪口上撞。两情若是久长时,又岂在朝朝暮暮。"张维民给个大拇哥,赞叹说:"有才。"玉宝面孔鲜艳欲滴,潘逸年笑而不语。

逸文说:"接下来哪能办,阿嫂同我回去?"张维民说:"打车是个问题,此地太偏僻了。"逸文说:"要么去工地,将就休息。"潘逸年说:"那有困意吗?"逸文说:"精神吊足。"张维民说:"看我眼睛,炯炯有神。"玉宝说:"我也不困。"

潘逸年说:"前面是玉佛禅寺,过去天也亮了,不妨拜个佛,吃好素斋,再回各处。"张维民说:"好是好,但走过去,双脚废掉。"潘逸年指指对面医院门口,笑说:"有乌龟车。"

四人走过去,先填单子,五角起步费,两角一公里,潘逸年付了两元钱。潘逸年和玉宝一辆,逸文和张维民一辆,驾驶员坐前面,砰砰砰开起来,柴油味熏眼睛。虽然是铁皮壳,帆布顶篷,但风呼呼灌,潘逸年握住玉宝的手,感觉冰凉,脱下西服,替玉宝披在肩膀。

天蒙蒙发亮,到处侪是农田。潘逸年凑近玉宝说:"疲乏吧。"玉宝说:"凉风一激,更精神了。"潘逸年微笑说:"玉宝。"玉宝说:"做啥?"说着歪过脸来,潘逸年吻住玉宝的嘴唇。

四人在玉佛禅寺下车,乌龟车前后远去。张维民说:"现在这种车子越来越少了。上海牌出租车愈发地多。"逸文说:"感觉再过三五年,乌龟车要淘汰了。"张维民说:"乌龟车也有好处,小巧灵活,可以穿弄堂、过轮渡,价钿也能接受。"

说话间走到寺门前，两个小和尚在洒扫，看到人来，也没阻拦。一路经过照壁、天王殿、大雄宝殿，到玉佛楼。和尚在殿内，敲木鱼唱经，和尚在殿外，供香添烛火，潘逸年几人，除逸文外，同和尚请了香，举过头顶拜四方。玉宝看了释迦牟尼卧佛，在袅袅青烟中，自有一种安详超脱姿态。殿内和尚唱好经，鱼贯而出，其中一位看到潘逸年，双手合十，笑笑，并未停步。

玉宝说："是旧识吧。"潘逸年点头说："一位自小认得的朋友，父母俩是教授，满腹诗书才华，在我之上，不过后来遭逢大难，继而看破出尘，在此地落发出家。"玉宝说："法名呢？"潘逸年说："道远。"逸文恍然说："我想起了，可惜。"潘逸年说："十年前，家中欠下巨债，我不知所为时，是道远为我指了条明路。"逸文说："当时，阿哥要去香港，我们俩感意外。"玉宝算了算，十年前，自己刚下火车，看到茫茫无边戈壁滩，心凉半截。

四人到素斋部，吃过早饭，天已大亮，雀鸟啁啾，走出寺门，香客渐多，出租车也有了。招手拦住一辆，先送潘逸年、张维民回工地，逸文和玉宝到家，潘家妈坐在台前吃泡饭，只说："疲乏了吧，快去补个觉。"逸文打个呵欠，往卧室走。玉宝交还户口簿，潘家妈说："玉宝先收着，再用方便。"玉宝说："不会再用了。"她把户口簿放到桌上，红了面孔回房。吴妈过来说："年纪轻，又刚结婚，一见面不管不顾了。"潘家妈笑说："老大难得不理智，我心底反倒高兴。"吴妈说："为啥？"潘家妈没响，只是叹口气，继续吃泡饭。

转眼近至春节。潘家年货采购，主要由潘家妈和玉宝负责。吃过午饭，收拾好台面，潘家妈打开饼干盒，将粮票、油票、肉票、蛋票等票证，还有春节供应券，分门别类归整齐，笑说："玉宝嫁进来，多个人，我们成大户了，春节可以多买些种类。"

玉宝看《新民晚报》说："春节定量供应主副食商品，有二十种。附了详细名单。"潘家妈说："有啥？"玉宝说："鸡每户一只。"潘家妈说："就一只，不分大小户吗？"玉宝说："不分。大概今年鸡少。要吗？要的话我记下来。"潘家妈说："肯定要。鱼呢？"玉宝说："鱼每人一斤。我们可以买五斤。"潘家妈说:"记下来。鸭子呢?"玉宝说:"鸭子也每户一只。"潘家妈说:"逸年欢喜吃鸭子。"玉宝说:"那我记下来。"潘家妈说:"还有猪肉。"玉宝说:"每人两斤,可以买十斤。"吴妈说:"猪肉要派大用场,肉圆、蛋饺、香肠、咸肉、酱油肉、馄饨,各种来一点,还不够。"潘家妈说:"记了吧。"玉宝说:"记了。"本子渐写满当。潘家妈说:"小年夜定好闹钟,凌晨四点钟去排队,逸年、逸文、逸青发动起来,一人一块砖头一个篮头,一道去买年货。"玉宝和吴妈笑起来。潘家妈说:"旧年子,吴妈晓得呀,血淋淋的教训,去晚了,待排到面前,全部抢光。"玉宝笑说:"我们去巨鹿路小菜场买吧。我打过招呼了,侪愿意帮忙留一份。"潘家妈惊喜地说:"啊呀,这趟多亏玉宝,我们要有口福了。"

潘逸年和逸文的单位发年货,逸青放寒假,没事体做,被叫去搬年货,全部摆在客厅,玉宝清点。潘逸年来电话说:"我那份年货,玉宝带去娘家。"玉宝心底生暖,低声说:"这样好吗?"潘逸年说:"有啥不好。"玉宝说:"谢谢。"潘逸年没响。玉宝说:"啥辰光回来呢?"潘逸年说:"想我了?"玉宝不搭腔。潘逸年笑笑说:"过年前肯定回来。"玉宝似乎听见女人笑,迟疑间,潘逸年笑说:"没事体,我挂了。"玉宝说:"好。"话筒里咯噔一响,没了声音。

潘逸年的年货有食用油、富强粉、黄豆、鸡蛋、一只鸡,还有一大盒点心,内有油京果、江米条、桃酥、绿豆糕等各类点心。潘家妈觉得礼不厚,从逸文的年货里拿出一条大黄鱼。玉宝特意订一辆乌龟车上门,大包小包装上车,用绳子绑好,再坐上去,一路颠簸到同福里,驶进弄堂。

玉宝和一个骑自行车的阿飞迎面相遇,后座阿飞手拎三洋双卡四喇叭录音机,一揿按键,温婉女声流泻:

"甜蜜蜜/你笑得甜蜜蜜/好像花儿开在春风里/开在春风里。"

两个戴红袖章的老太高声说:"停下来,叫啥名字,家庭住址,听这种靡靡之音,要坐牢的,晓得吧。"阿飞骑得飞快,另一个阿飞骂:"老太婆,老古板,管得宽哩。"但没人管玉宝的乌龟车,车一直开到38号门洞口,稳稳停住。

68. 生 活

薛金花说:"大黄鱼好,有钞票买不到。加雪菜一道蒸,再用黄酒一喷,鲜得眉毛落下来。"小桃说:"我要吃油京果。"薛金花说:"吃个屁。"玉凤说:"姆妈。"薛金花说:"现在吃,过年来客吃啥,吃西北风?"玉凤削铅笔说:"小囡吃一两块解解馋,又不会得吃光。"薛金花说:"馋虫吊出来,就不是一两块的事体。有本事啊,让黄胜利去买,爱吃多少买多少,看我管不管。"

玉凤不快地说:"老早一口一口姑爷,现在不对了。"薛金花说:"哪里不对?"玉凤说:"连名带姓叫。"薛金花说:"我姑爷多了。"玉凤说:"姆妈拍拍胸脯讲,这些年,黄胜利对姆妈哪能?"薛金花瞪眼说:"我又对黄姑爷差啦?"玉凤嘀咕说:"只闻新人笑,不见旧人哭。"薛金花冷笑说:"没办法,黄姑爷的年货,我至今未见,反倒是潘姑爷的,实打实在我手里。我这嫌贫爱富的性格哟,也许多年数了,林玉凤,才晓得呀?"

玉凤气得咬牙。小桃说:"我不吃油京果了。"眼泪直打转。薛金花严厉地说:"大过年的,不许哭。"玉宝口袋有水果糖,全部掏出来,给了小桃说:"大人讲话,小人不要听,做功课去。"小桃说:"谢谢二姨。"她接过玉凤手里铅笔,噔噔噔上阁楼,木板荡下一缕尘灰。

玉宝说:"吵啥啦,大过年的,隔壁邻居听了笑话。"薛金花说:"莫名其妙冲我发脾气,撞见鬼了。"玉宝:"我在弄堂里,看到钱阿姨、唐家阿嫂戴着红袖章,一脸神气。"玉凤马上说:"严打呀,居委会新招的治保委员。复兴坊应该也有。"玉宝说:"有,各区统一配置。"玉凤说:"当治保委员,有补贴的。让姆妈去,死活不肯。"薛金花说:"不是啥钞票侪好赚,啥事体侪好做。我一个普通小老百姓,不去害人,不被人害,就可以了。"玉凤没响。

玉宝去阳台收衣裳，往下一看，黄胜利和阿桂嫂站在弄堂口，面对面说话。玉宝往楼下走，到灶披间，黄胜利正好走进，四目相碰。黄胜利说："玉宝来了。"玉宝笑说："听姆妈讲，年货还没准备，姐夫要抓紧了。"黄胜利说："没办法，扎紧裤腰带过年节。"玉宝说："啥意思？"黄胜利说："口袋空空。"玉宝不解地说："挣的钱呢？"

黄胜利看看四周，示意玉宝站到墙角，压低声音说："我把钞票给阿桂嫂了。"玉宝说："奇怪了，这是为啥？"黄胜利说："阿桂嫂的爱人是海员，跑的还是国际航线。在日本，折合人民币八百块的日币，买台索尼牌摄像机，带回来转身一倒，晓得多少吧。"玉宝说："不晓得。"黄胜利说："猜一猜。"玉宝说："猜不出来。"黄胜利说："三千八百块。"玉宝一吓说："真的假的？"黄胜利说："华侨商店标价四千五百块。五百块的菲利普彩电，九成新，能卖三四千。雅马哈80摩托车，全新，四千块，转手卖到上万。"玉宝说："赚发了。"黄胜利说："是呀，阿桂嫂的爱人，国际海员，条件得天独厚，阿桂嫂不发，还有啥人发。"

玉宝说："姐夫不会是……"黄胜利说："没错，我豁出去了。我缠了阿桂嫂大半年，她被我烦不过，才答应给我带三台索尼牌摄像机、十条万宝路、十条良友、五瓶白兰地。"玉宝说："统共多少钱？"黄胜利说："三千块，我全部家当。一倒手，一万三四千块，划算吧。"

玉宝说："货到付款，还是？"黄胜利摇头说："阿桂嫂唯一要求，先交钱，要全额，否则免谈。"玉宝说："三千块不是小数目，太冒险了。老老实实开出租不好，非要倒腾这些。"黄胜利笑说："玉宝不懂了，不冒险，哪儿能发大财？放心，阿桂嫂的人品，多年交道打下来，还算靠得住，又是隔壁邻居，没必要坑我。"玉宝说："不管哪能讲，投机倒把，总归是见不得人的勾当，属于违法行为。万一遇到事体，也不受法律保护。"黄胜利笑说："南方的倒桩模子，北方的倒爷，侪干得风生水起，大把大把钞票赚进，我这点就是毛毛雨。现在的世道，撑死胆大的，饿死胆小的。"

玉宝说："阿桂嫂的爱人啥辰光回来？"黄胜利说："过完年，开春就回来。"玉宝说："姆妈和阿姐晓得吧。"黄胜利说："没讲。讲了，这年过不好了。"玉宝说:"我也不懂,但莫名心慌,姐夫三思而后行。"黄胜利说:"开弓已没回头箭。"玉宝无语。黄胜利笑说:"放一百二十个心。不过,暂时替我保守秘密,勿要讲出来。"他哼起歌上楼了。

小年夜这天,早上四点半钟,天还墨墨黑,玉宝拎提篮等在楼梯间,潘家妈、吴妈和逸文、逸青一道出来。潘家妈说:"逸年还没回来?"玉宝说:"打过电话了,大年夜肯定在的。"潘家妈没再讲啥,出了门洞,空气清冷,天上有星,人不少,打手电筒,光束晃动,映出凌乱的影子。

玉宝笑说:"逸青,围巾呢?"逸青缩脖颈说:"没想到,早晨的风,真个刺骨。"吴妈戴耳捂子说:"上海的风,一向结棍。"玉宝解下围巾说:"逸青,拿去围。"逸青接过说:"我围了,阿嫂哪能办?"玉宝说:"我的滑雪衫有帽子。"玉宝把帽子戴起来。逸青没再客气,绕在脖颈间两圈,笑说:"暖热了。"

玉宝说:"逸青可有女朋友?"逸青略迟疑,微笑说:"还不算。"潘家妈说:"啥意思?"逸青说:"我也讲不清爽。"玉宝说:"是大学同学?"逸青说:"不是。"逸文说:"工作了?"逸青说:"没工作。"逸文说:"不是同学,没工作,社会青年,无业游民,严打的就是这批人。"逸青说:"多讲有啥讲头。"逸文说:"讲不得是吧。"潘家妈拍逸文肩膀一记,笑说:"好啦,大过年的,不要讲了。"

玉宝抬头,已到巨鹿路小菜场,各摊头排长队,人头攒动,水泄不通。玉宝、潘家妈等人分开散去,各寻各砖头,因玉宝打过招呼,排到跟前,早就称好,直接摆提篮里。潘家妈拿干菜票,排队买黄花菜、黑木耳和干香菇,忽听有人招呼,回头一看,是小王(秋生娘),笑说:"缘分啊,又碰到一起了。"秋生娘说:"是呀。"

秋生娘说:"新妇还好吧。"潘家妈说:"蛮好呀。小王的新妇呢?"秋生娘说:"好是好,就是小姐脾气,爷娘娇生惯养,不会得做人家。"潘家妈笑而不语。秋生娘说:"不过,在钞票方面,是来得大方,新妇的姑姑从外国汇来美格里,换成侨汇券,新妇去华侨商店帮我买羊毛大衣、皮鞋,还买了一块手表。"潘家妈说:"新妇孝顺,是小王的福气。"秋生娘说:"这种福气,我承受不起,花钱大手大脚,将来哪能办?"潘家妈笑笑,没搭腔。

69. 前 路

潘家妈、玉宝、吴妈、逸文及逸青再聚拢时,像打了一仗,浑身汗津津的,手中提篮塞满,站在一处空地歇息。

玉宝看到乔秋生及爷娘走近,心情犹如坐过山车。秋生娘和潘家妈招呼,潘家妈拉过玉宝说:"这是我新妇,林玉宝。"秋生娘点点头。玉宝说:"阿姨好。"秋生娘略显尴尬。潘家妈说:"小王的新妇没一道来?"秋生娘说:"新妇在教育局工作,天天加班,昨夜十点钟才回来,倒头就困。我想算啦,做婆婆的,也要多体谅小辈。"潘家妈说:"这样想没错。"

逸文、逸青则和秋生及秋生爸爸简单客套几句。秋生娘看到潘家的提篮,笑说:"买了不少年货。"潘家妈说:"是呀。玉宝嫁进来,我们成了大户,供应也翻倍。"秋生娘说:"我们多个人,还是小户。"羡慕之情,肉眼可见。

乔秋生悄看玉宝,长久不见,面润身软,神情妩媚,竟比做姑娘时愈发好了,莫名一阵怅惘从心底弥散至全身,好不难过。秋生娘说:"阿姐买到鸭子了?"潘家妈说:"是的。"秋生娘说:"可惜,我这趟没买到,太紧俏了。过年不吃八宝鸭,就不是过年。"潘家妈说:"没这种传统吧。"秋生娘说:"阿姐,那鸭子让给我好吧,买来多少钱票,我一分不少给足。"秋生皱眉说:"姆妈,不好这样。"潘家妈也为难,看看玉宝,玉宝说:"逸年最欢喜吃八宝鸭,没八宝鸭,这年也过不下去。"逸青说:"是呀,阿哥还会骂人。"逸文擦拭眼镜片,听了微笑。

走出小菜场,两家分别。秋生娘说:"没想到,玉宝攀上了高枝。秋生一直讲玉宝单纯,这叫单纯?"秋生不耐烦地说:"嫁得好,不是蛮好嘛,难道还希望玉宝不幸福?"秋生娘说:"不要讲大话。自己的儿子,旁人不了解,做娘的还不晓吗?"秋生说:"不要讲了,听了心烦。"秋生爸爸说:"林玉宝不简单。"秋生娘说:"是吧。一家门被拿捏得服服帖帖。"秋生冷脸不语,拎了提篮,跑得飞快。秋生爷娘在后面追,追得喘粗气。回到家,秋生把提篮往台上一放，进卧室补觉。

泉英不明所以，笑说："受啥气啦？"秋生娘愠怒地说："人家为抢年货，儿子、新妇齐上阵，我们家可好，就两个老不死的在拼命，还过啥年，不要过了。"泉英笑嘻嘻说："姆妈又误会我了。"秋生娘说："啥？"泉英说："姆妈一直讲鸭子、鸭子，我早上回娘家一趟，拎了一只来，搁在面盆里。"秋生娘顿时转怒为喜。秋生爸爸说："还是泉英有办法。"

泉英笑笑，走进卧房，坐在梳妆台前，打开盒子，挖半指甲盖雪花膏，在手心搓了搓，慢慢往面孔上抹，忽然说："秋生。"没人理。她又叫了一声："秋生。"仍旧没人理。泉英笑说："那爷娘，真是喂不熟啊。"再看镜子里油润的颊腮，自言自语说："秋生，我们来日方长，对吧。"安静半晌后，泉英站起，走出卧室，关掉日光灯，窗帘没拉开，一片昏暗，秋生翻了个身。

玉宝来到人民广场，一眼看到乔秋生坐在石凳上，饼干捏成碎末，喂鸽子。玉宝走近说："我来了。"乔秋生把剩余饼干往远处一掷，鸽子扑簌簌飞起，掉落两三根羽毛。秋生没多话，搓搓手，直接打开提包拉链，取出一个信封，鼓鼓囊囊的。他递给玉宝说："这里有一千三百块。"玉宝接过，没响，捏起崭新纸币，开始点数。

秋生说："玉宝幸福吧？"玉宝不搭腔。秋生说："潘逸年对玉宝可好？我听到些关于潘逸年的传言，不知当讲不当讲。"秋生说："还是不讲吧，婚姻里，两个人难得糊涂，未尝不是一件好事。"秋生说："我又不忍玉宝蒙在鼓里。"秋生说："玉宝，玉宝，我该哪能办？"

玉宝认真数完钞票，松口气说："没错，是一千三百块。"她把钱连信封一起放进手提袋，起身说："我走了。"秋生说："我先前讲的话，一字未入耳，是吧？"玉宝说："讲啥了？"秋生心底不愉快，板起面孔说："潘逸年的桃色新闻，要不要听？"

玉宝盯着秋生，目光如火焰烈烈，终是一黯，消于灰烬，平静地说："十个月前，我刚回上海，就在此地，秋生亲口承认喜新厌旧、移情别恋，让我从天堂跌进地狱。再没有哪则桃色新闻，比这更让我痛苦了。"秋生说："玉宝。"

玉宝打断说:"不用讲了,我不想听,我也不在乎。钞票准备好,就打电话给我。"秋生说:"玉宝,听我解释。"玉宝说:"再会。"

大年夜,潘逸年返回复兴坊,走进门洞,灶披间里,一股煎炒蒸煮的混合香味扑面而来,挤满上下隔壁邻居,斩骨头、剁肉馅、炸丸子、熬猪油,磨刀板磨出火星子,汰菜水龙头哗哗响。潘家妈在刮鱼,潘逸年说:"姆妈。"潘家妈抬眼说:"总算回来了。"潘逸年说:"玉宝呢?"潘家妈努努嘴说:"那不是?"玉宝揭开锅盖,潘逸年走近说:"烧的啥?"玉宝笑说:"红烧肉。"她铲了一点肉汤,送到潘逸年嘴前说:"尝尝咸淡。"潘逸年说:"味道正好。"吴妈过来说:"夫妻两个快走,不要妨碍我烧八宝鸭。"潘逸年拉了玉宝的手上楼。逸文、逸青在看电视,听到动静,走到门前招呼:"阿哥回来了。"

趁三人讲话,玉宝把行李箱拎进房,再到小房间,往大脚盆里兑好热水,毛巾、汰头膏、香肥皂也摆上,换洗衣裳搁旁边。潘逸年走进来,玉宝说:"先汰浴吧。"潘逸年笑说:"好。"

玉宝跟吴妈学烧八宝鸭,顺道切姜拍蒜打下手。逸文过来说:"阿嫂,阿哥让去一趟。"玉宝汰了手,往楼上跑。潘家妈说:"那阿哥寻玉宝做啥?"逸文说:"不晓得,总归有事体。"潘家妈说:"真是忙里添乱。"逸文只是笑。

玉宝到浴室,听听没水声,叩两下说:"有啥事体?"潘逸年说:"帮我拿一件套头衫。"玉宝记得先前拿过了,没多讲,去大衣柜里拿出一件,再到门口,拧开一条缝,把衣裳递进去。哪想到,潘逸年接过衣裳的同时,握住玉宝手腕,一并把她带了进去。

浴室里重新响起水声,灯未曾开,但靠北有扇大窗,镶嵌青色玻璃,灯光透进来,不明不暗,渐渐,蒸腾的热气糊了窗,变成毛玻璃,雾蒙蒙的,印出两只女人的手印,微微颤动,上下打滑。忽然一双大手,从后面伸来,摁覆住女人的手印,十指交扣,紧密纠缠,似有笑声,又似私语,撩拨人心。

吃年夜饭时,潘逸年发脚微湿,刮过胡楂,下巴微青,神清气爽。玉宝换了一件白色绒线衫,头发也汰过。众人围桌而坐,心照不宣。潘家妈说:

"吴妈,一道来吃。"吴妈解了围裙,坐定。潘逸年拿来一瓶红酒,一瓶五粮液,逸青负责开盖,潘家妈斟上五粮液,举杯敬天地,敬祖宗,敬故人,也敬离人。

潘家妈说:"今年是好日节,除了逸武,总算一家团聚。逸年从香港回来,还娶了妻,让我宽慰不少。接下来,就轮到逸文了。"逸文眉眼带笑说:"我努力。"潘家妈说:"逸青呢,明年毕业后,趁年轻,努力工作,向老大看齐,过个两三年,人思想成熟了,再谈恋爱不晚。"逸青说:"晓得了。"

潘家妈说:"吃吧,尝尝吴妈和玉宝的手艺。"潘逸年说:"玉宝烧的小菜,是哪几样?"玉宝说:"红烧肉、糖醋鱼,我烧的。"潘逸年说:"就这两样?"玉宝抿抿嘴唇。吴妈说:"本来还要烧油爆虾、四喜烤麸、炸春卷。人不晓到哪里去,我见迟迟不来嘛,我就烧了。"

逸青说:"阿嫂去哪里了?"玉宝面孔一红。逸文挟块糖醋鱼到逸青碗里说:"多吃少问。"潘逸年挟红烧肉吃,又挟糖醋鱼吃,微笑说:"可惜,就烧了两样。"玉宝下死劲瞪潘逸年一眼。潘家妈说:"尝尝吴妈做的八宝鸭。"吴妈拿把剪刀剪开鸭肚线,再掰开来,里面有鸡丁、冬笋丁、香菇丁、开洋、虾仁、糯米、火腿。潘家妈笑说:"吃这盘不容易,要用掉多少票证。也就过年吃吃,平常没这条件。"潘逸年舀一调羹到玉宝碗里,鸭腿两只,一只给潘家妈,一只给玉宝。玉宝挟给逸青,逸青捂住碗不要。潘家妈笑说:"玉宝吃吧。"

玉宝这才吃了,吴妈说:"味道哪能?"玉宝笑说:"邪气好。"

年夜饭后,玉宝拿出礼物,给潘家妈织的羊毛衫、羊毛裤,有些难为情地说:"不是百货公司买的,姆妈勿要嫌弃。"潘家妈立刻穿上身,逸文、逸青侪说好看,潘家妈对镜子,东照照,西照照,笑说:"百货公司的货有啥好,我不欢喜。自己织的,才叫费功夫,又好看又保暖,就此一件,独一无二。"玉宝也给逸文、逸青各织了一件,吴妈也有。

潘逸年打完电话回来,捏捏玉宝的手说:"我的呢?"玉宝说:"毛线用光了。"潘逸年说:"气性大。"玉宝低声说:"我就烧两样菜,怪啥人呢?"潘逸年笑说:"气性还长。"

70. 事 起

　　大年初三，一夜落雪，如万马奔腾，早起倒是天晴，但甚寒。吃过早饭，潘逸年陪玉宝回到同福里，走进弄堂口，墙顶屋檐积雪皎然，阳光一晒，有了融意，滴滴答答，地面湿漉漉的。

　　玉宝听见有人招呼，顿步回头，是玉卿，她挽着张国强的手臂，脸上笑盈盈的。待走近，张国强和潘逸年握手客套。玉宝则和玉卿相扶前行。迎面碰到赵晓苹、阿桂嫂，拎了热水瓶去老虎灶，侪抢着讲"新年好，身体健康，万事如意"。

　　没走几步，只见黄胜利、玉凤和小桃在门洞口铲雪人，小桃闻听动静，奔过来，抱住潘逸年胳膊说："姨父新年好。"众人笑起来。玉宝抬头，看到薛金花拢起手站在阳台，俯首朝这边望，面带笑意。

　　林家人侪到齐了，房间小，挤得满当。经过一番推让，沙发让给黄胜利、潘逸年和张国强坐。薛金花、玉凤、玉宝和玉卿则坐靠背椅。

　　黄胜利说："我看《新民晚报》登载，大年初一，鸳鸯楼已经有人入住了。"潘逸年说："是的。"薛金花说："申请鸳鸯楼要啥条件？"潘逸年说："要大龄青年，家中无房，单位有分房条件，需做担保。毕竟鸳鸯楼只解决一时困难，不能无期限地住下去。"黄胜利说："治标不治本。我讲得对不对？"潘逸年说："可解燃眉之急。"

　　茶几上摆着三只玻璃浮雕果盘，一盘香瓜子、咸花生，一盘油京果、江米条、桃酥和绿豆糕，一盘蜜饯糖果，有白糖金橘、橘红糕、百花奶糖、大白兔、米老鼠酥糖等。

　　潘逸年掏出糖果，连同压岁铜钿给了小桃。小桃说："谢谢姨父。"转手把压岁铜钿给玉凤，坐回小板凳上数糖果，发现有颗水蜜桃夹心糖，像寻到宝藏般。玉凤看向张国强，张国强吃茶剥花生，闲聊天，没任何表示。薛金花端来蒸透的猪油百果松糕，用刀切开，大家分食。

薛金花说:"从前不谈了,三姑爷以后吧,多来走动走动,大家和和气气,和气生财。"张国强左右看看,再盯向玉卿大笑。薛金花喉咙一噎。玉凤嘀咕:"神经病样子。"潘逸年站起,微笑说:"工程上有事体,我到弄堂口打个电话。"小桃立刻说:"我带姨父去。"众人侪笑了。

潘逸年和小桃才出去,又听到咚咚叩门声,玉宝打开门,竟是玉卿婆婆,领了个四五岁的小囡。玉宝心底吃惊,表面不显,连忙让进房,拿拖鞋,高声说:"姆妈,玉卿婆婆来了。"薛金花、玉凤和黄胜利呆住,薛金花说:"是啥人?"玉卿有些无措,看向张国强,张国强不慌不忙地说:"我姆妈到了。"

薛金花起身迎接,笑说:"新年好新年好,长远不见了,亲家婆要来,提前打个电话,我也好准备准备。"玉卿婆婆说:"准备啥,就是要给亲家母一个惊喜。"薛金花说:"惊喜没有,成惊吓了。"她的目光扫过小囡。玉卿婆婆说:"哟,还会得未卜先知。堂子里的女人,果然不简单。"薛金花面不改色,笑说:"坐沙发,沙发现在有空。"玉卿婆婆牵了小囡坐下。薛金花低声说:"玉宝,我看来者不善,去阳台关窗关门,降低影响。"玉宝说:"好。"

一众坐定,薛金花笑说:"玉卿,给那婆婆倒茶呀。"玉卿才要站起,玉宝已经泡好茶端来。黄胜利说:"我出去抽根烟。"薛金花说:"那妹夫和亲家难得来,多陪陪,少抽一根不会死。"黄胜利只好坐下。

薛金花抓把香瓜子嗑,按兵不动。张国强和玉卿婆婆也无话,玉宝、玉卿更是沉默。玉凤打破僵局说:"这小囡是啥人呀,叫啥名字,几岁了?"张国强笑说:"小囡大名袁野,小名盼盼,一九七八年十二月一日生。"玉卿瞬间面孔血色全无,煞白如纸。张国强用力扭过小囡面孔,正对薛金花几人方向,笑眯眯说:"那仔细看看,长得像啥人。"

潘逸年和小桃在弄堂里与张国强和张国强娘相遇,潘逸年微笑颔首,张国强说:"我有两句话,想听吧。"潘逸年说:"小桃,先回去。"小桃跑远后,潘逸年说:"请讲。"张国强说:"一句,林家女人是画皮,表面光鲜,内里魔鬼;一句,不要相信林家女人,撒谎成性,贪财如命。好了,就这两句。"老妇说:"老娼妓养的女儿,能好到哪里去,坏透了。"潘逸年皱眉。张国强说:"姆妈,少讲两句。"他看了看潘逸年,冷笑两声,与之擦肩而过。

潘逸年站了站,继续走,上楼进房,气氛凝滞,薛金花在里间躺着。黄胜利坐沙发上抽烟,玉凤、玉宝呆呆而坐,玉卿闷声流泪。唯有小桃蛮开心,剥花生给小囡吃,小囡也不嫌咸嘴,吃得忘记哭。潘逸年让小桃拿了果盘,带小囡上阁楼。他在玉宝旁边坐下,轻声说:"出了啥事体?"玉宝立刻说:"没啥大事体,姆妈原想留我们吃中饭,但现在没心情烧了。逸年先走吧,我晚点回去。"潘逸年说:"真要我走?"玉宝不耐烦地说:"快走吧。"潘逸年没响,起身离开。

玉宝说:"玉卿,张国强讲的可是事实?"玉卿喃喃说:"张国强一家门,太可怕了,心机太深沉了。"玉宝说:"玉卿,小囡到底哪能来的?我不要听张国强讲,我要听玉卿讲。"玉卿说:"没啥好讲的。"玉宝生气地说:"死鸭子嘴硬,到现在这种地步,还不肯讲老实话。"黄胜利去楼道里抽烟。

四下无人,玉卿才说:"我一九七七年三月到红星农场,当时真的,实在太苦了,回城也无望,恰这个崇明人,愿意帮我劳动、关心我生活,是我的救命稻草。有天,稀里糊涂做了错事,生下小囡后,我是想过,要和崇明人结婚,在那儿过一辈子,我认命了。啥人晓得,政策突然变化,我又可以回城了。"

玉宝说:"所以玉卿回城,小囡给了崇明人?"玉卿说:"崇明人讲,会对小囡好的。啥人晓得,去年年初,崇明人得了一场大病死了。"玉宝说:"亲戚们不肯收养小囡,所以来寻玉卿,却先碰到张国强和他娘?"玉卿说:"小囡找到上海来,张国强一家竟然把我瞒得滴水不漏,偷偷跑去崇明红星农场,将我查个底朝天。"

玉凤说:"今天张国强娘俩来谈判。要么,玉卿和张国强离婚,结束婚姻,不再来往。要么,玉卿和张国强还是夫妻,但是,玉卿必须和小囡断绝母子关系,还要赔偿张国强全家人精神损失费八百块。玉卿哪能打算的?"玉卿说:"我脑里乱糟糟的,一团糨糊。"

玉宝说:"给精神损失费,亏他们想得出来。"玉卿说:"我也拿不出。"玉凤说:"要是离婚,工作保不牢了,名声也不好听。"玉宝说:"两种办法,我真看不出有一点夫妻情分。"

玉凤说："这房子,玉宝才嫁出去,我和黄胜利安生没几天,玉卿带个小囡再住进来,是个大问题。"玉宝说："啥大问题?"玉凤说："反正这房子没办法再增加人了。"玉宝说："玉卿,不要管房子问题,遵从本心,仔细抉择,已经错过一趟,不能再错上加错。"

小桃领小囡从阁楼下来,忧愁地说："弟弟哭了。"小囡走向玉卿,喊了声:"姆妈。"到底血浓于水,亲情难割断,玉卿伸手将他一把抱进怀里,顿时泪雨纷纷,难以自抑。

71. 无 奈

薛金花走出内间,脸色憔悴。玉凤说："姆妈,头痛病好点吗?"薛金花说："给我倒杯白开水。"玉凤去拿热水瓶,薛金花坐沙发上。小囡在玉卿怀里困熟了,玉宝抱到阁楼,盖好被子,交代小桃看管。

玉卿朝薛金花脚前一跪,流泪说："姆妈,我错了。"薛金花说："我就问玉卿一个问题。这种事体,为啥要瞒牢我?"玉卿低头不语。薛金花说："能隐瞒一辈子,滴水不漏,那也可以,我给玉卿竖大拇指,好本事啊。结果哩,不但露馅了,受张国强一家门戏弄,连带我们也被羞辱,以后还哪能出去见人,还在同福里生活?"玉凤说："姆妈,白开水。"薛金花接过,吃两口说："我今朝真的,少活十年,不,少活二十年。"

玉卿说："只要能让姆妈解气,打我、骂我,侪可以。"薛金花说："我气得打骂的力气也没了。要气死我,也让我死得明白。为啥瞒牢我,为啥不讲实话?"玉卿说："我晓得,从农场回来后,这个家已容不得我了。"薛金花说:"啥人讲?"玉宝说:"问问玉凤。"玉凤说:"要命,火烧到我头上。我申明,我从来没有讲过一句话。"玉卿说:"这点眼力见,我还是有的。我回来后,没工作，没收入。为讨好姐姐、姐夫，买汰烧家务事全包，一点积蓄很快用光了。吃白饭的，姆妈嫌，阿姐厌，姐夫爱搭不理。我要再讲我在农场还有个儿子，姆妈和阿姐，还有姐夫，会哪能对我呢？"

一时没人响。玉卿说："我想象得出，肯定让我哪里来，滚回哪里去。可我要是回去，过不了两年，我肯定死在崇明。"玉凤说："危言耸听。"玉宝怒说："再讲一遍？"玉凤说："上海知青多哩，这样讲，侪不要活了。"

玉宝抓起果盘，朝玉凤砸去。玉凤躲闪不及，满身香瓜子和花生。玉凤说："发神经是吧。"玉宝骂说："站着讲话不腰疼。没经历过上山下乡，玉凤有啥资格发表意见。冬天，我们铲茅厕的辰光，屎尿冻得硬邦邦，一铲下去，往面孔飞，玉凤经历过吗？夏天，原始森林里砍树，闷热和蚊虫，满手血泡，玉凤经历过吗？春天插秧，双腿长久浸泡在水田里，蚂蟥爬腿上吸血，玉凤经历过吗？秋天收割，没日没夜地赶进度，赚工分，玉凤又经历过吗？思乡的痛苦、水土不服的痛苦、物资匮乏的痛苦、前程渺茫的痛苦、希望变绝望的痛苦，玉凤侪没有经历过。玉凤在城市里，有家庭，有亲人，有工作，有收入，有吃有喝，至多抱怨两声工作辛苦。玉凤这样的生活，哪能得到的，搞搞清爽，是我和玉卿让给玉凤的，懂不懂，是我们让出来的。此时此刻，最没资格指责玉卿的，就是侬，林玉凤。"

潘逸年站在门口凝神听完，下楼碰到赵晓苹。赵晓苹说："潘先生新年好。"潘逸年说："新年好。"赵晓苹说："要回去了？玉宝呢？"潘逸年说："我有些事体，先走一步，玉宝要晚点。"赵晓苹让开道说："我正要寻玉宝。"潘逸年说："在开家庭会议，先不要打扰。"赵晓苹说："懂了。"

玉凤说："真会颠倒黑白，我要不点头，玉宝、玉卿能回城？现在那倒是好人，我成恶人了。"玉宝说："但凡有点良知、顾念血脉亲情的人，也该把这视为理所当然，而不是让妹妹们感恩戴德。林玉凤侬听好了，从前我和玉卿忍受、宽容、讨好、放低姿态，是顾念姐妹亲情，以后不会了。这房子是姆妈的，不是林玉凤的，我们户口在此地，也有居住权和继承权。"玉凤说："要跟我抢房子是吧，我就晓得有这一天。"她呼天抢地说："姆妈从前哪能讲的，我和黄胜利给姆妈养老，姆妈把房子给我们。"

薛金花说："闭嘴，老娘还没死呢，一个个倒惦记起房产来。我要有儿子，四尼还活着，那通通给我滚出去。"没人吭声。薛金花说："玉卿，不要跪了，起来。"玉卿站到边上，手脚发凉。薛金花说："我仔细想过了，玉卿不能离婚。小囡放我身边。"玉凤说："姆妈不要冲动。"薛金花说："至于八百块钱，无理要求，张国强母子想也不要想。"玉凤说："肯定要闹起来。"薛金花说："玉卿带我的话，不要太过分，否则我闹到居委会、闹到车队去，让所有人评评理。张家也是要脸面的人。"玉宝担忧地说："这样的日节，玉卿回去哪能过？"薛金花说："自己造的孽，就要承担后果。"玉卿掩面悲泣，玉凤没响，玉宝说："回去遭受虐待，生不如死，姆妈好狠的心肠。"

薛金花突然光火说："我就这点本事，哪能办，哪能办呢？"玉宝沉默。薛金花泪如雨下，哭了说："假使四尼活着，有娘舅撑腰，张国强一家瘪三岂敢这般嚣张？我的命真苦啊，比黄连还苦，幼年死了双亲，中年丧夫丧子。我拼了老命，在生产组糊纸盒子，把那三姊妹拉扯大，我错了吗？玉卿过得不好，被婆家人欺负，我就好过吗？我身上掉下的一块肉，养大去给人家欺负，我活着还有啥意思。离婚的女人有多难，那是没见过，我见过啊，生不如死，生不如死晓得吧。"玉凤、玉宝俩哭起来，小桃也在阁楼上哭。

玉卿抹掉眼泪说："我回去了。"玉宝说："回哪里去？"玉卿说："回张家去，姆妈讲得没错，我不能离婚，我还要赚钱养小囡。"玉宝说："今天留在此地，明天再回吧。"玉卿低声说："不了，总归要回去的。"玉宝一阵心酸。玉卿说："小囡就拜托姆妈了。"薛金花点头。玉凤说："我也会上心的。"玉卿说："谢谢。"

潘逸年从林家出来，直接去鸳鸯楼现场，市政府及区相关部门领导到齐，陪同一起入楼视察，和搬进的夫妻住户亲切交谈，电视台和报社记者一直跟踪和摄像。进到602房间，潘逸年看了眼熟，竟是上趟查房的周警官夫妻。

区长听完周警官的肺腑之言，总结说："我们还要感谢鸳鸯楼房建总负责人潘总，为了让大龄无房结婚户尽快用上过渡房，和工人一道吃住在工地现场，夜以继日，仅仅用了四个月，赶在春节期间投入使用，也是给这些夫妻送上的一份新年礼物。"记者说："请潘总上前和住户握手，我们要拍特写。"

潘逸年无奈，走到周警官夫妻面前，伸手相握。周警官说："潘总辛苦了！"潘逸年说："周警官也辛苦，侪是为人民服务！"闪光灯顿时频频，周警官神情尴尬，潘逸年则笑笑，面色如常。

72. 过 去

潘逸年夜里十点钟回到复兴坊，玉宝已经困下。潘家妈在看电视，潘逸年坐到旁边，笑说："姆妈，看啥节目？"潘家妈说："随便看看。"潘逸年说："逸文、逸青呢？"潘家妈说："逸文在矮脚屋里打牌。逸青不晓跑啥地方去了。"潘逸年说："姆妈也要管管，现在有一拨新潮女人，无所事事，受西方垃圾文化影响，崇尚性自由，最欢喜逸青这种大学生。"潘家妈一吓说："真有这种？"潘逸年说："我是在饭局上听人家讲的，逸青应该不至于。"

潘家妈说："逸青和老大、逸文、逸武又不同，怪我，保护得太好了，不谙世事，思想单纯，容易被诱惑，走上邪路。逸青最听老大的，逮到机会，多敲打敲打才是。"潘逸年说："明白。"

潘家妈说："和玉宝一道回娘家，没事体吧。"潘逸年说："没事体。"潘家妈说："和玉宝不开心了？"潘逸年说："也没。"潘家妈说："奇怪，玉宝回来，眼睛红肿，明显哭过。"潘逸年说："可能冷风吹的。"潘家妈看着潘逸年，潘逸年说："做啥？"潘家妈说："当我好骗是吧。"潘逸年笑了。

潘家妈说："我看玉宝寻工作，也蛮吃力。逸年人脉广，要不帮帮忙。"潘逸年叹口气说："玉宝自尊心强，不到万不得已，不肯求人，随便玉宝吧，我们好心也可能办坏事。"

潘家妈说："也是。我要看电视了，不要吵我。"潘逸年瞟两眼，起身回房,汏过浴,打开电视,轧到¹上海电视台,上床,一把抱起玉宝说:"和我看朝鲜电影。"玉宝没困着,默默想心事,唬了一跳说:"我不想看,我要困觉。"潘逸年说:"这部电影叫《无名英雄》,主要讲南北朝鲜时期特工之间的殊死斗争。"玉宝说:"我更不要看了,没兴趣。"潘逸年笑说:"玉宝欢喜看啥电影?"玉宝说:"爱情片。"潘逸年说:"最近有部电影,好评如潮。"玉宝说:"叫啥?"潘逸年说:"《大桥下面》,爱情生活片。"玉宝说:"啥人演的?"潘逸年说:"龚雪、张铁林主演。玉宝陪我看战争惊险片,明天我们去看爱情片。"玉宝被诱惑,动了动。潘逸年说:"不要动,就靠我怀里看。"潘逸年的胸膛宽厚强壮,在寒冷的夜里,暖热得像火炉,玉宝软了身体,贴偎着。

潘逸年说:"这部电影,我老早在香港看过,还有一系列,《鲜花盛开的村庄》《敌后金达莱》《木兰花》,侪不错。"玉宝说:"是吧。"潘逸年说:"女人也可以坚强、勇敢,有智慧,一往无前。"玉宝听了动容,认真看电影。不晓过去多久,潘逸年又说:"好看吧。"玉宝:"没想到蛮好看。"潘逸年轻笑,握住玉宝手指,拉近嘴边轻啄。玉宝说:"不要。"潘逸年说:"为啥?"玉宝:"太粗糙了。"潘逸年笑说:"有我的手粗糙?"玉宝说:"女人哪能和男人比。"潘逸年:"是呀,是不好比。"玉宝抽回手。潘逸年:"玉宝在新疆,吃了不少苦吧。"玉宝低声说:"知识青年,响应国家号召,接受贫下中农再教育,自愿的,有啥苦不苦好讲。"潘逸年说:"不管哪能,我是心疼的。"

玉宝一怔,一瞬泪目,嘴唇发抖,拼命忍住,不愿被潘逸年看到,想也没想说:"夏美琪,手很细软吧。"潘逸年怔了怔,玉宝连忙说:"我讲错话了,对不起。"潘逸年没响。电视里,男人字正腔圆地说:

"时光流逝过去/可我在观望/那永远离去的/我青春的爱情/在那阳光明媚的莱茵河畔/你美丽的情影/闪着宝石般的光芒。"

玉宝起身下床,关掉电视,潘逸年没有阻止。玉宝躺回床上,背对潘逸年,闭上眼睛。潘逸年把玉宝搂住,想想说:"姆妈讲,玉宝看见了照片。"玉

---

1. 轧到:转到。

宝说:"嗯,恰巧翻到。"潘逸年说:"美琪早已嫁人生子,我也和玉宝做了夫妻。我无法抹掉曾有的过去,但人总要往前看。"玉宝说:"我能理解。"潘逸年没再多讲。

饭桌上,秋生娘说:"白天,那娘舅来拜年,志勇也来了,带着新妇。"秋生说:"过得还好吧。"秋生娘说:"不好不坏。"秋生说:"现在社会,不好不坏,就不错了。"秋生娘说:"娘舅有事体相求。"秋生皱眉:"我就晓得,无事不登三宝殿。"秋生娘说:"我也不想管,但看志勇蛮作孽的。"没人声响。秋生娘说:"志勇今年三十六岁,因为无房,和新妇自结婚起就分居,满打满算也有三年。哪能办呢?"泉英说:"我昨天看电视,政府不是建了鸳鸯楼,可以登记申请。"秋生娘说:"我也是这样讲。但住鸳鸯楼有个硬性条件。"泉英说:"啥?"秋生娘说:"需要单位出面担保,两年之内可以安排分房。"泉英说:"我懂了,是怕赖在鸳鸯楼,不肯搬走,后面想住的人没办法进来,恶性循环,结婚过渡房的初衷就失去了意义。"秋生爸爸说:"有道理。"

秋生娘说:"志勇单位不敢担保,这事体一直拖,解决不了。志勇吧,看到人家夫妻过完年住进鸳鸯楼,总归心急火烧,在家里发脾气。所以娘舅求到我面前。"

秋生说:"滑稽吧,求我们有啥用场。"秋生娘笑说:"还不是看秋生在工商局,是个领导嘛,泉英在教育局,总归有些人脉,能否走走后门。"泉英挟菜吃,不吭声。秋生说:"姆妈,不要给我寻麻烦。"秋生娘不高兴地说:"这话讲的,娘舅也是看得起我们,晓得秋生出息了,有本事,才来求的呀。办成后,我们也扬眉吐气,让那帮亲戚知道自己从前狗眼看人低。"秋生爸爸说:"婆娘答应了?"秋生说:"啥人答应,啥人去搞,我没本事,搞不来。"秋生娘说:"我没答应,我只讲帮帮看。"

秋生娘挟块红烧排骨到泉英碗里,亲切地说:"新妇可有办法?"泉英说:"秋生讲没办法,我更加无能为力了。"秋生娘说:"那娘家呢?"泉英说:"我有事体,自家女儿,不得不帮。人家的事体,就很冷漠。"秋生娘说:"这不是人家的事体,结了婚,俫是一家人啊。"泉英笑笑,吃排骨,不松口。秋生爸爸说:"活该,骑虎难下吧。"

秋生娘生闷气,吃过饭后,寻个空当,拉住秋生,不死心地说:"真个一点办法也没?"秋生说:"这种又违反纪律又欠人情的事体,做了绝对吃力不讨好。我现在在上升期,多少人虎视眈眈,要抓我把柄。姆妈就不要拖我后腿了。"秋生娘讪讪说:"我想到个办法。"秋生说:"啥?"秋生娘说:"我看新闻,鸳鸯楼,是潘家大儿子建的,近水楼台先得月,肯定有办法。"秋生说:"潘逸年?"秋生娘说:"是呀,林玉宝丈夫。"秋生冷笑说:"姆妈啥意思,让我去求林玉宝?"秋生娘说:"讲得嘎难听。想想看,林玉宝有点良心,也会答应帮忙。"秋生说:"头次听说。"秋生娘说:"要不是秋生,林玉宝在新疆能平平安安的?"秋生说:"过去的事体,何必戳人肺管。"秋生娘说:"我就这样讲。"秋生说:"志勇的事体,我们没能力帮,到此为止,不要再讲了。"

73. 微 澜

大清早,玉凤倒马桶回来,经过宣传栏,看到马主任在调换《解放日报》,笑嘻嘻招呼,马主任斜瞟两眼,不搭理。

玉凤才要走,马主任说:"林玉凤,过来。"玉凤说:"寻我啊?"马主任说:"那屋里啥情况?"玉凤说:"啥?"马主任说:"不要装戆。"玉凤说:"我真听不懂。"马主任说:"薛金花领个男小囡,在同福里走进走出。这男小囡,啥地方来的?"玉凤说:"郊县亲眷的小囡。"马主任说:"有些天数了,亲眷还不来领走?"玉凤说:"作孽啊,小囡的爸爸年前死了。"马主任说:"娘呢?"玉凤说:"娘几年前改嫁。"马主任说:"阿爷阿奶不管?"玉凤说:"也死了。"马主任盯牢玉凤,将信将疑地说:"小囡要待多久?"玉凤说:"讲不清爽。"马主任说:"不要跟我打哈哈。"玉凤说:"我老实的,小囡啥辰光送走,要问姆妈，我做不了主。"马主任说："通知薛金花，来居委会讲明情况，顺便人口登记。"玉凤说："晓得了。"

马主任让治保委员拉横幅，爬高凳，固定在弄堂口上方。玉凤说："这是啥？"马主任说："严打期间，要守法守矩守德，私生活勿要乌七八糟，搅乱社会风气，严禁违法犯罪活动，否则，就像横幅标语一样。"玉凤仰头眯眼看，白底红字，邪气醒目地写着：捕一批，判一批，枪一批。玉凤说："哎哟，吓人倒怪。"马主任大声说："有些人啊，不要不信邪，多行不义必自毙。"玉凤看到阿桂嫂拎了马桶，睡眼惺忪，从面前经过。

玉凤也准备走了，被马主任叫住。玉凤说："还有啥吩咐？"马主任说："虽然我们两家，为了王双飞、林玉宝的事体，闹得不开心，但是，我是国家干部，要摒弃私人恩怨，以大局为重。接下来，我要讲的话，对事不对人。"玉凤说："是是，请讲。"马主任说："我们招募的治保委员，认真负责，严格把守在各处。"玉凤说："各处是啥意思？"马主任说："这是机密，不好透露。"玉凤说："哦。"

马主任说："治保委员发现，玉凤的丈夫黄胜利，和阿桂嫂走得比较近。"玉凤说："瞎讲有啥讲头。黄胜利天天出车，早出晚归，最大兴趣，就是在弄堂口看人斗蟋蟀。再讲，阿桂嫂啥眼界，也看不上黄胜利呀。"马主任说："我尽到了提醒义务，有则改之，无则加勉。"她见横幅挂好，准备要走。玉凤想想不对，拦住马主任说："有啥证据吗？"马主任说："眼睛就是证据。"玉凤说："啥人看到的？"马主任不耐烦地说："治保委员唐家阿嫂，自己去问。"

玉宝和潘家妈吃过夜饭，坐到电视机跟前，一道收看《无名英雄》。玉宝说："集数太长，不看又难过。"潘家妈说："是呀，不晓得金顺姬最后是死是活。"玉宝说："逸年讲，这部片子，老早在香港看过。"潘家妈立刻说："老大啊，金顺姬可有活到最后？"潘逸年和逸文、逸青还在吃饭，听到潘家妈问，笑说："自己看吧，讲了就没意思了。"潘家妈说："难道死了？"玉宝说："哎呀，不会吧，要是这样，我不敢看了。"潘逸年说："我没讲过死。"潘家妈说："那就活着。"潘逸年说："我也没讲过活，不要套我的话，不会得上当。"逸文闷笑，逸青看手表。

电视结束，还是明日待续。玉宝回房，潘逸年在翻书，玉宝说："金顺姬结局是啥？告诉我吧。"潘逸年说："不告诉。"玉宝说："为啥呀？"潘逸年说："讲出来，就没看剧的乐趣了。"玉宝转身要走，潘逸年伸手，拉玉宝坐腿上，笑说："改变主意了，要我讲也可以，但有个条件。"玉宝说："啥条件？"潘逸年说："夜里一切听我的。"玉宝面孔通红，低声说："不要脸。"她掰开腰间大手，要走，潘逸年笑说："金顺姬的死活，不管啦？"玉宝说："我也要死了，还管金顺姬死活？"潘逸年凑近笑说："我负责让玉宝活过来。"玉宝说："不正经。"潘逸年说："夫妻总是正正经经，还算夫妻？"

玉宝待要说，听见有人叩门，起身开门，是逸文。逸文说："有电话打过来，寻阿嫂的。"玉宝连忙往对门去，接起听筒，下意识看一眼墙上挂钟，十点钟了。

玉宝说："啥人寻我呀？"听见说："是我呀。"是赵晓苹的声音。信号不大好，有杂音。玉宝说："晓苹，晓苹，听得见吧。"赵晓苹说："听见了。"玉宝说："啥事体？"赵晓苹说："要命了，不晓哪能讲。"玉宝说："慢慢讲。"赵晓苹说："我在阿桂嫂家里。"玉宝说："几点钟了，还在阿桂嫂家里？"赵晓苹说："我来跳舞的。"玉宝说："有几个人？"赵晓苹说："七八个人。"玉宝说："胆大包天了，把我的话当耳旁风。"赵晓苹说："大家就跳跳舞呀，开心开心有啥啦。"玉宝没响。赵晓苹说："晓得我看见了啥人？"玉宝说："啥人？"赵晓苹说："玉宝的小叔子。"

玉宝心一沉说："不要开玩笑。"赵晓苹说："潘逸青。我吓死了，我想这两个人，八竿子打不到一起去，哪能会认得。"玉宝说："帮我盯紧，我马上过去。"赵晓苹说："好。"

玉宝冲到逸青房间，果然没人。逸文听到动静，出来说："阿嫂，有事体？"玉宝说："逸青呢？"逸文说："不在房间里呀。"玉宝没空讲，跑回对门穿滑雪衫，潘逸年还笑说："啥意思，要离家出走？"玉宝冷脸说："快点穿外套，我们边走边讲。"

74. 诱 惑

阿桂嫂拉了逸青，钻进个房间，房间狭小，至多五平方米。逸青要开日光灯，阿桂嫂细声说："不要。"她随手一摁，壁灯亮了，也不亮，杏子红颜色，暗暗绰绰，朦朦胧胧，窗户透进白月光，给两人的面孔覆了层薄纱。

阿桂嫂伸手摸逸青眼睛，轻柔地说："我曾经去城隍庙九曲桥赏荷花。那天正好落雨，我打把油伞，在桥上站着，碧色荷叶，粉色花，雨点落进水里，一圈圈荡漾开，我以为这是最美的景了。哪想一缕风吹过，层层叠叠荷叶摇动，我看到一瞬间，荷叶微分，水下一闪青光，瞬间即逝，我从未见过那般颜色，神魂倐被夺去，像鱼游摆尾溅起水花，又或者是我看花了。现在我终于找到，原来这抹颜色，在逸青的眼里。"

阿桂嫂踮起脚尖，亲吻逸青眼睛，逸青嗓子发干，往后退两步，撞上门板，嘭一声，心头一坠。

门外传来欢快歌声。

"给我一个吻 / 可以不可以 / 吻在我的脸上 / 留个爱标记 / 给我一个吻 / 可以不可以 / 吻在我的心上 / 让我想念你。"

阿桂嫂面孔愈发迷蒙，但眼睛发亮，目光缠绵，像小钩子。逸青想逃。逸青说："我要走了。"阿桂嫂小声说："不要走，再陪陪我。"她转身往前走几步，木架挂满裙子、文胸和内裤，长丝袜飘垂。阿桂嫂说："哪件好看呢，逸青给我参谋参谋。"逸青说："阿姐穿啥侪好看。"阿桂嫂说："是吧。"

阿桂嫂两手捞起裙摆往上拉，一截截露出香艳女体，肉骨紧实的纤腿，丝绸包裹的翘臀，细白的腰肢，纤薄内凹的背脊。裙子太紧贴，穿脱不易，浑身小幅度轻扭，腿、臀、腰、胸无不摇曳、抖动、颤晃，却不觉妖冶轻浮，如一条美女蛇，婀娜多姿。裙子从头顶脱掉了，鬈发如瀑，流泻至腰。

阿桂嫂扭过脸，扑哧笑了，说："发啥呆，快过来呀。"逸青燥热难抵，喘气困难，房间太小，门窗关紧，香味缭绕，汗珠顺发脚滴，细细密密，滴进颈背里。双脚有了自主意识，一步步走近阿桂嫂。阿桂嫂将鬓发拂至右胸前，露出后背给逸青，魅惑说："帮我个忙吧，把文胸搭扣解开来。"逸青说："我不会。"阿桂嫂说："邪气简单，试试看嘛。"逸青不动。阿桂嫂说："日后，逸青总要帮女人解文胸扣，也这样缩手缩脚，会被女人笑话呀。"逸青仍旧不动，阿桂嫂叹息一声："此地又没外人。初生牛犊不怕虎，我不是老虎，逸青在怕啥呢？"

逸青这才伸出手，碰到搭扣处，也触到皮肤，想起吴妈煮的年糕片汤，筷子挟不住，一片掉桌面，筷子挟不起，用手拈，滚烫，湿滑黏腻。

搭扣上下一错，就开了。阿桂嫂垂下胳膊，文胸滑落在地，阿桂嫂忽然转过身，一把抱住逸青。逸青本能想推开，手掌却触到一团嫩软，这比年糕片汤刺激多了，他脑袋要炸开，闹哄哄，仓皇要逃，却被阿桂嫂抓住手指，死死按住，嗓音发抖说："逸青，我欢喜的，愿意的。逸青还是大学生，太干净了，我愿意做逸青第一个女人。不要吓，逸青真年轻，太强壮了，女学生受不了。阿姐可以的，阿姐能让逸青快活，快活成神仙。"

逸青大口喘气，汗如雨下，浑身僵直。美女蛇成了白娘子，绕着许仙身体，尾尖缠住脚踝，一寸一寸，扭曲蜿蜒，一圈一圈，往上攀爬，蛇芯子伸进唇里。逸青的神志，紧弦彻底绷断，木架上的衣裳被撞得窸窣作响，文胸内裤乱晃，丝袜掉落一地。

门外歌声仍旧欢快。

"纵然瞪着你眼睛 / 你不答应 / 我也要向你请求 / 决不灰心 / 纵然闭着你嘴唇 / 你没回音 / 我也要向你恳求 / 决不伤心。"

逸青糊里糊涂的，失了神志，没了方向，如孤魂野鬼，奔在黄泉路上。隐约间，听到咚咚敲门声。阿桂嫂拉下裤子拉链，逸青粗声说："有人来了。"阿桂嫂喃喃说："不用理。"手沿拉链裂开处，伸进去，握住。逸青浑身血液疯狂叫嚣，齐齐往某处汇聚。逸青闭起眼睛，黑暗里，听觉感官更加敏锐，又痛苦又享受，而敲门声愈发响，坚持不懈，像敲在自己脑门上，一下一下，又重又狠，似要把人敲昏，又似要把人敲醒。

逸青受不了了，一把推开阿桂嫂，去开门，一缕凉风灌入，直扑胸膛。逸青神智回笼，看清来人，怔怔地说："阿嫂。"玉宝咬牙，把人推开，走进小房间，弯腰拾起内衣、绒线衫、大衣，丢给逸青，严厉地说："穿上。"逸青接过没响。玉宝说："阿桂嫂已婚有丈夫，逸青还是个学生。这样做恰当吗？"

阿桂嫂晓得大势已去，不搭腔。玉宝没多话，待逸青穿戴好说："走吧。"逸青看了看阿桂嫂，阿桂嫂也抬起头，眼神相碰，满目残局。

逸青转身往外走，厅里灯光昏暗，一对对在跳贴面舞，情意绵缠，没人注意到这边发生的一切。到门口，玉宝朝赵晓苹说："还不回家去？"赵晓苹说："我再白相一歇。"玉宝没响，和逸青下楼，出了门洞，往弄堂口走。夜色清寂，空气凛冽，窗门内灯火淡黄，一辆自行车摇响铃，从后面骑到两人前面，二八大杠，气胎比小孩手腕粗，一路碾过窨井盖，嘎噔响过又响，听在耳里，犹如炸雷。

逸青低声说："阿嫂，不要告诉阿哥。"玉宝默然。走出弄堂，路口停一辆出租车，潘逸年迎面过来，逸青嗫嚅说："阿哥。"话音才落，面孔挨了一记耳光，响亮凶狠，逸青不动，引人侧目。玉宝拉住潘逸年，低声说："回去再讲吧。"

出租车载客，打方向盘驶向马路中央，速度加快，冲过十字路口，三辆警车从旁边悄然而过。

回到复兴坊，潘逸年、逸青往姆妈房去，玉宝跟着。潘逸年说："辰光不早了，玉宝先困觉吧，不用等我。"玉宝停步说："好。"

玉宝拧干毛巾揩面，心在抖，手也在抖，有种劫后余生的苍凉感，总归不放心。刚到对门，要进去，听到潘家妈在哭，吴妈在劝。逸文呵斥说："还是大学生，书读到狗肚子里，干出这种违背道德的事体。晓得一时冲动，会带来多大灾祸？不只是四弟前程，大哥和我的前程，也要搭进去。"

潘家妈说："不要打了，再打，要进医院了。吴妈，快去我房间，拿药膏纱布来。"逸青说："不要管我，让阿哥打死我好了。"潘家妈说："侪怪我，怪我教子无方。"潘逸年说："跟姆妈无关，做出这种事体，今朝我要代替父亲，教训四弟，打死不为过。"逸青说："阿哥们现在晓得教训我了，这十年，只有姆妈和我相依为命，孤苦伶仃，我们被人欺负时，阿哥们在啥地方？"

一时无人说话。潘家妈说："小赤佬。"潘逸年说："是啊，我们在啥地方享福呢。"逸文卷袖子说:"养了个白痴,我也想动手了。"潘逸年愤怒地说:"逸青的眼角膜,天上掉下来的,是吧?听清楚,是买来的,薛金花狮子大张口,要了一万块。我们砸锅卖铁,身背巨债,给逸青换来的光明。"

潘家妈哭泣说:"为了还债,老大远走异乡,老二老三插队落户,至今老三还在原地。晓得老大大学毕业后,有多少单位抢着要人,还有美琪,俩人多要好。就为了逸青,老大放弃一切,去了香港,历尽艰辛,还完巨债,供养我们在上海生活。那二哥三哥,学习也邪气优异,侪放弃了。就为让逸青看得见,阿哥们义无反顾,宁愿自毁前程,逸青这样没良心,眼明心盲,对得起啥人呢?"逸文愤怒地说:"啥人也对不起,最对不起的,是逸青自己。"

75. 夫 妻

玉宝等到半夜,潘逸年才过来,洗漱后,脱衣上床。

玉宝侧躺面墙,感觉床一沉,潘逸年凑近,前胸紧贴后背,暖烘烘的,伸手至玉宝胸前抚揉,玉宝屏住呼吸,不动不响。潘逸年以为她困着了,手往下滑,到玉宝腰间抱住,调整姿势,没多久,耳畔传来鼻息声,沉稳平缓。

玉宝睁开眼睛,静静盯着墙壁。月影青白,这样的深夜,还是有响动,开关门声、下楼梯声、拧水龙头声、猫爬屋顶声、狗挠房门声、蝙蝠倒吊扑腾声、黄鼠狼逃窜过道声、隐隐还有呓语声、咳嗽声、吐痰声,越听越热闹,心反倒沉寂下来。

困着了又惊醒,房间清光大亮,潘逸年已穿整齐,站在床边戴手表。玉宝坐起,揉眼睛说:"几点钟了?"潘逸年说:"七点钟。"玉宝说:"还要上班去?"潘逸年说:"嗯,手头有些项目需要移交。"玉宝没再多问,拿过绒线衫穿。

潘逸年递过来一个信封,厚厚鼓鼓的。玉宝接过说:"是啥?"潘逸年说:"建鸳鸯楼发的奖金。"玉宝顿觉烫手,往旁边一丢说:"我不要。"潘逸年说:"为啥不要?"玉宝不语,掀被头,要穿裤子。潘逸年坐到床沿,握住玉宝的腿，拽到面前，揽住肩膀，笑说："为啥不要？"玉宝说："我不缺钱用。"潘逸年说："这不是理由。"玉宝一言不发。

潘逸年说："我们是夫妻，钞票不给玉宝，还给啥人？"玉宝轻轻说："给姆妈。"潘逸年说："最不能给姆妈。逸青哄骗两句，就掏钞票，正因手头太松，衣食无忧，才会饱暖思淫欲，干出丑事来。"玉宝说："逸青心性单纯，太年轻，没经得起诱惑。"潘逸年皱眉说："不要替逸青找借口，二十四岁的大学生，和有夫之妇搞一起，叫心性单纯？我这个年纪，已经在香港摸爬滚打，体会人情冷暖了。"玉宝说："人非圣贤，孰能无过。"潘逸年看着玉宝，笑说："我有些担心。"玉宝说："担心啥？"潘逸年说："担心我俩的小囡，有个溺爱的姆妈。不过，假使太淘气，我也不会手软。"玉宝说："不好这样，要讲道理。"

潘逸年微笑，回归正题说："钞票收好。"说完立起要走，玉宝一把抱住潘逸年，小声说："我以后，会对逸年好的。"潘逸年回身，俯首轻吻玉宝嘴唇，笑说："现在就要对我好。"玉宝说："啥？"潘逸年开始解皮带，玉宝意会，脸红说："不是要上班？"潘逸年说："玉宝腿也张开了，这才是十万火急的事体，旁的靠后。"玉宝说："羞人的话少讲。"潘逸年倾轧下来，笑说："心口不一，明明欢喜听。"玉宝捂住潘逸年的嘴，潘逸年咬玉宝掌心，疼疼痒痒，玉宝扑哧笑了，夫妻分别了小半年，一沾床，便如烈火烹油，她早晓得这男人弱点，专拣那处磨蹭。潘逸年粗声说："勾引我是吧。"

两个人正缠绵一处，吴妈敲门讲："潘家妈包了馄饨，惦记老大要上班，已经煮好，等夫妻俩去吃。"潘逸年无奈，只得起身，两人整理好，到对门吃馄饨。潘家妈说："吴妈去买小菜，看到荠菜新鲜，买了一小把回来，我混了肉馅包馄饨，味道哪能？"玉宝说："好吃的，不过，姆妈该叫我一道来包。"潘家妈说："逸青的事体，闹到大半夜，侪吃力，我是年纪大了，困不着。"潘逸年不语。玉宝说："逸文呢？"潘家妈说："老早上班了。"玉宝说："逸青呢？"潘家妈说："回学校去。"

潘逸年吃完馄饨，也出门了。玉宝说："逸青伤不重吧。"潘家妈说："还好，老大顾念我，没下死手，逸文也有克制，否则，活不到今早。"玉宝没响。潘家妈眼眶发红说："我要谢谢玉宝，要不是玉宝，现在天也要塌下来。"玉宝说：" 谢啥，逸青不仅是我小叔子，我也是当阿弟来看待，我和姆妈心一样，希望逸青能如哥哥们优秀。" 潘家妈惆怅地说："这小鬼头，被我宠得分不清东西南北了。是要老大好好管教。"

玉宝乘车回同福里，才到弄堂口，侪是人，二三伙，四五群，拎马桶握蒲扇，炉子冒青烟，泡饭扑出来，无人搭理，交头接耳，嘀嘀咕咕。薛金花叉着腰，站在门洞前，听热闹，小囡坐在竹椅上，拿半只苹果啃。

玉宝说："啥情况呀？" 薛金花说："昨天夜里，警察来捉人了。" 玉宝说："警察？" 薛金花说："是呀，这些警察，大半夜不困觉，悄摸摸，摸到38弄花园洋房，上到四楼阿桂嫂家里，一脚踹开门。里厢灯光昏暗，播放靡靡之音，十来个人在搞黄色派对，捉个正着，全部带走。" 玉宝急忙说："赵晓苹呢？" 薛金花说："一道捉进去，赵晓苹看不出呀，让我大跌眼镜。"

恰此时，马主任带三五治保委员出现，在众人目光中，威风凛凛，穿堂而过。薛金花拔高嗓门，笑说："唐家阿嫂，举报有奖，这治保委员没白当。" 唐家阿嫂说："瞎讲有啥讲头，我昨天回娘家，今早才回来。" 薛金花说："那就是钱阿姨。" 钱阿姨说："也不是我。"

马主任举个喇叭说："勿要管啥人举报，这是为民除害，维护片区稳定，降低犯罪，人人有责，是值得表扬的行为。同时，广大居民，要从中总结经验，吸取教训，勿要顽固不化，把政府部门的决策，当儿戏，当耳旁风。结果呢，害人害己，得不偿失。" 薛金花说："马主任喊起政治口号，一套一套。" 马主任冷笑说："薛金花，不要阴阳怪气。" 再举喇叭说："散了散了，各回各家，该做啥做啥，聚众散播谣言，也要捉起吃牢饭。"

76. 时 代

听热闹的人散开。薛金花、玉宝领了小囡回房，薛金花拧条毛巾，给小囡擦手，抱怨说："我薛金花命苦吧，一辈子做牛做马，还不够，临到老了，又要伺候这个小讨债鬼，前世作孽。"玉宝说："一万块哪里去了？"薛金花说："啥一万块？"玉宝说："潘家买阿弟眼角膜的钞票。"

薛金花说："老早用光了。"玉宝说："当我戆大是吧，这笔巨款，可以用一辈子。"薛金花笑说："一辈子，一辈子有多长？"玉宝说："几十年吧，吃喝拉撒足够了。"薛金花说："瞎讲。"玉宝说："啥？"薛金花说："记牢了，人这一辈子，用钞票最多的，不是吃喝拉撒，是生老病死，还有人情世故。"

玉宝说："我和姆妈讲事实，姆妈同我谈人生。我不是垂涎这一万块，只是想搞清爽，明明有钞票，为啥还让玉卿去农场。不要讲政策，我晓得当时已经睁只眼闭只眼了，并非一定要插队落户。不要拿玉凤做借口，啥人也做不了姆妈的主。而且，虎毒不食子。"

薛金花突然说："玉宝想不想听，那阿爸的遗言是啥？"玉宝一怔说："想。"薛金花说："还记得大娘吧。"玉宝说："记得。大娘和阿爸离婚后，带了哥哥姐姐，去往北京讨生活。"薛金花叹口气说："那阿爸信里讲，虚度半生，最对不起的，是大娘和那一双儿女。如果能重新来过，一定不要碰到我，不要有感情，不要带回家里，所以让我无论如何，要去救救大娘。玉宝晓得我呀，堂子长大，见惯了世态炎凉，人心凉薄。我承认，我本身没啥良善可言，假使有条件供我发挥，我肯定是上海滩追名逐利第一人。"

玉宝没响，上一辈的恩怨情仇，子女很难评判，唯有当历史遗留问题来听。薛金花说："讲起大娘，我蛮佩服的。晓得有我这号人存在后，不吵不闹，和平离婚，当晚收拾行李箱，带了儿女去北京。要是同我吵相骂、打相打，我就愈发硬气，这女人偏不走寻常路，我倒有些难过了。"玉宝说："姆妈意思是，把钞票给了大娘？"薛金花说："收到那阿爸遗言，我气啊。既然到死也心系大娘，我这些年算啥名堂经，再讲我拉扯四个，没日没夜糊纸盒子，赚点辛苦铜钿，我也老艰难。索性不理，当没听到过。哪想，那阿爸死的当年，四尼查出膀胱癌。报应吧，这是报应。"玉宝没响。

薛金花说："给四尼看病，借了多少外债，要不是走投无路，我会得捐眼角膜？我对不起四尼，活人总归要活下去，待我死了，我下地狱。"玉宝低声说："姆妈。"

薛金花说："潘家妈头趟寻我，我把外债算算，再留点用作生活，也就答应了。哪想那大伯寻上门来，讲弟弟去了，要收房，要赶我们跑。掏出房契给我看，果然是大伯名字。想要留是吧，就掏钞票买。哪能办呢，没办法呀。我只好找潘家加价，还好同意了。这边才摆平，那阿爸骨灰到了，那阿爸遗言讲，要葬到苏州去。上有天堂，下有苏杭，死了要去好地方。真个是享福的人。没办法，死者为大。我去苏州买块墓，顺便帮我自己也买好。又加一次价，潘家也同意了。玉凤寻的好男人，不务正业，在外头倒买倒卖，结交朋友不三不四，长久下去，要家破人亡。我狠狠心，再提一次价，帮黄胜利买了部车子，平常载载客，兜兜生意，给我老实过日节。我在医院陪床的辰光，三天两头做梦，梦到那阿爸，旁的没讲，一直叨念大娘。我火气大哩，乘火车去北京，按地址寻过去。"

薛金花没了声音，把怀里睡熟的小囡抱去床上，盖好被头，掖掖边角。玉宝说："姆妈看到啥了？"薛金花叹息说："不想回忆，那大娘，最体面要脸的人，太惨。所以我一万万个反对玉卿离婚，好死不如赖活。我向潘家最后提了一次价，我晓得这种行为邪气无赖，但没办法，用钞票的地方太多，只能当恶人。"

玉宝苦笑说："都这样了，姆妈还好意思把我嫁过去。"薛金花理直气壮地说："有啥不好意思的，矮子里头拔将军，潘家条件最好，其次王双飞，玉宝同意不啦。"玉宝无语。薛金花说："讲来也奇怪，给大娘钞票后，那阿爸再没托梦过，也是个过河拆桥，没良心的人。"玉宝说："真个来托梦，姆妈又要吓死了。"

玉宝听到门响声，探头看，是黄胜利，一副失魂落魄的样子。玉宝上前拦住，两个人到楼梯间。玉宝压低声说："阿桂嫂被捉进派出所，有大麻烦。"黄胜利说："我三千块打水漂了。"玉宝皱眉说："三千块是小事体，万一阿桂嫂招供出来，投机倒把罪，又数目不小，姐夫也要捉进去吃牢饭。"黄胜利抹把脸说："我无所谓，被枪毙也无所谓，只是苦了玉凤和小桃，年纪轻轻，要守寡，年纪小小，没了阿爸。还有姆妈，我答应养老送终。我死以后，要麻烦玉宝，帮忙照顾小桃，小桃最作孽。"玉宝说："隔墙有耳，不要哭哭啼啼，还没哪能，倒先自乱阵脚。"黄胜利说："我现在一点办法也没。"玉宝说："走一步看一步，只能如此。"黄胜利说："勿要告诉姆妈和玉凤，我怕受不了。"玉宝恨铁不成钢地说："早知如此，又何必当初。"

吃夜饭时，玉宝把阿桂嫂等人被捉的事体讲给潘家妈、潘逸年、逸文听，侪心有余悸，后来逸青也晓得了，没讲啥，只是消沉许久。

潘逸年忙得分身乏术，前往北京公司解职。玉宝则跑了几趟派出所，想探望赵晓苹，警察以严打期间大案重案为由，审讯当中，拒绝一切探视。

唯有等待，等待令人焦灼。

一波未平，一波又起。玉宝接到玉凤电话，匆匆赶往瑞金医院，看到病床上面目全非的玉卿，崩溃得难以接受。黄胜利将张国强狠揍一顿，薛金花咬牙说："玉卿回家，这日节不过了，离婚。"一时姐妹三人抱头痛哭，再后，是和张家人进行离婚谈判，又吵又闹又打，几次拉锯战后，玉卿得到一笔钞票，终是把婚离了。

潘逸年出差回来，闻听来龙去脉，没响。不久后，张国强被车队开除，再不招用。

日子终在闹哄哄中尘埃落定，梅雨时节如期而至，警察始终没来寻黄胜利麻烦，玉卿的伤也渐好了，赵晓苹经过审讯，拘留十五日放出。刚回来时，轰动不小，讲啥的侪有，两周后，同福里又恢复了往昔的平静，像从未有事体发生过。

一天，玉宝和赵晓苹上完课，走出夜校，才发现落雨了。玉卿来送伞，路边新开一家个体小吃店，三人走进去，寻到靠窗位置，点了肉卤百叶结、熏鱼、炒猪肝、三碗阳春面、一瓶黄酒，边吃边聊。

玉宝说："四环素牙长久不见。"赵晓苹说："躲我像躲瘟神，蛮好，四环素牙要是一如既往，瞎起劲献殷勤，我倒是硬起头皮也要嫁了。"玉宝、玉卿笑。赵晓苹说："我酱油店工作没了，就数唐家阿嫂和钱阿姨最高兴，只差放鞭炮，我怀疑举报的人，就是其中一个。"

玉宝说："阿桂嫂可有消息？"赵晓苹摇头。玉卿发愁说："我们三个无业游民，该哪能办呢？"玉宝说："前一腔，我经过华亭路，看到有些商户陆续在开张，买衣裳的人还不少，我们要不也试试。"赵晓苹眼睛发亮说："我同意。"玉卿说："钞票呢？"玉宝笑说："钞票不用愁。"

老板端来阳春面，热腾腾的烟气迷蒙了窗玻璃。一只避雨的鸽子飞起，掠过屋檐，荡过马路，斜过教堂十字架，越飞越空旷，外滩的江风强劲，翅膀打满雨珠，扑簌着，终于停在洋房的窗台上。透过玻璃，豪华包房内，硕大的水晶灯光芒万丈。

一桌美酒佳肴，七八人谈笑风生。

苏烨大笑说："欢迎潘总加入中友集团。"

所有人看过来，掌声响起，潘逸年举起手中酒杯，意气风发。苏烨说："潘总讲两句。"

潘逸年想想，嗓音沉稳。

"属于我们的黄金年代，正式来临了。"

番外一：婚礼前逸事

玉宝回到同福里，煤球炉慢煨母鸡汤。上楼进门，薛金花在吃中饭，一碗米饭，一盘炒红米苋。玉宝说："鸡汤不吃？"薛金花没啥好面孔。玉宝识相，不多话，倒白开水吃。

薛金花半天才说："我薛金花，没这福气。"玉宝说："阴阳怪气，又啥人得罪侬了？"薛金花说："远在天边，近在眼前。"玉宝笑说："讲点道理好吧，我刚回来。"

薛金花说："我和亲家母早上通过电话。"玉宝说："讲啥？"薛金花说："玉宝和逸年，多久没见了？"玉宝不吭声。薛金花说："人家谈恋爱，恨不得白天黑夜黏在一道，就怕搞出点事体来。那倒好，十天半月，不见面，不联系，像陌生人一样，还结啥婚。"玉宝说："本身就没啥感情。"薛金花急了说："没感情可以培养，荡荡马路，逛逛公园，看看电影，吃吃咖啡，钩钩小手，亲亲嘴巴。辰光长了，感情不就来了嘛。"玉宝说："姆妈，声音轻点，小点声。"

薛金花说："有些女人，勿要看卖相普普通通，却让男人五迷三道，为啥？会使手段啊，一身嗲劲，嗲得男人骨头酥了，心里自然欢喜，感情不就来了。"玉宝说："我做不来。"薛金花说："做不来学呀，白长一副妖精面孔。"玉宝说："反正我做不来。"薛金花气恨说："老实无用，才会得被男人骗财骗感情。"玉宝说："讲清爽，啥人被男人骗财骗感情？"薛金花说："我就打比方。反正我养的三个女儿，有我薛金花一半本领，也不至于落得现在的光景。"玉宝说："是，是，侬最厉害。"

薛金花说："逸年生病了，晓得吧。"玉宝微怔说："真的假的？"薛金花说："生病有两周了。玉宝一点也不晓得呀？"玉宝没响。薛金花说："我真是服气。"玉宝说："我打电话问问。"薛金花说："打啥电话，我煨了鸡汤，玉宝亲自送过去。"玉宝说："嗯。"薛金花说："口头答应，要有行动呀，现在就去。"玉宝只得换鞋出门，听到薛金花的声音透过门板传来："就是根蜡烛，不点不亮。"

赵晓苹站在楼道里，笑说："阿姨又在骂人了。"玉宝也笑。赵晓苹说："我听了七七八八，是玉宝的问题。"玉宝说："啥问题？"赵晓苹说："那结婚证领了，除未办酒席，已经算是真正合法夫妻，丈夫生病，玉宝应该多多关心，这没错的。"玉宝说："我冤枉，我又不晓潘家老大生病了，也没人打电话通知我。"赵晓苹说："玉宝也没联系吧。"玉宝无话。赵晓苹说："这样看来，那两个人是没感情，心里侪没对方。"

玉宝不搭腔，踩得木板楼梯咯吱咯吱响。赵晓苹跟在后说："还想不想一道生活？"玉宝说："想呀。"她封了炉门，揭开锅盖说："吃吧。"赵晓苹说："好呀。"玉宝舀一碗，赵晓苹接过，吃口汤说："想就积极主动点，又不是旧社会。"玉宝找来保温桶说："我主要是怕。"赵晓苹说："怕啥？"玉宝说："怕潘家老大咬我。"赵晓苹扑哧笑了，呛到喉咙，咳两声说："我差点噎死。"玉宝说："有啥好笑呢。"她拨开头发说："看呀，刺痒刺痒。"赵晓苹笑说："还没消下去？"玉宝说："再咬我一口，哪能办？"赵晓苹说："又不是没谈过男朋友。"玉宝说："没见过这样的。"赵晓苹笑说："我有个办法。"玉宝说："啥？"赵晓苹说："玉宝也咬回去，以牙还牙。"玉宝狠狠瞪两眼，不禁笑了。赵晓苹说："薛阿姨炖鸡汤，有一手，鲜得眉毛落下来。"

玉宝拎了保温桶，走进复兴坊，到底第二次来，看到门牌，有些吃不准。往灶披间内张望，一位阿嫂在煮茶叶蛋，打量说："寻啥人？"玉宝说："我寻四楼潘家。"阿嫂说："哦，潘阿姨在的。"玉宝说："谢谢。"上到四楼。吴妈开门说："啥人？哦，是玉宝。"潘家妈闻声说："快进来坐。"玉宝笑说："逸年生病，我送鸡汤来。"吴妈指对门说："逸年在的。"潘家妈笑说："没落锁，直接推门进去。"玉宝脸发烧，轻轻一推，门果然开了。

潘逸年在看报纸，面前放药瓶，等开水凉透。听到响声，抬头见是玉宝，有些意外。潘逸年说："今天不上班？"玉宝说："我辞职了。"潘逸年说："哦。"玉宝微顿说："听姆妈讲，潘先生病了，哪里不适宜？"潘逸年说："胃痛。"玉宝说："现在好点吗？"潘逸年说："好多了。"

两个人一时没话讲。潘逸年端起杯子，就水吞下药片。玉宝一直没响，潘逸年暗叹口气，拍拍身边说："过来坐。"玉宝坐过去，保温桶放茶几上。潘逸年说："这是啥？"玉宝说："老母鸡汤，给潘先生补身体。"潘逸年说："玉宝炖的汤？"玉宝违心说："是。"潘逸年说："那我要尝尝。"玉宝说："刚吃过药，不好吃鸡汤。"潘逸年说："没关系。"玉宝取来碗筷，舀了半碗汤，捞了只鸡腿，递给潘逸年。

潘逸年不紧不慢地吃。玉宝说："汤咸吧？"潘逸年说："蛮好，不咸不淡。"一碗吃完，还要舀，玉宝说："老母鸡汤太油腻了，潘先生胃痛，还是少吃为好，下趟我烧鲫鱼汤送过来。"潘逸年笑笑，没讲啥，起身去小房间汰手漱口，拎了热水瓶过来，给玉宝泡茶。玉宝说："谢谢。"潘逸年要拉玉宝的手，玉宝躲开了，潘逸年没讲啥，只说："不必这样客气。"

玉宝说："为啥生病也不告诉我？"潘逸年淡笑说："老毛病了，没啥讲头。"玉宝说："不管怎样，总要让我知晓。否则姆妈还以为我俩……"潘逸年说："我俩哪能？"玉宝说："不想让姆妈还为我俩操心。"潘逸年说："就为这个？"玉宝轻轻说："我也担心的。"

房间很安静，玉宝低了头，阳光透过玻璃窗，映上一截雪腻后颈，绒绒汗毛，像洒的糖霜。潘逸年心肠陡然柔软，伸手揽住玉宝的腰，这趟玉宝没有躲避，靠过来，头倚向潘逸年肩膀，嗓音如绵说："胃不好，香烟少抽抽。"潘逸年说："嗯。"玉宝说："老酒也少吃吃。"潘逸年说："嗯。"玉宝说："烟酒最好不要吃。"潘逸年笑说："这不大可能，干我们这行，交际应酬，少了烟酒不成局。"玉宝没响。潘逸年说："放心，我会得控制。"玉宝没响。潘逸年说："不必要的，我推辞掉。"玉宝这才笑笑。潘逸年俯首欲吻，玉宝撇过脸。潘逸年没强求。

玉宝讪讪地说："我心情有点不好。"潘逸年松开手，坐正，吃茶说："为啥？"玉宝说："我没工作了。"潘逸年捞过两用衫，掏皮夹子，取出所有钞票说："拿去用。"玉宝一吓，摆手说："我不要，老难为情。"潘逸年说："用我的钞票，没啥难为情。"玉宝涨红脸说："我不是这意思。"潘逸年说："我们领过证了。"玉宝说:"我来,真个不是要钞票,我自己够用。"潘逸年皱眉,见玉宝态度坚决,没响,收起钞票。

两人无话,气氛尴尬。

玉宝心是热的,主动说:"我隐隐闻到花香。"潘逸年说:"是栀子花。"玉宝说:"怪不得。"潘逸年说:"内间窗户外,有两株栀子树,正开花,要不要看?"玉宝说:"好。"两人起身,往内间走,果然一室甜香,并肩立在窗前,满枝香花,肥白正盛。

观望一会儿,玉宝攥住潘逸年的手指。潘逸年说:"不要欲擒故纵。"玉宝说:"是潘先生不好。"潘逸年说:"这也怪我?"玉宝撩起头发,露出后颈说:"潘先生上趟咬的,至今印子还在。"潘逸年怔住,半天说:"就因为这个?"玉宝委屈说:"太野蛮了。"潘逸年先闷笑,又忍不住笑出声。玉宝说:"还笑。"潘逸年搂紧玉宝,笑说:"我道歉,我会得轻点。"玉宝抬脸说:"不要骗我。"还没讲完,潘逸年已低头,吻住玉宝,唇瓣滚热相贴,嫩滑柔软,花香往唇缝里钻,直至再也钻不进去。

不晓过去多久,潘逸年才稍微松开,玉宝背脊出汗,面色潮红,媚眼如丝。潘逸年往前逼近,玉宝往后退,小腿抵到床沿,一软,潘逸年顺势倾轧,两人倒在被单上。潘逸年继续热吻,手探进衣底,玉宝按住,喘气说:"不要这样,不可以。"潘逸年心不在焉说:"为啥不可以?"玉宝说:"我还是想等到婚礼后。"潘逸年住手,盯牢玉宝眼睛。玉宝说:"我现在心不定,不踏实。"潘逸年说:"我们领证了。"玉宝说:"办好婚礼,潘先生想哪能就哪能。"潘逸年说:"玉宝。"玉宝说:"啥?"潘逸年又不讲了,面孔埋进玉宝脖颈,平复呼吸,玉宝敏感后缩,潘逸年威吓说:"不要动,不要挑我,后果自负。"玉宝感受到了,唬得一动不动。潘逸年想想好笑,闷笑出声,玉宝不明所以,忽然轻叫说:"又咬我。"潘逸年笑说:"小小惩罚,我没用力。"玉宝说:"我要咬回来。"潘逸年笑说:"随便。"

这是一个美妙的午后,有栀子花香气,只不过后来,潘逸年无意听到的传闻,令一切变得不美妙。

番外二：逸文再相亲

韩雪走进凯司令，一眼看到逸文坐在靠窗位置，望向马路出神，走到面前，也没察觉。韩雪说："潘先生。"逸文这才惊醒，微笑说："来了。"韩雪说："对不起，我迟到了。"逸文说："没关系，吃点啥，咖啡？"韩雪说："牛奶好了。"

逸文又点一份曲奇饼干。韩雪觉得热，脱下大衣，只穿件藕粉色绒线衫。逸文说："听姚阿姨讲，韩医生蛮忙的。"韩雪说："潘先生，可以叫我阿雪。"逸文说："嗯，叫我逸文吧。"韩雪说："前一腔，甲肝大流行，医院人手不够，我廿四钟头在医院，现在好多了。"逸文说："辛苦，也要保重身体。"

牛奶和饼干很快送来。隔壁一桌，三男两女一直在讲笑话，笑个不停。

韩雪开门见山地说："我记得和潘先生初次见面，潘先生明讲有女朋友，为啥这趟又约我见面？"逸文说："已经分手了。"韩雪说："没多长辰光吧。"逸文没响，默认。韩雪说："那，感情也分清爽了？"逸文说："我不是个会给自己留余地的人。"

韩雪欢喜这样的回答，微笑说："蛮好的。"逸文说："我听姚阿姨讲，阿雪对我一见钟情。"韩雪说："有点夸张。"逸文说："有是吧。"韩雪吃口牛奶，脸红了。

逸文说："阿雪对我了解多少？"韩雪说："姚阿姨讲得足够详细。"逸文说："哪能讲，我想听听。"韩雪说："姚阿姨讲，逸文住在复兴坊，父亲是军人，早年故去。姆妈性格和善，易相处。有三个兄弟，阿哥做房产，阿嫂卖服装，养两个小人。三弟在外盖房子，弟妹江西人，无工作，也养了两个小人。四弟在中建工作，年纪轻，还没结婚。逸文在财政局工作，当领导，今年三十四岁，无论品行，还是才干，邪气优秀。"

逸文认真听完，点头说："讲得没错。"韩雪抿嘴笑。逸文说："阿雪打算何时结婚？"韩雪说："啊。"逸文说："我年纪不小了，阿雪要愿意，我们可以尽快结婚。"韩雪有些头昏，吃两口牛奶说："太快了吧。"逸文没响。

韩雪说："主要逸文对我还没感情呀。"逸文说："可以培养，我哥嫂就是这样，现在感情蜜里调油。"韩雪说："这个，人和人不一样，万一培养不出来，哪能办？"逸文说："不管哪能，我会负责到底。"韩雪说："可是，还是会痛苦。"逸文冷笑说："其实，有感情又怎样，感情缥缈易碎，今朝你侬我侬分不开，明朝或许就不爱了，两看两相厌，不是更加痛苦。"韩雪说："我不认同，只有有了感情，才是男女结婚的基础，感情要双方共同呵护，彼此真心相待，就会一直好下去。"逸文盯牢韩雪，嘲笑说："我以为医生更理性，原来不是。"韩雪生气说："是逸文太偏激了。"

逸文还待开口，一个小姑娘跑过来，笑嘻嘻说："逸文叔叔好。"逸文冷淡地说："小静。"小静说："好巧呀。"逸文说："侬一个人？"小静努努嘴说："姆妈也在。"逸文望过去，不晓何时，姜媛和一个男人面对面坐在墙角，在聊天，此刻正望过来，面露笑容，扬手招招，毫无芥蒂。男人也回过头看。

逸文五味杂陈，但很快平复，只是紧握杯柄的手指，指节泛白。韩雪全部看进眼里。

小静好奇地说："这位阿姨，是叔叔新交的女朋友呀？"逸文说："是。"韩雪没响。小静说："蛮漂亮。"韩雪没响，逸文没响。小静无趣地说："我走了。"逸文说："好。"

隔壁一桌终于讲完笑话，起身告别离开，逸文觉得，今天自己才是最大的笑话。

逸文低声说："我们也走吧。"韩雪说："不，我还想坐一歇，我勿要落荒而逃。"逸文微怔，忽然笑了，笑着摘下眼镜，两人谈谈聊聊，直到姜媛三人走后，韩雪才说："我们回去吧。"

出了凯司令，站在门前，天色已晚，地面湿漉漉的，覆一层白霜。韩雪伸手去接，惊喜地说："我以为落雨，原来落雪了。"逸文笑说："我带伞了。"韩雪说："我没带伞。"

逸文撑起黑伞，路人从面前跑过，不经意撞到韩雪，韩雪趔趄一下，差点跌倒，逸文及时握住韩雪胳膊，拉到伞下。韩雪抬起头，和逸文乌黑眼眸相碰，目光柔和湿润，韩雪笑笑，心下做了个决定。

人间百态,时代尘埃。

小弄堂大智慧,傲慢与偏见。

© 中南博集天卷文化传媒有限公司。本书版权受法律保护。未经权利人许可，任何人不得以任何方式使用本书包括正文、插图、封面、版式等任何部分内容，违者将受到法律制裁。

图书在版编目（CIP）数据

沪上烟火 / 大姑娘著 . -- 长沙：湖南文艺出版社，2025.2. --ISBN 978-7-5726-2222-9

Ⅰ. I247.5

中国国家版本馆 CIP 数据核字第 2024JA6058 号

上架建议：畅销·小说

HU SHANG YANHUO
沪上烟火

著　　者：大姑娘
出 版 人：陈新文
责任编辑：吕苗莉
监　　制：毛闽峰　刘 霁
特约策划：张若琳
特约编辑：朱东冬
特约营销：杨若冰　刘 珣　大 焦
封面设计：介末设计
版式设计：李　洁
出　　版：湖南文艺出版社
　　　　　（长沙市雨花区东二环一段 508 号　邮编：410014）
网　　址：www.hnwy.net
印　　刷：三河市兴博印务有限公司
经　　销：新华书店
开　　本：640 mm × 915 mm　1/16
字　　数：268 千字
印　　张：17
版　　次：2025 年 2 月第 1 版
印　　次：2025 年 2 月第 1 次印刷
书　　号：ISBN 978-7-5726-2222-9
定　　价：52.80 元

若有质量问题，请致电质量监督电话：010-59096394
团购电话：010-59320018